古典詩歌研究彙刊

第十一輯

龔鵬程　主編

第 20 冊

清代「論詞絕句」
論北宋詞人及其作品研究（下）

趙 福 勇 著

國家圖書館出版品預行編目資料

清代「論詞絕句」論北宋詞人及其作品研究（下）／趙福勇
著 — 初版 — 新北市：花木蘭文化出版社，2012〔民101〕
目 4+280 面；17×24 公分
（古典詩歌研究彙刊 第十一輯；第 20 冊）
ISBN 978-986-254-738-0（精裝）
1. 清代詞 2. 宋詞 3. 詞論
820.91   101001399

ISBN-978-986-254-738-0

9 789862 547380

古典詩歌研究彙刊
第十一輯　第二十冊   ISBN：978-986-254-738-0

清代「論詞絕句」論北宋詞人及其作品研究（下）

作　　者　趙福勇
主　　編　龔鵬程
總 編 輯　杜潔祥
出　　版　花木蘭文化出版社
發 行 所　花木蘭文化出版社
發 行 人　高小娟
聯絡地址　新北市永和區中正路五九五號七樓
　　　　　電話：02-2923-1455／傳眞：02-2923-1452
網　　址　http://www.huamulan.tw 信箱 sut81518@gmail.com
印　　刷　普羅文化出版廣告事業
初　　版　2012 年 3 月
定　　價　第十一輯 30 冊（精裝）新台幣 42,000 元

清代「論詞絕句」
論北宋詞人及其作品研究（下）

趙福勇　著

目次

第五章　論北宋後期詞人及其作品
（上）

第一節　論蘇軾

　　蘇軾（1037～1101），字子瞻，一字和仲，號東坡居士，眉州眉山（今四川眉山）人，諡文忠，著有《東坡樂府》（一作《東坡詞》）。清代論詞絕句有關蘇軾之評論，約可歸納為：豪放詞風之論辨、婉約詞作之顯揚、協律與否之探究、〈洞仙歌〉詞之考校等四端，以下逐項析論。

一、豪放詞風之論辨

（一）辨其義涵

　　晚唐五代以降，詞作大抵不出尊前花間、離情別緒之範疇，用以娛賓遣興。詞人含宮咀商，剪紅刻翠，運化綺靡側豔之言，抒發綢繆纏綿之情，以付玉人檀口，形成婉約柔媚、縟麗工緻之風格，所謂「則有綺筵公子、繡幌佳人，遞葉葉之花牋，文抽麗錦；舉纖纖之玉指，拍按香檀。不無清絕之辭，用助嬌嬈之態」。〔註1〕而蘇軾以其橫放傑

〔註 1〕〔五代〕歐陽炯：〈花間集敘〉，見〔清〕王鵬運輯：《四印齋所刻詞》（上海：上海古籍出版社，1989 年）之《花間集》，頁 503。

出之才情、超然磊落之氣度異軍特起，以詩爲詞，視詞爲新詩體，以詩之表現手法塡詞，拓展詞之題材、內容、意境、功能，所作踔厲駿發、跌宕排奡而不拘墟於音律，樹立豪壯雄奇、恢廓超曠之詞風，一新天下耳目，直造前賢所未及處。

宋人曾以「豪放」形容蘇軾其人其詞，曾慥〈東坡詞拾遺跋語〉曰：「傳之無窮，想像豪放風流之不可及也」，〔註2〕所言「豪放」兼指蘇軾之人品與詞風；陸游《老學庵筆記》曰：「則公（案：指蘇軾）非不能歌，但豪放不喜裁翦以就聲律耳」，〔註3〕所言「豪放」殆指蘇軾之塡詞作風。〔註4〕逮乎明代張綖《詩餘圖譜·凡例》則曰：

> 按詞體大略有二：一體婉約，一體豪放。婉約者欲其辭情
> 醞藉，豪放者欲其氣象恢弘。蓋亦存乎其人，如秦少游之
> 作多是婉約，蘇子瞻之作多是豪放。大抵詞體以婉約爲正，
> 故東坡稱少游爲「今之詞手」；後山評東坡詞「雖極天下之
> 工，要非本色」。〔註5〕

張綖係以詞風爲準而將詞體分爲婉約、豪放二者；婉約爲正，豪放爲變；且以蘇軾爲豪放詞人之典型。

清代論詞絕句作者審度蘇軾詞風亦常著眼於「豪放」，鄭方坤〈論詞絕句三十六首〉之九曰：

> 坡公餘技付歌脣，擺脫穠華筆有神；浪比教坊雷大使，那

〔註2〕〔宋〕曾慥：〈東坡詞拾遺跋語〉，見〔明〕吳訥原編，林大椿重編：《百家詞》（天津：天津市古籍書店，1992 年）之《東坡詞》，頁381。

〔註3〕〔宋〕陸游撰，李劍雄、劉德權點校：《老學庵筆記》（北京：中華書局，1979 年），卷五，頁66。

〔註4〕此處有關「豪放」之指涉，參引王水照之說，其〈蘇軾豪放詞派的涵義和評價問題〉曰：「『豪放』一詞，一般用以指人的氣度性格，或指藝術風格。……然而在蘇軾論藝術和宋人評蘇詞的言論中，『豪放』還含有另一種意義：主要指筆快意、揮灑自如、擺脫束縛的創作個性」，《蘇軾論稿》（臺北：萬卷樓圖書有限公司，1994 年），頁184。

〔註5〕〔明〕張綖：《詩餘圖譜·凡例》（上海：上海古籍出版社，2002 年，《續修四庫全書》冊一七三五），頁473。

知渠是謫仙人。（陳無己云：「東坡詞如教坊雷大使之舞，
雖極工，要非本色。」）〔註6〕

首句稱述蘇軾以其餘力塡詞，本於王灼《碧雞漫志》所謂「東坡先生
以文章餘事作詩，溢而作詞曲」。〔註7〕次句謂蘇軾下筆有神，恣縱揮
灑，不受傳統穠豔華麗詞風之束縛，亦謂蘇軾所作神妙絕倫，能於穠
豔華麗之外，別立豪放瀟灑之詞風。蘇軾之能擺脫傳統詞風，蓋不以
詞別是一家，突破詞爲豔科之藩籬，以詩爲詞。陳師道（字履常，一
字無己）《後山詩話》曾曰：「退之以文爲詩，子瞻以詩爲詞，如教坊
雷大使之舞，雖極天下之工，要非本色」，〔註8〕囿於傳統詞風，直指
蘇軾以詩爲詞不符詞體本色。鄭方坤則對此說不以爲然，謂蘇軾乃謫
居世間之仙人，所作出神入化，臻於天工，陳氏妄以人巧之教坊手藝
人雷中慶爲比，〔註9〕殊爲不類，而蘇軾既爲睥睨群倫之謫仙人，自

〔註6〕 〔清〕鄭方坤：〈論詞絕句三十六首〉之九，《蔗尾詩集》（濟南：齊
魯書社，2001 年，《四庫全書存目叢書補編》冊八），卷五〈木石居
後草〉，頁 314。

〔註7〕 〔宋〕王灼：《碧雞漫志》，卷二「各家詞短長」條，唐圭璋編：《詞
話叢編》（臺北：新文豐出版公司，1988 年），冊一，頁 83。

〔註8〕 〔宋〕陳師道：《後山詩話》，〔清〕何文煥輯：《歷代詩話》（臺北：
漢京文化事業有限公司，1983 年），冊一，頁 309。案：《後山詩話》
實非陳師道親作，《四庫全書總目提要》辨之曰：「今考其中於蘇軾、
黃庭堅、秦觀俱有不滿之詞，殊不類師道語。且謂蘇軾詞如教坊雷
大使舞，極天下之工，而終非本色，案蔡絛《鐵圍山叢談》稱雷萬
慶（案：當作雷中慶）宣和中以善舞隸教坊，軾卒於建中靖國元年
六月，師道亦卒於是年十一月，安能預知宣和中有雷大使，借爲譬
況，其出於依託，不問可知矣。至謂陶潛之詩切於事情而不文，謂
韓愈〈元和聖德詩〉於集中爲最下，而裴說〈寄邊衣〉一首詩格柔
靡，殆類小詞，乃亟稱之，尤爲未允。其以王建〈望夫石詩〉爲顧
況作，亦間有舛誤。疑南渡後舊槧散佚，好事者以意補之耶」，見
〔清〕永瑢等：《四庫全書總目提要》（臺北：臺灣商務印書館，1985
年，《合印四庫全書總目提要及四庫未收書目禁燬書目》），卷一九五
「《後山詩話》提要」，頁 4356～4357。

〔註9〕 《鐵圍山叢談》曰：「太上皇（案：指宋徽宗）在位，時屬升平。手
藝人之有稱者，……教坊琵琶則有劉繼安。舞有雷中慶，世皆呼之
爲『雷大使』。笛有孟水清。此數人者，視前代之伎，一皆過之」，

無須與凡輩較量工拙，本色、別格之爭辯亦屬無謂。再者，「謫仙人」
亦爲李白專稱，〔註10〕李白才氣橫溢，創作純任天眞自然，所作樂府
歌行更以雄偉勁健、縱逸奔放著聞，而鄭方坤曰：「那知渠是謫仙人」，
殆以蘇軾追配李白，以其豪放之作風與風格相近也。清初尤侗曾泛言
蘇軾、陸游、辛棄疾、劉過諸人同具李白之風，〔註11〕而鄭方坤獨以
蘇軾之「擺脫穠華筆有神」接武李白，所論更爲深至，其後不乏踵繼
揚摧之論者，如劉熙載稱蘇軾「若其豪放之致，則時與太白爲近」，
〔註12〕又如陳廷焯曰：「太白之詩，東坡之詞，皆是異樣出色」、「太
白之詩，東坡詞可以敵之」。〔註13〕

而鄭方坤〈論詞絕句三十六首〉之一七論及蘇軾詞風則將「豪
放」、「婉約」對舉，詩曰：

> 紅牙鐵板畫封疆，墨守輪攻各挽強；莫向此間分左袒，黃
> 金留待鑄姜郎。（東坡問幕士云：「我詞比柳何如？」對
> 曰：「柳郎中詞，只好十七、八女郎，執紅牙拍，歌『楊柳
> 岸、曉風殘月』；學士詞，須關西大漢，持鐵綽板，唱『大
> 江東去』。」姜堯章所著《石帚詞》，戛玉敲金，得未曾有。）
> 〔註14〕

〔宋〕蔡條撰，馮惠民、沈錫麟點校：《鐵圍山叢談》（北京：中華
書局，1983 年），卷六，頁 107～108。

〔註10〕《本事詩》曰：「李太白初自蜀至京師，舍於逆旅。賀監知章聞其名，
首訪之。既奇其姿，復請所爲文。出〈蜀道難〉以示之。讀未竟，
稱歎者數四，號爲『謫仙』，解金龜換酒，與傾盡醉。期不間日。由
是稱譽光赫」，〔唐〕孟棨：《本事詩‧高逸第三》，丁福保輯：《歷
代詩話續編》（臺北：木鐸出版社，1988 年），冊上，頁 14。

〔註11〕尤侗〈詞苑叢談序〉曰：「唐詩以李、杜爲宗，而宋詞蘇、陸、辛、
劉有太白之風，秦、黃、周、柳得少陵之體；此又畫疆而理，聯騎
而馳者也」，〔清〕徐釚編著，王百里校箋：《詞苑叢談校箋》（臺北：
文史哲出版社，1989 年），頁 3。

〔註12〕〔清〕劉熙載：《藝概‧詞概》，「坡詞近太白」條，唐圭璋編：《詞
話叢編》，冊四，頁 3690。

〔註13〕〔清〕陳廷焯：《白雨齋詞話》，卷一「東坡詞人不易學」條、卷八
「詩詞皆有境」條，唐圭璋編：《詞話叢編》，冊四，頁 3783、3977。

〔註14〕〔清〕鄭方坤：〈論詞絕句三十六首〉之一七，《蔗尾詩集》，卷五〈木

此絕主論姜夔，而前聯涉及蘇軾〈念奴嬌・赤壁懷古〉及其相關軼事，
該詞全文如下：

> 大江東去，浪淘盡、千古風流人物。故壘西邊人道是，三
> 國周郎赤壁。亂石穿空，驚濤拍岸，捲起千堆雪。江山如
> 畫，一時多少豪傑。　　遙想公瑾當年，小喬初嫁了，雄
> 姿英發。羽扇綸巾談笑間，強虜灰飛煙滅。故國神遊，多
> 情應笑，我早生華髮。人間如夢，一尊還酹江月。〔註15〕

起首描敘滔滔滾滾之長江奔瀉而東，唱歎江流古今不息、人事幾番遷
換、氣勢磅礴，格局宏大；次則遊目騁懷，摹寫赤壁之奇險，緬懷豪
傑之競逐。下片頌讚周瑜年輕得意、從容破敵，感喟自己迍邅蹉跎、
鬢髮已斑，情感起而復落；末結則以「一尊還酹江月」之豪舉擺脫「人
間如夢」之無奈，意氣昂揚。南宋陳鵠曾曰：「歌赤壁之詞，使人抵
掌激昂，而有擊楫中流之心」，〔註16〕〈念奴嬌〉之聲情效果可見一
斑。而俞文豹《吹劍續錄》載：

> 東坡在玉堂，有幕士善謳。因問我詞比柳詞何如？對曰：「柳
> 郎中詞，只好十七八女孩兒，執紅牙拍板，唱『楊柳外、
> 曉風殘月』。學士詞，須關西大漢，執鐵板，唱『大江東去』。」
> 公為之絕倒。〔註17〕

此則軼事係以〈念奴嬌・赤壁懷古〉、〈雨霖鈴〉（寒蟬淒切）為例，
較析蘇軾、柳永之詞風。〈念奴嬌〉弔古興懷，雄詞壯采，豪邁奔逸；
〈雨霖鈴〉傷離抒情，軟語麗句，婉媚悱惻；二作之主旨、辭藻、情
致本已大相逕庭。而善歌之翰林院幕士更由迥異之歌者、樂器，對比
蘇、柳二人豪放、婉約判然異軌之詞風，真能探驪得珠。鄭氏詩句「紅

　　　石居後草〉，頁 314～315。

〔註15〕〔宋〕蘇軾：〈念奴嬌・赤壁懷古〉，唐圭璋編：《全宋詞》（臺北：
　　　　文光出版社，1983 年），冊一，頁 282。

〔註16〕〔宋〕陳鵠：〈燕喜詞敘〉，見〔清〕王鵬運輯《四印齋所刻詞》之
　　　　曹冠《燕喜詞》，頁 749。

〔註17〕〔宋〕俞文豹：《吹劍錄全編・吹劍續錄》，見《宋人箚記八種》（臺
　　　　北：世界書局，1963 年），頁 38。

牙鐵板畫封疆，墨守輸攻各挽強」，則本《吹劍續錄》之說，凸顯蘇軾、柳永詞風迥別，豪放、婉約猶如畫野分疆，亦如公輸盤、墨翟之攻守交鋒。

　　汪筠亦對舉「豪放」、「婉約」以彰顯蘇軾之詞風，其〈讀《詞綜》書後二十首〉之六曰：

> 淺斟低唱何心換，海雨天風特地豪；待喚女兒春十八，紅牙明月一聲高。〔註18〕

首句之「淺斟低唱」擷自柳永〈鶴沖天〉（黃金榜上），全句探究柳永「忍把浮名，換了淺斟低唱」之心曲。次句之「海雨天風」出自蘇軾〈鵲橋仙·七夕〉，全詞如下：

> 緱山仙子，高情雲渺，不學癡牛騃女。鳳簫聲斷月明中，舉手謝、時人欲去。　　客槎曾犯，銀河微浪，尚帶天風海雨。相逢一醉是前緣，風雨散、飄然何處。〔註19〕

上片寫王子喬於七夕吹簫月下，揮別時人，飄然成仙，超曠情致不似牛郎織女之爲兒女柔情所苦。過片鎔鑄海渚之人乘浮槎、渡天河而至牽牛星之傳說；末結點明聚散隨緣之題旨。蘇軾此七夕詞不詠習見之牛女分合，絕去綺媚繾綣，而以聚散無常、瀟灑以對之豪情逸懷寬慰友朋之離情，超邁飄揚。而汪筠詩句以「海雨天風」之豪快奔放，對比「淺斟低唱」之婉曲纏綿，體現蘇詞豪放、柳詞婉約之風格。至於此絕後聯則引俞文豹《吹劍續錄》辨析蘇、柳詞風之記載，縮節有關蘇詞之論述，只言「待喚女兒春十八，紅牙明月一聲高」，然其命意不外強調蘇、柳二家豪放、婉約涇渭分明之詞風。

　　再者，汪筠詩句「海雨天風特地豪」之「特地」二字，頗值深

〔註18〕〔清〕汪筠：〈讀《詞綜》書後二十首〉之六，《謙谷集》（北京：北京出版社，2000 年，《四庫未收書輯刊》十輯，冊二十一），卷二，頁 93。

〔註19〕〔宋〕蘇軾：〈鵲橋仙·七夕〉，唐圭璋編：《全宋詞》，冊一，頁 294～295。案：《傅幹注坡詞》題作「七夕送陳令舉」，見〔宋〕傅幹注，劉尚榮校證：《傅幹注坡詞》（成都：巴蜀書社，1993 年），卷六，頁 154。

究，此中涉及蘇軾開拓豪放詞風究屬無心之舉？抑或有意爲之？南宋
湯衡認爲蘇軾不滿唐末以來詞壇流於穠豔浮靡，特意以詩爲詞，以其
健筆正氣掃盡纖弱、革除積習，〔註20〕然金代王若虛主張蘇軾天賦卓
絕，援筆塡詞縱橫自如而超邁群倫，並非有意另闢蹊徑、力矯時
弊，以與流俗爭勝。〔註21〕而觀蘇軾〈與鮮于子駿書〉曰：「近卻頗
作小詞，雖無柳七郎風味，亦自是一家。呵呵。數日前，獵於郊外，
所獲頗多。作得一闋，令東州壯士抵掌頓足而歌之，吹笛擊鼓以爲

〔註20〕湯衡〈張紫微雅詞序〉曰：「昔東坡見少游〈上巳遊金明池〉詩有『簾
　　　幙千家錦繡垂』之句，曰：『學士又入小石調矣。』世人不察，便謂
　　　其詩似詞，不知坡之此言，蓋有深意。夫鏤玉雕瓊、裁花剪葉，唐
　　　末詞人非不美也，然粉澤之工，反累正氣。東坡懼其不幸而溺乎彼，
　　　故援而止之，惟恐不及。其後元祐諸公，嬉弄樂府，寓以詩人句法，
　　　無一毫浮靡之氣，實自東坡發之也」，〔宋〕湯衡：〈張紫微雅詞序〉，
　　　〔宋〕張孝祥著，徐鵬校點：《于湖居士文集》（上海：上海古籍出
　　　版社，2009年），附錄，頁423。
〔註21〕王若虛《滹南詩話》曰：「陳後山謂『子瞻以詩爲詞』，大是妄論，
　　　而世皆信之。獨茆荊產辨其不然，謂公詞爲古今第一。今翰林趙公
　　　亦云：『此與人意暗同。』蓋詩詞只是一理，不容異觀。自世之末作，
　　　習爲纖豔柔脆，以投流俗之好，高人勝士，亦或以是相勝，而日趨
　　　於委靡，遂謂其體當然，而不知流弊之至此也。文伯起曰：『先生懼
　　　其不幸而溺於彼，故援而止之，特立新意，寓以詩人句法。』是亦
　　　不然。公雄文大手，樂府乃其游戲，顧豈與流俗爭勝哉！蓋其天資
　　　不凡，辭氣邁往，故落筆皆絕塵耳」，〔金〕王若虛：《滹南詩話》，
　　　卷中，收於吳文治主編：《遼金元詩話全編》（南京：鳳凰出版社，
　　　2006年），冊一《王若虛詩話》，頁201。而元好問亦有類似說法：「唐
　　　歌詞多宮體，又皆極力爲之。自東坡一出，情性之外，不知有文字，
　　　眞『一洗萬古凡馬空』氣象。雖時作宮體，亦豈可以宮體概之！
　　　人有言：『樂府本不難作，從東坡放筆後便難作。』此殆以工拙論，
　　　非知坡者。所以然者，《詩三百》所載小夫賤婦幽憂無聊賴之語，時
　　　猝爲外物感觸，滿心而發、肆口而成者爾，其初果欲被管絃，諧金
　　　石，經聖人手，以與六經並傳乎？小夫賤婦且然，而謂東坡翰墨遊
　　　戲，乃求與前人角勝負，誤矣！自今觀之，東坡聖處，非有意於文
　　　字之爲工，不得不然之爲工也」（〔金〕元好問：〈新軒樂府引〉，《遺
　　　山先生文集》，臺北：臺灣商務印書館，1967年，《四部叢刊初編》，
　　　卷三十六，頁379），指出蘇軾能不泥於宮體柔靡婉孌之風，暴然獨
　　　造，然其所作純任性情，應物興懷而縱筆塡詞，並不斤斤於文字之
　　　工拙，不與前人爭勝。

節,頗壯觀也」,〔註22〕自稱〈江神子‧獵詞〉（老夫聊發少年狂）一詞聲情豪壯,〔註23〕此等詞作異於柳永和婉柔媚詞風,足以自成一家。蘇軾將其詞作與當時風行之柳詞相比,流露「呵呵」自得之情,則其有意於柳詞外另立豪放詞風自不待言。且據前文所引俞文豹《吹劍續錄》之記載,蘇軾主動詢問善謳幕士己作與柳詞之差異,並對幕士之巧喻妙答「絕倒」（「絕倒」有極笑或佩服之意）,則其有意創作豪放詞作以與柳永分庭抗禮之心態,昭然若揭。故汪筠曰:「海雨天風『特地』豪」,明言蘇軾開拓豪放詞風爲有意之自覺行爲,當爲得實之論。

汪筠稱蘇詞豪放猶如「海雨天風」,而華長卿亦有類似表述,其〈論詞絕句〉之一五論蘇軾曰:

逼人海雨激天風,推倒詞壇一世雄;洗盡綺羅兒女態,銅琶高唱大江東。〔註24〕

首句之「海雨」、「天風」擷自〈鵲橋仙‧七夕〉（縫山仙子）,且本陸游〈跋東坡七夕詞後〉之評論:「昔人作七夕詩,率不免有珠櫳綺疏惜別之意,惟東坡此篇,居然是星漢上語。歌之曲終,覺天風海雨逼人,學詩者當以是求之」〔註25〕。陸游推尊蘇軾此作超凡邁往、高曠飄逸,並以「天風海雨逼人」喻示其清揚警拔之聲情效果;華氏轉化其意,以「逼人海雨激天風」之激越雄渾形容蘇軾之豪放詞風。此絕

〔註22〕蘇軾:〈與鮮于子駿三首〉之二,〔宋〕蘇軾撰,孔凡禮點校:《蘇軾文集》（北京:中華書局,1996年）,冊四,卷五十三,頁1560。

〔註23〕一般認爲蘇軾此信作於密州任內,而信中提及出獵所作之詞,即此〈江神子‧獵詞〉（老夫聊發少年狂）。而羅忼烈曾謂蘇軾此信作於徐州,且所作詞業已失傳,然王水照著有〈蘇軾的書簡〈與鮮于子駿〉和〈江城子‧密州出獵〉〉一文（見王水照:《蘇軾論稿》,頁221～226）,詳辯羅氏說法之不當。

〔註24〕〔清〕華長卿:〈論詞絕句〉之一五,《梅莊詩鈔》（上海:上海古籍出版社,2002年,《續修四庫全書》冊一五三三）,卷五〈嗜痂集下〉,頁607。

〔註25〕〔宋〕陸游:〈跋東坡七夕詞後〉,《渭南文集》（臺北:臺灣商務印書館,1967年,《四部叢刊初編》）,卷二十八,頁250。

次句則謂蘇軾以其豪放詞風傲視詞壇、雄峙千古。第三句當化自胡寅〈題酒邊詞〉稱賞蘇軾「一洗綺羅香澤之態，擺脫綢繆宛轉之度」之語，〔註26〕標舉豪放之蘇詞盡去華靡綺語、兒女柔情。末句更引俞文豹《吹劍續錄》之說，力陳蘇詞之豪放。

　　前引鄭方坤〈論詞絕句三十六首〉之一七與汪筠〈讀《詞綜》書後二十首〉之六，均只客觀稱述豪放、婉約詞風，對於二者並無主觀褒貶，鄭方坤更曰：「莫向此間分左祖」，主張二者當可並行，不必偏護任何一方。而章愷、李兆元則對豪放、婉約互有軒輊，章愷〈論詞絕句八首〉之四曰：

　　　　羅衫畫扇可憐春，花底吹笙韻絕塵；傳語教坊雷大使，銅
　　　　琶鐵板太驚人。〔註27〕

前聯藉由形象之譬喻，主張詞體當如絲織衣衫、畫飾扇子之精巧細緻，又如春色之和煦香藹、惹人憐愛，亦如吹笙花下，雍容閒雅，幽韻細響超脫塵俗，然則章愷之崇尚婉約詞風不言可喻。後聯進而鄙薄蘇軾之豪放詞風，上句認同陳師道《後山詩話》所謂：「退之以文為詩，子瞻以詩為詞，如教坊雷大使之舞，雖極天下之工，要非本色」，下句化用俞文豹《吹劍續錄》之說，指斥彈銅琵琶、持鐵綽板以歌「大江東去」不符詞體婉約本色，誠不足取。

　　章愷揚婉抑豪，李兆元則揚豪抑婉，其〈論詩絕句〉之八曰：

　　　　詩古詞今貴別裁，屯田那有大蘇才；放歌氣要吞雲夢，攜
　　　　取銅琶鐵板來。〔註28〕

首句強調詩詞創作貴能別出心裁，以下則以俞文豹《吹劍續錄》之記

〔註26〕〔宋〕胡寅：〈題酒邊詞〉，見〔明〕毛晉輯《宋六十名家詞》（上海：上海古籍出版社，1992 年）之向子諲《酒邊詞》，頁 220。

〔註27〕〔清〕章愷：〈論詞絕句八首〉之四，《北亭集》，卷二，見孫克強：《清代詞學批評史論》（上海：上海古籍出版社，2008 年），附錄「清代論詞絕句組詩」，頁 386。

〔註28〕〔清〕李兆元：〈論詩絕句〉之八，見郭紹虞、錢仲聯、王遽常編：《萬首論詩絕句》（北京：人民文學出版社，1991 年），冊二，頁 654。

載爲本，認爲柳永才華不及蘇軾，放聲歌唱自當氣魄宏大，須以銅琵琶、鐵綽板伴奏方能盡興。此中揚舉蘇軾豪放詞風、貶抑柳永婉約詞風之用意，至爲明顯。

　　鄭方坤、汪筠、華長卿、章愷與李兆元概以「豪放」評定蘇軾之詞風，惟「豪放」一詞意謂豪邁奔放、無所拘束，瀟灑超逸爲其佳處，過則淪爲粗豪、叫囂。不善學蘇詞者每以「豪放」標榜，實爲「粗豪」之贗品，王僧保有詩闡述蘇軾豪放詞風之眞義以指摘此弊，其〈論詞絕句〉之七曰：

> 慷慨黃州一夢中，銅弦鐵板唱坡公；何人創立蘇辛派，兩
> 字釃豪恐未工。〔註29〕

首句論贊蘇軾黃州詞作所呈現之心境，蓋蘇軾因烏臺詩案而責授檢校水部員外郎充黃州團練副使，元豐三年（1080）二月抵黃，而至七年（1084）三月改授汝州團練副使，四月離黃赴汝，謫居黃州凡四年又二月。蘇軾〈自題金山畫像〉曰：「問汝平生功業，黃州、惠州、儋州」，〔註30〕雖有自我解嘲之意，然亦透露黃州生涯乃其人生重要歷程，而其詞作亦至黃州始臻極詣。檢視蘇軾黃州詞作，常見人生如夢之表述，如〈滿庭芳〉（三十三年）：「居士先生老矣，眞夢裡、相對殘釭」、〈十拍子・暮秋〉：「身外儻來都似夢，醉裡無何即是鄉」、〈南鄉子・重九涵輝樓呈徐君猷〉：「萬事到頭都是夢，休休」、〈念奴嬌・赤壁懷古〉：「人間如夢，一尊還酹江月」、〈醉蓬萊・重九上君猷〉：「笑勞生一夢，羈旅三年，又還重九」等。〔註31〕蘇軾看待聚合、外物、

〔註29〕〔清〕王僧保：〈論詞絕句〉之七，見況周頤：《阮盦筆記五種・選巷叢譚》（臺北：新文豐出版公司，1989年，《叢書集成續編》冊二十四），卷二，頁690。

〔註30〕〔宋〕蘇軾：〈自題金山畫像〉，〔清〕王文誥輯註，孔凡禮點校：《蘇軾詩集》（北京：中華書局，1982年），冊八，卷四十八，頁2641。

〔註31〕以上所引詞作分見唐圭璋編：《全宋詞》，冊一，頁279、295～296、290、282、296。至於諸詞之編年，參龍榆生：《東坡樂府箋》（臺北：華正書局，1990年）；鄒同慶、王宗堂《蘇軾詞編年校註》（北京：

萬事乃至人生俱如一夢，似欲擺脫聚散、貧富、貴賤、得失、升沉種種羈絆，抗揚豪爽。惟考蘇軾原為獨當一面之知州，烏臺案起，淪為謗訕朝政之御史臺犯，詬辱通宵、自期必死而絕處逢生、貶居黃州，則其人生如夢之體悟，係經磨難、淬練而昇華之生命觀照，內蘊深厚，絕非好發豪語、故作狂態者可比。故王僧保稱蘇軾「慷慨黃州一夢中」，殆取「慷慨」一詞兼具失志感歎、豪爽激昂之義涵。次句「銅弦鐵板唱坡公」論蘇軾之豪放詞風，櫽括俞文豹《吹劍續錄》之記載，而合前句「慷慨黃州一夢中」觀之，旨在凸顯豪放之蘇詞饒富內蘊。因之後聯詆訶不肖學者未見蘇軾、辛棄疾豪放詞作之深厚內蘊，徒作豪語壯詞，流於粗疏直露、狂肆叫囂，卻以蘇辛豪放詞派白居，實厚誣蘇、辛也。

　　馮煦亦有近於王僧保之論述，其〈論詞絕句〉之五論蘇軾曰：

　　大江東去月明多，更有孤鴻縹緲過；後起銅琶兼鐵撥，莫
　　教初祖謗東坡。〔註32〕

首句之「大江東去」，擷自〈念奴嬌・赤壁懷古〉。而「月明多」宜為〈西江月〉（世事一場大夢）「月明多被雲妨」一句之節略，藏去「被雲妨」，意謂蘇軾係因小人（雲）蒙蔽聖君（月明）而左遷黃州。〔註33〕次句所言縹緲而過之孤鴻，出自〈卜算子〉（缺月挂疏

中華書局，2002 年）。另〈西江月〉（世事一場大夢）有「世事一場大夢，人生幾度秋涼」，而該詞龍本從王文誥《蘇詩總案》，編於元豐三年，鄒本則從林冠群〈蘇軾〈西江月〉寫作的時間和地點〉、孔凡禮《蘇軾年譜》，改編於紹聖四年；又〈漁家傲〉（臨水縱橫回晚鞚）有「只堪妝點浮生夢」，而該詞龍本未編年，鄒本則據詞中之地理、思想、心境，類編於元豐五年。

〔註32〕〔清〕馮煦：〈論詞絕句〉之五，《蒿盦類稿》（臺北：文海出版社，1969 年，沈雲龍主編《近代中國史料叢刊》第三十三輯），卷七，頁 456。案：《蒿盦類稿》編年著錄詩作，此詩作於光緒十三年（1887）。

〔註33〕參引王偉勇、王曉雯〈馮煦〈論詞絕句〉十六首探析〉之解說，詳見王偉勇：《詩詞越界研究》（臺北：里仁書局，2009 年），頁 270。又〈西江月〉全詞如下：「世事一場大夢，人生幾度秋涼。夜來風葉已鳴廊。看取眉頭鬢上。　酒賤常愁客少，月明多被雲妨。中

桐）一詞。〔註34〕細繹馮煦隱去「月明多被雲妨」一句之「被雲妨」而凸顯「月明多」，似亦揭示蘇軾詞作每多深情寄意，殊值玩味深思，以求雲開見月而得其內蘊。馮煦作於宣統二年（1910）之〈東坡樂府序〉曾就此意多所闡發，該文敘及蘇詞「厥有四難」，而論三難、四難曰：

> 文不苟作，寄託寓焉，所謂文外有事在也，於詞亦然。然世非懷、襄，而效靈均〈九歌〉之奏；時非天寶，而擬杜陵〈八哀〉之篇。無病而呻，識者恫之。而東坡夙負時望，橫遭讒口，連蹇二十年，飄蕭萬里，酒邊花下，其忠愛之誠、幽憂之隱，旁礴鬱積於方寸閒者，時一流露，若有意，若無意，若可知，若不可知，後之讀者，莫不罤然思、逌然會，而得其不得已之故，非無病而呻者比。其難三也。夫側艷之作，止以導淫；悠繆之辭，或將損性。拘墟小儒，懸爲徽纆。而東坡涉樂必笑，言哀已歎。「暗香水殿」，時軫舊國之思；「缺月疏桐」，空弔幽人之影。皆屬寓言，無憝大雅。其難四也。〔註35〕

所言不外強調蘇詞內蘊深厚，或饒富真情，或別有寄託。而觀馮煦此絕所言蘇軾諸作，真有深情寄意寓焉。蓋〈念奴嬌〉豔稱周瑜卓絕事功，反襯自身之貧士失職；〈西江月〉除「月明多被雲妨」喻指君主爲讒人所蒙蔽，以致己身忠而被謗，末句「把琖淒然北望」，更以北望朝廷示其懷君憂國之心；〈卜算子〉則寄寓飄零淪落、驚懼憂憤而不苟合取容之情志。〔註36〕至於此絕後聯運化俞文豹《吹劍續錄》之

秋誰與共孤光。把琖淒然北望」，唐圭璋編：《全宋詞》，冊一，頁284。

〔註34〕〈卜算子〉全詞如下：「缺月挂疏桐，漏斷人初靜。時見幽人獨往來，縹緲孤鴻影。　　驚起卻回頭，有恨無人省。揀盡寒枝不肯棲，楓落吳江冷」，唐圭璋編：《全宋詞》，冊一，頁295。

〔註35〕〔清〕馮煦：〈東坡樂府序〉，見朱孝臧輯校：《彊村叢書》（上海：上海書店、江蘇廣陵古籍刻印社，1989年）之《東坡樂府》，頁204。

〔註36〕有關此數詞饒有深情寄意，前賢亦多論及，如黃蘇評〈念奴嬌〉曰：

說，指斥不善學蘇詞者刻意仿效豪放詞風，只得「鐵撥」彈「銅琵琶」之激越表象，失之粗豪、叫囂，內涵餘韻蕩然無存，更奉蘇軾為初祖以自護其短，不知蘇軾蘊蓄深厚，豪放之作「剛亦不吐」，〔註37〕有其深情寄意。再者，後聯亦謂遜以蘇軾為後世粗豪劣作初祖之說，〔註38〕誠妄詆蘇軾也。

此外，沈世良〈案頭雜置諸詞集，戲題四絕句〉之一曰：

稼軒玉局氣摩雲，字字華嚴劫外身；夜半傳衣誰得髓，可憐人愛說蘇辛。〔註39〕

此絕並論蘇、辛，且以佛說詞。首句之「稼軒」乃辛棄疾之號，「玉局」則指蘇軾。蓋蘇軾於哲宗元符三年（1100）十一月復朝奉郎、提舉成都府玉局觀、在外州軍任便居住，曾自稱「玉局翁」，後人遂以「玉局」、「蘇玉局」、「玉局翁」、「玉局仙」、「玉局仙人」代稱蘇軾。

「題是懷古，意謂自己消磨壯心殆盡也。……總而言之，題是赤壁，心實為己而發。周郎是賓，自己是主。借賓定主，寓主于賓。是主是賓，離奇變幻，細思方得其主意處」（〔清〕黃蘇：《蓼園詞評》，「念奴嬌」條，唐圭璋編：《詞話叢編》，冊四，頁 3077）；楊湜論〈西江月〉曰：「坡以讒言謫居黃州，鬱鬱不得志。凡賦詩綴詞，必寫其所懷。然一日不負朝廷，其懷君之心，末句可見矣」（〔宋〕楊湜：《古今詞話》，「蘇軾」條，唐圭璋編：《詞話叢編》，冊一，頁 30）；陳廷焯評〈卜算子〉曰：「寓意高遠，運筆空靈，措語忠厚」（〔清〕陳廷焯：《詞則》，上海：上海古籍出版社，1984 年，〈大雅集〉卷二，頁 54）。

〔註37〕〔清〕馮煦：〈東坡樂府序〉，見朱孝臧輯校：《彊村叢書》之《東坡樂府》，頁 204。

〔註38〕如〔金〕元好問〈新軒樂府引〉曰：「坡以來，山谷、晁無咎、陳去非、辛幼安諸公，俱以歌詞取稱，吟詠情性，留連光景，清壯頓挫，能起人妙思。亦有語意拙直，不自緣飾，因病成妍者，皆自坡發之」，《遺山先生文集》，卷三十六，頁 379。又如〔清〕王時翔〈莫莪琰詞序〉曰：「獨蘇長公能盤硬語與時異，趨而復失之牖」，《小山詩文全稿》（臺南：莊嚴文化事業有限公司，1997 年，《四庫全書存目叢書》集部冊二七五），《小山文稿》卷二，頁 155。

〔註39〕〔清〕沈世良：〈案頭雜置諸詞集，戲題四絕句〉之一，見楊鍾義：《雪橋詩話》（瀋陽：遼瀋書社，1991 年），三集，卷十二，頁 1168。

〔註40〕而「稼軒玉局氣拏雲」意謂蘇、辛詞風豪放，雄詞英氣健舉凌雲。次句之「華嚴」指《大方廣佛華嚴經》，簡稱《華嚴經》，釋迦牟尼成道之初所說之大乘無上法門，最稱宏賾難悟，有一微塵具足一切諸法之說，唐武后〈大周新譯大方廣佛華嚴經序〉曾曰：「《大方廣佛華嚴經》者，斯乃諸佛之密藏，如來之性海。視之者莫識其指歸，挹之者罕測其涯際。有學無學，志絕窺覦；二乘三乘，寧希聽受。最勝種智，莊嚴之跡既隆；普賢文殊，願行之因斯滿。一句之內，包法界之無邊；一毫之中，置刹土而非隘。」〔註41〕故「字字華嚴」喻示蘇、辛豪放詞作蘊蓄深厚，後人難窺其堂奧。而次句之「劫」，佛家意爲長遠之時節，世界歷經「成」、「住」、「壞」、「空」若干萬年而毀滅，稱爲一劫，故「劫外身」蓋謂蘇、辛豪放詞作卓然特立、長存不滅。至於「夜半傳衣」係指禪宗五祖弘忍夜召六祖慧能，付以法寶與所傳袈裟，慧能是夜南行以傳師法。〔註42〕是知此絕後聯慨歎後人每自儕

〔註40〕蘇軾〈永和清都觀道士，童顏鬒髮，問其年，生於丙子，蓋與予同，求此詩〉曰：「鏡湖勅賜老江東，未似西歸玉局翁」（〔清〕王文誥輯註，孔凡禮點校：《蘇軾詩集》，冊七，卷四十五，頁 2451），自稱「玉局翁」。又王沂孫〈慶清朝・榴花〉曰：「玉局歌殘，金陵句絕，年年負卻薰風」（唐圭璋編：《全宋詞》，冊五，頁 3359）、趙翼〈再題焦山寺壁贈兩僧〉之四曰：「我本才非蘇玉局，敢嗔佛印不燒豬」（〔清〕趙翼著，華夫主編：《趙翼詩編年全集》，天津：天津古籍出版社，1996 年，冊三，卷三十六，頁 1121）、李處全〈鷓鴣天・社日落成煙雨樓二首〉曰：「偶妨清賞中秋夕，爲憶名言玉局翁」（唐圭璋編：《全宋詞》，冊三，頁 1731）、陸游〈眞珠園雨中作〉曰：「坐誦空濛句，予懷玉局仙」（〔宋〕陸游：《陸放翁全集》，北京：中國書店，1986 年，冊中，《劍南詩稾》卷十七，頁 301）、李曾伯〈朝中措・癸丑壽安觀使〉曰：「小范龍圖老子，大蘇玉局仙人」（唐圭璋編：《全宋詞》，冊四，頁 2814），所謂「玉局」、「蘇玉局」、「玉局翁」、「玉局仙」、「玉局仙人」皆指蘇軾。

〔註41〕〔唐〕武后：〈大周新譯大方廣佛華嚴經序〉，周紹良主編：《全唐文新編》（長春：吉林文史出版社，2000 年），卷九十七，頁 1134。

〔註42〕《景德傳燈錄》載弘忍見慧能所作「菩提本非樹，心鏡亦非臺；本來無一物，何假拂塵埃」之偈，「迨夜，乃潛令人自碓坊召能行者入室，告曰：『諸佛出世爲一大事故，隨機小大而引導之，遂有十地、三乘、頓漸等旨，以爲教門。然以無上微妙秘密圓明眞實正法眼藏，

於蘇、辛，侈談、競效二家豪放詞風，然能得其真傳者鮮矣！然則沈氏此絕亦在針砭不肖後學不知蘇（辛）詞內蘊深厚而肆意仿擬，徒貽粗率狂怪、叫囂浮薄之譏。

　　蘇軾之「豪放」詞風盡得瀟灑超逸之佳妙，而無粗豪叫囂之疵纇，故有論者稱其詞風「高曠」，庶幾免去「豪放」一詞所具粗豪叫囂之負面意義。宋代胡寅〈題酒邊詞〉曰：「及眉山蘇氏，一洗綺羅香澤之態，擺脫綢繆宛轉之度，使人登高望遠，舉首高歌，而逸懷浩氣，超然乎塵垢之外」，〔註43〕義在標舉蘇軾高曠之詞風。而清代論詞絕句作者朱依真、高旭亦以「高曠」評說蘇軾詞風，朱依真〈論詞絕句二十二首〉之二曰：

　　　　天風海雨駭心神，白石清空謽後塵；誰見東坡真面目，紛
　　　　紛耳食說蘇辛。〔註44〕

又其〈僕少有〈論詞絕句〉，迄今二十年，燈下讀諸家詞，有老此數家之意，復綴六章，於前論無所長人也〉之一曰：

　　　　剛道霓裳指下聲，天風海雨倏然生；不逢郢匠揮斤手，楮
　　　　葉三年刻未成。〔註45〕

朱氏此二絕句皆論蘇軾，前、後二作相距二十載，然論點一貫，茲先析論其後作。首句之「霓裳指下聲」當指蘇軾〈哨徧·春詞〉：

　　　　睡起畫堂，銀蒜押簾，珠幕雲垂地。初雨歇，洗出碧羅天，

付于上首大迦葉尊者，展轉傳授二十八世，至達磨屆於此土，得可大師，承襲以至于吾。今以法寶及所傳袈裟用付於汝，善自保護，無令斷絕。』……能禮足已，捧衣而出，是夜南邁，大眾莫知」，〔宋〕釋道原：《景德傳燈錄》（臺北：臺灣商務印書館，1966年，《四部叢刊三編》），卷三，頁15。

〔註43〕〔宋〕胡寅：〈題酒邊詞〉，見〔明〕毛晉輯《宋六十名家詞》之向子諲《酒邊詞》，頁220。

〔註44〕〔清〕朱依真：〈論詞絕句二十二首〉之二，見況周頤：《粵西詞見》（臺北：新文豐出版公司，1989年，《叢書集成續編》冊二〇五），卷一，頁785。

〔註45〕〔清〕朱依真：〈僕少有〈論詞絕句〉，迄今二十年，燈下讀諸家詞，有老此數家之意，復綴六章，於前論無所長人也〉之一，見況周頤：《粵西詞見》，卷一，頁787。

正溶溶養花天氣。一霎暖風迴芳草，榮光浮動，掩皺銀塘水。方杏靨勻酥，花鬚吐繡，園林排比紅翠。見乳燕捎蝶過繁枝。忽一線鑪香逐遊絲。畫永人閒，獨立斜陽，晚來情味。　　便乘興攜將佳麗。深入芳菲裡。撥胡琴語，輕攏慢撚總撚利。看緊約羅裙，急趣檀板，霓裳入破驚鴻起。顰月臨眉，醉霞橫臉，歌聲悠揚雲際。任滿頭紅雨落花飛。漸鳷鵲樓西玉蟾低。尚徘徊、未盡歡意。君看今古悠悠，浮宦人間世。這些百歲，光陰幾日，三萬六千而已。醉鄉路穩不妨行，但人生、要適情耳。〔註46〕

上片先寫睡醒所見室內高華景致；續言戶外春景，雨霽天青，春光和煦，暖風輕拂芳草、池塘，花木向榮，燕飛蝶舞，爐煙靜逐蛛絲；歇拍點明悠閒自得之心境。下片鋪陳佳人相伴行樂花間，光陰流逝而意猶未盡，並聚焦於〈霓裳羽衣曲〉之彈奏、舞蹈與演唱場景；末結數句暢敘時間運行不止而人生有限、宦海浮沉，貴能及時行樂、順適性情。蘇軾此作跳脫「春詞」傷春嗟逝、柔靡卑弱之習見窠臼，不因生命苦短、好景不常而抑鬱消極，更不執著於升沉得失，而能正視人生之無常，進而坦然以對、適情任性，無論上片之靜觀抑或下片之樂遊，均見瀟灑自在、閒適達觀之高情逸懷，體現高曠之詞風。又朱氏所言「霓裳指下聲」，亦可指涉蘇軾另一詞作〈水龍吟〉（楚山修竹如雲），〔註47〕其中「綺窗學弄，梁州初徧，霓裳未了。嚼徵含宮，泛商流羽，一聲雲杪」數句，敘及〈霓裳羽衣曲〉縹緲入雲之清音逸響，且此詞「修語清遠」、〔註48〕「丰骨畢竟超凡」，〔註49〕益發彰顯風格之高曠。

〔註46〕〔宋〕蘇軾：〈哨徧・春詞〉，唐圭璋編：《全宋詞》，冊一，頁 307～308。

〔註47〕〈水龍吟〉全詞如下：「楚山修竹如雲，異材秀出千林表。龍鬚半翦，鳳膺微漲，玉肌勻繞。木落淮南，雨晴雲夢，月明風嫋。自中郎不見，桓伊去後，知孤負、秋多少。　　聞道嶺南太守，後堂深、綠珠嬌小。綺窗學弄，梁州初徧，霓裳未了。嚼徵含宮，泛商流羽，一聲雲杪。爲使君洗盡，蠻風瘴雨，作霜天曉」，唐圭璋編：《全宋詞》，冊一，頁 277。

〔註48〕沈際飛曰：「五十餘字，堪與馬賦並傳。修語清遠，馬似不逮」（〔明〕

至於此絕次句之「天風海雨」，摘自〈鵲橋仙・七夕〉，該詞稱頌王子喬超然成仙之高致，抒發隨緣聚散之逸興，不受悲歡離合之拘縶，亦見高曠之詞風。要之，朱依眞謂蘇軾「剛道霓裳指下聲」，而「天風海雨」又「倏然生」，無非強調其詞之高曠。

而此絕第三句典出《莊子・徐无鬼》：「郢人堊慢其鼻端若蠅翼，使匠石斲之。匠石運斤成風，聽而斲之，盡堊而鼻不傷，郢人立不失容」；〔註50〕第四句典出《韓非子・喻老》：「宋人有爲其君以象爲楮葉者，三年而成，豐殺莖柯，毫芒繁澤，亂之楮葉之中，而不可別也」。〔註51〕「郢匠揮斤」與「刻楮三年」皆喻精湛高超之技藝，而朱氏曰：「不逢郢匠揮斤手，楮葉三年刻未成」，意謂蘇軾高曠之詞風卓絕超拔，誠難企及，後人刻意仿擬而終究未臻其境。朱氏提點蘇詞之難學，後有論者進而推闡箇中原因，如王鵬運曰：「蓋霄壤相懸，寧止才華而已？其性情，其學問，其襟抱，舉非恆流所能夢見」，〔註52〕所言甚是，當可證成朱氏之論點。

再論朱依眞之前作。「天風海雨駭心神」之前四字出自〈鵲橋仙・七夕〉，而全句稱賞蘇軾高曠之詞風足以提振心神，令人警醒。次句「白石清空謁後塵」，則論姜夔深得蘇軾高曠詞風之啓導。姜夔塡詞擺脫華靡軟媚，絕去粗獷直率，一派清疏飄逸，猶如幽韻冷香，張炎《詞源》評爲「清空」：

詞要清空，不要質實。清空則古雅峭拔，質實則凝澀晦昧。

沈際飛：《草堂詩餘四集》，臺北：國家圖書館藏，明崇禎間刊本，〈正集〉卷五，頁3下），稱賞此詞清遠之遺詞凌駕馬融〈長笛賦〉。

〔註49〕先著、程洪《詞潔》箋評此詞曰：「非無字面蕪累處，然半骨畢竟超凡」，〔清〕先著、程洪輯，劉崇德、徐文武點校：《詞潔》（保定：河北大學出版社，2007年），卷五，頁182。

〔註50〕〔清〕郭慶藩輯：《莊子集釋》（臺北：華正書局，1987年），頁843。

〔註51〕〔周〕韓非：《韓非子》（臺北：臺灣商務印書館，1967年，《四部叢刊初編》），卷七，〈喻老〉，頁35。

〔註52〕〔清〕王鵬運：《半塘遺稿》，引自龍楡生：《唐宋名家詞選》（上海：上海古籍出版社，1980年），頁126。

姜白石詞如野雲孤飛，去留無迹。吳夢窗詞如七寶樓台，
眩人眼目，碎拆下來，不成片段。此清空質實之説。……
白石詞如〈疎影〉、〈暗香〉、〈揚州慢〉、〈一萼紅〉、〈琵琶
仙〉、〈探春〉、〈八歸〉、〈淡黃柳〉等曲，不惟清空，又且
騷雅，讀之使人神觀飛越。〔註53〕

是知「清空」係與「質實」相對；「質實」者疊用相關物象情事，反
複形塑渲染，深奧淵博，然易流於密實沾滯，甚至生硬差排而晦昧難
明；「清空」則攝取物象情事之神理，超然物外，且於章法結構力求
轉折紆回、夭矯跌宕。張炎稱「清空」具「古雅峭拔」之功，「古雅」
殆指合乎溫柔敦厚之詩教，中正平和，「峭拔」亦即清剛勁健；又以
「野雲孤飛，去留無迹」為喻，形容「清空」所具清超幽遠、空靈疏
宕之特質；更謂風格之「清空」，加以內容之「騷雅」，可令讀者「神
觀飛越」。凡此，皆與蘇軾瀟灑超逸而不粗豪叫囂之高曠詞風極為近
似，實則張炎《詞源》亦曾列舉蘇軾〈水調歌頭〉與〈洞仙歌〉為風
格清空、語意創新之作。〔註54〕而朱依眞推衍張炎之說，謂姜夔受蘇
軾沾溉，以「清空」為「高曠」之「後塵」，可謂甚有見地。

而此絕後聯辨析蘇軾、辛棄疾詞風之差異。蘇、辛並稱，一般皆
以二人為豪放詞派之代表，如元代李長翁〈古山樂府序〉曰：「詩盛
於唐，樂府盛於宋，諸賢名家不少，獨東坡、稼軒傑作，磊落倜儻之
□溢出毫端，殊非雕脂鏤冰者所可彷彿」，〔註55〕推賞蘇、辛同具俊

〔註53〕〔宋〕張炎：《詞源》，卷下「清空」條，唐圭璋編：《詞話叢編》，
　　　　冊一，頁259。
〔註54〕張炎《詞源》曰：「詞以意趣為主，要不蹈襲前人語意。如東坡中秋
　　　　〈水調歌〉云：『明月幾時有，……千里共嬋娟。』夏夜〈洞仙歌〉
　　　　云：『冰肌玉骨，……暗中偷換。』王荊公金陵懷古〈桂枝香〉云：
　　　　『登臨送目。……後庭遺曲。』姜白石〈暗香〉賦梅云：『舊時月
　　　　色，……幾時見得。』〈疎影〉云：『苔枝綴玉，……已入小窗橫
　　　　幅。』此數詞皆清空中有意趣，無筆力者未易到」，〔宋〕張炎：
　　　　《詞源》，卷下「意趣」條，唐圭璋編：《詞話叢編》，冊一，頁260
　　　　～261。
〔註55〕〔元〕李長翁：〈古山樂府序〉，〔元〕張野：《古山樂府》（上海：

偉豪爽之風，又如清代顧仲清曰：「宋名家詞最盛，體非一格。辛、蘇之雄放豪宕，秦、柳之嫵媚風流，判然分途，各極其妙」，〔註56〕以蘇、辛之豪放對比秦、柳之婉約。籠統而言，蘇、辛同屬豪放詞家，馳驟不羈，惟細辨之，同中有異。朱氏此絕以「天風海雨駭心神」稱述蘇詞之高曠，另其〈論詞絕句二十二首〉之一二曰：「兒女癡情迴不侔，風雲氣概屬辛劉」，〔註57〕將辛棄疾與劉過並稱，謂其詞作洗盡婉變柔膩之「兒女癡情」，充溢豪縱雄放之「風雲氣概」，奮厲壯烈，激揚淋漓。然則蘇詞高曠、辛詞豪壯，各具面目，因之朱氏曰：「誰見東坡真面目，紛紛耳食說蘇辛」，疵議論者習於傳聞成說，動輒蘇、辛並稱，無異以耳食而不知真味也。朱氏深察蘇、辛詞風之差異，誠能直探奧賾，其後陳廷焯曰：「蘇、辛並稱，然兩人絕不相似。魄力之大，蘇不如辛。氣體之高，辛不逮蘇遠矣」，〔註58〕王國維曰：「東坡之詞曠，稼軒之詞豪」，〔註59〕鄭騫先生曰：「蘇詞空靈超妙，辛詞沉著切實」，〔註60〕所論殆與朱氏同一機杼。

朱依真謂蘇軾詞風高曠，從而比較姜夔、辛棄疾與蘇軾詞風之異同。而高旭亦賞蘇詞之高曠，其〈《十大家詞》題詞〉之二論蘇軾曰：

此老流離去國，瓊樓玉宇多情；胸懷令人高曠，天風海水

　　　上海古籍出版社，2002 年，《續修四庫全書》冊一七二三），頁
　　　379。案：引文缺空之字，施蟄存編《詞籍序跋萃編》（北京：中國
　　　社會科學出版社，1994 年）所錄〈古山樂府序〉作「氣」，見該書頁
　　　488。
〔註56〕〔清〕高佑釲〈迦陵詞全集序〉引顧仲清（字咸三）之說，見〔清〕
　　　陳維崧：《陳迦陵文集・迦陵詞全集》（臺北：臺灣商務印書館，1967
　　　年，《四部叢刊初編》），頁 347。
〔註57〕〔清〕朱依真：〈論詞絕句二十二首〉之一二，見況周頤：《粵西詞
　　　見》，卷一，頁 786。
〔註58〕〔清〕陳廷焯：《白雨齋詞話》，卷一「蘇辛不相似」條，唐圭璋編：
　　　《詞話叢編》，冊四，頁 3783。
〔註59〕王國維：《人間詞話》，「東坡詞曠稼軒詞豪」條，唐圭璋編：《詞話
　　　叢編》，冊五，頁 4250。
〔註60〕鄭騫：〈漫談蘇辛異同〉，《景午叢編》（臺北：臺灣中華書局，1972
　　　年），上編，頁 267。

冷冷。〔註61〕

此絕主就〈水調歌頭・丙辰中秋，歡飲達旦，大醉。作此篇，兼懷子由〉立論，該詞如下：

> 明月幾時有，把酒問青天。不知天上宮闕，今夕是何年。
> 我欲乘風歸去，又恐瓊樓玉宇，高處不勝寒。起舞弄清影，
> 何似在人間。　　　轉朱閣，低綺戶，照無眠。不應有恨，
> 何事長向別時圓。人有悲歡離合，月有陰晴圓缺，此事古
> 難全。但願人長久，千里共嬋娟。〔註62〕

蘇軾因與主持新法之王安石不合，而於神宗熙寧四年（1071）自請補外，出任杭州通判。熙寧七年，轉任密州知州，熙寧九年（1076，丙辰）中秋作此〈水調歌頭〉，時弟蘇轍爲齊州掌書記。洎乎熙寧十年，蘇軾改知徐州，元豐二年（1079），移知湖州，旋即發生「烏臺詩案」，貶爲黃州團練副使，後於元豐七年轉調汝州團練副使。蘇軾此詞固爲懷念蘇轍之作，然銅陽居士《復雅歌詞》曰：

> 是詞乃東坡居士以丙辰中秋歡飲達旦，大醉，作〈水調歌
> 頭〉，兼懷子由，時丙辰熙寧九年也。元豐七年，都下傳唱
> 此詞。神宗問內侍外面新行小詞，內侍錄此進呈。讀至「又
> 恐瓊樓玉宇，高處不勝寒」，上曰：「蘇軾終是愛君。」乃
> 命量移汝州。〔註63〕

其意蓋謂詞中摹寫月宮之「瓊樓玉宇」，隱有象喻朝廷之意，感發神宗肯定蘇軾愛君之心。後世不乏認同揚搉此說之論者，董毅《續詞選》曰：「忠愛之言，惻然動人。神宗讀『瓊樓玉宇，高處不勝寒』之句，以爲『終是愛君』，宜矣」，〔註64〕黃蘇《蓼園詞評》更稱此詞「忠愛

〔註61〕〔清〕高旭：〈《十大家詞》題詞〉，見〔清〕高旭著，郭長海、金菊貞編：《高旭集》（北京：社會科學文獻出版社，2003 年），下編《天梅遺集補編》，卷二十五〈願無盡廬詩話（下）〉，第三十八則，頁624。

〔註62〕〔宋〕蘇軾：〈水調歌頭〉，唐圭璋編：《全宋詞》，冊一，頁 280。

〔註63〕〔宋〕銅陽居士：《復雅歌詞》，「蘇軾」條，唐圭璋編：《詞話叢編》，冊一，頁 59。

〔註64〕〔清〕董毅：《續詞選》，〔清〕張惠言錄，劉崇德、徐文武點校：《詞

之思，令人玩味不盡」。〔註65〕而高旭曰：「此老流離去國，瓊樓玉宇多情」，亦以蘇軾離開朝廷、遊宦各地然終不忘君國，〈水調歌頭〉非但憶念手足，更有社稷懷思，沛然多情。

綜觀蘇軾〈水調歌頭〉，破空而起，質問青天明月，灑脫不羈；「我欲乘風歸去」五句，天上人間、憧憬現實馳騁跌宕，空靈蘊藉，宜其引人感發；下片描敘月光移轉、愁人無眠，悵惘月圓而人不圓，隨即自我開解，「人有悲歡離合，月有陰晴圓缺」，自然、人事本有缺憾，自古而然，何須怨懟？唯願各保安康，雖隔千里亦能同賞明月。此詞造語超逸、情懷豁達，良有高曠之風，陳廷焯《雲韶集》評曰：「落筆高超，飄飄有凌雲之氣。」〔註66〕高旭則就讀者接受之角度立說，稱此作「胸懷令人高曠，天風海水泠泠」。洵然，〈水調歌頭〉正視人生本難圓滿之本質，擺脫際遇之迍邅、心境之煩憂，深深祝願，似此超然曠達之胸懷猶如清涼之天風、海水，當有助於讀者洗淨煩襟、掃空俗慮，超脫困境而豁然開朗。〔註67〕

此外，前舉汪筠〈讀《詞綜》書後二十首〉之六曰：「淺斟低唱何心換，海雨天風特地豪；待喚女兒春十八，紅牙明月一聲高」，揭示蘇詞之豪放迥異柳詞之婉約，另其〈讀《詞綜》書後二十首〉之一

選》（保定：河北大學出版社，2006 年），附《續詞選》，頁 204。
〔註65〕〔清〕黃蘇：《蓼園詞評》，「水調歌頭」條，唐圭璋編：《詞話叢編》，冊四，頁 3069。
〔註66〕〔清〕陳廷焯：《雲韶集》，卷二，引自鄒同慶、王宗堂：《蘇軾詞編年校註》，冊上，頁 180。
〔註67〕王偉勇、鄭琇文〈高旭論〈十大家詞〉絕句探析〉一文，謂此絕後聯係論蘇軾〈鵲橋仙・七夕〉（緱山仙子）詞，並謂高旭認同陸游跋語所言「昔人作七夕詩，率不免有珠櫳綺疏惜別之意，惟東坡此篇，居然是星漢上語。歌之曲終，覺天風海雨逼人」，故曰：「胸懷令人高曠，天風海水泠泠」，而歸結高旭欣賞蘇軾詞令人胸懷高曠之一面，詳見王偉勇：《詩詞越界研究》，頁 351～353。惟高旭此絕原文作「天風海『水』泠泠」，異於蘇軾〈鵲橋仙・七夕〉與陸游跋語所稱「天風海『雨』」，故筆者遵高旭原文，逕就「天風海水泠泠」之字面義涵為釋，且通首連讀，以「胸懷令人高曠，天風海水泠泠」為論〈水調歌頭〉之語。

○曰：

　　清雄端合讓辛蘇，忠敏牢愁絕代無；花落小山亭上酒，怨
　　春不語爲春孤。〔註68〕

此絕前聯合論蘇軾、辛棄疾。首句稱揚「清雄」之詞風惟蘇、辛二人
足以當之。所謂「清雄」，亦即「雄」而能「清」。「雄」者，豪放、
剛健也；「清」者，清俊、清新也。次句嘉許蘇、辛「忠敏牢愁」之
曠代心性，亦謂二人心性「忠敏牢愁」，援筆塡詞，忠愛憂憤蘊蓄其
間。〔註69〕

　　蘇軾心性洵如汪筠所言「忠敏牢愁」，忠誠奮勉、憂國憂民，不
計個人進退得喪，每以社稷蒼生爲念，蘇轍稱其「出而從君，道直言
忠」，〔註70〕《宋史》謂其「自爲舉子至出入侍從，必以愛君爲本，
忠規讜論，挺挺大節，群臣無出其右」。〔註71〕觀其進諫銳意變法革
新之神宗「但患求治太急，聽言太廣，進人太銳」，願「結人心，厚
風俗，存紀綱」，持論誠剴切；而任哲宗侍讀，「每進讀至治亂盛衰、
邪正得失之際，未嘗不反覆開導，覬有所啓悟」，用心極勤苦。〔註72〕
數典方州，亦復積極有爲，如知杭州期間，救治饑疫，疏浚河道，以
西湖葑田築長堤，州民感戴，以致「家有畫像，飲食必祝，又作生祠
以報」。〔註73〕而檢視蘇軾詞作，屢見流露「忠敏牢愁」之情懷，顯
言者如〈沁園春〉曰：「當時共客長安。似二陸初來俱少年。有筆頭
千字，胸中萬卷，致君堯舜，此事何難」，追惟福國淑世之年少抱負；

〔註68〕〔清〕汪筠：〈讀《詞綜》書後二十首〉之一○，《謙谷集》，卷二，
　　　　頁93。
〔註69〕「忠敏」又爲辛棄疾之證，故次句亦可視爲單論辛棄疾者。
〔註70〕蘇轍：〈亡兄子瞻端明墓誌銘〉，〔宋〕蘇轍著，陳宏天、高秀芳校
　　　　點：《蘇轍集》（北京：中華書局，1990年），冊三，頁1127。
〔註71〕〔元〕脫脫等撰：《宋史》（北京：中華書局，1990年），卷三三八〈蘇
　　　　軾傳〉，頁10817。
〔註72〕引文見〔元〕脫脫等撰：《宋史》，卷三三八〈蘇軾傳〉，頁10804、
　　　　10811。
〔註73〕詳見蘇轍：〈亡兄子瞻端明墓誌銘〉，〔宋〕蘇轍著，陳宏天、高秀
　　　　芳校點：《蘇轍集》，冊三，頁1122～1124。

〈江神子〉曰：「持節雲中，何日遣馮唐。會挽雕弓如滿月，西北望，射天狼」，直道征討西夏之壯歲弘願；〈滿庭芳〉曰：「老去君恩未報，空回首、彈鋏悲歌」，低訴未報君恩之老來悲慨。〔註74〕而隱言者，前已論及之〈念奴嬌·赤壁懷古〉、〈西江月〉（世事一場大夢）、〈卜算子〉（缺月挂疏桐）與〈水調歌頭·丙辰中秋，歡飲達旦，大醉。作此篇，兼懷子由〉，皆是其例。汪筠謂蘇軾詞作蘊蓄「忠敏牢愁」，信然。〔註75〕

　　合觀汪筠〈讀《詞綜》書後二十首〉之六、一〇，既稱蘇詞「豪放」，復稱蘇詞「清雄」，端在彰顯蘇詞之「豪放」乃「雄」且「清」，豪邁奔放而瀟灑超逸，無粗豪叫囂、生硬重濁之弊。汪筠以「清雄」評說蘇、辛詞風，或本孟稱舜〈古今詞統序〉之說，該文非議世人率以蘇、辛為非當行本色，曾曰：「而蘇子瞻、辛稼軒之清俊雄放，皆以為豪而不入於格。」〔註76〕而晚於汪筠之董士錫則以「清以雄」稱許蘇、辛，其〈餐華吟館詞敘〉曰：「蘇、辛之長，清以雄。」〔註77〕逮乎清末王鵬運更以「清雄」專許蘇軾，有言：「唯蘇文忠之清雄，

〔註74〕上引蘇軾詞作〈沁園春〉（孤館燈青）、〈江神子·獵詞〉、〈滿庭芳·余謫居黃州五年，將赴臨汝，作滿庭芳一篇別黃人。既至南都，蒙恩放歸陽羨，復作一篇〉，分見唐圭璋編：《全宋詞》，冊一，頁 282、299、325。

〔註75〕〔清〕譚瑩〈論詞絕句一百首〉之三七論毛滂曰：「惜分飛見賞坡翁，偉麗詞多祝相公；楓落吳江真壓卷，東堂全集也徒工」（《樂志堂詩集》，上海：上海古籍出版社，2002 年，《續修四庫全書》冊一五二八，卷六，頁 478），前聯指出毛滂因〈惜分飛〉見賞蘇軾而知名，後又進呈偉麗之詞以媚事蔡京，為人反覆可鄙，後聯蓋謂蘇軾〈卜算子〉（缺月挂疏桐）忠愛憂憤寓焉，洵為壓卷之作，毛滂《東堂詞》儘管工緻，誠難望其項背。然則譚瑩此絕亦欲彰顯蘇軾其人其詞之「忠敏牢愁」，論點同於汪筠，可以參看。

〔註76〕〔明〕孟稱舜：〈古今詞統序〉，〔明〕卓人月、徐士俊輯：《古今詞統》（上海：上海古籍出版社，2002 年，《續修四庫全書》冊一七二八），頁 437。

〔註77〕〔清〕董士錫：〈餐華吟館詞敘〉，《齊物論齋文集》（上海：上海古籍出版社，2002 年，《續修四庫全書》冊一五〇七），卷二，頁 310。

敻乎軼塵絕迹，令人無從步趨。」〔註78〕民初趙尊嶽批判不善學蘇、辛者「雄而不清」，係由反面揚舉蘇、辛之「清雄」，其《塡詞叢話》曰：「學蘇、辛貴先有襟抱，……襟抱在天成，故學蘇、辛者每雄而不清，轉犯叫囂獷率諸病」。〔註79〕而龍榆生認同王鵬運之說，直以「清雄」爲蘇詞風格之表徵，其〈東坡樂府綜論〉曰：「坡詞雖有時清麗舒徐，有時橫放傑出，而其全部風格，當以近代詞家王鵬運拈出『清雄』二字，最爲恰當。世恆以『豪放』目東坡，固猶未足以概其全也。」〔註80〕至於當代學者以「清雄」論定蘇軾詞風者則更不勝枚舉。〔註81〕凡此，可見汪筠所揭櫫之「清雄」於蘇軾詞風之評論史上，甚具啓導作用，殊値表出。

（二）論其承啓

揆諸詞史之發展，實則蘇軾之前已有詞人嘗試突破婉約柔媚之窠臼，如歐陽脩之〈朝中措・送劉仲原甫出守維揚〉，〔註82〕「平山闌檻倚晴空。山色有無中」空闊縹緲之氣象，「手種堂前垂柳，別來幾度春風」日月逾邁之浩歎，「文章太守，揮毫萬字，一飲千鍾」豪邁恣肆之行徑，「行樂直須年少，尊前看取衰翁」任性自適之觀照，

〔註78〕〔清〕王鵬運：《半塘遺稿》，引自龍榆生：《唐宋名家詞選》，頁126。

〔註79〕趙尊嶽：《塡詞叢話》，卷五，《詞學》五輯（上海：華東師範大學出版社，1986年），頁232。

〔註80〕龍榆生：〈東坡樂府綜論〉，《龍榆生詞學論文集》（上海：上海古籍出版社，1997年），頁258。

〔註81〕如王保珍以〈永遇樂〉（明月如霜）爲例曰：「本詞既清麗舒徐，高出人表，又空靈蘊藉，充滿了逸懷浩氣。這種清雄的風格，求之他家作品中是不可得的。東坡詞的卓然特立、不同凡響之處也正在於此」，《東坡詞研究》（臺北：長安出版社，1987年），頁56。又如陳滿銘曰：「縱觀蘇辛所作，雖曰格調多樣，並備四時之氣，而達於無美不臻之境，然以其全部風格而論，則顯然東坡以『清雄』而稼軒以『豪壯』爲其最大特色也」，《蘇辛詞比較研究》（臺北：文津出版社，1989年），頁169。

〔註82〕〔宋〕歐陽脩：〈朝中措・送劉仲原甫出守維揚〉，唐圭璋編：《全宋詞》，冊一，頁122。

呈顯該詞之豪放。而長於歐陽脩之范仲淹所作〈漁家傲〉（塞下秋來
風景異）一詞，景象闊遠，感慨悲涼，亦有豪放之風。清人陳澧更將
豪放詞風上溯至李白，其〈論詞絕句六首〉之一曰：

> 月色秦樓綺思新，西風陵闕轉嶙峋；青蓮隻手持雙管，秦
> 柳蘇辛總後塵。〔註83〕

此絕論及李白〈憶秦娥〉（簫聲咽）。〔註84〕該詞上片先寫簫聲驚斷秦
娥好夢，夢醒不寐，對月獨憐，再寫月下柳色依舊，懷想灞橋折柳贈
別，於是閨怨、離情綰合一氣，情致纏綿，章法流麗，故陳澧稱寫「月
色秦樓」之上片「綺思新」。下片轉為弔古傷時，樂遊原上正好清秋
登臨遊賞，遙望咸陽古道一片蕭索，惟剩西風夕照中之漢皇陵墓，俯
仰今昔，跌宕沉雄，氣象不凡，故陳澧稱寫「西風陵闕」之下片「轉
嶙峋」。〈憶秦娥〉上、下片風格不同，故陳澧稱李白「隻手持雙管」，
兼擅婉變柔美、雄渾慷慨，已為後世秦柳婉約、蘇辛豪放之詞風導夫
先路。〔註85〕陳澧視李白為蘇軾豪放詞風之先驅，頗見迴響，稍晚於
陳澧之劉熙載亦持相似論點，其《藝概·詞概》曰：「太白〈憶秦娥〉
聲情悲壯，晚唐、五代惟趨婉麗，至東坡始能復古。後世論詞者，或
轉以東坡為變調，不知晚唐、五代乃變調也」，〔註86〕遂以〈憶秦娥〉
為豪放之作，並謂蘇軾豪放詞風方為上繼李白之正聲。其後沈祥龍《論
詞隨筆》則將唐詞分為李白、溫庭筠二派，而曰：「太白一派，傳為

〔註83〕〔清〕陳澧：〈論詞絕句六首〉之一，見陳澧撰，汪兆鏞輯：《陳東
塾先生遺詩》（臺北：故宮博物院圖書文獻館善本室藏，民國二十年
李齋刊本），頁8上。

〔註84〕〈憶秦娥〉全詞如下：「簫聲咽。秦娥夢斷秦樓月。秦樓月。年年柳
色。灞橋傷別。　　樂遊原上清秋節。咸陽古道音塵絕。音塵絕。
西風殘照，漢家陵闕」，曾昭岷、曹濟平、王兆鵬、劉尊明編：《全
唐五代詞》（北京：中華書局，1999年），冊上，頁16。

〔註85〕此處參見王偉勇、林淑華〈陳澧〈論詞絕句〉六首探析〉及王偉勇
〈清代「論詞絕句」論李白詞探析〉有關陳澧此絕之詮解，詳見王
偉勇：《詩詞越界研究》，頁305～306、215。

〔註86〕〔清〕劉熙載：《藝概·詞概》，「東坡復古」條，唐圭璋編：《詞話
叢編》，冊四，頁3690。

東坡，諸家以氣格勝，於詩近西江」，〔註87〕亦以蘇軾豪放詞風接武李白。

　　雖然，李白、范仲淹、歐陽脩等人之豪放詞作畢竟只是偶一為之，數量不多。能以豪放詞風開徑獨往而卓然成家者，仍須首推蘇軾，從此，仿效者眾，王灼《碧雞漫志》曰：「晁無咎、黃魯直皆學東坡，韻製得七八。黃晚年閒放於狹邪，故有少疎蕩處。後來學東坡者，葉少蘊、蒲大受亦得六七，其才力比晁、黃差劣。蘇在庭、石耆翁入東坡之門矣，短氣跼步，不能進也」，〔註88〕道出蘇軾對晁補之、黃庭堅、葉夢得等人之影響。宋室南渡之後，家國巨變，遂令宜於抒懷言志之豪放詞風備受青睞，慷慨豪壯之雄詞高唱響徹詞壇，「豪放」終成可與「婉約」分庭抗禮之宋詞風格流派，朱敦儒、向子諲、陳與義、張元幹、韓元吉、陸游、范成大、張孝祥、辛棄疾、陳亮、劉過、劉克莊、劉辰翁等人均為當中作手。而與南宋對峙之金源，詞壇名家吳激、蔡松年、趙秉文、元好問、段克己、段成己等人率以蘇軾豪放詞風為宗。泊乎號稱中興之清代詞壇仍見蘇詞之影響，以陳維崧為首之陽羨詞派尤為人所樂道。

　　蘇軾豪放詞風沾溉既廣、影響又深，因之清代論詞絕句論及豪放詞人、詞作，每以蘇軾其人其詞為準據。如華長卿〈論詞絕句〉之二○論朱敦儒（1081～1159，字希真）曰：

　　　　插天翠柳月明高，饒有髯蘇意氣豪；不食人間煙火語，東
　　　　都名士溷漁樵。〔註89〕

前聯以〈念奴嬌〉（插天翠柳）為例，論朱敦儒詞之豪放面向。〔註90〕

〔註87〕〔清〕沈祥龍：《論詞隨筆》，「唐詞分二派」條，唐圭璋編：《詞話叢編》，冊五，頁4049。

〔註88〕〔宋〕王灼：《碧雞漫志》，卷二「各家詞短長」條，唐圭璋編：《詞話叢編》，冊一，頁83。

〔註89〕〔清〕華長卿：〈論詞絕句〉之二○，《梅莊詩鈔》，卷五〈嗜痂集下〉，頁607。

〔註90〕〈念奴嬌〉全詞如下：「插天翠柳，被何人，推上一輪明月。照我藤牀涼似水，飛入瑤臺瓊闕。霧冷笙簫，風輕環佩，玉鎖無人掣。閒

該詞先敘月上柳梢，清暉沁涼，繼寫神遊月宮之清景、逸趣，取境高闊，設想新奇，情志超拔。張端義《貴耳集》曾曰：「朱希眞南渡以詞得名，月詞有『插天翠柳，被何人，推上一輪明月』之句，自是豪放」，〔註91〕而華長卿詩句「饒有髯蘇意氣豪」，更藉蘇軾評定此作之豪爽高曠。又如楊恩壽〈論詞絕句〉之四論陳維崧（1625～1682，字其年）曰：

> 阿誰捧硯手纖纖，迷迭香溫翠袖添；百尺樓頭湖海氣，陳
> 聲豪邁比蘇聲。〔註92〕

後聯係將《湖海樓詞》之雄放健爽類比蘇軾。他如潘飛聲〈論嶺南詞絕句〉之一八論清代嶺南詞人陳良玉（1814～1881）曰：

> 倉皇烽火走山川，白髮歸來負酒泉；盡洗詞家穠麗習，銅
> 琶鐵板唱霜天。〔註93〕

後聯援引俞文豹《吹劍續錄》所載幕士評說蘇軾〈念奴嬌‧赤壁懷古〉之故實，以明陳氏〈霜天曉角〉（屏山夢覺）之豪壯激楚。〔註94〕至於作有一七七首論詞絕句之譚瑩亦常稱引蘇軾以評其他詞人，如〈論詞絕句一百首〉之五六：「輕詆蘇黃太刻深，倚聲一事卻傾心；流鶯不語啼鶯語，狡獪眞憐葉石林。（葉夢得）」，論葉夢得步武蘇軾豪放詞風；〈論詞絕句一百首〉之五七：「敢信坡仙壘可摩，詞名無住卻無

雲收盡，海光天影相接。　　誰信有藥長生，素娥新鍊就、飛霜凝雪。打碎珊瑚，爭似看、仙桂扶疏橫絕。洗盡凡心，滿身清露，冷浸蕭蕭髮。明朝塵世，記取休向人說」，唐圭璋編：《全宋詞》，冊二，頁 835。

〔註91〕〔宋〕張端義撰，梁玉瑋校點：《貴耳集》（鄭州：中州古籍出版社，2005 年），卷上，頁 18。

〔註92〕〔清〕楊恩壽：〈論詞絕句〉之四，《坦園詩錄》（臺北：國家圖書館藏，清光緒間長沙楊氏坦園刊本），卷六，頁 10 上。

〔註93〕〔清〕潘飛聲：〈論嶺南詞絕句〉之一八，見何藻輯：《古今文藝叢書》（揚州：江蘇廣陵古籍刻印社，1995 年），冊上，頁 348。

〔註94〕〈霜天曉角〉全詞如下：「屏山夢覺。窗外西風惡。準定挑燈今夜，數梧片、聲聲落。　　懊惱都無著。恩情休怨薄。生受者般滋味，空不是、一回錯」，〔清〕陳良玉：《荔香詞鈔》（南京：鳳凰出版社，2007 年，張宏生編《清詞珍本叢刊》冊十四），頁 73。

多；杏花影裏人吹笛，竟到天明奈若何。（陳與義）」，評陳與義《無
住詞》、〈臨江仙・夜登小閣，憶洛中舊遊〉排奡超曠足以抗軼蘇軾；
〈論詞絕句一百首〉之五九：「紅羅百匹總無嫌，想亦無心學子瞻；
至使魏公緣罷酒，一腔忠憤洗香奩。（張孝祥）」，辨張孝祥是否刻意
仿效蘇軾豪放詞風；〈論詞絕句一百首〉之七四：「赤壁詞誰眼更青，
劍南詩法未凋零；豪情壯采東坡似，低首天台戴石屏。（戴復古）」，
讚戴復古〈滿江紅・赤壁懷古〉豪情壯采當可追配蘇軾〈念奴嬌・赤
壁懷古〉；〈論詞絕句又四十首（專論國朝人）〉之一四：「載酒江湖竟
讓誰，疏狂不減杜分司；銅琶鐵板紅牙拍，各叶迦陵絕妙詞。（陳維
崧）」，論陳維崧詞具蘇軾銅琵琶、鐵綽板之豪放面向。〔註95〕

而辛棄疾繼軌蘇軾豪放詞風，以文為詞，使事用典，詞之內容、
語言、意境更見拓展，遂為憲章蘇軾之豪放詞宗。清代論辛棄疾之論
詞絕句屢見稱述蘇詞之津逮辛詞，如沈初〈編舊詞存稿作論詞絕句十
八首〉之七曰：

> 南渡名流間世才，眉山以後一宗開；江淮滿眼神州淚，笑
> 殺劉生見鬼來。〔註96〕

前聯推崇辛棄疾係宋室南渡、隔代而出之名流、雄才，能繼北宋蘇
軾而起，發展豪放詞風而開宗立派。又如沈道寬〈論詞絕句〉之一九
曰：

> 稼軒格調繼蘇髯，鐵馬金戈氣象嚴；我愛分釵桃葉渡，溫
> 柔激壯力能兼。〔註97〕

首句直指辛棄疾繼武蘇軾豪放詞風，次句更舉辛氏〈永遇樂・京口北

〔註95〕以上所引譚瑩〈論詞絕句一百首〉之五六、五七、五九、七四，見
《樂志堂詩集》，卷六，頁 479、479、479、480；〈論詞絕句又四十
首（專論國朝人）〉之一四，見《樂志堂詩集》，卷六，頁 484。

〔註96〕〔清〕沈初：〈編舊詞存稿作論詞絕句十八首〉之七，《蘭韻堂詩集》
（北京：北京出版社，2000 年，《四庫未收書輯刊》十輯，冊二十三），
卷一〈南窗集上〉，頁 7。

〔註97〕〔清〕沈道寬：〈論詞絕句〉之一九，《話山草堂詩鈔》（臺北：臺灣
大學圖書館藏，清光緒三年潤州権廨刊本），卷一，頁 38 上。

固亭懷古〉為例，〔註98〕以見辛詞之豪放無愧蘇詞。蓋〈永遇樂〉借古諷今，豪氣壯懷、忠憤悲慨交織，其中「想當年，金戈鐵馬，氣吞萬里如虎」數句，盛讚劉裕北伐之赫赫軍威，更是氣象萬千、雄壯激越。他如譚瑩〈論詞絕句一百首〉之六〇論辛棄疾曰：

> 小晏秦郎實正聲，詞詩詞論亦佳評；此才變態眞橫絕，多恐端明轉讓卿。〔註99〕

首句謂晏幾道、秦觀婉約穠麗之詞風洵為詞體之本色、正聲，次句殆本陳模《懷古錄》之說：

> 近時作詞者，只說周美成、姜堯章等，而以稼軒詞為豪邁，非詞家本色。紫岩潘牥云：「東坡為詞詩，稼軒為詞論。」此說固當。蓋曲者，曲也，固當以委曲為體，然徒狃於風情婉變，則亦不足以啓人意。回視稼軒所作，豈非萬古一清風也。〔註100〕

蘇軾以詩為詞，擺脫詞為豔科之成風積習，辛棄疾進而以文為詞，縱橫豪邁，潘牥遂以蘇詞為詞詩、辛詞為詞論；陳模則謂豪放之辛詞超拔警動、足啓人心，不宜偏廢。至於譚瑩詩句更視「詞詩」、「詞論」之說為「佳評」，肯定蘇軾、辛棄疾之新變。下聯則就二家之承啓立說，其意蓋謂蘇軾已變詞風，而辛棄疾更極其變，其詞「如張樂洞庭之野，無首無尾，不主故常；又如春雲浮空，卷舒起滅，隨所變態，無非可觀」，〔註101〕「大聲鞺鞳，小聲鏗鍧，橫絕六合，掃空萬古，

〔註98〕〈永遇樂〉全詞如下：「千古江山，英雄無覓，孫仲謀處。舞榭歌臺，風流總被，雨打風吹去。斜陽草樹，尋常巷陌，人道寄奴曾住。想當年，金戈鐵馬，氣吞萬里如虎。　　元嘉草草，封狼居胥，贏得倉皇北顧。四十三年，望中猶記，烽火揚州路。可堪回首，佛狸祠下，一片神鴉社鼓。憑誰問，廉頗老矣，尚能飯否」，唐圭璋編：《全宋詞》，冊三，頁 1954。

〔註99〕〔清〕譚瑩：〈論詞絕句一百首〉之六〇，《樂志堂詩集》，卷六，頁479。又末句之「端明」係指蘇軾，蓋蘇軾於哲宗元祐七年（1092）除端明殿學士、禮部尚書兼翰林侍讀學士。

〔註100〕〔宋〕陳模撰，鄭必俊校注：《懷古錄校注》（北京：中華書局，1993年），卷中，頁 61。

〔註101〕〔宋〕范開：〈稼軒詞序〉，見〔宋〕辛棄疾撰，鄧廣銘箋注：《稼

自有蒼生以來所無」，〔註102〕準此，辛棄疾或已凌駕蘇軾。

　　蘇軾開啓豪放詞風，辛棄疾繼起發揚，二家前後輝映，並稱「蘇辛」（又稱「辛蘇」），更成豪放詞風、詞派之代稱。清代論詞絕句亦常以「蘇辛」爲標竿，以論其他豪放詞人、詞作。如沈初〈題陳迦陵前輩塡詞圖五首〉之一曰：

　　　　駢儷文章一代雄，蘇辛詞筆古今同；鬚髯如戟眞才子，消
　　　　受春風鬢影中。〔註103〕

次句稱陳維崧（號迦陵）詞風豪放，同於「蘇辛」。又如石韞玉〈讀蔣心餘、彭湘涵、郭頻伽詞草，各繫一詩〉之一曰：

　　　　詩到西江氣象新，元卿才調軼群倫；銅琶鐵板麁豪甚，要
　　　　與蘇辛作替人。〔註104〕

此絕論蔣士銓（1725～1785，字心餘，江西鉛山人），後聯蓋謂蔣氏《銅弦詞》雄奇健勁、飛揚恣縱，而又發於眞情至性，內蘊厚實，絕去粗豪叫囂，乃得「蘇辛」豪放詞風眞髓之傳人。他如楊恩壽〈論詞絕句〉之二〇論清代詞人張九鉞（1721～1803，字度西，號紫峴）曰：

　　　　立馬黃河弔汴宮，清商惻惻滿江紅；樊樓燈火金明柳，都
　　　　入才人淚眼中。（張度西。《秋篷詞》雅近蘇辛，「大梁弔古」
　　　　〈滿江紅〉尤爲悲壯。）〔註105〕

此絕係以〈滿江紅・大梁弔古十三首〉爲例，論證張九鉞《秋篷詞》

　　　　軒詞編年箋注》（上海：上海古籍出版社，1993 年），附錄，頁
　　　　596。
〔註102〕〔宋〕劉克莊：〈辛稼軒集序〉，見〔宋〕辛棄疾撰，鄧廣銘箋注：
　　　　《稼軒詞編年箋注》，附錄，頁598。
〔註103〕〔清〕沈初：〈題陳迦陵前輩塡詞圖五首〉之一，《蘭韻堂詩集》，
　　　　卷十二〈吏部集二〉，頁115。
〔註104〕〔清〕石韞玉：〈讀蔣心餘、彭湘涵、郭頻伽詞草，各繫一詩〉之
　　　　一，《獨學廬・三稿》（上海：上海古籍出版社，2002 年，《續修四
　　　　庫全書》冊一四六六），〈晚香樓集五〉，頁522。
〔註105〕〔清〕楊恩壽：〈論詞絕句〉之二〇，《坦園詩錄》，卷六，頁 11
　　　　下。

之豪放詞風近於「蘇辛」。綜觀張氏十三闋〈滿江紅〉，詠歎自周迄清有關開封之前賢、舊事、勝蹟、遺址，包括信陵君祠、夷門、屠市、吹臺、宋宮、玉津園、艮嶽、鐵塔、相國寺、金明池、礬樓、周宮、李義士故居，或慷慨激昂，或悲鬱蒼涼，或豪曠健舉，無限興亡盛衰之感令人蕩氣迴腸，確有「蘇辛」之風，楊氏所言信不我欺。〔註106〕

二、婉約詞作之顯揚

蘇詞之豪放風格鮮明，標新領異，俞文豹《吹劍續錄》所載蘇軾、柳永詞風之差異又盛稱人口，故提及蘇詞每令人思及豪放。然蘇軾亦有不見豪氣、盡顯溫婉之作，張炎曾稱「東坡詞如〈水龍吟〉詠楊花、詠聞笛，又如〈過秦樓〉、〈洞仙歌〉、〈卜算子〉等作，皆清麗舒徐，高出人表」，〔註107〕推賞蘇詞偏於婉約之一面。盱衡清代評論蘇軾之絕句固以評其豪放詞風居多，然亦不乏稱引婉約詞作者，而為論者所表出之名篇有〈蝶戀花·春景〉與〈水龍吟·次韻章質夫楊花詞〉。

（一）〈蝶戀花〉

蘇軾〈蝶戀花·春景〉全詞如下：

> 花褪殘紅青杏小。燕子飛時，綠水人家繞。枝上柳綿吹又
> 少。天涯何處無芳草。　　牆裡鞦韆牆外道。牆外行人，

〔註106〕〔清〕張九鉞：〈滿江紅·大梁弔古十三首〉，詳見《紫峴山人全集》（上海：上海古籍出版社，2002年，《續修四庫全書》冊一四四四），「詩餘」卷上《秋篷詞》上，頁289～290。茲錄楊恩壽此絕提及之「礬（樊）樓」一闋為例：「燈火礬樓，半空現、小蓬萊境。千百閣、珠簾繡額，星橋月磴。鳳子釵招帬屐集，蛾兒曲閙檀槽競。恨黃河、釀不盡香醪，雄游興。　　蓮花鴨，簽盤罄。玉板鮓，歡門冷。甚師師七七，主張供應。恰似孟婆風合皂，妖紅豔綠都吹淨。只萆羊、夢裡有人看，玲瓏影。」

〔註107〕〔宋〕張炎：《詞源》，卷下「雜論」，唐圭璋編：《詞話叢編》，冊一，頁267。

牆裡佳人笑。笑漸不聞聲漸悄。多情卻被無情惱。〔註108〕

上片描摹紅花凋零、青杏初結、燕子爭飛、綠水環繞、柳絮飄墜、芳草遍生之晚春景象，傷春意緒不言可喻；下片藉由牆內牆外、佳人行人、無情多情之對比，體現深婉芊綿之傷春情愫。此詞內容本屬婉約詞作常見之傷春題材，至其結構上片寓情於景而含蓄蘊藉、下片縝密往復而深細要眇，加以音律諧暢可歌，造語清麗雅緻，可謂極盡婉約之能事。

而李其永論及蘇軾此作之〈讀歷朝詞雜興〉之一二曰：

大江豪氣已都非，芳草天涯未許歸；獨有閑愁偏惹恨，朝
雲又作柳綿飛。〔註109〕

首句稱〈蝶戀花・春景〉已無〈念奴嬌〉「大江東去」之雄放豪氣，充溢溫婉柔情。次句之「芳草天涯」擷自詞作上片歇拍，而續以「未許歸」三字，意謂「天涯何處無芳草」既寫晚春芳草綠遍天涯，更有自傷遠貶惠州、杳無歸期之寄意，深婉幽微。第三句蓋謂詞作末結「多情卻被無情惱」，係寫行人怨懟佳人無心之笑聲撩撥其春思，實則行人枉自多情，「獨有閑愁偏惹恨」，何干佳人！而承次句之意，此句亦謂〈蝶戀花〉寄寓蘇軾橫遭構陷、投閒置散之愁恨。末句鎔鑄朝雲與〈蝶戀花〉之相關軼事，惠洪《冷齋夜話》載：

東坡〈蝶戀花〉詞云：「花褪殘紅青杏小。……多情卻被無
情惱。」東坡渡海，惟朝雲王氏隨行，日誦「枝上柳綿」
二句，為之流淚，病極猶不釋口。東坡作〈西江月〉悼
之。〔註110〕

〔註108〕〔宋〕蘇軾：〈蝶戀花・春景〉，唐圭璋編：《全宋詞》，冊一，頁
300。

〔註109〕〔清〕李其永：〈讀歷朝詞雜興〉之一二，《賀九山房詩》，卷一〈蓬萬集〉，見吳熊和主編：《唐宋詞匯評（兩宋卷）》（杭州：浙江教育出版社，2004年），冊五，附錄吳熊和、陶然輯「清人論詞絕句」，頁4389。

〔註110〕〔清〕王弈清等撰：《歷代詞話》，卷五「蘇軾蝶戀花」條引惠洪《冷齋夜話》，唐圭璋編：《詞話叢編》，冊二，頁1178。案：今本《冷齋夜話》無此條，又引文「東坡渡海」之「海」當作「嶺」。

又《林下詩談》載：

> 子瞻在惠州，與朝雲閒坐。時青女初至，落木蕭蕭，悽然
> 有悲秋之意。命朝雲把大白，唱「花褪殘紅」。朝雲歌喉將
> 囀，淚滿衣襟。子瞻詰其故，答曰：「奴所不能歌，是『枝
> 上柳綿吹又少。天涯何處無芳艸』也。」子瞻翻然大咲曰：
> 「是吾政悲秋，而汝又傷春矣。」遂罷。朝雲不久抱疾而
> 亡。子瞻終身不復聽此詞。〔註111〕

是知朝雲深爲「枝上柳綿吹又少。天涯何處無芳草」所感，已而病逝
惠州。而李其永曰：「朝雲又作柳綿飛」，傷悼朝雲深憐「柳綿」之句
而其人亦如「柳綿」飛墜，令人歔欷。至於李氏此絕指稱〈蝶戀花〉
隱寓忠而被謗、去國懷鄉之憂思，絕非牽強附會，揆諸朝雲所以頻爲
「枝上柳綿」二句掩抑落淚，正因深體此中淪落天涯之悲慨，〔註112〕
斯可佐證李氏所論信而有徵。

再者，前文所析論之二首朱依眞論詞絕句盛稱蘇詞之高曠，而其
〈論詞絕句二十二首〉之三則賞蘇詞之婉約，詩曰：

> 柳綿吹少我傷春，杜宇聲聲不忍聞；十八女郎紅拍板，解
> 人應只有朝雲。〔註113〕

前聯意謂〈蝶戀花・春景〉抒發傷春情懷，寄託漂泊天涯、懷土望
歸之愁情悲思，猶如杜鵑聲聲「不如歸去」之哀啼。而第三句翻用
《吹劍續錄》之故實，推許蘇軾亦解作婉約詞，〈蝶戀花〉正宜十八
女郎執紅牙板歌之。末句援引《冷齋夜話》、《林下詩談》所載軼

〔註111〕〔明〕陶宗儀編：《說郛一百二十卷》（上海：上海古籍出版社，1988
年，《說郛三種》），卷八十四引《林下詩談》，頁3889。

〔註112〕吳世昌謂〈蝶戀花〉之「天涯何處無芳草」，化自〈離騷〉之「勉
遠逝而無狐疑兮，孰求美而釋女？何所獨無芳草兮，爾何懷乎故
宇」，朝雲唱「天涯何處無芳草」而痛哭，係將蘇軾類比屈原（詳
見吳氏〈有關蘇詞的若干問題〉，《羅音室學術論著》第二卷《詞學
論叢》，北京：中國文聯出版公司，1991年，頁240～242），可以
參看。

〔註113〕〔清〕朱依眞：〈論詞絕句二十二首〉之三，見況周頤：《粵西詞見》，
卷一，頁785。

事，凸顯朝雲靈心善感，通曉〈蝶戀花〉深婉幽微而別有寄託，以致感泣不已。而李其永、朱依眞之論詞絕句相繼揭示〈蝶戀花〉之寄託遙深，直探詞心，極有見地，嗣後李佳《左庵詞話》亦曰：「蘇東坡詞云：『架上秋千牆外道。牆外行人，牆裡佳人笑。笑漸不聞聲漸杳。多情卻被無情惱。』此亦寓言，無端致謗之喻」，〔註114〕可謂步李、朱之後塵矣。

　　至若譚瑩〈論詞絕句一百首〉之二九評賞〈蝶戀花・春景〉，則由蘇詞之有情敘起，詩曰：

　　　　大江東去亦情多，燕子樓詞鬼竊歌；唱竟天涯芳草語，曉
　　　　風殘月較如何。〔註115〕

蓋陳師道《後山詩話》曰：「晁無咎言：『眉山公之詞短於情，蓋不更此境也。』余謂不然。宋玉初不識巫山神女而能賦之，豈待更而知也」〔註116〕，晁、陳二人同以蘇軾詞作缺少情感。王若虛《滹南詩話》曾力辯此說之不當，曰：

　　　　晁無咎云：「眉山公之詞短於情，蓋不更此境耳。」陳後山
　　　　曰：「宋玉不識巫山神女而能賦之，豈待更而後知。」是直
　　　　以公爲不及於情也！嗚呼，風韻如東坡，而謂不及於情，
　　　　可乎？彼高人逸才，正當如是。其溢爲小詞，而間及於脂
　　　　粉之間，所謂滑稽玩戲，聊復爾爾者也。若乃纖艷淫媟，
　　　　入人骨髓，如田中行、柳耆卿輩，豈公之雅趣也哉！〔註117〕

王氏稱揚蘇軾以其餘力填詞，偶及兒女情思，不作纖巧豔冶、狎昵放蕩之書寫以鼓盪人心，而非不及於情。實則翻檢《東坡樂府》，充溢

〔註114〕〔清〕李佳：《左庵詞話》，卷下「東坡詞」條，唐圭璋編：《詞話叢編》，冊四，頁3143。

〔註115〕〔清〕譚瑩：〈論詞絕句一百首〉之二九，《樂志堂詩集》，卷六，頁477～478。

〔註116〕〔宋〕胡仔：《苕溪漁隱叢話》，前集，卷五十一「後山居士」引《後山詩話》，收於吳文治主編：《宋詩話全編》（南京：鳳凰出版社，1998年），冊四《胡仔詩話》，頁3867。

〔註117〕〔金〕王若虛：《滹南詩話》，卷中，收於吳文治主編：《遼金元詩話全編》，冊一《王若虛詩話》，頁201。

妻妾、兄弟、友朋、家國之情，蘇詞何嘗「短於情」？僅就妻妾之情而言，如〈江神子〉（十年生死兩茫茫）之悼王弗，〈雨中花慢〉（嫩臉羞蛾）、〈西江月・梅花〉（玉骨那愁瘴霧）之悼朝雲，〔註118〕均情眞語切、感人至深。譚瑩此絕亦直接引證詞作，以糾蘇詞「短於情」之謬。首句謂〈念奴嬌・赤壁懷古〉「大江東去」一詞明言：「故國神遊，多情應笑，我早生華髮」，蘇軾直以「情多」自許。次句關涉〈永遇樂〉（明月如霜）及其軼聞，〔註119〕該詞上片描敘夢醒惆悵，行遍小園，諦觀清寂夜景，下片抒發遊宦思歸、懷古傷今之情。其中「燕子樓空」三句總括張愔、盼盼事，詞句簡約而情韻緜邈；「古今如夢」三句唱歎古今難解歡怨情結，令人低徊。曾敏行《獨醒雜志》載：

> 東坡守徐州，作「燕子樓」樂章，方具稿，人未知之。一日，忽哄傳於城中，東坡訝焉。詰其所從來，乃謂發端於邏卒。東坡召而問之，對曰：「某稍知音律，嘗夜宿張建封廟，聞有歌聲，細聽乃此詞也。記而傳之，初不知何謂。」東坡笑而遣之。〔註120〕

而《四庫全書總目提要》述評此則軼事曰：

> 曾敏行《獨醒雜志》載軾守徐州日，作「燕子樓」樂章，

〔註118〕鄒同慶、王宗堂《蘇軾詞編年校註》據今人高培華〈蘇軾〈雨中花慢〉是悼朝雲〉一文、蘇軾〈丙子重九詩二首〉之一，定〈雨中花慢〉爲悼朝雲之作，詳見該書冊中頁 782～783。又同書引據惠洪《冷齋夜話》、袁文《甕牖閒評》、陳鵠《耆舊續聞》、王楙《野客叢書》之説，定〈西江月〉爲悼朝雲之作，詳見該書冊中頁 787～788。

〔註119〕〈永遇樂〉全詞如下：「明月如霜，好風如水，清景無限。曲港跳魚，圓荷瀉露，寂寞無人見。紞如三鼓，鏗然一葉，黯黯夢雲驚斷。夜茫茫，重尋無處，覺來小園行徧。　　天涯倦客，山中歸路，望斷故園心眼。燕子樓空，佳人何在，空鎖樓中燕。古今如夢，何曾夢覺，但有舊歡新怨。異時對，黃樓夜景，爲余浩歎」，唐圭璋編：《全宋詞》，冊一，頁 302。

〔註120〕〔宋〕曾敏行撰，朱杰人校點：《獨醒雜志》，卷三「東坡燕子樓樂章」條，上海古籍出版社編：《宋元筆記小説大觀》（上海：上海古籍出版社，2001 年），冊三，頁 3226。案：〈永遇樂〉所詠及之燕子樓事，歷來常誤爲張愔之父張建封。

其棄初具，遷辛巳聞張建封廟中有鬼歌之。其事荒誕不足信，然足見軾之詞曲，輿隸亦相傳誦，故造作是說也。
〔註 121〕

至於譚瑩詩句「燕子樓詞鬼竊歌」，鎔鑄《獨醒雜志》、《四庫全書總目提要》之說，意謂〈永遇樂〉傳唱廣遠，以至奴僕、鬼魂皆能歌之，如此人、鬼同感，孰謂蘇詞「短於情」？

後聯翻用《吹劍續錄》較析柳、蘇詞風之典實，且暗用王士禎《花草蒙拾》所言：「『枝上柳緜』，恐屯田緣情綺靡，未必能過。孰謂坡翁但解作『大江東去』耶，髯直是軼倫絕群」，〔註 122〕意謂翰林院幕士稱柳永詞「只好十七八女孩兒，執紅牙拍板，唱『楊柳外、曉風殘月』」，然蘇軾〈蝶戀花・春景〉之柔情麗語豈減〈雨霖鈴〉哉？要之，後聯不僅稱道〈蝶戀花〉之多情而與前聯文意聯貫，更以〈蝶戀花〉彰顯蘇軾亦為婉約作手。

（二）〈水龍吟〉

蘇軾〈水龍吟・次韻章質夫楊花詞〉全詞如下：

> 似花還似非花，也無人惜從教墜。拋家傍路，思量卻是，無情有思。縈損柔腸，困酣嬌眼，欲開還閉。夢隨風萬里，尋郎去處，又還被、鶯呼起。　　不恨此花飛盡，恨西園、落紅難綴。曉來雨過，遺蹤何在，一池萍碎。春色三分，二分塵土，一分流水。細看來，不是楊花點點，是離人淚。〔註 123〕

首句提攝楊花形態，已具不即不離之妙；次則感歎楊花兀自飄墜而無人見憐，引出一己之體物緣情；「縈損柔腸」三句，既擬楊花之縈迴聚散，又狀佳人之嬌慵牽繫；「夢隨風萬里」三句，喻示楊花之遠

〔註 121〕〔清〕永瑢等：《四庫全書總目提要》，卷一九八「《東坡詞》提要」，頁 4422。

〔註 122〕〔清〕王士禎：《花草蒙拾》，「坡公軼倫絕群」條，唐圭璋編：《詞話叢編》，冊一，頁 680。

〔註 123〕〔宋〕蘇軾：〈水龍吟・次韻章質夫楊花詞〉，唐圭璋編：《全宋詞》，冊一，頁 277。

颺飄忽，且運化金昌緒〈春怨〉詩意以寫佳人之閨怨。〔註124〕過片二句既曰「不恨」楊花飛盡，復以西園落紅爲恨，然則春事已畢，飄墜之楊花仍惹人憐；以下傷悼楊花或經雨落池，或隨風委地，歸宿何其淒清，眞如「離人淚」矣。此作歌詠楊花而關涉閨怨離愁，甚或寄寓被貶後之處境，〔註125〕詠物而不凝滯於物，遺貌取神，空靈蘊藉，加以語句清雋，「聲韻諧婉」，〔註126〕情致纏綣，眞得婉約之妙諦。

　　江昱〈論詞十八首〉之四即以〈水龍吟・次韻章質夫楊花詞〉爲證，以明蘇軾兼擅婉約，詩曰：

　　　一埽纖穠柔頓音，海天風雨共陰森；分明鐵板銅琶手，半
　　闋楊花冠古今。〔註127〕

首句稱述蘇軾豪放詞風戛然獨造，掃空纖巧穠麗、陰柔軟媚。次句之

〔註124〕〔唐〕金昌緒〈春怨〉曰：「打起黃鶯兒，莫教枝上啼；啼時驚妾夢，不得到遼西」，〔清〕彭定求等：《全唐詩》（北京：中華書局，2003 年），卷七六八，頁 8724。

〔註125〕有關〈水龍吟・次韻章質夫楊花詞〉之寄託，陳廷焯《白雨齋詞話》曾曰：「詞至東坡，一洗綺羅香澤之態，寄慨無端，別有天地」，並稱〈水龍吟〉與〈水調歌頭〉、〈卜算子〉、〈賀新涼〉諸篇「尤爲絕搆」（《白雨齋詞話》，卷一「東坡詞別有天地」條，唐圭璋編：《詞話叢編》，冊四，頁 3783），又其《詞則》評〈水龍吟〉曰：「身世流離之感，而出以溫婉語，令讀者喜悅悲歌，不能自已」（《詞則》，〈大雅集〉卷二，頁 53）。而楊明潔進而指出〈水龍吟〉寄託橫遭烏臺詩禍且殃及他人之處境，旨在針砭時政、哀國憂世，詳見〈興寄題外，出神入化──簡論蘇軾〈水龍吟〉楊花詞之寄託及其他〉，《內蒙古民族師院學報（哲社、漢文版）》二十六卷二期（2000 年 5 月），頁 40～45；徐照華則對〈水龍吟〉所寄託遷謫失路之感有更深入之解析，詳見〈詠物詞的解讀：以蘇軾〈水龍吟〉楊花詞爲例〉，文化大學中文系主辦「發皇華語，涵詠文學──中國文學暨華語文學術研討會」（臺北：2010 年 10 月）會議論文。

〔註126〕語出〔宋〕朱弁撰，王根林校點：《曲洧舊聞》，卷五，上海古籍出版社編：《宋元筆記小說大觀》，冊三，頁 2993。

〔註127〕〔清〕江昱：〈論詞十八首〉之四，《松泉詩集》（臺南：莊嚴文化事業有限公司，1997 年，《四庫全書存目叢書》集部冊二八〇），卷一，頁 176～177。

「海天風雨」語本蘇軾〈鵲橋仙・七夕〉之「尚帶天風海雨」，全句係以風雨之籠罩天、海，比況豪放之蘇詞格局開闊、氣度恢宏。而第三句用俞文豹《吹劍續錄》故實，末句則承張炎《詞源》之評：

> 詞不宜強和人韻，若倡者之曲韻寬平，庶可賡歌。倘韻險又為人所先，則必牽強賡和，句意安能融貫，徒費苦思，未見有全章妥溜者。東坡次章質夫楊花〈水龍吟〉韻，機鋒相摩，起句便合讓東坡出一頭地，後片愈出愈奇，真是壓倒今古。〔註128〕

張炎較論章楶原唱與蘇軾和作，〔註129〕指出章楶以生僻字為韻，蘇軾非但次其險韻，更能兼顧句意融貫，起句「似花還似非花」已然新警，下片益發高妙，全篇妥貼流轉，技冠古今。是知江昱此絕後聯揉合俞文豹、張炎之說，旨在強調蘇軾不僅突破傳統，開創豪放詞風，亦能謹守規範，填製婉約當行之作，誠為詞壇之大手筆。

前已探析譚瑩〈論詞絕句一百首〉之二九推許〈蝶戀花・春景〉之婉約，另其〈論詞絕句一百首〉之三〇則論〈水龍吟・次韻章質夫楊花詞〉，詩曰：

> 海雨天風極壯觀，教坊本色復誰看；楊花點點離人淚，卻恐周秦下筆難。〔註130〕

首句之「海雨天風」擷自〈鵲橋仙・七夕〉之「尚帶天風海雨」，譚瑩以其壯闊雄偉之姿比擬蘇軾豪放詞風。而陳師道《後山詩話》曾稱蘇軾以詩為詞「如教坊雷大使之舞，雖極天下之工，要非本色」，譚

〔註128〕〔宋〕張炎：《詞源》，卷下「雜論」，唐圭璋編：《詞話叢編》，冊一，頁265。

〔註129〕章楶〈水龍吟〉全詞如下：「燕忙鶯懶花殘，正堤上、柳花飄墜。輕飛點畫青林，誰道全無才思。閒趁遊絲，靜臨深院，日長門閉。傍珠簾散漫，垂垂欲下，依前被、風扶起。　　蘭帳玉人睡覺，怪春衣、雪霑瓊綴。繡牀旋滿，香毬無數，才圓卻碎。時見蜂兒，仰粘輕粉，魚吹池水。望章臺路杳，金鞍遊蕩，有盈盈淚」，唐圭璋編：《全宋詞》，冊一，頁213～214。

〔註130〕〔清〕譚瑩：〈論詞絕句一百首〉之三〇，《樂志堂詩集》，卷六，頁478。

瑩則爲蘇軾翻案，次句「教坊本色復誰看」，意謂蘇軾固然以詩爲詞而以豪放詞風見稱，然亦不乏深契婉約本色之作，不容漠視。後聯進而褒揚〈水龍吟·次韻章質夫楊花詞〉，謂其風調即使婉約詞宗周邦彥、秦觀亦難企及。至於譚瑩稱頌〈水龍吟〉而標舉末結之「細看來，不是楊花點點，是離人淚」，可謂極具慧眼，蓋〈水龍吟〉賦物與言情交融，而此數句正爲提點、綰合之筆，其後鄭文焯亦讚蘇軾此作「煞拍畫龍點睛，此亦詞中一格」。〔註131〕

此外，高旭〈《十大家詞》題詞〉之二愛賞蘇軾〈水調歌頭·丙辰中秋，歡飲達旦，大醉。作此篇，兼懷子由〉之高曠，已見前文之析論，另其〈論詞絕句三十首〉之一二曰：

關西大漢粗豪甚，鐵板銅琶未敢誇；除卻乘風歸去曲，傾心第一是楊花。〔註132〕

高旭援引俞文豹《吹劍續錄》之記載，並謂關西大漢執鐵綽板、彈銅琵琶而歌〈念奴嬌〉「大江東去」，過於粗豪，自己礙難認同、稱許。〔註133〕後聯明言其所傾心之蘇詞首推〈水調歌頭〉，次爲〈水龍吟·次韻章質夫楊花詞〉。然則高旭除卻推尊蘇軾高曠詞風，亦覺婉約之蘇詞殊值表出。

三、協律與否之探究

有關蘇詞不協律之論述，由來已久，蘇軾門人黃庭堅曰：「東坡居士曲，世所見者數百首。或謂於音律小不諧，居士詞橫放傑出，自

〔註131〕鄭文焯撰，龍沐勛輯：《大鶴山人詞話》，唐圭璋編：《詞話叢編》，冊五，頁4326。

〔註132〕〔清〕高旭：〈論詞絕句三十首〉之一二，見〔清〕高旭著，郭長海、金菊貞編：《高旭集》，上編《天梅遺集》，卷三〈未濟廬詩〉，頁79。案：第二、三句之「琶」、「卻」，《南社叢刻》（揚州：江蘇廣陵古籍刻印社，1996年影印）二集（1910年）所載高旭〈論詞絕句三十首〉，作「琵」、「去」。

〔註133〕實則高旭所言過矣！蘇軾〈念奴嬌〉等豪放詞作並無粗豪之弊，可參前文王僧保〈論詞絕句〉之七、馮煦〈論詞絕句〉之五、沈世良〈案頭雜置諸詞集，戲題四絕句〉之一之相關析論。

是曲子縛不住者。」〔註134〕另一門人晁補之「評本朝樂章」曰:「蘇
東坡詞,人謂多不諧音律,自然,居士詞橫放傑出,自是曲子中縛不
住者。」〔註135〕其後李清照〈詞論〉稱蘇軾「學際天人,作為小歌
詞,直如酌蠡水於大海,然皆句讀不葺之詩爾,又往往不協音律者。
何耶?蓋詩文分平側,而歌詞分五音,又分五聲,又分六律,又分清
濁輕重。」〔註136〕范正敏《遯齋閑覽》曰:「蘇子瞻嘗自言平生有三
不如人,謂著棋、飲酒、唱曲也。然三者亦何用如人。子瞻之詞雖工,
而多不入腔,正以不能唱曲耳。」〔註137〕南宋胡仔《苕溪漁隱叢話》
曰:「子瞻自言平生不善唱曲,故間有不入腔處。」〔註138〕陸游《老
學庵筆記》曰:「世言東坡不能歌,故所作樂府詞多不協。晁以道云:
『紹聖初,與東坡別于汴上,東坡酒酣,自歌〈古陽關〉。』則公非
不能歌,但豪放不喜裁翦以就聲律耳。」〔註139〕宋季沈義父《樂府
指迷》稱蘇軾、辛棄疾「諸賢之詞,固豪放矣,不豪放處,未嘗不叶
律也。」〔註140〕綜觀上舉諸家之說,要點有二:一論蘇詞不協律之
程度,或謂偶爾不協(黃庭堅、胡仔)、或謂部分不協(沈義父所謂
豪放者不協)、或謂大多不協(晁補之、李清照、范正敏、陸游);一

〔註134〕 〔宋〕趙令畤撰,孔凡禮點校:《侯鯖錄》(北京:中華書局,2002
年),卷八「魯直評東坡詞」條,頁205。

〔註135〕 《能改齋漫錄》引晁補之「評本朝樂章」之語,〔宋〕吳曾:《能
改齋漫錄》(臺北:木鐸出版社,1982年),卷十六「黃魯直詞謂之
著腔詩」條,頁469。

〔註136〕 李清照:〈詞論〉,〔宋〕李清照著,徐培均箋注:《李清照集箋注》
(上海:上海古籍出版社,2002年),頁267。

〔註137〕 〔宋〕胡仔:《苕溪漁隱叢話》,前集,卷四十二「東坡」引范正敏
《遯齋閑覽》,收於吳文治主編:《宋詩話全編》,冊四《胡仔詩話》,
頁3808~3809。

〔註138〕 〔宋〕胡仔:《苕溪漁隱叢話》,後集,卷二十六「東坡」,收於吳
文治主編:《宋詩話全編》,冊四《胡仔詩話》,頁4143。

〔註139〕 〔宋〕陸游撰,李劍雄、劉德權點校:《老學庵筆記》,卷五,頁
66。

〔註140〕 〔宋〕沈義父:《樂府指迷》,「豪放與叶律」條,唐圭璋編:《詞話
叢編》,冊一,頁282。

探蘇詞不協律之原因，或以詞律精微難通（李清照），或以蘇軾不善唱曲（范正敏、胡仔），或以蘇軾填詞作風豪放（黃庭堅、晁補之、陸游）。

　　清代詞話率多祖述宋人之說以論蘇詞之不協律，〔註141〕而沈道寬〈論詞絕句〉之一五亦同一手眼，詩曰：

　　　不受羈絆見逸才，審音協律未全乖；教坊我欲呼雷大，鐵板銅弦寫壯懷。〔註142〕

首句稱蘇軾天才超逸，倚聲填詞不受曲調束縛，此即黃庭堅、晁補之所謂「居士詞橫放傑出，自是曲子（中）縛不住者」，與夫陸游所言「但豪放不喜裁翦以就聲律耳」。由於宋人有關蘇詞不協律之程度說法不一，沈氏索性曰：「審音協律未全乖」，庶幾兼賅各說。蘇軾確實諳於樂律，所作亦能合律，其〈醉翁操〉（琅然）之序曰：

　　　琅琊幽谷，山水奇麗，泉鳴空澗，若中音會。醉翁喜之，把酒臨聽，輒欣然忘歸。既去十餘年，而好奇之士沈遵聞之往遊，以琴寫其聲，曰〈醉翁操〉，節奏疏宕，而音指華暢，知琴者以為絕倫。然有其聲而無其辭。翁雖為作歌，而與琴聲不合。又依楚詞作〈醉翁引〉，好事者亦倚其辭以製曲。雖粗合韻度，而琴聲為詞所繩約，非天成也。後三十餘年，翁既捐館舍，遵亦沒久矣。有廬山玉澗道人崔閑，特妙於琴。恨此曲之無詞，乃譜其聲，而請於東坡居士以補之云。〔註143〕

是知歐陽脩之〈醉翁操〉、〈醉翁引〉琴聲與歌詞無法妙合天成，蘇軾

〔註141〕如李調元《雨村詞話》曰：「人謂東坡長短句不工媚詞，少諧音律，非也，特才大不肯受束縛而然」，〔清〕李調元：《雨村詞話》，卷一「喚作兒」條，唐圭璋編：《詞話叢編》，冊二，頁1394。又如錢裴仲《雨華盦詞話》曰：「坡公才大，詞多豪放，不肯翦裁就範，故其不協律處甚多，然又何傷其為佳叶」，〔清〕錢裴仲：《雨華盦詞話》，「坡公赤壁詞存舊為佳」條，唐圭璋編：《詞話叢編》，冊四，頁3013。

〔註142〕〔清〕沈道寬：〈論詞絕句〉之一五，《話山草堂詩鈔》，卷一，頁37下。

〔註143〕〔宋〕蘇軾：〈醉翁操‧序〉，唐圭璋編：《全宋詞》，冊一，頁331。

遂依崔閑琴曲而填詞以成其〈醉翁操〉。蘇軾另敍其填〈醉翁操〉「方補詞間，爲弦其聲，居士倚爲詞，頃刻而就，無所點竄」，「然後聲詞皆備，遂爲琴中絕妙，好事者爭傳」，〔註144〕頗爲自得。而曾鞏〈跋〈醉翁操〉〉稱此詞「不徒調與琴協，即公之流風餘韻，亦於此可想焉」，〔註145〕盛讚琴聲、歌詞、詞情之合作。凡此，可見蘇軾審音協律功力之一斑。他如〈戚氏〉（玉龜山）之填製始末，據李之儀〈跋戚氏〉所記，蘇軾出知定州常與僚屬夜宴醉笑，多令官妓歌於坐側，「各因其譜，即席賦詠」，一日，官妓欲試蘇軾倉卒之詞才，歌〈戚氏〉以索詞，其時蘇軾方論穆天子事，遂取以爲題材，「隨聲隨寫，歌竟篇就，纔點定五六字爾。坐中隨聲擊節，終席不間他辭，亦不容別進一語」，〔註146〕亦爲蘇軾審音協律之明證。至於此絕第三句首肯陳師道《後山詩話》所謂蘇軾以詩爲詞「如教坊雷大使之舞，雖極天下之工，要非本色」，而末句運化俞文豹《吹劍續錄》之說，稱述蘇軾豪放詞作宜寫豪情壯懷。細味後聯二句，對於蘇軾豪放詞風頗有微詞，揆諸沈道寬〈論詞絕句〉之七、一九論李煜、辛棄疾曰：「國勝身危賦小詞，無愁天子寫愁時；倚聲本是相思調，除卻宮娥欲對誰」、「稼軒格調繼蘇髯，鐵馬金戈氣象嚴；我愛分釵桃葉渡，溫柔激壯力能兼」，〔註147〕益可證其偏好抒發相思柔情之傳統婉約詞風。

再者，譚瑩〈論詞絕句一百首〉之三四論晁補之曰：

〔註144〕〔清〕王文誥：《蘇文忠公詩編註集成》（臺北：臺灣學生書局，1987年），〈總案〉卷三十五「二十四日書〈醉翁操〉寄沈遵之子法眞」下引石刻蘇文忠公眞蹟，頁1197。

〔註145〕〔清〕王文誥：《蘇文忠公詩編註集成》，〈總案〉卷三十五「二十四日書〈醉翁操〉寄沈遵之子法眞」下引曾鞏〈跋〈醉翁操〉〉，頁1197。

〔註146〕〔宋〕李之儀：〈跋戚氏〉，《姑溪居士全集・文集》（北京：中華書局，1985年，《叢書集成初編》），卷三十八，頁301。

〔註147〕〔清〕沈道寬：〈論詞絕句〉之七、一九，《話山草堂詩鈔》，卷一，頁36下、38上。

　　　未遜秦黃語罨偏，買陂塘曲世先傳；歐蘇張柳評量當，位
　　　置生平豈漫然。〔註148〕

後聯稱賞晁補之評騭歐陽脩、蘇軾、張先、柳永的當剴切，然則譚瑩
認同蘇軾填詞「橫放傑出」，不受樂律束縛，所作多不協律。

　　綜觀清代論詞絕句作者評論蘇詞是否協律，最具理論建樹意義者
允推宋翔鳳，其〈論詞絕句二十首〉之四論蘇軾曰：

　　　不精宮角談詞律，總在模黏影響閒；鐵撥鵾弦無恙在，幾
　　　人能唱古陽關。〔註149〕

首句之「宮角」乃五音之宮音、角音，借代為詞樂；次句之「模黏」
亦即「模糊」，而「影響」釋為近似、模糊、空泛。前聯意謂無法精
熟詞樂而侈談詞律，只能窺得依稀彷彿之概貌。宋氏旨在強調詞乃
合樂之歌詞，談論詞律焉能捨棄詞樂？然詞樂失傳，後人每由句法、
平仄、押韻等文字格律立說，〔註150〕未為得實之論。第三句之「鐵
撥鵾弦」有關琵琶之結構與材質，即鐵製之琴撥、鵾雞筋製之琴
絃，段安節《樂府雜錄・琵琶》載：「開元中有賀懷智，其樂器以石
為槽，鵾雞筋作絃，用鐵撥彈之」，〔註151〕則其音響之豪壯激越當可
想見，蘇軾〈杜介熙熙堂〉亦曰：「遙想閉門投轄飲，鵾絃鐵撥響如
雷」。〔註152〕故「鐵撥鵾弦無恙在」一句，可解作蘇軾猶如「鐵撥鵾

〔註148〕〔清〕譚瑩：〈論詞絕句一百首〉之三四，《樂志堂詩集》，卷六，
　　　　頁 478。

〔註149〕〔清〕宋翔鳳：〈論詞絕句二十首〉之四，《洞簫樓詩紀》（桃園：
　　　　聖環圖書股份有限公司，1998 年，宋翔鳳輯著《浮谿精舍叢書》十
　　　　五），卷三，頁 255。

〔註150〕如朱彝尊《詞綜》著錄蘇軾〈念奴嬌・赤壁懷古〉，據洪邁《容齋
　　　　隨筆》所載黃庭堅手書本，「浪淘盡」三字作「浪聲沉」，並稱作「浪
　　　　淘盡」者「與調未協」，又曰：「至於『小喬初嫁』宜句絕，『了』
　　　　字屬下句，乃合」，詳見〔清〕朱彝尊、汪森編，李慶甲校點：《詞
　　　　綜》（上海：上海古籍出版社，2005 年），卷六，頁 118。

〔註151〕〔唐〕段安節：《樂府雜錄・琵琶》（上海：上海古籍出版社，1988
　　　　年），頁 30。

〔註152〕〔宋〕蘇軾：〈杜介熙熙堂〉，〔清〕王文誥輯註，孔凡禮點校：《蘇
　　　　軾詩集》，冊三，卷十六，頁 820。

弦」之豪放詞篇流播百代。末句援引晁以道稱蘇軾曾歌〈古陽關〉
曲，以駁蘇軾不善唱曲故其詞作多不協律之說（見陸游《老學庵筆
記》）。

　　上述有關「鐵撥鵾弦無恙在，幾人能唱古陽關」之解箋，僅就詩
句字面為釋。實則宋翔鳳之〈論詞絕句二十首〉每與其詞話《樂府餘
論》印證發明，引據《樂府餘論》相關評說，更能探得此二詩句之深
意，該書「詞曲一事」條曰：

> 宋元之間，詞與曲一也。以文寫之則為詞，以聲度之則為
> 曲。晁无咎評東坡詞，謂「曲子中縛不住」，則詞皆曲也。
> 《度曲須知》、《顧曲雜言》，論元人雜劇，皆謂之詞，元人
> 《菉斐軒詞林韻釋》，為北曲而設，乃謂之詞韻，則曲亦詞
> 也。《能改齋漫錄》載徐師川云：「張志和〈漁父詞〉，東坡
> 以為語清麗，恨其曲度不傳，加數語以〈浣溪沙〉歌之。」
> 則古人之詞，必有曲度也。人謂蘇詞多不諧音律，則以聲
> 調高逸，驟難上口，非無曲度也。（如今日俗工，不能度《北
> 西廂》之類。）北宋所作，多付箏琶，故嘽緩繁促而易流；
> 南渡以後，半歸琴笛，故滌蕩沉渺而不雜。〈白雪〉之歌，
> 自存雅音；〈薤露〉之唱，別增俗樂。則元人之曲，遂立一
> 門，弦索蕩志，手口悁心。於是度曲者但尋其聲，製詞者
> 獨求於意。古有遺音，今成絕響。在昔錢唐妙伎，改「畫
> 閣斜陽」；饒州布衣，譜「橋邊紅藥」。文章通絲竹之微，
> 歌曲會比興之旨。使茫昧於宮商，何言節奏；苟滅裂於文
> 理，徒類啁啾。爰自分馳，所滋流弊。〔註 153〕

宋氏引證蘇軾將張志和〈漁父詞〉增添數語而以〈浣溪沙〉歌之，以
及琴操將秦觀〈滿庭芳〉改作「陽」字韻、姜夔自度〈揚州慢〉曲，
以明宋元之間詞、曲不分，詞文、詞樂合一，凡詞皆有相應之曲度。
自元之後，詞、曲始漸分途，度曲者專於樂聲，寫詞者專於文意，各
自為政，詞樂因之失傳。而蘇軾詞作亦有相應之曲度，惟其高逸而難

〔註 153〕　〔清〕宋翔鳳：《樂府餘論》，「詞曲一事」條，唐圭璋編：《詞話叢
　　　　　編》，冊三，頁 2498。

歌，絕非失律不協。故「鐵撥鵾弦無恙在，幾人能唱古陽關」二句，隱然以〈古陽關〉比況蘇詞，旨在感喟即使「鐵撥鵾弦」等雄豪樂器尚存，然因蘇詞「聲調高逸，驟難上口」，加以詞樂失傳，以致無人能歌，遂有不協音律之誚。宋氏此絕基於詞、樂合一之前提，稱蘇軾詞悉爲協律之作，獨排舊說眾論，見解新穎，晚近夏承燾曾曰：「蘇、辛才氣奔放，不顧拗盡天下嗓子」，〔註154〕近於宋氏之意矣。

四、〈洞仙歌〉詞之考校

　　蘇軾〈洞仙歌〉有自序曰：「僕七歲時，見眉山老尼，姓朱，忘其名，年九十餘。自言嘗隨其師入蜀主孟昶宮中。一日大熱，蜀主與花蕊夫人夜起避暑摩訶池上，作一詞。朱具能記之。今四十年，朱已死，人無知此詞者。但記其首兩句，暇日尋味，豈〈洞仙歌令〉乎？乃爲足之。」全詞如下：

> 冰肌玉骨，自清涼無汗。水殿風來暗香滿。繡簾開、一點明月窺人，人未寢，欹枕釵橫鬢亂。　　起來攜素手，庭戶無聲，時見疏星渡河漢。試問夜如何，夜已三更，金波淡、玉繩低轉。但屈指、西風幾時來，又不道、流年暗中偷換。〔註155〕

上片先寫花蕊夫人清涼潔淨之肌膚，繼而轉寫宮殿之清幽、明月之高遠，再寫花蕊夫人輾轉未眠之情狀。下片描敘孟昶與花蕊夫人夜起攜手偕行，四周靜謐，疏星飛墜；徘徊既久，不覺已是三更，月光熹微，繁星低斜；只盼秋風早日送爽，又恐年華悄然流逝。全詞舒徐閒適，旖旎韶麗，隱寓日月逾邁之慨歎。

　　據蘇軾自序，〈洞仙歌〉係其以孟昶詞首二句所足成者。惟歷來有關此詞之創作因革聚訟紛紜，胡仔《苕溪漁隱叢話》引《漫叟詩話》云：

〔註154〕夏承燾：〈唐宋詞字聲之演變〉，《夏承燾集》（杭州：浙江古籍出版社、浙江教育出版社，出版年不詳），冊二《唐宋詞論叢》，頁81。
〔註155〕〔宋〕蘇軾：〈洞仙歌〉，唐圭璋編：《全宋詞》，冊一，頁297。

楊元素作《本事曲》，記：「〈洞仙歌〉：『冰肌玉骨，……又
不道、流年暗中偷換。』錢塘有一老尼，能誦後主詩首章
兩句，後人爲足其意，以塡此詞。」余嘗見一士人誦全篇
云：「冰肌玉骨清無汗，水殿風來暗香暖。簾開明月獨窺人，
欹枕釵橫雲鬢亂。起來瓊戶啟無聲，時見疎星渡河漢。屈
指西風幾時來，只恐流年暗中換。」〔註156〕

據《漫叟詩話》所引楊繪（字元素）《本事曲》，後人依錢塘老尼所誦
孟昶詩首二句，補足詞意塡就〈洞仙歌〉。楊繪與蘇軾友善，然其《本
事曲》所載未及蘇軾，且「眉山」老尼作「錢塘」老尼，甚可怪也。
胡仔於引錄《漫叟詩話》後，又引蘇軾〈洞仙歌・序〉，而曰：

《漫叟詩話》所載《本事曲》，云錢唐一老尼能誦後主詩首
章兩句，與東坡〈洞仙歌・序〉全然不同，當以〈序〉爲
正也。〔註157〕

胡仔認定當以蘇軾自序所言爲準。雖《本事曲》與蘇軾自序所記不
同，然以〈洞仙歌〉係由孟昶詩詞首二句足成，則無二致。
　　而張邦基《墨莊漫錄》則稱蘇軾詞係檃括孟昶全詩而成，有
言：

東坡作長短句〈洞仙歌〉，所謂「冰肌玉骨，自清涼無汗」
者。公自敘云：「予幼時見一老人，……乃爲足之。」近見
李公彥季成詩話，乃云：「楊元素作《本事》，記：『〈洞仙
歌〉：「冰肌玉骨，自清涼無汗」，錢唐有老尼，能誦後主詩
首章兩句，後人爲足其意，以塡此詞。』」其說不同。予友
陳興祖德昭云：「頃見一詩話，亦題云李季成作，乃全載孟
蜀主一詩：『冰肌玉骨清無汗，……只恐流年暗中換。』云：
『東坡少年遇美人，喜〈洞仙歌〉，又解后處景色暗相似，
故檃括稍協律以贈之也。』予以謂此說近之。」據此乃詩

〔註156〕　〔宋〕胡仔：《苕溪漁隱叢話》，前集，卷六十「洞仙歌」引《漫叟
　　　　　詩話》，收於吳文治主編：《宋詩話全編》，冊四《胡仔詩話》，頁3936
　　　　　～3937。
〔註157〕　〔宋〕胡仔：《苕溪漁隱叢話》，前集，卷六十「洞仙歌」，收於吳
　　　　　文治主編：《宋詩話全編》，冊四《胡仔詩話》，頁3937。

耳。而東坡自敘乃云是〈洞仙歌令〉，蓋公以此敘自晦耳。

〈洞仙歌〉腔出近世，五代及國初未之有也。〔註158〕

據張邦基友陳興祖所見之李季成詩話，蘇軾檃括孟昶詩而成〈洞仙歌〉以贈邂逅之佳人，而張邦基更謂蘇軾欲藉自序所言隱蔽此事。姚寬亦以蘇軾〈洞仙歌〉係檃括孟昶詩而成，其《西溪叢語》曰：

孟蜀王〈水殿〉詩，東坡續爲長短句。「冰肌玉骨清無汗，
水殿風來暗香滿。簾開明月解窺人，欹枕釵橫雲鬢亂。夜
深瓊戶寂無聲，時見飛星渡河漢。屈指西風幾時來，只恐
流年暗中換。」〔註159〕

姚寬點明孟昶所作乃〈水殿〉詩，又其稱蘇軾以孟昶詩「續爲」詞，旋引孟昶全詩，故所言「續爲」實爲檃括之意。又王明清《揮塵錄》曰：

如「冰肌玉骨清無汗，水殿風來暗香滿」，孟蜀王詩，東坡
先生度以爲詞。昔人不以蹈襲爲非。〔註160〕

王氏亦謂蘇詞括自孟詩，所言「度以爲詞」亦即檃括之意。〔註161〕

明代胡應麟《詩藪》曰：

孟後主昶，世以荒淫不道，然實留心文藝，嘗與花蕊夫人
納涼作詞，云：「冰肌玉骨清無汗，……只恐流年暗中換。」
按昶詞，蘇長公〈洞仙歌〉全隱括之。〔註162〕

〔註158〕〔宋〕張邦基撰，孔凡禮點校：《墨莊漫錄》（北京：中華書局，2002
年），卷九「東坡洞仙歌」條，頁237。

〔註159〕〔宋〕姚寬撰，孔凡禮點校：《西溪叢語》（北京：中華書局，1993
年），卷上，頁66。

〔註160〕〔宋〕王明清：《揮塵錄》（上海：上海書店，2009年），〈揮塵後錄
餘話〉卷一，頁230。

〔註161〕另有稱「冰肌玉骨清無汗」一詩係花蕊夫人作，蘇軾將之檃括爲詞，
周紫芝《竹坡詩話》曰：「『冰肌玉骨清無汗，……不道流年暗中換。』
世傳此詩爲花蕊夫人作，東坡嘗用此詩作〈洞仙歌〉曲。或謂東坡
託花蕊以自解耳，不可不知也」（〔宋〕周紫芝：《竹坡詩話》，〔清〕
何文煥輯：《歷代詩話》，冊一，頁344），稱蘇軾檃括花蕊夫人詩爲
〈洞仙歌〉，且〈洞仙歌〉或有寄意寓焉。

〔註162〕〔明〕胡應麟：《詩藪》，〈雜編〉卷四，周維德集校：《全明詩話》
（濟南：齊魯書社，2005年），冊三，頁2696。

胡氏亦以蘇軾〈洞仙歌〉全由孟昶詞檃括而成。又胡氏稱孟昶「冰肌玉骨清無汗」一詩爲詞，蓋孟氏此作宋人俱作詩，明清人始以爲詞，調名〈玉樓春〉或〈木蘭花〉。〔註163〕

　　清初朱彝尊編《詞綜》不選蘇軾〈洞仙歌〉而錄孟昶〈玉樓春·夜起避暑摩訶池上作〉（冰肌玉骨清無汗），且加按語曰：「蘇子瞻〈洞仙歌〉本檃括此詞，然未免反有點金之憾。」〔註164〕朱氏不僅承襲前人蘇詞檃括孟詞之說，且詆蘇軾改壞原作、點金成鐵。而康熙御定《全唐詩》亦錄孟昶此作，調名〈木蘭花〉，並於詞後附註：「蘇軾〈洞仙歌〉即檃括此詞」。〔註165〕其後李調元《雨村詞話》服膺朱彝尊之說，曰：「蜀主孟昶『冰肌玉骨』一闋，本〈玉樓春〉調。蘇子瞻〈洞仙歌〉檃括其詞，反爲添蛇足矣。《詞綜》謂爲點金，信然。」〔註166〕

　　至若清代論及孟昶此作與蘇軾〈洞仙歌〉之絕句，亦見紹述蘇詞括自孟作之說者，舒位〈五代十國讀史絕句三十首〉之一八曰：

　　雪香團扇宴摩訶，玉骨清涼怨綺羅；解道流年暗中換，宮
　　詞翻入洞仙歌。（後蜀）〔註167〕

前聯寫孟昶與花蕊夫人之宮廷享樂，敘及雪香扇、摩訶池避暑之故

〔註163〕曾昭岷等《全唐五代詞》考辨孟昶此作曰：「此首宋人載籍俱作詩，原無調名。……明楊愼《全蜀藝文志》卷二五始收作〈玉樓春〉詞，《花草粹編》亦以此調收入（注出《漫叟詩話》），其後《唐詞紀》卷四、《古今詞統》卷八、《詞綜》卷二因之。《全唐詩》卷八八九則錄作〈木蘭花〉詞，《歷代詩餘》卷一一一引《溫〔漫〕叟詩話》將原文之『詩』亦改作『〈玉樓春〉詞』（《詞林紀事》卷一因之）。按此首原爲詩，明清人始認作詞」，曾昭岷、曹濟平、王兆鵬、劉尊明編：《全唐五代詞》，冊下，頁1072。

〔註164〕〔清〕朱彝尊、汪森編，李慶甲校點：《詞綜》，卷二，頁22。

〔註165〕〔清〕彭定求等編：《全唐詩》，卷八八九，頁10048。案：《全唐詩》亦將孟昶此作錄作詩，題作〈避暑摩訶池上作〉，見卷八，頁80。

〔註166〕〔清〕李調元：《雨村詞話》，卷一「東坡點金」條，唐圭璋編：《詞話叢編》，冊二，頁1390。

〔註167〕〔清〕舒位：〈五代十國讀史絕句三十首〉之一八，《缾水齋詩集》（上海：上海古籍出版社，2002年，《續修四庫全書》冊一四八六），卷三，頁559。

實。〔註 168〕後聯蓋謂孟昶文采華茂，能作「冰肌玉骨清無汗，……只恐流年暗中換」之宮詞，後為蘇軾檃括翻作〈洞仙歌〉。

　　經由上述，可見自宋迄清不少論者主張蘇軾檃括孟昶詩（詞）而成〈洞仙歌〉，甚至嘲諷蘇軾點金成鐵、畫蛇添足。然質疑此說者亦不乏其人，張炎強調「詞以意趣為主，要不蹈襲前人語意」，而其所舉佳製之一即為蘇軾〈洞仙歌〉，〔註 169〕然則張炎不以〈洞仙歌〉為檃括之作明矣。更有持孟昶詩（詞）括自蘇軾〈洞仙歌〉之論者，清初沈雄《古今詞話》曰：「東京士人檃括東坡〈洞仙歌〉為〈玉樓春〉，以記摩訶池上之事，見張仲素《本事記》。」〔註 170〕又許昂霄評點《詞綜》，不採朱彝尊之說，斷言孟昶〈玉樓春〉「此必檃括坡詞而託名蜀主者」。〔註 171〕

　　宋翔鳳更致力證成此說，其《樂府餘論》迻錄《苕溪漁隱叢話》所載《漫叟詩話》、蘇軾〈洞仙歌·序〉、胡仔之語，續曰：

> 按《叢話》載《漫叟詩話》而辯之甚備，則元素《本事曲》仍是東坡詞。所謂「見一士人誦全篇」云云者，乃《漫叟詩話》之言，不出元素也。元素與東坡同時，先後知杭州。東坡是追憶幼時詞，當在杭足成之。元素至杭，聞歌此詞，未審為東坡所足，事皆有之。東坡所見者蜀尼，故能記蜀宮詞。若錢塘尼，何自得聞之也。《本事曲》已誤，至所傳「冰肌玉骨清無汗」一詞，不過檃括蘇詞，然刪去數虛字，語遂平直，了無意味。蓋宋自南渡，典籍散亡，小書雜出，

〔註 168〕所謂「雪香團扇」，《十國春秋》載花蕊夫人「常與後主登樓，以龍腦末塗白扇，扇墜地，為人所得，蜀人爭效其制，名曰『雪香扇』」，〔清〕吳任臣：《十國春秋》（北京：中華書局，1983 年），卷五十〈後蜀後主慧妃徐氏傳〉，頁 748。

〔註 169〕詳見〔宋〕張炎：《詞源》，卷下「意趣」條，唐圭璋編：《詞話叢編》，冊一，頁 260。

〔註 170〕〔清〕沈雄：《古今詞話》，〈詞品〉卷上「檃括詞」條，唐圭璋編：《詞話叢編》，冊一，頁 845。

〔註 171〕〔清〕許昂霄：《詞綜偶評》，「五代十國詞」條，唐圭璋編：《詞話叢編》，冊二，頁 1548。

　　　眞僞互見，《叢話》多有別白。而竹垞《詞綜》，顧棄此錄
　　　彼，意欲變《草堂》之所選，然亦千慮之一失矣。〔註172〕

宋氏以蘇軾〈洞仙歌‧序〉爲準，論定眉山老尼方能記蜀宮之詞，《本
事曲》稱錢塘老尼誤矣，此係揆諸地緣關係所作之合理推測。至謂蘇
軾於知杭期間足成〈洞仙歌〉，後楊元素知杭，「聞歌此詞，未審爲東
坡所足，事皆有之」，不僅有違〈洞仙歌〉作於黃州之事實，〔註173〕
牴牾楊、蘇二人知杭之先後，〔註174〕抑且流於主觀臆斷。宋氏又由
字句之比勘、語意之玩味，判定孟昶詞係檃括蘇詞而成，且評朱彝尊
《詞綜》欲有別於《草堂詩餘》，〔註175〕不選蘇詞而錄孟詞，未臻周
延。要之，宋氏此則詞話旨在辯明蘇軾以孟昶詞首二句足成〈洞仙
歌〉，至於世傳孟昶全詞反由蘇詞檃括而成，而其〈論詞絕句二十首〉
之五亦曰：

　　　摩訶池上夜如何，玉骨清涼語未多；別出舊詞全檃栝，細
　　　吟那及洞仙歌（東坡〈洞仙歌‧序〉明言見老尼本蜀宮
　　　女，得首二句而續成。後人即東坡全詞檃栝作小令，託爲
　　　蜀主元詞。竹垞舍蘇詞而錄之，是有意翻《草堂》之案
　　　也）。〔註176〕

〔註172〕〔清〕宋翔鳳：《樂府餘論》，「辨洞仙歌」條，唐圭璋編：《詞話叢
　　　　編》，冊三，頁2495～2496。

〔註173〕蘇軾生於仁宗景祐三年十二月十九日（1037年1月8日），而據〈洞
　　　　仙歌‧序〉，七歲聞眉山老尼言孟昶詞，當仁宗慶曆二年（1042），
　　　　又四十年足成〈洞仙歌〉，則當神宗元豐五年（1082），時爲黃州團
　　　　練副使。

〔註174〕楊繪先後二度出知杭州，一爲神宗朝，因與王安石政見不合，「遂
　　　　罷爲侍讀學士、知亳州，歷應天府、杭州」，一爲哲宗「元祐初，
　　　　復天章閣待制，再知杭州」（參見〔元〕脫脫等撰：《宋史》，卷三
　　　　二二〈楊繪傳〉，頁10449～10450），而蘇軾出知杭州爲元祐四至六
　　　　年，晚於楊繪。

〔註175〕今日通行之《增修箋注妙選群英草堂詩餘》、《精選名賢詞話草堂詩
　　　　餘》均錄蘇軾〈洞仙歌〉（詳見劉崇德、徐文武點校：《明刊草堂詩
　　　　餘二種》，保定：河北大學出版社，2006年，頁103、369），而未
　　　　選孟昶詞。

〔註176〕〔清〕宋翔鳳：〈論詞絕句二十首〉之五，《洞簫樓詩紀》，卷三，

前聯引據蘇軾〈洞仙歌·序〉，謂其以「冰肌玉骨，自清涼無汗」寥
寥數語，續成〈洞仙歌〉一詞。後聯倡言所謂孟昶原詞全由蘇軾〈洞
仙歌〉隱括而成，且其意味未及〈洞仙歌〉也。此絕首句之「摩訶池
上」點明〈洞仙歌〉寫孟昶與花蕊夫人避暑摩訶池之事，而「夜如何」
三字良有深意，係指婉曲流麗之「試問夜如何，夜已三更，金波淡、
玉繩低轉」，而此數句《漫叟詩話》所載孟昶詩（詞）卻未敘及，然
則宋氏標舉「夜如何」三字，實欲彰顯孟詞係由蘇詞不當刪削之俗作。
再者，比對宋氏詞話、論詞絕句所論，大致相同，惟論詞絕句未及「東
坡是追憶幼時詞，當在杭足成之。元素至杭，聞歌此詞，未審為東坡
所足，事皆有之」之謬誤、臆斷，實較詞話嚴謹。此外，宋氏謂孟昶
原詞（即〈玉樓春〉）係由蘇詞剪裁而成，平直無味，「細吟那及洞仙
歌」，並議朱彝尊《詞綜》去取失當，而與宋氏同時之鄧廷楨於所著
《雙硯齋詞話》亦曰：

> 乃不知誰何，別作〈玉樓春〉一闋，僞託蜀主原詞，其語
> 句乃取坡詞剪裁而成，致為淺直。而小長蘆《詞綜》不收
> 坡製，轉錄贗詞，且詆坡詞為點金成鐵。竹垞工於顧曲
> 者，所嗜乃顛倒如此，非惟味昧淄澠，抑且說誣燕郢矣。
> 〔註177〕

宋、鄧二氏所論極為類似，惟宋氏更探朱彝尊錄〈玉樓春〉而捨〈洞
仙歌〉之因，謂其欲翻《草堂詩餘》之案，以致矯枉過正、千慮一失，
所論契合《詞綜》欲匡《草堂詩餘》舛謬之編纂宗旨，〔註178〕相較

頁255。
〔註177〕〔清〕鄧廷楨：《雙硯齋詞話》，「東坡洞仙歌」條，唐圭璋編：《詞
　　　　話叢編》，冊三，頁2528。
〔註178〕有關《詞綜》欲匡《草堂詩餘》舛謬之編纂宗旨，朱彝尊《詞綜·
　　　　發凡》第四則謂古詞選本如《家宴集》等均佚不傳，「獨《草堂詩
　　　　餘》所收最下最傳，三百年來，學者守為《兔園冊》，無惑乎詞之
　　　　不振也」，指摘《草堂詩餘》導致詞體衰微；又第十三則曰：「言情
　　　　之作，易流於穢，此宋人選詞，多以雅為目。……填詞最雅無過石
　　　　帚，《草堂詩餘》不登其隻字，見胡浩〈立春吉席〉之作、蜜殊〈詠
　　　　桂〉之章，亟收卷中，可謂無目者也」，譏刺《草堂詩餘》鑒識不

鄧氏之嚴詞詆訶，不僅溫厚，尚且深至。

　　宋翔鳳除力陳孟昶〈玉樓春〉括自蘇軾〈洞仙歌〉，亦曾辨析另一石刻孟昶原詞〈洞仙歌〉亦為偽作，蓋趙聞禮《陽春白雪》卷二載：

> 宜春潘明叔云：「蜀王與花蕊夫人避暑摩訶池上，賦〈洞仙歌〉，其辭不見於世。東坡得老尼口誦兩句，遂足之。蜀帥謝元明因開摩訶池，得古石刻，遂見全篇：『冰肌玉骨，自清涼無汗。貝闕琳宮恨初遠。玉欄干倚遍，怯盡朝寒，回首處、何必留連穆滿。　　芙蓉開過也，樓閣香融，千片紅英泛波面。洞房深深鎖，莫放輕舟、瑤臺去，甘與塵寰路斷。更莫遣、流紅到人間，怕一似當時、誤他劉阮。』」〔註179〕

宋氏《樂府餘論》於迻錄《陽春白雪》所載後曰：「云『自清涼無汗』，確是避暑。而又云『怯盡朝寒』，則非避暑之意。且坡序云『夜起』，而此詞俱畫景。其中貝闕琳宮、闌干樓閣、洞房瑤臺，拉雜湊集，明是南宋人偽託。」〔註180〕宋氏參照蘇軾〈洞仙歌‧序〉，審度詞中用語之矛盾、雜遝，以證此〈洞仙歌〉為偽作，所論頗合情理。

精、淺俗是好；又第十五則曰：「宋人詞集，大約無題，自《花庵》、《草堂》增入閨情、閨思、四時景等題，深為可憎，今俱準集本刪去」，非議《草堂詩餘》妄增詞題。而汪森《詞綜‧序》亦曰：「世之論詞者，惟《草堂》是規，白石、梅溪諸家，或未窺其集，輒高自矜詡」，希冀《詞綜》一書「庶幾可一洗《草堂》之陋，而倚聲者知所宗矣」（以上所引《詞綜‧發凡》、《詞綜‧序》原文，見〔清〕朱彝尊、汪森編，李慶甲校點：《詞綜》，頁 11、14、15、1～2）。此外，當代學者亦有相關闡述，如諸葛憶兵曾論「《詞綜》編纂之糾正《草堂》之弊的意圖和成績」（詳見諸葛憶兵：〈《詞綜》編纂意圖及其價值〉，《江海學刊》，2001 年二期，頁 163），又如于翠玲論及《詞綜》「以取代《草堂詩餘》為目的」（詳見于翠玲：《朱彝尊《詞綜》研究》，北京：中華書局，2005 年，頁 81～84）。

〔註179〕〔宋〕趙聞禮選編，葛渭君校點：《陽春白雪》（上海：上海古籍出版社，1993 年），卷二，頁 116。

〔註180〕〔清〕宋翔鳳：《樂府餘論》，「南宋人偽託石刻洞仙歌」條，唐圭璋編：《詞話叢編》，冊三，頁 2496。

宋翔鳳凸顯蘇軾〈洞仙歌〉之原創地位，譚瑩亦有類似之論，其
〈論詞絕句一百首〉之九曰：

> 摩訶避暑有全詞，花蘂風流恐願師；何俟洞仙歌隱括，點
> 金成鐵使人疑。（蜀主孟昶）〔註181〕

次句之「花蘂」係指孟昶貴妃花蘂夫人，其人能詩，亦工填詞，曾仿
王建作〈宮詞〉百首，《五代詩話》曰：「世傳其〈宮詞〉百首，清新
豔麗，足奪王建、張籍之席。蓋外間摹寫，自多泛設，終是看人富貴
語，固不若內家本色，天然流麗也」，〔註182〕盛讚花蘂夫人〈宮詞〉
自道經歷，故能真切自然。譚瑩此絕前聯意謂孟昶若曾填製世傳避暑
摩訶池之〈玉樓春〉，〔註183〕恐怕才調不凡之花蘂夫人亦願師法仿
作、繼起唱和，言下之意，花蘂夫人傳世詩詞並無近於孟昶〈玉樓
春〉者，可見該詞當為後人依託之作。而第三句之「何俟」，係以反
詰語氣表示「不須」之意。此絕後聯駁斥朱彝尊所言：「蘇子瞻〈洞
仙歌〉本隱括此詞（案：指〈玉樓春〉），然未免反有點金之憾」，
意謂蘇軾無須將〈玉樓春〉隱括為〈洞仙歌〉，以使後人疑其「點金
成鐵」，然則譚瑩旨在彰顯蘇軾絕類離倫，豈肯剽竊、捃摭？〈洞仙
歌〉確為蘇軾之創作，而非隱括孟昶舊詞。嗣後梁令嫻《藝蘅館詞
選》曰：

> 但據坡公自序云云，使坡公實未見原詞，何以能暗合如是？
> 使坡公實嘗見原詞，且記憶之，又何必作妄語欺人？坡公
> 豈竊詩賊耶？竊謂原詞必後之好事者附益之以污衊前輩，
> 而朱竹垞《詞綜》乃謂坡公此作為點金成鐵，陋矣。〔註184〕

〔註181〕〔清〕譚瑩：〈論詞絕句一百首〉之九，《樂志堂詩集》，卷六，頁
476～477。

〔註182〕〔清〕王士禛原編，鄭方坤刪補，〔美〕李珍華點校：《五代詩話》
（北京：書目文獻出版社，1989年），卷八，頁286。

〔註183〕世傳孟昶避暑摩訶池所作詞有〈玉樓春〉、〈洞仙歌〉，而譚瑩此絕
末句之「點金成鐵」，係本《詞綜》所錄〈玉樓春〉之按語，故首
句之「摩訶避暑有全詞」應就〈玉樓春〉而言。

〔註184〕梁令嫻：《藝蘅館詞選》（臺北：臺灣中華書局，1970年），乙卷，
頁49。

梁氏所論大抵同於譚瑩「何俟洞仙歌櫽括，點金成鐵使人疑」之意旨，特加詳耳。

　　譚瑩主張蘇軾〈洞仙歌〉為原創而孟昶〈玉樓春〉為偽作，而其友人陳澧所見略同，其〈論詞絕句六首〉之二曰：

　　　　冰肌玉骨洞仙歌，九字何曾記憶譌；刪取七言成贗鼎，枉教朱十笑東坡。〔註185〕

前聯意謂蘇軾〈洞仙歌〉（冰肌玉骨）一詞，據其自序所言，七歲聽聞眉山老尼講述孟昶避暑摩訶池所作詞，猶記其首二句「冰肌玉骨，自清涼無汗」，遂足成之。而由「九字何曾記憶譌」，可見陳澧認定蘇軾〈洞仙歌・序〉所言不虛。第三句之「贗鼎」語出《韓非子・說林下》：「齊伐魯，索讒鼎，魯以其贗（案：即贗）往。齊人曰：『贗也。』魯人曰：『眞也。』」〔註186〕後以「贗鼎」稱偽造之物。而「刪取七言成贗鼎」，意謂細繹題孟昶作之〈玉樓春〉，係就蘇軾〈洞仙歌〉刪削、襲取以成每句七言之作，當為後人依託之贗品。末句之「朱十」即朱彝尊，因其於從兄弟中排行第十，故名。全句謂朱彝尊嘲諷蘇軾櫽括〈玉樓春〉成〈洞仙歌〉係「點金成鐵」，實為本末倒置之論，白費脣舌，多此一舉，〈洞仙歌〉乃蘇軾之創作明矣，何可誣也。

　　綜觀宋翔鳳、譚瑩、陳澧三家論詞絕句，多方推斷蘇軾〈洞仙歌〉絕非櫽括孟昶〈玉樓春〉，不似前此沈雄《古今詞話》、許昂霄《詞綜偶評》僅止於泛論而已，對於〈洞仙歌〉原創地位之確立居功厥偉。至於當代有關蘇軾、孟昶作品之爭辯，大多數之論者均同宋、譚、陳三氏之觀點，主張〈玉樓春〉為後人之偽託而〈洞仙歌〉為蘇軾之創作，如鄭騫先生《詞選》、俞平伯《唐宋詞選釋》、中國社會科學院文學研究所《唐宋詞選》等，〔註187〕而吳洪澤〈〈洞仙歌〉（冰肌玉骨）

〔註185〕〔清〕陳澧：〈論詞絕句六首〉之二，見陳澧撰，汪兆鏞輯：《陳東塾先生遺詩》，頁8上。

〔註186〕〔周〕韓非：《韓非子》，卷八，〈說林下〉，頁41。

〔註187〕詳見鄭騫：《詞選》（臺北：中國文化大學出版部，1988年），頁52；

公案考索〉、閆小芬〈蘇軾〈洞仙歌〉雜考〉二篇專文之考論結果亦同。〔註188〕

　　茲將清代各家論詞絕句品評蘇軾之論點，撮要如下。其一，論辨豪放詞風：或辨其義涵，鄭方坤譽蘇軾下筆有神，擺脫穠豔華麗之傳統詞風，並以柳永之婉約對比蘇軾之豪放；汪筠評蘇詞「海雨天風」之豪快奔放異於柳詞「淺斟低唱」之婉曲纏綿，且謂蘇軾有心開拓豪放詞風；華長卿以「逼人海雨激天風」之激越雄渾比況蘇詞之豪放，盛稱蘇軾洗盡華靡綺語、兒女柔情；章愷、李兆元針對蘇軾豪放詞風、傳統婉約詞風各有褒貶，章氏揚婉抑豪，李氏揚豪抑婉；王僧保凸顯蘇詞豪爽激昂交雜失志感歎，不肖學者徒以豪語壯詞標榜，流於粗豪叫囂；馮煦揭示蘇詞每多深情寄意，不善學蘇詞者刻意仿效豪放詞風，只得激越表象，內涵餘韻蕩然；沈世良推賞蘇詞非惟英氣凌雲，尚且蓄積宏贍、難窺堂奧，後世鮮有得其真髓者；朱依真強調蘇軾詞風高曠異於辛棄疾之豪壯，足以提振心神，後人難以企及，至於姜夔之「清空」實受蘇軾之沾溉；高旭愛賞蘇軾高曠之詞作猶如清涼之天風、海水，可令讀者超然豁達；汪筠既稱蘇詞「豪放」，復稱蘇詞「清雄」，旨在彰顯蘇詞之「豪放」乃「雄」且「清」，豪邁奔放而瀟灑超逸。或論其承啓，陳澧稱許李白〈憶秦娥〉下片雄渾慷慨，堪稱蘇辛豪放詞風之先導；華長卿論朱敦儒〈念奴嬌〉、楊恩壽論陳維崧《湖海樓詞》、潘飛聲論陳良玉〈霜天曉角〉，與夫譚瑩論葉夢得、陳與義、張孝祥、戴復古、陳維崧其人其詞，概以蘇軾之豪放為準據；沈初、沈道寬、譚瑩等人論辛棄疾，皆由蘇軾之津逮立說；尚有論者以「蘇

　　　　俞平伯：《唐宋詞選釋》（北京：人民文學出版社，2005 年），頁 98；中國社會科學院文學研究所：《唐宋詞選》（北京：人民文學出版社，1981 年），頁 137。

〔註188〕詳見吳洪澤：〈〈洞仙歌〉（冰肌玉骨）公案考索〉，《四川大學學報（哲學社會科學版）》，2002 年二期，頁 125～128；閆小芬：〈蘇軾〈洞仙歌〉雜考〉，《商丘師範學院學報》十九卷六期（2003 年 12 月），頁 39～41。

辛」爲標竿以評其他豪放詞人，如沈初論陳維崧、石韞玉論蔣士銓、楊恩壽論張九鉞等。

其二，顯揚婉約詞作：李其永賞〈蝶戀花〉盡去雄放豪氣，充溢溫婉柔情，寄興深微；朱依真謂〈蝶戀花〉抒發傷春情懷、寄託思歸愁悶，宜付十八女郎執紅牙板歌之；譚瑩稱〈蝶戀花〉之柔情麗語不減柳永〈雨霖鈴〉；江昱、譚瑩同以〈水龍吟〉爲例，論證蘇軾固以豪放詞風見稱，然亦不乏婉約本色之作；高旭則言〈水龍吟〉之婉約令其傾心。

其三，探究協律與否：沈道寬稱述蘇軾天才超逸而不受曲調羈絆，亦能審音協律；譚瑩首肯晁補之所言：「蘇東坡詞，人謂多不諧音律，自然，居士詞橫放傑出，自是曲子中縛不住者」；宋翔鳳倡言詞律須以詞樂爲準，蘇詞自有相應之曲度，惟其高逸難歌，絕非不協音律。

其四，考校〈洞仙歌〉詞：舒位認定蘇軾櫽括孟昶〈玉樓春〉而成〈洞仙歌〉，而宋翔鳳、譚瑩、陳澧論斷蘇軾〈洞仙歌〉之原創地位，反駁朱彝尊「點金成鐵」之說。宋、陳二氏均主蘇軾〈洞仙歌·序〉可信，加以詞句之比對，以證孟昶〈玉樓春〉括自蘇詞；譚氏則以花蕊夫人並無仿作，推斷孟昶〈玉樓春〉爲偽作，更由蘇軾超逸之才情論其絕無剽竊前人舊作之理。

綜觀清代論詞絕句論贊蘇軾之面向，多屬歷來頗受爭議之論題。蘇軾豪放詞風之義涵即爲犖犖大者，諸多論者或連類取譬，或甄綜異同，或以「高曠」、「清雄」立說，以明蘇詞豪放之眞諦。亦有論者關注蘇詞之協律問題，其中宋翔鳳以詞、樂合一而謂蘇詞悉協音律，發前人所未發。有關蘇軾〈洞仙歌〉、孟昶〈玉樓春〉孰先孰後之爭，宋翔鳳、譚瑩、陳澧三人之論證誠有功於〈洞仙歌〉原創地位之確立。他如蘇軾有心抑或無意另闢豪放詞風？汪筠曰：「海雨天風『特地』豪」，當屬得實之論。至若蘇詞是否「短於情」之辯，譚瑩逐引詞作以證蘇詞之多情毋庸置疑。

　　諸多清代論詞絕句評說蘇軾之創發論點，屢見後世論者採納、發揚，如鄭方坤基於豪放之作風與風格而以蘇軾追配李白；朱依眞細辨蘇詞高曠、辛詞豪壯之精微差異；汪筠以「清雄」一詞評論蘇軾詞風；陳澧推尊李白乃蘇軾豪放詞風之前驅；李其永、朱依眞深察〈蝶戀花〉寄寓去國懷鄉、投閒置散之憂思；宋翔鳳稱蘇詞曲度高逸而難以上口；譚瑩謂蘇軾軼倫絕群而無須剽竊孟昶〈玉樓春〉。至於沈世良以佛喻詞，與夫高旭由讀者接受角度讚〈水調歌頭〉「胸懷令人高曠，天風海水冷冷」，亦爲頗具新意之評詞方式。

第二節　論秦觀

　　秦觀（1049～1100），字太虛，改字少游，號邗溝居士、淮海居士，高郵（今江蘇高郵）人，或以行第稱其秦七，與黃庭堅、張耒、晁補之合稱「蘇門四學士」，著有《淮海居士長短句》（一作《淮海詞》）。清代論詞絕句有關秦觀之評論，約可歸納爲：感傷詞情之論證；詞壇宗師之頌揚；名篇佳製之評賞；秦、柳二家之品騭等四端，以下逐項析論。而將秦觀與黃庭堅並論者，本文留待論黃庭堅時詳加探析。

一、感傷詞情之論證

　　秦觀詞作內容以寫愛情爲主，著重刻劃離愁別恨、眷戀相思，充滿哀戚意緒。其他傷春悲秋之作，亦見無奈、悵惘之情。再者，秦觀早歲功名蹭蹬，年三十七方登進士，其後復坐黨籍，累貶處州（今浙江麗水）、郴州（今湖南郴州）、橫州（今廣西橫縣）、雷州（今廣東雷州）等地，相關反映失志不遇、漂泊貶謫等身世際遇之詞作，抑鬱悽傷溢於言表。要之，感傷乃秦觀詞情之基調。宋翔鳳論秦觀詞即著眼於此，其〈論詞絕句二十首〉之七曰：

　　　　一鉤殘月夜迢迢，玉佩丁東意更消；總爲斜陽渾易暮，不
　　　關好色是無憀（秦詞「杜鵑聲裏斜陽暮」，按「斜陽」是日

斜時，「暮」是日沒時。「暮」，《說文》作「莫」，日且冥也。
言自日斜至日沒，杜鵑之聲亦云苦矣。山谷未解「暮」字
之義，以「斜陽暮」爲重出，非也）。〔註189〕

首句關涉秦觀〈南歌子〉詞：

> 玉漏迢迢盡，銀潢淡淡橫。夢回宿酒未全醒。已被鄰雞催
> 起、怕天明。　　臂上妝猶在，襟間淚尚盈。水邊燈火漸
> 人行。天外一鉤殘月、帶三星。〔註190〕

此係秦觀於蔡州贈妓陶心兒之作，〔註191〕全詞抒發深夜至清曉之難
捨別情，無限依戀、怨抑，末結更將陶心兒之名隱寓其中。而次句之
「玉佩丁東」指涉秦觀〈水龍吟〉，該詞全文如下：

> 小樓連遠橫空，下窺繡轂雕鞍驟。朱簾半捲，單衣初試，
> 清明時候。破暖輕風，弄晴微雨，欲無還有。賣花聲過
> 盡，斜陽院落，紅成陣、飛鴛甃。　　玉佩丁東別後。悵
> 佳期、參差難又。名韁利鎖，天還知道，和天也瘦。花下
> 重門，柳邊深巷，不堪回首。念多情但有，當時皓月，向
> 人依舊。〔註192〕

此亦秦觀於蔡州贈妓之作，對象爲營妓婁婉字東玉，〔註193〕「小樓

〔註189〕〔清〕宋翔鳳：〈論詞絕句二十首〉之七，《洞簫樓詩紀》（桃園：
聖環圖書股份有限公司，1998年，宋翔鳳輯著《浮谿精舍叢書》十
五），卷三，頁255。

〔註190〕〔宋〕秦觀：〈南歌子〉，唐圭璋編：《全宋詞》（臺北：文光出版社，
1983年），冊一，頁468。

〔註191〕曾慥《高齋詩話》云：「少游在蔡州，……又贈陶心兒詞云：『天外
一鉤橫月、帶三星』，謂『心』字也」，〔宋〕胡仔：《苕溪漁隱叢
話》，前集，卷五十「秦少游」條引曾慥《高齋詩話》，收於吳文治
主編：《宋詩話全編》（南京：鳳凰出版社，1998年），冊四《胡仔
詩話》，頁3859。

〔註192〕〔宋〕秦觀：〈水龍吟〉，唐圭璋編：《全宋詞》，冊一，頁455～456。
案：《全宋詞》係據宋乾道刻紹熙修本《淮海居士長短句》，而張綖
刻本、李之藻刻本、段斐君刻本、鄧章漢本、毛晉刻本、《四庫全
書》寫本、王敬之刻本、金長福本、秦元慶刻本秦觀詞，首句均作
「小樓連苑橫空」，參見〔宋〕秦觀著、徐培均箋注《淮海居士長
短句箋注》（上海：上海古籍出版社，2008年）頁19之「校記」。

〔註193〕曾慥《高齋詩話》云：「少游在蔡州，與營妓婁婉字東玉者甚密，

連苑橫空」與「玉佩丁東別後」二句，巧妙嵌入婁婉之姓、名與字。上片描敘女子獨處高曠小樓，佇望情郎車馬馳驟而去，時值清明，初著春衫，捲起朱簾，天候乍暖還寒、忽晴忽雨，賣花歌叫之聲已逝，夕陽殘照，無數落花飛墜井臺；此中寥落之春景，象徵心緒之黯然、無奈。下片則由男子著筆，慨歎重逢無由，怨懟名利拘絆，回首舊歡，更添悵惘，當時明月依舊，奈何人事已非；其中「天還知道，和天也瘦」，化自李賀〈金銅仙人辭漢歌〉之「天若有情天亦老」，〔註 194〕極言別後相思之苦。全詞分由男女雙方暢敘離情懷思，寓情於景，較〈南歌子〉（玉漏迢迢盡）更形哀婉悽惻，故宋翔鳳許其「意更消」。

至於宋氏此絕後聯則就秦觀〈踏莎行〉立論，該詞全文如下：

> 霧失樓臺，月迷津渡。桃源望斷無尋處。可堪孤館閉春寒，杜鵑聲裡斜陽暮。　　驛寄梅花，魚傳尺素。砌成此恨無重數。郴江幸自繞郴山，爲誰流下瀟湘去。〔註 195〕

上片首言煙霧掩蓋樓臺，月光黯淡，渡口不明，極目遠眺桃源樂土，無奈杳眇難尋；續言身處旅舍，春寒料峭，耳聞杜鵑哀啼，目睹斜陽西沉。過片繼言親友之寄贈與書問更添無限離恨鄉愁；歇拍詰問本自環繞郴山之郴江何苦流注瀟湘？黃庭堅曾讚「此詞高絕」，然病「斜陽暮」三字犯重，范溫（字元實）《詩眼》載：

> 老杜謝嚴武詩云：「雨映行宮辱贈詩。」山谷云：「只此『雨映』兩字，寫出一時景物，此句便雅健。」余然後曉句中當無虛字。後誦淮海小詞云：「杜鵑聲裡斜陽暮。」公曰：「此詞高絕！但既云『斜陽』，又云『暮』，則重出也。」

　　贈之詞云『小樓連苑橫空』，又云『玉佩丁東別後』者是也」，〔宋〕胡仔：《苕溪漁隱叢話》，前集，卷五十「秦少游」條引曾慥《高齋詩話》，收於吳文治主編：《宋詩話全編》，冊四《胡仔詩話》，頁3859。

〔註 194〕〔唐〕李賀：〈金銅仙人辭漢歌〉，〔清〕彭定求等編：《全唐詩》（北京：中華書局，2003 年），卷三九一，頁 4403。

〔註 195〕〔宋〕秦觀：〈踏莎行〉，唐圭璋編：《全宋詞》，冊一，頁 460。

欲改「斜陽」作「簾櫳」。余曰：「既言『孤舘閉春寒』，似
無簾櫳。」公曰：「亭傳雖未必有簾櫳，有亦無害。」余曰：
「此詞本模寫牢落之狀，若曰『簾櫳』，恐損初意。」先生
曰：「極難得好字，當徐思之。」然余因此曉句法不當重
疊。〔註 196〕

黃庭堅謂「斜陽」亦即「暮」，「斜陽暮」顯然語意重複，遂欲以「簾
櫳」易「斜陽」。黃庭堅此論一出，引發廣泛迴響，或以黃氏精研細
求而認可其說；〔註 197〕或稱秦詞「斜陽暮」之「暮」原作「曙」、「樹」，
後避宋英宗趙曙諱而改作「暮」；〔註 198〕或引前人作品時見重出之
處，而謂黃說過於拘泥。〔註 199〕更有辨別「斜陽」與「暮」之差異

〔註 196〕〔宋〕胡仔：《苕溪漁隱叢話》，前集，卷五十「秦少游」條引范溫
《詩眼》，收於吳文治主編：《宋詩話全編》，冊四《胡仔詩話》，頁
3860～3861。

〔註 197〕如張侃《拙軒詞話》曰：「前輩論王羲之之作修禊敘，不合用『絲
竹管絃』。黃太史謂秦少游〈踏莎行〉末句『杜鵑聲裡斜陽暮』，不
合用『斜陽』又用『暮』。此固點檢曲盡。孟氏亦有『雞豚狗彘』
之語，既云『豚』，又云『彘』，未免一物兩用」，〔宋〕張侃：《拙
軒詞話》，「語句複用」條，唐圭璋編：《詞話叢編》（臺北：新文豐
出版公司，1988 年），冊一，頁 190。

〔註 198〕王楙《野客叢書》曰：「觀當時米元章所書此詞，乃是『杜鵑聲裡
斜陽曙』，非『暮』字也，得非避廟諱而改爲『暮』乎？」，〔宋〕
王楙：《野客叢書》（北京：中華書局，1985 年，《叢書集成初編》），
卷二十，頁 195。又張端義《貴耳集》曰：「詩話謂『斜陽暮』語近
重疊，或改『簾櫳暮』；既是『孤舘閉春寒』，安得見所謂『簾櫳』？
二說皆非。嘗見少游真本乃『斜陽樹』，後避廟諱，故改定耳」，
〔宋〕張端義撰，梁玉璋校點：《貴耳集》（鄭州：中州古籍出版
社，2005 年），卷下，頁 64。又黃溍《日損齋筆記》曰：「寶祐間，
外舅王君仲芳隨宦至郴陽，親見其石刻，乃『杜鵑聲裡斜陽樹』，
一時傳錄者以『樹』字與英宗廟諱同音，故易以『暮』耳」，〔元〕
黃溍：《日損齋筆記》（北京：中華書局，1985 年，《叢書集成初
編》），頁 22。

〔註 199〕如王楙《野客叢書》曰：「《詩眼》載前輩有病少游『杜鵑聲裡斜陽
暮』之句，謂『斜陽暮』似覺意重。僕謂不然，此句讀之，於理無
礙。謝莊詩曰：『夕天際晚氣，輕霞澄暮陰』，一聯之中，三見晚意，
尤爲重疊。梁元帝詩『斜景落高舂』，既言『斜景』，復言『高舂』，
豈不爲贅？古人爲詩，正不如是之泥」，〔宋〕王楙：《野客叢書》，

以反駁黃氏「斜陽暮」犯重之論者，明代楊愼《詞品》曰：

> 秦少游〈踏莎行〉「杜鵑聲裡斜陽暮」，極爲東坡所賞。而
> 後人病其「斜陽暮」似重複，非也。見斜陽而知日暮，非
> 複也；猶韋應物詩「須臾風暖朝日暾」，既曰「朝日」，又
> 曰「暾」，當亦爲宋人所譏矣。〔註200〕

楊愼釋「斜陽暮」爲「見斜陽而知日暮」，亦即「斜陽」爲西斜之太
陽，「暮」爲傍晚，二者語意並未重複。清初沈雄《古今詞話》亦有
類似說法：

> 《詞品》曰：「少游〈踏莎行〉，爲郴州旅舍作也。」黃山
> 谷曰：「此詞高絕，但『斜陽暮』爲重出。」欲改「斜陽」
> 爲「簾櫳」。范元實曰：「只看『孤館閉春寒』，似無簾櫳。」
> 山谷曰：「亭傳雖未必有，有亦無礙。」范曰：「詞本摹寫
> 牢落之狀，若曰『簾櫳』，恐損初意。」今《郴州志》竟改
> 作「斜陽度」。余以「斜」屬日，「暮」屬時，不爲累，何
> 必改也。東坡「回首斜陽暮」、美成「雁背斜陽紅欲暮」，
> 可法也。〔註201〕

沈雄謂「斜陽」、「暮」分別指稱日象、時間，實無犯重之病，並引蘇
軾、周邦彥疊用「斜陽」與「暮」之詞句以資佐證。而宋翔鳳此絕第
三句「總爲斜陽渾易暮」與夫詩末自註，係補前賢說法之未周，由其
詞話《樂府餘論》相關闡述更可見其用心與論點，文曰：

> 按引東坡、美成語是也。分屬日、時，則尚欠明析。《說文》：
> 「莫，日且冥也，從日在草中。」（今作「暮」者俗）是「斜
> 陽」爲日斜時，「暮」爲日入時。言自日昃至暮，杜鵑之聲

卷二十，頁 195。

〔註200〕〔明〕楊愼：《詞品》，卷三「斜陽暮」條，唐圭璋編：《詞話叢編》，
　　　　　冊一，頁 475。

〔註201〕〔清〕沈雄：《古今詞話》，〈詞話〉卷上「少游踏莎行不必改」條，
　　　　　唐圭璋編：《詞話叢編》，冊一，頁 772。又王弈清等《歷代詞話》
　　　　　亦有此段引文，惟首無「《詞品》曰」三字，而末註出處爲「苕溪
　　　　　漁隱」（詳見〔清〕王弈清等：《歷代詞話》，卷五「秦觀踏莎行」
　　　　　條，唐圭璋編：《詞話叢編》，冊二，頁 1187），然今本胡仔《苕溪
　　　　　漁隱叢話》僅載此段引文中黃、范二人之論述。

　　亦云苦矣。山谷未解「暮」字，遂生輦轄。〔註202〕

綜觀宋氏之論詞絕句與詞話，引據《說文解字》，深究「暮」之本字與原義，而謂「斜陽」乃日斜之時，「暮」為日沒之時，二者係就不同階段之日象、時間而言，並非分別指稱日象、時間；至若「杜鵑聲裡斜陽暮」，殆謂日斜以至日沒，不絕於耳之杜鵑哀鳴引人愁苦。宋翔鳳乃清代中葉經學名家，「通訓詁名物」，〔註203〕以其深厚學養闡幽抉微，細繹「斜陽」與「暮」之別，力駁黃庭堅「斜陽暮」重出之說，堪稱秦觀之知音，陳匪石《宋詞舉》亦讚宋氏所論「較得少游之旨」。〔註204〕

　　而將此絕末句「不關好色是無憀」與「總為斜陽渾易暮」合觀，旨在強調〈踏莎行〉之「杜鵑聲裡斜陽暮」並非詠讚美好之景色，而是體現空閒而煩悶之心緒。宋氏論點洞察該句之旨趣，誠屬知言。蓋秦觀本具積極用世之志意，自言：「往吾少時，如杜牧之彊志盛氣，好大而見奇，讀兵家書，乃與意合，謂功譽可力致，而天下無難事」。〔註205〕其《淮海集》之「進策」涵蓋國論、主術、治勢、安都、任臣、朋黨、人材、法律、論議、官制、財用、將帥、奇兵、辯士、謀主、兵法、盜賊、邊防數端，揆時度勢以擘畫建言，經濟才略可見一斑。蘇軾向王安石推薦秦觀亦曰：「詞格高下，固無以逃於左右，獨其行義修飭，才敏過人，有志於忠義者，某請以身任之。此外，博綜史傳，通曉佛書，講習醫藥，明練法律，若此類，未易以一二數也。才難之歎，古今共之，如觀等輩，實不易

<hr>

〔註202〕〔清〕宋翔鳳：《樂府餘論》，「少游斜陽暮詞不重出」條，唐圭璋編：《詞話叢編》，冊三，頁 2497～2498。

〔註203〕趙爾巽等撰：《清史稿》（北京：中華書局，1977 年），卷四八二〈宋翔鳳傳〉，頁 13268。

〔註204〕陳匪石編著，鍾振振校點：《宋詞舉（外三種）》（南京：江蘇古籍出版社，2002 年），頁 118。

〔註205〕見〔宋〕陳師道：〈秦少游字序〉，《後山居士文集》（北京：書目文獻出版社，1988 年，《北京圖書館古籍珍本叢刊》冊八十八），卷十六，頁 499。

得」，〔註206〕盛讚秦觀之文采、操持與學識。雖然，秦觀仕途多舛，橫遭黨禍。紹聖元年（1094），出爲杭州通判，旋因御史劉拯論其影附蘇軾以增損《神宗實錄》，道貶監處州酒稅；使者觀望羅織，紹聖三年（1096），遂以謁告寫佛書爲罪，削秩徙郴州；紹聖四年（1097）二月二十八日，詔移橫州編管，〔註207〕而〈踏莎行〉即作於三月離郴州南行時。〔註208〕數年之間，構陷接踵，愈貶愈南，秦觀內心之悲憤當可想見。細玩「杜鵑聲裡斜陽暮」一句，表面寫景，然杜鵑鳥聲聲「不如歸去」之叫喚，暗藏羈旅行役、孑然一身之慨歎，而由日斜以至日沒，可見一日又將盡矣，隱寓光陰虛擲、投閒置散之感喟。且就詞作之結構而言，「杜鵑聲裡斜陽暮」係由領字「可堪」所領二句領句之一，「可堪」亦即「那堪」、「不堪」，具有強化前文語義之層深作用，而於「可堪」前之「霧失樓臺，月迷津渡。桃源望斷無尋處」三句景句，以景喻情，象喻崇高遠大之境界已遭茫茫重霧掩沒、可資指引濟渡之出路迷失於朦朧月色中、〈桃花源記〉之樂土本不存在於人間，〔註209〕則「可堪」所深化者不僅寫景，更爲遷謫心境之映襯，

〔註206〕　蘇軾：〈與王荊公二首〉之二，〔宋〕蘇軾撰，孔凡禮點校：《蘇軾文集》（北京：中華書局，1996 年），冊四，卷五十，頁 1444。

〔註207〕　上述秦觀行實參引〔元〕脫脫等撰：《宋史》（北京：中華書局，1990 年），卷四四四〈秦觀傳〉，頁 13113；徐培均：《秦少游年譜長編》（北京：中華書局，2002 年），冊下，卷六，頁 521～551。此外，王明清《揮麈餘話》謂秦觀所以遷貶郴州，係「兩浙運使胡宗哲觀望羅織，劾其敗壞場務，始送郴州編管」（〔宋〕王明清：《揮麈錄》，上海：上海書店，2009 年，〈揮麈餘話〉卷二，頁 236）。

〔註208〕　有關此詞之創作背景，黃庭堅〈跋秦少游〈踏莎行〉〉曰：「右少游發郴州回橫州，多顧有所屬而作，語意極似劉夢得楚蜀間詩也」（《山谷題跋》，北京：中華書局，1985 年，《叢書集成初編》，卷九，頁 95）。另參徐培均：《秦少游年譜長編》，冊下，卷六，頁 551。

〔註209〕　有關「霧失樓臺」三句之象徵意義，黃蘇曾曰：「『霧失』、『月迷』，總是被讒寫照」（〔清〕黃蘇：《蓼園詞評》，「踏莎行」條，唐圭璋編：《詞話叢編》，冊四，頁 3048）。本文此處參引葉嘉瑩〈論秦觀詞〉之解說，詳見繆鉞、葉嘉瑩：《靈谿詞說》（臺北：國文天地雜

情在景中，不必言情而情自見。

宋翔鳳〈論詞絕句二十首〉之七既由〈南歌子〉（玉漏迢迢盡）、〈水龍吟〉（小樓連遠橫空）與〈踏莎行〉（霧失樓臺）三作，論定秦觀之感傷詞情，其〈論詞絕句二十首〉之八復舉〈滿庭芳〉（山抹微雲）爲例，詩曰：

> 寒鴉數點正斜陽，淮海當年獨斷腸；何意西湖湖水上，尊前重改滿庭芳。〔註210〕

而秦觀〈滿庭芳〉全詞如下：

> 山抹微雲，天連衰草，畫角聲斷譙門。暫停征棹，聊共引離尊。多少蓬萊舊事，空回首、煙靄紛紛。斜陽外，寒鴉萬點，流水繞孤村。 銷魂。當此際，香囊暗解，羅帶輕分。謾贏得、青樓薄倖名存。此去何時見也，襟袖上、空惹啼痕。傷情處，高城望斷，燈火已黃昏。〔註211〕

元豐二年（1079）歲暮，秦觀離開會稽，賦此惜別所眷之歌妓。〔註212〕起首摹寫微雲拂掠山巒，枯草連天，譙樓上之號角聲歇，此

誌社，1989 年），頁 260。

〔註210〕〔清〕宋翔鳳：〈論詞絕句二十首〉之八，《洞簫樓詩紀》，卷三，頁 255。

〔註211〕〔宋〕秦觀：〈滿庭芳〉，唐圭璋編：《全宋詞》，冊一，頁 458。案：《全宋詞》係據宋乾道刻紹熙修本《淮海居士長短句》，而張綖刻本、李之藻刻本、段斐君刻本、毛晉刻本、《四庫全書》寫本、王敬之刻本、秦元慶刻本、朱祖謀《彊村叢書》本秦觀詞，「寒鴉萬點」之「萬點」均作「數點」，參見〔宋〕秦觀著、徐培均箋注《淮海居士長短句箋注》頁 52 之「校記」。

〔註212〕嚴有翼《藝苑雌黃》曰：「程公闢守會稽，少游客焉，館之蓬萊閣。一日，席上有所悅，自爾眷眷，不能忘情，因賦長短句，所謂『多少蓬萊舊事，空回首、煙靄紛紛』是也」（〔宋〕胡仔：《苕溪漁隱叢話》，後集，卷三十三「秦太虛」條引嚴有翼《藝苑雌黃》，收於吳文治主編：《宋詩話全編》，冊四《胡仔詩話》，頁 4197），而徐培均復據秦觀〈謝程公闢啓〉與〈別程公闢給事〉詩，考證此詞作於元豐二年（1079）歲暮離開會稽之時，詞中所謂「蓬萊舊事」係指與席上有所悅者之戀情，詳參〔宋〕秦觀著，徐培均箋注：《淮海居士長短句箋注》，頁 52；徐培均：《秦少游年譜長編》，冊上，卷二，頁 147～148。

中蕭瑟景致與哀厲聲響映襯黯然之離情。次言暫且停舟餞別，無限舊歡盡付紛紛煙靄，空勞回想。歇拍描繪斜陽殘照，點點寒鴉歸飛，遠水環繞孤村。過片慨歎別恨令人銷魂；進而怨嗟離別在即，自覺徒負佳人深情，思及相見無期更添哀楚；末結則敘別後舟行漸遠，回首凝望，高城已消逝，何況城中佳人，唯有闌珊燈火伴人愁苦。其中「謾贏得、青樓薄倖名存」，化用杜牧〈遣懷〉：「十年一覺揚州夢，贏得青樓薄倖名」，〔註213〕杜牧詩句隱含沉淪下僚、流落不偶之煩悶抑鬱，然則秦觀此作除卻抒發難捨之別情，尚有自傷懷才不遇、羈旅飄零之意，周濟評曰：「將身世之感打并入艷情，又是一法」。〔註214〕至於「斜陽外，寒鴉萬點，流水繞孤村」數句，蒼茫暮色喻示內心之茫然、落寞，寄情綿邈。而宋翔鳳稱「寒鴉數點正斜陽，淮海當年獨斷腸」，提挈「斜陽外」數句乃至〈滿庭芳〉全詞之「斷腸」哀感，可謂一語中的。

　　而宋氏此絕後聯論述杭州西湖歌妓琴操改寫秦觀〈滿庭芳〉，吳曾《能改齋漫錄》載：

　　　　杭之西湖，有一倅閒唱少游〈滿庭芳〉，偶然誤舉一韻云：
　　　　「畫角聲斷斜陽。」妓琴操在側云：「『畫角聲斷譙門』，非
　　　　『斜陽』也。」倅因戲之曰：「爾可改韻否？」琴即改作「陽」
　　　　字韻云：「山抹微雲，天連衰草，畫角聲斷斜陽。暫停征轡，
　　　　聊共飲離觴。多少蓬萊舊侶，頻回首、烟靄茫茫。孤村裡，
　　　　寒鴉萬點，流水遠低牆。　　魂傷。當此際，輕分羅帶，
　　　　暗解香囊。漫贏得、青樓薄倖名狂。此去何時見也，襟袖
　　　　上、空有餘香。傷心處，長城望斷，燈火已昏黃。」東坡
　　　　聞而稱賞之。〔註215〕

〔註213〕　〔唐〕杜牧：〈遣懷〉，〔清〕彭定求等編：《全唐詩》，卷五二四，
　　　　　頁5998。
〔註214〕　〔清〕周濟：《宋四家詞選眉批》，唐圭璋編：《詞話叢編》，冊二，
　　　　　頁1652。
〔註215〕　〔宋〕吳曾：《能改齋漫錄》（臺北：木鐸出版社，1982年），卷十
　　　　　六「杭妓琴操」條，頁483。

琴操即席改譜〈滿庭芳〉為「陽」字韻，而其內容大抵不失秦觀原唱之本意。宋氏詩句之「何意」意謂豈料、不意，而「何意西湖湖水上，尊前重改滿庭芳」，則讚琴操不僅熟稔音律，更能善體〈滿庭芳〉之「斷腸」詞情，改作仍具原唱之神髓，「淮海當年」雖「獨斷腸」，然有琴操堪為知音。

宋翔鳳由〈滿庭芳〉原唱與改作論秦觀之「斷腸」詞情，而華長卿〈論詞絕句〉之一六亦論〈滿庭芳〉之令人「斷魂」，詩曰：

> 殘陽鴉點水邊村，目不知丁亦斷魂；黃九那如秦七好，休
> 將學士抹微雲。（秦觀、黃庭堅）〔註216〕

首句鎔鑄〈滿庭芳〉之「斜陽外，寒鴉萬點，流水繞孤村」，次句援引晁補之論贊：「比來作者皆不及秦少游，如『斜陽外，寒雅數點，流水繞孤村』，雖不識字人，亦知是天生好言語也」。〔註217〕晁氏頌揚「斜陽」數句不假雕琢，明白如話，不識字者亦能賞其自然天成，而華氏衍申晁氏之說，稱此數句更有愁情哀感寓焉，即便目不識丁，讀之亦當黯然銷魂。

再者，高旭亦由〈滿庭芳〉論秦觀詞之「淒絕」，其〈論詞絕句三十首〉之一三曰：

> 流水寒雅秦學士，霜風殘照柳屯田；兩家才思真淒絕，合
> 是空山叫杜鵑。〔註218〕

此絕並論秦觀與柳永。首句之「流水寒雅」擷自〈滿庭芳〉之「寒鴉萬點，流水繞孤村」，此二警句寓情於景，全詞更藉傷離怨別寄寓失

〔註216〕〔清〕華長卿：〈論詞絕句〉之一六，《梅莊詩鈔》（上海：上海古籍出版社，2002年，《續修四庫全書》冊一五三三），卷五〈嗜痂集下〉，頁607。

〔註217〕〔宋〕趙令畤撰，孔凡禮點校：《侯鯖錄》（北京：中華書局，2002年），卷八「晁無咎論秦少游詞」條，頁205～206。案：「寒雅數點」之「雅」，乃「鴉」之古字。

〔註218〕〔清〕高旭：〈論詞絕句三十首〉之一三，見〔清〕高旭著，郭長海、金菊貞編：《高旭集》（北京：社會科學文獻出版社，2003年），上編《天梅遺集》，卷三〈未濟盧詩〉，頁79。案：「流水寒雅秦學士」之「雅」，乃「鴉」之古字。

職淪落之身世哀感，幽約深微，似此悽婉至極之詞情，高旭擬爲「空山叫杜鵑」，深山幽谷迴盪杜鵑哀厲啼聲，令人不忍卒聽。

此外，宋翔鳳〈論詞絕句二十首〉之七論及秦觀離開郴州南行所塡之〈踏莎行〉（霧失樓臺），以見其心之「無憀」，馮煦則由秦觀作於郴州之〈阮郎歸〉（湘天風雨破寒初），論其「悽絕」之情，所作〈論詞絕句〉之六曰：

> 楚天涼雨破寒初，我亦迢迢清夜徂；悽絕郴州秦學士，衡陽猶有雁傳書。〔註219〕

而秦觀〈阮郎歸〉全詞如下：

> 湘天風雨破寒初。深沉庭院虛。麗譙吹罷小單于。迢迢清夜徂。　鄉夢斷，旅魂孤。崢嶸歲又除。衡陽猶有雁傳書。郴陽和雁無。〔註220〕

上片描敘郴州風雨稍破冬寒，庭院深沉空虛，譙樓角聲吹徹，所感、所見、所聞一派清寂，令人愁極難寐，任由長夜消逝。下片直抒愁懷，喟歎遠離家鄉，獨在貶所，一年又將逝去，親友音訊不至。秦觀此作道盡懷土思歸、流離轉徙、日月逾邁、傷離念遠之無盡悲苦，明代沈際飛《草堂詩餘四集‧正集》評曰：「傷心」。〔註221〕而馮煦此絕一、二、四句改易、增益、襲用秦觀詞句，而第三句揭櫫〈阮郎歸〉體現秦觀遠謫郴州之深悲極苦，所論深中肯綮。有關秦觀之感傷詞情，馮煦於其《蒿庵論詞》亦曾論及，可資此絕之參佐，文曰：

> 少游以絕塵之才，早與勝流，不可一世，而一謫南荒，遽喪靈寶。故所爲詞，寄慨身世，閑雅有情思，酒邊花下，

〔註219〕〔清〕馮煦：〈論詞絕句〉之六，《蒿盦類稿》（臺北：文海出版社，1969年，沈雲龍主編《近代中國史料叢刊》第三十三輯），卷七，頁456。案：原文第三句本作「悽絕柳州秦學士」，惟馮煦此詩由秦觀〈阮郎歸〉立說，該詞有「郴陽和雁無」之句，係紹聖三年（1096）除夕作於郴州貶所，且考秦觀並無柳州相關行實，故「柳」當爲「郴」形近之訛。

〔註220〕〔宋〕秦觀：〈阮郎歸〉，唐圭璋編：《全宋詞》，冊一，頁463。

〔註221〕〔明〕沈際飛：《草堂詩餘四集》（臺北：國家圖書館藏，明崇禎間刊本），〈正集〉卷一，頁24上。

一往而深，而怨悱不亂，悄乎得小雅之遺，後主而後，一
人而已。昔張天如論相如之賦云：「他人之賦，賦才也，長
卿，賦心也。」予於少游之詞亦云。他人之詞，詞才也，
少游，詞心也。得之於內，不可以傳，雖子瞻之明雋、耆
卿之幽秀，猶若有瞠乎後者，況其下邪。〔註222〕

馮煦推尊秦觀備至，盛稱秦觀之詞純寫其心而非逞其才，以詞體現內
心精微之情思，又稱秦觀遷貶之後失意傷心，怨抑深切之身世哀感寄
於尊前花間之閒雅詞篇。馮煦更曰：

淮海、小山，真古之傷心人也，其淡語皆有味，淺語皆有
致，求之兩宋詞人，實罕其匹。〔註223〕

此段論述逕呼秦觀與晏幾道同為傷心人，頌揚二人即使淺淡造語亦有
耐人尋繹之情味。驗諸〈阮郎歸〉之不多刻劃、寄慨遙深，可見馮煦
所言不虛。

二、詞壇宗師之頌揚

秦觀詞作之情感哀怨淒苦，令人動容。而其表現情感之技巧，
亦有極高造詣，用字遣詞大抵輕柔細緻，鮮見豪氣重筆，契合纏綿
幽微之詞情，無論尋常言語抑或前人成句，均能運化得宜，所謂「精
工造奧妙，寶鐵鏤瑤瓊」。〔註224〕尤有甚者，秦觀擅長以景襯情、寓
情於景，所賦之景物引人感發，欲抒之情感隱曲含蓄，所謂「借眼
前之景，而含萬里不盡之情」，〔註225〕殊堪咀嚼玩味。宋代蔡伯世

〔註222〕〔清〕馮煦：《蒿庵論詞》，「論秦觀詞」條，唐圭璋編：《詞話叢編》，
　　　　　冊四，頁 3586～3587。

〔註223〕〔清〕馮煦：《蒿庵論詞》，「論晏幾道詞」條，唐圭璋編：《詞話叢
　　　　　編》，冊四，頁 3587。

〔註224〕張耒〈寄答參寥五首〉之三讚秦觀詞之語，見〔宋〕張耒撰，李逸
　　　　　安、孫通海、傅信點校：《張耒集》（北京：中華書局，1990 年），
　　　　　冊上，卷九，頁 131。

〔註225〕周必大〈跋米元章書秦少游詞〉曰：「借眼前之景，而含萬里不盡
　　　　　之情；因古人之法，而得三昧自在之力。此詞此字所以傳世」，〔宋〕
　　　　　周必大：《益公題跋》（北京：中華書局，1985 年，《叢書集成初編》），
　　　　　卷九，頁 97。

評近世詞家曾謂：「蘇東坡辭勝乎情，柳耆卿情勝乎辭，辭情兼稱者，唯秦少游而已」，〔註226〕而清人張峙亭〈論詞絕句〉之三論秦觀亦曰：

> 辭情兼勝合推秦，我念高郵寂寞濱；三十六家誰可誦，中間指屈爲斯人。〔註227〕

首句憲章蔡伯世之說，稱美辭情雙絕之詞家應非秦觀莫屬。次句之「高郵」係秦觀籍貫，全句緬懷秦觀之蕭條身世、凄楚詞情。第三句之「三十六」乃約計之詞，極言數量之多，後聯二句意謂歷來詞人多矣，屈指計算其中可資諷誦傳揚者，惟有秦觀一人而已。張氏此絕不僅獨許秦觀「辭情兼勝」，更譽之爲古今唯一可誦之詞家，尊奉極矣。秦觀誠爲詞壇一流作家，所作亦辭情俱佳，然似此只能有一、不能有二之讚語，未免揄揚過當。

　　而王僧保之推崇秦觀則由文思、詞風敍起，其〈論詞絕句〉之一八曰：

> 淮海詞人思斐然，春風熨帖上吟箋；輸君坐領湖山長，消受鶯花几席前。〔註228〕

首句稱美秦觀文思卓絕不凡，無獨有偶，約與王氏同時之金長福亦有類似讚語，其〈淮海詞鈔跋〉曰：「先生以異思逸才，爲趙宋詞人

〔註226〕〔宋〕孫兢〈竹坡老人詞序〉引蔡伯世語，見〔明〕吳訥原編，林大椿重編：《百家詞》（天津：天津市古籍書店，1992年）之周紫芝《竹坡老人詞》，頁 1079。案：孫兢〈竹坡老人詞序〉稱「昔□□先生蔡伯評近世之詞，謂蘇東坡……」，又曰：「使伯世見此詞，當必有以處之矣」，而《詞綜》引此段評語逕稱出自「蔡伯世」，詳見〔清〕朱彝尊、汪森編，李慶甲校點：《詞綜》（上海：上海古籍出版社，2005年），卷六，頁 121。

〔註227〕〔清〕張峙亭：〈論詞絕句〉之三，仙源瘦坡山人輯：《習靜齋詩話》，卷三，見吳熊和主編：《唐宋詞匯評（兩宋卷）》（杭州：浙江教育出版社，2004年），冊五，附錄吳熊和、陶然輯「清人論詞絕句」，頁 4429。

〔註228〕〔清〕王僧保：〈論詞絕句〉之一八，見況周頤：《阮盦筆記五種·選巷叢譚》（臺北：新文豐出版公司，1989年，《叢書集成續編》冊二十四），卷二，頁 690。

第一」。〔註229〕次句係以清和宜人之春風（熨帖意謂舒適），比況
《淮海詞》清麗婉美之風格。王氏所論信然，試以〈千秋歲〉一詞爲
例：

> 水邊沙外。城郭春寒退。花影亂，鶯聲碎。飄零疏酒盞，
> 離別寬衣帶。人不見，碧雲暮合空相對。　　憶昔西池會。
> 鵷鷺同飛蓋。攜手處，今誰在。日邊清夢斷，鏡裡朱顏改。
> 春去也，飛紅萬點愁如海。〔註230〕

秦觀撫今追昔，抒發遠謫之愁苦；其中「人不見，碧雲暮合空相對」
二句，化用江淹〈擬休上人怨別〉：「日暮碧雲合，佳人殊未來」，
〔註231〕遂將孤子之身世哀感融入纏綿之兒女柔情，含蓄蘊藉至極；
末結不僅悲歡春盡花落，更以「春」之逝去象喻青春年華老去、用世
理想破滅，幽微深婉。綜觀全詞情景交煉，措詞妍雅，用典融化不澀，
〔註232〕時見整飭之對句，然無雕繢滿眼之弊。凡此，清楚可見秦觀
「斐然」之文思、《淮海詞》「春風熨帖上吟箋」之風格。

　　此絕後聯即由〈千秋歲〉立說，蓋詞中「花影亂，鶯聲碎」二句，
雖本杜荀鶴〈春宮怨〉：「風暖鳥聲碎，日高花影重」，〔註233〕然精鑄
爲三言，以「亂」擬花影之繁複，以「碎」狀鶯聲之細瑣，不僅備足

〔註229〕〔清〕金長福：〈淮海詞鈔跋〉，見〔宋〕秦觀著，徐培均箋注：《淮
　　　　海居士長短句箋注》，附錄三「傳記序跋題辭」，頁311。
〔註230〕〔宋〕秦觀：〈千秋歲〉，唐圭璋編：《全宋詞》，冊一，頁460。
〔註231〕江淹：〈雜體三十首〉之〈擬休上人怨別〉，〔南朝〕江淹著，〔明〕
　　　　胡之驥註，李長路、趙威點校：《江文通集彙註》（北京：中華書局，
　　　　1984年），卷四，頁165。
〔註232〕「花影亂，鶯聲碎」，本杜荀鶴〈春宮怨〉：「風暖鳥聲碎，日高花
　　　　影重」；「離別寬衣帶」，本〈古詩十九首〉之一：「相去日已遠，衣
　　　　帶日已緩」；「人不見，碧雲暮合空相對」，本江淹〈擬休上人怨別〉：
　　　　「日暮碧雲合，佳人殊未來」；「日邊清夢斷」，用沈約《宋書・符
　　　　瑞》「伊摯將應湯命，夢乘船過日月之傍」之典；「愁如海」，本李
　　　　群玉〈雨夜呈長官〉：「請量東海水，看取淺深愁」。
〔註233〕〔唐〕杜荀鶴：〈春宮怨〉，〔清〕彭定求等編：《全唐詩》，卷六九
　　　　一，頁7925。案：此詩作者一作周朴，見《全唐詩》，卷六七三，
　　　　頁7700。

耳目視聽之盛，更有喻示心緒煩亂之意，逗引「飄零疏酒盞，離別寬
衣帶」之愁情，精警絕倫。而范成大〈次韻徐子禮提舉鶯花亭〉詩之
序曰：

> 秦少游「水邊沙外」之詞，蓋在括蒼監征時所作。予至郡，
> 徐子禮提舉按部來過，勸予作小亭，記少游舊事，又取詞
> 中語，名之曰「鶯花」，賦詩六絕而去。明年，亭成，次韻
> 寄之。〔註234〕

是知范成大因秦觀〈千秋歲〉而於處州（當地有括蒼山）建「鶯花
亭」。自是，頗多題詠鶯花亭者，除徐子禮、范成大之外，另有芮
燁、陸游、江濤（以上宋人）、秦瀛、戴緝（以上清人）等。〔註235〕
此外，秦觀〈千秋歲〉一出，繼起和作極多，吳曾《能改齋漫錄》載
有孔平仲、蘇軾、黃庭堅、晁補之四人之作，〔註236〕惠洪《冷齋夜
話》載其次秦觀詞韻以賦崔徽畫像。〔註237〕終宋一代，李之儀、王

〔註234〕〔宋〕范成大：〈次韻徐子禮提舉鶯花亭〉序，《石湖居士詩集》
（臺北：臺灣商務印書館，1967 年，《四部叢刊初編》），卷十，頁
56。

〔註235〕芮燁〈鶯花亭〉，見載於〔宋〕樓鑰：〈定海縣淮海樓記〉，《攻媿集》
（臺北：臺灣商務印書館，1967 年，《四部叢刊初編》），卷五十五，
頁 515。陸游〈鶯花亭〉，見載於〔明〕楊慎：《詞品》，卷三「鶯花
亭」條，唐圭璋編：《詞話叢編》，冊一，頁 476。江濤〈和放翁題
鶯花亭〉，見載於〔清〕沈翼機等編纂：《浙江通志》（臺北：臺灣
商務印書館，1984 年，《景印文淵閣四庫全書》冊五二○），卷五十
一，頁 369。秦瀛〈鶯花亭〉，見所著《小峴山人詩文集》（上海：
上海古籍出版社，2002 年，《續修四庫全書》冊一四六四），詩集卷
九，頁 591。戴緝〈鶯花亭〉，見〔清〕潘衍桐輯：《兩浙輶軒續錄》
（上海：上海古籍出版社，2002 年，《續修四庫全書》冊一六八六），
卷二十九，頁 132。

〔註236〕詳見〔宋〕吳曾：《能改齋漫錄》，卷十七「秦少游唱和千秋歲詞」
條，頁 487～488；卷十六「世推重少游醉臥古藤之句」條，頁 471。
案：孔平仲〈千秋歲〉（春風湖外）、蘇軾〈千秋歲〉（島邊天外）、
黃庭堅〈千秋歲〉（苑邊花外）、晁補之〈千秋歲〉（江頭苑外），見
收於唐圭璋編：《全宋詞》，冊一，頁 368、332、412、562。

〔註237〕詳見〔宋〕胡仔：《苕溪漁隱叢話》，前集，卷五十「秦少游」條引
惠洪《冷齋夜話》，收於吳文治主編：《宋詩話全編》，冊四《胡仔

之道、丘崈等人亦曾和韻，丘崈更塡有三闋。〔註238〕明代續有陳
鐸、茅維、王屋、徐士俊、葉小鸞、卓人月、呂希周（作有二闋）等
人和韻，〔註239〕逮乎清代，尚有陸瑤林、吳綺、韓純玉、王士祿、
范荃、曹亮武、陳祥裔（作有二闋）、張瓃、吳應蓮、侯嘉繙、姚大
禎、尤侗、郭麐等人和韻。〔註240〕論其內容，固以慰解、悼念秦觀
者居多，另有涉及詠物、記遊、賦景、相思、憶舊、詠史、弔古、記
夢、賀壽……等，繁複多元。而王僧保曰：「輸君坐領湖山長，消受

〔註238〕李之儀〈千秋歲〉（深秋庭院）、王之道〈千秋歲〉（山前湖外）、丘
崈〈千秋歲〉（梅妝竹外）（征鴻天外）（窺簷窗外），見唐圭璋編：
《全宋詞》，冊一，頁 341、冊二，頁 1154、冊三，頁 1742。

〔註239〕陳鐸〈千秋歲〉（斷虹雨外）、茅維〈千秋歲〉（綿綿春雨）、王屋〈千
秋歲〉（一身之外）、徐士俊〈千秋歲〉（飄然林外）、葉小鸞〈千秋
歲〉（草邊花外）、卓人月〈千秋歲〉（心從天外），見饒宗頤初纂，
張璋總纂：《全明詞》（北京：中華書局，2004 年），冊二，頁 451
～452、冊三，頁 1297、冊四，頁 1661、冊四，頁 2148、冊五，頁
2387、冊六，頁 2908～2909。呂希周〈千秋歲〉（花飄閣外）（風生
樹外），見周明初、葉曄編：《全明詞補編》（杭州：浙江大學出版
社，2007 年），冊上，頁 371。

〔註240〕陸瑤林〈千秋歲〉（風生郊外）、吳綺〈千秋歲〉（春風簾外）、韓純
玉〈千秋歲〉（笛聲牛背）、王士祿〈千秋歲〉（花間葉外）、范荃〈千
秋歲〉（畫闌干外）、曹亮武〈千秋歲〉（燕飛花外）、陳祥裔〈千秋
歲〉（春歸簾外）（孤蹤天外），見南京大學中國語言文學系全清詞
編纂研究室編：《全清詞・順康卷》（北京：中華書局，2002 年），
冊二，頁 1201、冊三，頁 1748、冊七，頁 4310、冊八，頁 4734～
4735、冊十一，頁 6379、冊十二，頁 7216、冊十九，頁 11360～11361。
張瓃〈千秋歲〉（碧梧風外）、吳應蓮〈千秋歲〉（帆飛天外）、侯嘉
繙〈千秋歲〉（玉屏風外）、姚大禎〈千秋歲〉（霜飛林外），見張宏
生主編：《全清詞・順康卷補編》（南京：南京大學出版社，2008 年），
冊三，頁 1593、冊三，頁 1655、冊四，頁 2293、冊四，頁 2437～
2438。尤侗〈千秋歲〉（落花簾外），見所著《百末詞》（南京：鳳
凰出版社，2007 年，張宏生編《清詞珍本叢刊》冊十四），頁 692
～693。郭麐〈千秋歲〉（煙波無外），見所著《靈芬館詩話》（上海：
上海古籍出版社，2002 年，《續修四庫全書》冊一七〇五），續卷一，
頁 428。

鶯花几席前」，殆謂〈千秋歲〉有「花影亂，鶯聲碎」吟詠山水之警句，後世因有「鶯花亭」之勝蹟，更有無數賦詠鶯花亭、追和〈千秋歲〉之作，似此影響深遠之絕妙好詞令人臣服，秦觀洵爲江山主人、詞壇宗師。

　　細繹王僧保詩句，尚有評騭諸〈千秋歲〉和篇均難超軼秦觀原唱之意。誠然，「和韻」之作囿於原韻，本已不易揮灑，何況秦觀原唱情眞技高、淒婉精絕，他人實難繼響。且觀蘇軾謫居儋耳所塡和篇：

　　　　島邊天外。未老身先退。珠淚濺，丹衷碎。聲搖蒼玉佩。
　　　　色重黃金帶。一萬里，斜陽正與長安對。　　道遠誰云會。
　　　　罪大天能蓋。君命重，臣節在。新恩猶可覬。舊學終難改。
　　　　吾已矣，乘桴且恁浮於海。

蘇軾以其超然曠達之逸懷浩氣，一洗秦詞之抑鬱愁苦，良能翻新出奇，惟使氣縱筆而失之平淺直露，不及秦詞之含蓄蘊藉而有不盡韻味。他如黃庭堅和篇，〔註 241〕憶往傷今以悼秦觀之辭世，眞切沉痛不減秦詞，然亦傷於直陳盡顯而乏婉曲之致。至於其他諸家之作，亦未能出秦詞之右矣。

　　有關秦觀詞宗地位之論定，譚瑩推本數則傳唱、稱揚秦詞之記載，其〈論詞絕句一百首〉之三三曰：

　　　　山抹微雲都下唱，獨憐知己在長沙；一代盛名公論協，揄
　　　　揚䵝出蔡京家。〔註 242〕

「山抹微雲」係秦觀名作〈滿庭芳〉之首句，所謂「山抹微雲都下唱」，《唐宋諸賢絕妙詞選》載：「後秦少游自會稽入京，見東坡，坡云：『久別，當作文甚勝，都下盛唱公「山抹微雲」之詞。』秦遜

〔註 241〕茲錄黃庭堅〈千秋歲〉全詞如下：「苑邊花外。記得同朝退。飛騎軋，鳴珂碎。齊歌雲繞扇，趙舞風回帶。嚴鼓斷，杯盤狼藉猶相對。　　灑淚誰能會。醉臥藤陰蓋。人已去，詞空在。兔園高宴悄，虎觀英遊改。重感慨，波濤萬頃珠沉海。」
〔註 242〕〔清〕譚瑩：〈論詞絕句一百首〉之三三，《樂志堂詩集》（上海：上海古籍出版社，2002 年，《續修四庫全書》冊一五二八），卷六，頁 478。

謝」，〔註243〕可見當日汴京廣爲傳唱秦觀此作。

次句敘及長沙義倡，事見洪邁《夷堅志補》，略謂：義倡乃長沙人，姓氏不明，善謳，尤喜秦觀詞。秦觀坐黨籍南遷，道經長沙，或言倡事，遂訪焉。倡知到訪者乃秦觀，請於其母以爲妾侍，殷勤勸觴侍寢，秦觀感之，爲留數日。將別，倡誓潔身以待北歸。別後數年，秦觀竟卒於藤州。倡一日晝寢而夢秦觀來別，意其已死，既得死訊，乃衰服奔赴，行數百里，拊棺繞之三週，舉聲一慟而絕。〔註244〕而王士禛《香祖筆記》稱秦觀「後南遷過長沙，乃眷一妓，有『郴江幸自遶郴山，爲誰流下瀟湘去』」，〔註245〕殆謂〈踏莎行〉係爲長沙義倡而作。至趙翼《陔餘叢考》敘長沙義倡事更曰：

> 又秦少游南遷至長沙，有妓生平酷愛秦學士詞，至是知其爲少游，請於母，願托以終身。少游贈詞，所謂「郴江幸自繞郴山，爲誰流下瀟湘去」者也。念時事嚴切，不敢偕往貶所。及少游卒於藤，喪還，將至長沙，妓前一夕得諸夢，即逆於途，祭畢，歸而自縊以殉。〔註246〕

直言〈踏莎行〉係秦觀留贈長沙義倡之詞。而譚瑩詩句「獨憐知己在長沙」則謂長沙義倡嚮慕秦觀才情而終以身相殉，深情高節洵足令人感佩。〔註247〕

〔註243〕〔宋〕黃昇選編，鄧子勉校點：《唐宋諸賢絕妙詞選》，卷二蘇軾〈永遇樂‧夜登燕子樓，夢盼盼，因作此詞〉題後附注，上海古籍出版社編：《唐宋人選唐宋詞》（上海：上海古籍出版社，2004 年），冊下，頁 601。

〔註244〕詳參〔宋〕洪邁：《夷堅志補》（臺北：新興書局，1975 年，《筆記小說大觀》八編冊五），卷二〈義倡傳〉，頁 2417～2419。

〔註245〕〔清〕王士禛：《香祖筆記》（臺北：臺灣商務印書館，1985 年，《景印文淵閣四庫全書》冊八七〇），卷十二，頁 533。

〔註246〕〔清〕趙翼：《陔餘叢考》（上海：上海古籍出版社，2002 年，《續修四庫全書》冊一一五二），卷四十一「蘇東坡、秦少游才遇」條，頁 111。

〔註247〕惟長沙義倡事，洪邁既載於《夷堅志補》，復於《容齋四筆》辯無此事，曰：「秦將赴杭倅時，有妾邊朝華，既而以妨其學道，割愛去之，未幾罹黨禍，豈復眷戀一倡女哉？予記國史所書溫益知潭

此絕後聯提及蔡京。蔡京生性凶譎，貪戀名利；哲宗紹聖初年，入權戶部尚書，阿附章惇復行新法；徽宗崇寧二年（1103），進左僕射，把持朝政，其時元祐舊黨群臣貶竄死徙略盡，蔡京「猶未愜意，命等其罪狀，首以司馬光，目曰姦黨，刻石文德殿門，又自書爲大碑，徧班郡國」；宣和六年（1124），蔡京四度執政，目已昏眊，政事悉聽季子蔡絛取決，蔡絛更代蔡京入奏，「由是恣爲姦利，竊弄威柄」。〔註248〕而蔡絛於所著《鐵圍山叢談》載：

> 范内翰祖禹作《唐鑑》，名重天下。坐黨錮事。久之，其幼子溫，字元實，與吾善。……又，溫嘗預貴人家會，貴人有侍兒，善歌秦少游長短句，坐閒略不顧，溫亦謹，不敢吐一語。及酒酣懽洽，侍兒者始問：「此郎何人耶？」溫遽起，叉手而對曰：「某乃『山抹微雲』女婿也。」聞者多絕倒。〔註249〕

顯達人家之家妓喜唱秦觀詞，范溫更以「山抹微雲」代稱丈人秦觀，與會眾人亦能心領神會，可見〈滿庭芳〉詞之盛傳、秦觀詞名之煊赫。此外，葉夢得於徽宗朝得蔡京薦舉，召對，遷祠部郎官，〔註250〕而其《避暑錄話》記：「秦觀少游亦善爲樂府，語工而入律，知樂者謂之作家歌。元豐間盛行於淮楚」，〔註251〕稱引秦觀詞作之造語工巧、

州，當紹聖中，逐臣在其巡内，若范仲宣、劉仲馮、韓川原伯、呂希純子晉、呂陶元鈞，皆爲所侵。……以是觀之，豈肯容少游款昵累日？」（〔宋〕洪邁：《容齋隨筆・四筆》，臺北：新興書局，1962年，《筆記小説大觀》續編冊八，卷九「辯秦少游義倡」條，頁2048）。王士禛亦曾質疑秦觀行逕之矛盾，曰：「秦少游有姬邊朝華，極慧麗，恐妨其學道，賦詩遣之至再。後南遷過長沙，乃眷一妓，有『郴江幸自遶郴山，爲誰流下瀟湘去』，何前後矛盾如此？」（〔清〕王士禛：《香祖筆記》，卷十二，頁533）。

〔註248〕上述蔡京、蔡絛行實參引〔元〕脱脱等撰：《宋史》，卷四七二〈蔡京傳〉，頁13721～13728。

〔註249〕〔宋〕蔡絛撰，馮惠民、沈錫麟點校：《鐵圍山叢談》（北京：中華書局，1983年），卷四，頁62～63。

〔註250〕參見〔元〕脱脱等撰：《宋史》，卷四四五〈葉夢得傳〉，頁13132～13133。

〔註251〕〔宋〕葉夢得撰，徐時儀校點：《避暑錄話》，卷三，上海古籍出版

合樂可歌、流傳廣遠。蔡京迫害元祐黨人不遺餘力，蔡絛助父爲惡，葉夢得受知於蔡京，然《鐵圍山叢談》、《避暑錄話》卻對秦觀詞才讚譽有加，可見秦觀眞爲眾口交稱之倚聲作手，地位不容撼動，故《四庫全書總目提要》於引述葉、蔡二書之記載後曰：「夢得，蔡京客；絛，蔡京子。而所言如是，則觀詞爲當時所重可知矣。」〔註 252〕而譚瑩接武四庫館臣之說，亦讚秦觀「一代盛名公論協，揄揚飜出蔡京家」（「飜」意謂反而、反倒）。要之，通觀譚瑩此絕之命意，主要藉由士庶、歌妓、奸邪乃至政敵之交相傳唱、推許，凸顯秦觀誠爲公認之詞壇巨擘。

此外，王敬之〈讀秦太虛《淮海集》〉之一曰：

應舉賢良對策年，儒生壯節早籌邊；可憐餘技成眞賞，山抹微雲萬口傳。〔註 253〕

首句係指元祐二年（1087，秦觀年三十九）四月，恢復制科，蘇軾與鮮于侁共以賢良方正薦秦觀於朝，次年九月，秦觀應詔，進策三十篇、論二十篇。〔註 254〕所進三十篇策中有〈邊防〉三篇，係因「党項微種，盜我靈武，逾八十年，天誅不迄」而作，〔註 255〕〈邊防上〉論解除西夏邊患之道在於先取橫山，次復靈武，而使蘭會、熙河自爲內地；〈邊防中〉謂方今我有必勝之勢，敵有必敗之形，先帝已奮威而擊於前，今上宜乘弊而取於後；〈邊防下〉陳攻守之策，大興

社編：《宋元筆記小說大觀》（上海：上海古籍出版社，2001 年），冊三，頁 2629。

〔註 252〕 〔清〕永瑢等：《四庫全書總目提要》（臺北：臺灣商務印書館，1985 年，《合印四庫全書總目提要及四庫未收書目禁燬書目》），卷一九八「《淮海詞》提要」，頁 4424。

〔註 253〕 〔清〕王敬之：〈讀秦太虛《淮海集》〉之一，《小言集・愛日堂詩》，引自周義敢、周雷編：《秦觀資料彙編》（北京：中華書局，2001 年），頁 316。

〔註 254〕 參見徐培均：《秦少游年譜長編》，冊下，卷四，頁 329、366～369。

〔註 255〕 秦觀：〈序篇〉，〔宋〕秦觀撰，徐培均箋注：《淮海集箋注》（上海：上海古籍出版社，1994 年），冊上，卷十二「進策」，頁 495。

屯田，假以歲月，以守爲攻而取靈武，又分諸路之兵，歲各一出，以攻爲守以保蘭會。〔註256〕秦觀正反辯說，援古論今，以明邊境事務之利害、處置，雄心壯節令人折服，故王氏讚其「儒生壯節早籌邊」。惟秦觀此次制舉終爲忌者所中，引疾而歸蔡州（今河南汝南）任所，壯志難酬，日後更遭黨禍，流離轉徙，抑鬱而終，而使秦觀留名青史者殆爲其卓越之詞筆。王氏歎曰：「可憐餘技成眞賞」，雖囿於詞爲小道末技之傳統觀念，然亦道出秦觀之倚聲造詣有目共睹。昔蘇軾、范溫俱以〈滿庭芳〉首句「山抹微雲」代稱秦觀，〔註257〕葉夢得《避暑錄話》則稱〈滿庭芳〉「尤爲當時所傳」，〔註258〕而王氏曰：「山抹微雲萬口傳」，更讚秦觀之詞名、佳製有口皆碑，歷久不衰。

　　秦觀既爲眾所公認之詞壇宗師，遂成論者評判其他詞人成就之準的。譚瑩〈論詞絕句一百首〉之五○論呂濱老（一作渭老，字聖求，生卒年不詳，宣和、紹興年間在世）曰：

　　　　周柳居然有替人，聖求詩在益酸辛；人言未減秦淮海，名
　　　　字流傳竟不眞。（呂濱老　陳振孫《書錄解題》作「渭老」，
　　　　《詞綜》因之，今從嘉定壬申趙師岕序。）〔註259〕

第三句援引楊愼《詞品》之說：「聖求在宋人不甚著名，而詞甚工。如〈醉蓬萊〉、〈撲胡蝶近〉、〈惜分釵〉、〈薄倖〉、〈選冠子〉、〈百宜

〔註256〕詳見秦觀：〈邊防上〉、〈邊防中〉、〈邊防下〉，〔宋〕秦觀撰，徐培均箋注：《淮海集箋注》，冊中，卷十八「進策」，頁655～657、661～663、670～672。

〔註257〕《藝苑雌黃》謂秦觀〈滿庭芳〉「其詞極爲東坡所稱道，取其首句，呼之爲『山抹微雲君』」（〔宋〕胡仔：《苕溪漁隱叢話》，後集，卷三十三「秦太虛」條引嚴有翼《藝苑雌黃》，收於吳文治主編：《宋詩話全編》，冊四《胡仔詩話》，頁4197～4198），又范溫自稱「某乃『山抹微雲』女婿也」（宋〕蔡絛撰，馮惠民、沈錫麟點校：《鐵圍山叢談》，卷四，頁63）。

〔註258〕〔宋〕葉夢得撰，徐時儀校點：《避暑錄話》，卷三，上海古籍出版社編：《宋元筆記小說大觀》，冊三，頁2629。

〔註259〕〔清〕譚瑩：〈論詞絕句一百首〉之五○，《樂志堂詩集》，卷六，頁479。

嬌〉、〈荳葉黃〉、〈鼓笛慢〉，佳處不減秦少游」。〔註260〕**統觀楊慎所舉呂氏諸作，大抵清麗和婉，且除〈荳葉黃〉、〈鼓笛慢〉外，各調委婉低回以細訴憂怨，確有《淮海詞》「悽婉」之特色，其中〈醉蓬萊〉一詞，〔註261〕藉由今昔對比抒發傷春念遠、人老情懶之悲愁，隱約寄寓山河變色之哀痛，深窈幽微，尤近秦觀之作。而譚瑩詩意當亦認同楊慎之評騭，故對造詣如此高超居然名字未詳孰是之詞人，深致喟歎。**

再者，譚瑩〈論詞絕句又三十六首（專論嶺南人）〉之二七論清初嶺南詞人王隼（1644～1700，自號蒲衣，同人私諡清逸先生）曰：

> 琵琶楔子（傳奇）寄閑情，合大樗堂外集評；解賦無題詩
> 百首（見《番禺志》），固當秦七是前生。〔註262〕

王隼詞名不彰，此絕末句乃以秦觀爲其前生，褒崇之情昭然若揭，以下嘗試推闡譚瑩之意旨。王隼「善塡詞，能度曲以配管絃」，〔註263〕雅善琵琶，所著《琵琶楔子》係「取古今人詞曲之佳者，譜入琵琶」，〔註264〕而「自謂得未曾有」，〔註265〕情致閒適如斯，是以譚瑩稱其

〔註260〕〔明〕楊慎：《詞品》，卷一「側寒」條，唐圭璋編：《詞話叢編》，冊一，頁440。

〔註261〕〈醉蓬萊〉全詞如下：「任落梅鋪綴，雁齒斜橋，裙腰芳草。閑伴遊絲，過曉園庭沼。廓近清明，雨晴風軟，稱少年尋討。碧縷牆頭，紅雲水面，柳堤花島。　誰信而今，怕愁憎酒，對著花枝，自疏歌笑。鶯語丁寧，問甚時重到。夢筆題詩，杷綾封淚，向鳳簫人道。處處傷心，年年遠念，惜春人老」，唐圭璋編：《全宋詞》，冊二，頁1115。

〔註262〕〔清〕譚瑩：〈論詞絕句又三十六首（專論嶺南人）〉之二七，《樂志堂詩集》，卷六，頁483。

〔註263〕〔清〕任果等修，檀萃等纂：《〔乾隆〕番禺縣志》（海口：海南出版社，2001年，《故宮珍本叢刊》冊一六八），卷十五〈王隼傳〉，頁309。

〔註264〕〔清〕戴肇辰等修，史澄等纂：《光緒廣州府志》（上海：上海書店，2003年，《中國地方志集成》之《廣東府縣志輯》），卷九十六〈藝文略七〉，頁610。

〔註265〕〔清〕伍薇元：〈大樗堂初集跋〉，見〔清〕王隼：《大樗堂初集》（北

「琵琶楔子寄閑情」。而秦觀曾曰：「夫作曲，雖文章卓越，而不協於律，其聲不和」，〔註266〕且其所作「語工而入律，知樂者謂之作家歌」（葉夢得《避暑錄話》），故就審音協律而言，王隼、秦觀二人有其相近之處。此絕次句「合大樗堂外集評」，表明評論視角轉向王隼之《大樗堂外集》，〔註267〕而第三句稱王隼作有七律〈無題一百首〉。統觀王隼此組律詩，〔註268〕詠歎男女之情愛相思、離恨傷悼，情致悽惻悲苦，風格綺麗富贍，友人屈大均且曰：「王子蒲衣深於三百篇者，其〈無題〉七言律百章，予以為絕麗，麗而不越乎其則，所言不過男

〔註266〕 〔宋〕李廌撰，孔凡禮點校：《師友談記》（北京：中華書局，2002年），「秦少游言賦只以智巧釘餖為偶儷」條，頁21。

〔註267〕 有關王隼之《大樗堂集》，《〔乾隆〕番禺縣志》〈王隼傳〉載其著有「《大樗堂集》七卷、《外集》一卷」，〈藝文〉錄有王隼撰「《大樗堂集》」而未言卷數（詳見〔清〕任果等修，檀萃等纂：《〔乾隆〕番禺縣志》，卷十五，頁309、卷十九，頁548）；《〔道光〕廣東通志》〈王隼傳〉載其著有「《大樗堂集》七卷、《外集》一卷」，〈藝文略九〉則錄王隼撰「《大樗堂初集》十四卷」（詳見〔清〕阮元修，陳昌齊等纂：《〔道光〕廣東通志》，上海：上海古籍出版社，2002年，《續修四庫全書》，冊六七五，卷二八六，頁39、冊六七三，卷一九七，頁313）；《同治番禺縣志》〈王隼傳〉載其著有「《大樗堂集》七卷、《外集》一卷」，〈藝文略〉則錄王隼撰「《大樗堂初集》七卷、《外集》一卷」（詳見〔清〕李福泰修，史澄等纂：《同治番禺縣志》，上海：上海書店，2003年，《中國地方志集成》之《廣東府縣志輯》，卷四十三，頁533、卷二十七，頁326）；今傳道光二十年南海伍氏詩雪軒刻粵十三家集本王隼集，名為「《大樗堂初集》十二卷」（《四庫禁燬書叢刊》、《叢書集成續編》均據以影印）。各家所署王隼正集、外集之名稱、卷數，互有出入。譚瑩此絕所論及之〈無題一百首〉，見粵十三家集本《大樗堂初集》卷十二，考該書之編排分卷係依賦、樂府、五言古詩、七言古詩、五言律詩、七言律詩、七言絕句之序，然屬七律之〈無題一百首〉未入七言律詩之卷，而獨立為末卷，且屈大均既為《大樗堂集》撰〈王蒲衣詩集序〉，又另撰〈無題百詠序〉，故疑〈無題一百首〉本未編入王隼正集，原屬外集之作。

〔註268〕 〔清〕王隼：〈無題一百首〉，《大樗堂初集》，卷十二，頁506～514。

女，而忠君愛國之思溢乎篇外」。〔註269〕而將王隼〈無題一百首〉對比秦觀詞作，儘管風格濃淡有別，愛情題材、哀愁情感卻極相近，尤有甚者，二者俱於豔情之作別有寄託（王詩有忠愛之思、秦詞有身世之感）。準此，譚瑩稱王隼「固當秦七是前生」，確可言之成理。惟王隼之《琵琶楔子》究非其詞作，譚瑩乃並其詩作而論，此與秦觀以詞名世者終隔一塵，似此寬泛之比附，秦觀後身真不知凡幾，實不甚可取。

　　而鄭方坤〈論詞絕句三十六首〉之一○則論張綖不足比肩秦觀，詩曰：

> 小樓連苑傷春意，高蓋妖花弔古懷；獨把瓣香奉淮海，壽陵餘子漫肩差。（海虞毛氏合刻《秦張詩餘》，生乃與噲等伍，竊為淮海抱不平矣。張名綖，萬曆間人。）〔註270〕

首句之「小樓連苑」係指秦觀〈水龍吟〉（小樓連遠橫空），該詞旨在抒發別情相思，然「破暖輕風，弄晴微雨，欲無還有。賣花聲過盡，斜陽院落，紅成陣、飛鴛甃」數句，係由嗟悼暮春之多變天候、衰殘景致，體現別後之善感與哀愁，故鄭氏稱其具「傷春意」。而次句之「高蓋妖花」指〈望海潮〉（梅英疏淡）一詞：

> 梅英疏淡，冰澌溶洩，東風暗換年華。金谷俊游，銅駞巷陌，新晴細履平沙。長記誤隨車。正絮翻蝶舞，芳思交加。柳下桃蹊，亂分春色到人家。　　西園夜飲鳴笳。有華燈礙月，飛蓋妨花。蘭苑未空，行人漸老，重來是事堪嗟。煙暝酒旗斜。但倚樓極目，時見棲鴉。無奈歸心，暗隨流水到天涯。〔註271〕

下片之「西園」係駙馬都尉王詵之汴京花園，王詵曾延蘇軾、蘇轍、

〔註269〕〔清〕屈大均：〈無題百詠序〉，《翁山文外》（上海：上海古籍出版社，2002年，《續修四庫全書》冊一四一二），卷二，頁76。

〔註270〕〔清〕鄭方坤：〈論詞絕句三十六首〉之一○，《蔗尾詩集》（濟南：齊魯書社，2001年，《四庫全書存目叢書補編》冊八），卷五〈木石居後草〉，頁314。

〔註271〕〔宋〕秦觀：〈望海潮〉，唐圭璋編：《全宋詞》，冊一，頁455。

黃庭堅、秦觀等人於此宴遊，此詞當爲重過西園憶念昔遊之作。上片
描敘初春梅殘冰泮，晴和時候，快意遊賞，無奈觸景興懷，憶起昔日
春遊之閒適佳趣、爛漫榮景。過片鎖定西園夜宴之盛況──絲竹競
聲、燈火通明、冠蓋雲集，何等雍容氣象。繼而嗟歎物是人非，舉目
所見暝煙、酒旗、棲鴉之荒寒景象益增悵惘。歇拍則因棲鴉而思歸宿，
遙望流水遠注天涯，倍覺前程茫茫而不知歸止何處。上、下片各以今
昔、昔今之對比，呈顯昔盛今衰之落寞，末結更由當下之冷清預感未
來之淒苦，傷情何限。其中領字「有」所領起之「華燈礙月，飛蓋妨
花」，整飭精工，誇寫昔日遊觀之富麗，映襯今日重到之堪嗟，「礙」、
「妨」二字更見煉字之匠心。而鄭氏詩句「高蓋妨花弔古懷」，摘錄
警策「飛蓋妨花」而將「飛蓋」易爲同義之「高蓋」，並提挈詞作追
惟舊遊而興發感懷之主旨，〔註272〕甚有見也。

　　合觀鄭氏所舉〈水龍吟〉、〈望海潮〉二作，措語輕俏，體物細微，
敘情綿渺，且能融情入景，哀思愁情動人心魂，不僅體現秦詞之哀婉，
更爲深契詞體要眇特質之佳製，宜乎鄭氏「獨把瓣香奉淮海」，獨拈
一瓣香與秦觀，以示崇奉、師承之意。而末句「壽陵餘子漫肩差」，
論及明代詞人張綖。張綖（1487～1543），字世文，自號南湖居士，
高郵人，嚮慕鄉先賢秦觀之爲人、文章，嘉靖十八年（己亥，1539），
曾於鄂州任所校刻《淮海集》（內含《淮海長短句》）；所著《詩餘圖
譜》之〈凡例〉首將詞體分爲婉約、豪放二者，並以婉約爲正，且視
秦觀爲婉約之代表，影響後世極爲深遠。張綖塡詞亦師法秦觀，稍晚
於張綖之朱曰藩云：「或問先生長短句，予曰：『《詩餘圖譜》備矣！
先生從王西樓遊，早傳斯技之旨，每塡一篇，必求合某宮某調、某調

〔註272〕鄭方坤所言「弔古懷」，或將此詞視爲「洛陽懷古」之作，蓋張綖
　　　　刻本、李之藻刻本、段斐君刻本、鄧章漢本、毛晉刻本、《四庫全
　　　　書》寫本、黃儀校本、王敬之刻本、金長福本、秦元慶刻本秦觀詞
　　　　集與《歷代詩餘》，均於調下題作「洛陽懷古」（參見〔宋〕秦觀著、
　　　　徐培均箋注《淮海居士長短句箋注》頁9之「校記」），然「弔古」
　　　　本意謂憑弔古昔之事，當可包括追懷昔遊。

第幾聲、其聲出入第幾犯，務俾抗墜圓美合作而出，故能獨步於絕響之後，稱再來少游』」，〔註273〕嗣後王象晉亦曰：「今觀先生長短句諸作，命意懇至，摛詞婉雅，儼然少游再生」，〔註274〕是知世論稱揚張詞造詣直可接武秦詞。朱曰藩且曰：「予每欲擇其詞之精者，合少游詞成一帙，以遺鄉人，爲詞學指南，第多事來未遑耳」，〔註275〕可見朱氏已有合刊秦觀、張綖詞作之構想。其後王象晉校讐張綖《詩餘圖譜》，遂合秦、張之詞爲《秦張兩先生詩餘合璧》以附《詩餘圖譜》之後，交由毛晉（常熟〔西晉曾置海虞縣〕人）付梓，〔註276〕成爲詞集叢刻《詞苑英華》之一，此即鄭氏此絕附註「海虞毛氏合刻《秦張詩餘》」之原委。細按王、毛二氏之用意，旨在《詩餘圖譜》既爲可據以塡詞之「修詞家南車」，所附《秦張兩先生詩餘合璧》更示學者塡詞之當行典範，所謂「使後世攻是業者，知詞雖小道，自有當行，無趨惡道，亦未必非修詞之一助也」。〔註277〕然鄭氏嘲諷張綖師法秦觀恰似壽陵餘子學步於邯鄲，「未得國能，又失其故行矣，直匍匐而歸耳」，〔註278〕不僅未臻秦觀高境，更庸劣不堪，而《秦張兩先生詩餘合璧》妄將宗師秦觀與庸材張綖並列，猶如曾爲王之韓信最終竟與

〔註273〕 〔明〕朱曰藩：〈南湖詩餘序〉，見〔明〕張綖撰《詩餘圖譜》附〔明〕王象晉編《秦張兩先生詩餘合璧》（臺南：莊嚴文化事業有限公司，1997 年，《四庫全書存目叢書》集部冊四二五），頁 287。

〔註274〕 〔明〕王象晉：〈秦張兩先生詩餘合璧序〉，見〔明〕張綖撰《詩餘圖譜》附〔明〕王象晉編《秦張兩先生詩餘合璧》，頁 262。

〔註275〕 〔明〕朱曰藩：〈南湖詩餘序〉，見〔明〕張綖撰《詩餘圖譜》附〔明〕王象晉編《秦張兩先生詩餘合璧》，頁 287。

〔註276〕 詳見〔明〕王象晉：〈重刻詩餘圖譜序〉、〈秦張兩先生詩餘合璧序〉，見〔明〕張綖撰《詩餘圖譜》附〔明〕王象晉編《秦張兩先生詩餘合璧》，頁 202、262。

〔註277〕 參引〔明〕王象晉：〈重刻詩餘圖譜序〉、〈秦張兩先生詩餘合璧序〉，見〔明〕張綖撰《詩餘圖譜》附〔明〕王象晉編《秦張兩先生詩餘合璧》，頁 202、262。

〔註278〕 〔清〕郭慶藩輯：《莊子集釋》（臺北：華正書局，1987 年），卷六下〈秋水〉，頁 601。

樊噲同爲侯，〔註279〕實厚損秦觀也。

　　鄭氏詩句「壽陵餘子漫肩差」，貶抑張綖特甚。實則平心而論，張綖詞作大抵落筆細柔妍雅，工於煉字琢句，字裡行間隱現閒愁幽恨、微痛纖悲，含蓄蘊藉，頗具秦觀之風，而無一般明詞浮薄無味之失，沈謙曾讚〈蝶戀花〉（新草池塘煙漠漠）（紫燕雙飛深院靜）二闋「風流醞藉，不減周、秦」，〔註280〕沈雄亦賞「紫燕雙飛深院靜」上片與「新草池塘煙漠漠」下片「更自新蒨蘊藉，振起一時者」。〔註281〕惟有時過於追摹前賢名篇，時見步趨之跡，未得神髓，反成敗筆，如〈風流子〉一詞：

> 新陽上簾幌，東風轉、又是一年華。正駝褐寒侵，燕釵春裊，句翻詞客，簪鬬宮娃。堪娛處，林鶯啼暖樹，渚鴨睡晴沙。繡閣輕烟，剪燈時候，青旗殘雪，賣酒人家。　　此時因重省，瑤臺畔曾遇，翠蓋香車。惆悵塵緣猶在，審約還賒。念鱗鴻不見，誰傳芳信，瀟湘人遠，空採蘋花。無奈疏梅風景，淡草天涯。〔註282〕

對照張綖此作與秦觀〈望海潮〉，同寫春日懷舊，同見東風、晴沙、

〔註279〕《史記・淮陰侯列傳》：「信嘗過樊將軍噲，噲跪拜送迎，言稱臣，曰：『大王乃肯臨臣。』信出門，笑曰：『生乃與噲等爲伍。』」，〔日〕瀧川龜太郎：《史記會注考證》（臺北：洪氏出版社，1986年），卷九十二，頁1073。

〔註280〕〔清〕沈謙：《塡詞雜說》，「張世文詞警策」條，唐圭璋編：《詞話叢編》，冊一，頁633。案：張綖〈蝶戀花〉（新草池塘煙漠漠）全詞如下：「新草池塘煙漠漠。一夜輕雷，折破妖桃萼。驟雨隔夜時一作。餘寒猶泥羅衫薄。　　斜日高樓明錦幙。樓上佳人，癡倚欄干角。心事不知緣底惡。對花珠淚雙雙落」，〈蝶戀花〉（紫燕雙飛深院靜）全詞如下：「紫燕雙飛深院靜。罩枕紗廚，睡起嬌如病。一線碧煙縈藻井。小鬟恭進龍香餅。　　拂拭菱花看寶鏡。玉指纖纖，撚唾撩雲鬢。閒折海榴過翠徑。雪貓戲撲風花影」，饒宗頤初纂，張璋總纂：《全明詞》，冊二，頁759。

〔註281〕〔清〕沈雄：《古今詞話》，〈詞評〉卷下「張綖」條，唐圭璋編：《詞話叢編》，冊一，頁1029。

〔註282〕〔明〕張綖：〈風流子〉，饒宗頤初纂，張璋總纂：《全明詞》，冊二，頁761～762。

酒旗、車駕、梅花等景象，同爲由今而昔而今之布局，「東風轉、又是一年華」之於「東風暗換年華」，與夫「無奈疏梅風景，淡草天涯」之於「梅英疏淡」、「無奈歸心，暗隨流水到天涯」，更見字詞、句法之蹈襲，張綖有意仿擬秦觀毋庸置疑。而秦觀所寫今時淡漠、昔日盛麗之景適成對比，寄寓今非昔比之哀感，末句更以遠逝天涯之流水喻示迷離綿遠之憂思，反觀張綖之景句畢竟只在規摹初春景致，雖曰工緻穩妥，相較秦觀之能融情入景終遜一籌。似此作品，方有「壽陵餘子」之嫌，而鄭氏乃全然否定張綖詞作，持論未免過苛。此外，鄭氏此絕附註稱張綖係「萬曆間人」，實誤。據張綖友人顧璘所撰〈南湖墓誌銘〉，張綖生於憲宗成化二十三年（丁未，1487）二月二十二日，卒於世宗嘉靖二十二年（癸卯，1543）五月五日，得年五十七。〔註283〕然則張綖之卒下迄神宗萬曆改元（1573），尚三十年矣。

三、名篇佳製之評賞

（一）〈滿庭芳〉

秦觀〈滿庭芳〉（山抹微雲）一詞，抒發離愁別恨，隱含身世感喟，向來膾炙人口，前已論述之譚瑩、王敬之論詞絕句有言：「山抹微雲都下唱」、「山抹微雲萬口傳」。而晁補之曾稱〈滿庭芳〉之「斜陽外，寒鴉萬點，流水繞孤村」數句，「雖不識字人，亦知是天生好言語也」，盛讚秦觀造此自然天成之好句。然葉夢得《避暑錄話》曰：「『寒鴉萬點，流水繞孤村』，本隋煬帝詩也，少游取以爲〈滿庭芳〉辭」，〔註284〕指出秦觀詞句襲自煬帝詩句。又嚴有翼《藝苑雌黃》曰：

〔註283〕參見〔明〕顧璘：〈南湖墓誌銘〉，〔明〕張綖：《張南湖先生詩集》（臺南：莊嚴文化事業有限公司，1997 年，《四庫全書存目叢書》集部冊六十八），附錄，頁 397。

〔註284〕〔宋〕葉夢得撰，徐時儀校點：《避暑錄話》，卷三，上海古籍出版社編：《宋元筆記小說大觀》，冊三，頁 2629。

中間有「寒鴉萬點，流水遶孤村」之句，人皆以為少游自
造此語，殊不知亦有所本。予在臨安，見平江梅知錄云：
「隋煬帝詩云：『寒鴉千萬點，流水遶孤村』，少游用此語
也。」〔註285〕

嚴氏亦謂秦觀化用煬帝詩，而非自鑄新詞。胡仔《苕溪漁隱叢話》
更曰：「晁無咎云：『少游如〈寒景詞〉云：「斜陽外，寒鴉萬點，流
水遶孤村」，雖不識字人，亦知是天生好言語。』其褒之如此，蓋不
曾見煬帝詩耳」，〔註286〕直言晁氏不知秦詞蹈襲煬帝詩以致褒揚過
當。

　　葉、嚴、胡三氏皆謂秦觀〈滿庭芳〉之「寒鴉萬點，流水繞孤村」
不過襲用煬帝成句而已，明代王世貞《藝苑巵言》則曰：

「寒鴉千萬點，流水遶孤村」，隋煬帝詩也。「寒鴉數點，
流水遶孤村」，少游詞也。語雖蹈襲，然入詞尤是當家。
〔註287〕

王氏論詞踵繼傳統「詩莊詞媚」之觀念，〔註288〕故稱秦詞雖用煬帝
詩，然為婉麗、柔弱、淺切之本色詞語，襲作更勝原作。而明末清初
之賀貽孫於所著《詩筏》曰：

余謂此語在煬帝詩中，祇屬平常，入少游詞，特為妙絕。
蓋少游之妙，在「斜陽外」三字，見聞空幻。又「寒鴉」、

〔註285〕〔宋〕胡仔：《苕溪漁隱叢話》，後集，卷三十三「秦太虛」條引嚴
　　　　有翼《藝苑雌黃》，收於吳文治主編：《宋詩話全編》，冊四《胡仔
　　　　詩話》，頁4198。
〔註286〕〔宋〕胡仔：《苕溪漁隱叢話》，後集，卷三十三「秦太虛」條，收
　　　　於吳文治主編：《宋詩話全編》，冊四《胡仔詩話》，頁4198。
〔註287〕〔明〕王世貞：《藝苑巵言》，「少游詞襲隋煬帝詩」條，唐圭璋編：
　　　　《詞話叢編》，冊一，頁387。
〔註288〕王世貞曾曰：「故詞須宛轉緜麗、淺至儇俏，挾春月烟花於閨幨內
　　　　奏之，一語之艷，令人魂絕，一字之工，令人色飛，乃為貴耳」，
　　　　又曰：「即詞號稱詩餘，然而詩人不為也。何者？其婉孌而近情也，
　　　　足以移情而奪嗜；其柔靡而近俗也，詩嘽緩而就之，而不知其下
　　　　也」，見〔明〕王世貞：《藝苑巵言》，「隋煬帝望江南為詞祖」、「詞
　　　　之正宗與變體」條，唐圭璋編：《詞話叢編》，冊一，頁385。

「流水」，煬帝以五言劃爲兩景，少游詞用長短句錯落，與
「斜陽外」三景合爲一景，遂如一幅佳圖。此乃點化之神，
必如此乃可用古語耳。〔註289〕

賀氏強調秦觀善於運化，加入縹緲之「斜陽外」一句，而與「寒鴉萬
點」、「流水繞孤村」二句共成一幅好畫，秦詞造詣絕勝煬帝詩。惟賀
氏稱「又『寒鴉』、『流水』，煬帝以五言劃爲兩景」，不免牽強，蓋將
此二句連讀未嘗不可合爲一幅遠景佳圖。

有關「斜陽外，寒鴉萬點，流水繞孤村」究爲天生好語抑或襲用
成句？與夫秦觀詞句、煬帝詩句二者之工拙，亦爲清代論詞絕句品騭
〈滿庭芳〉之焦點。江昱〈論詞十八首〉之三曰：

紅杏尚書艷齒牙，郎中更與助聲華；天生好語秦淮海，流
水孤邨數點鴉。〔註290〕

前聯合論宋祁〈玉樓春·春景〉之「紅杏枝頭春意鬧」、張先〈天仙
子·時爲嘉禾小倅，以病眠不赴府會〉之「雲破月來花弄影」，後聯
專論秦觀〈滿庭芳〉之「斜陽外，寒鴉萬點，流水繞孤村」。江昱紹
述晁補之之說，贊同「斜陽」數句乃天生好語。

而梁梅〈論詞絕句一百六十首〉之論秦觀曰：

流水棲鴉野望時，景中情與畫中詩；斜陽欲暮宵無別，未
許深文遽詆諆。〔註291〕

此絕前聯論〈滿庭芳〉。首句稱「斜陽外，寒鴉萬點，流水繞孤村」
乃秦觀於野外瞻望時之景致，基本否定秦觀襲取煬帝詩句。次句推賞
秦觀詞句具「景中情」，亦即寓情於景，廓落、衰颯之景致寄寓孤寂、

〔註289〕〔清〕賀貽孫：《詩筏》，郭紹虞編選，富壽蓀校點：《清詩話續編》
（臺北：木鐸出版社，1983年），冊上，頁177。

〔註290〕〔清〕江昱：〈論詞十八首〉之三，《松泉詩集》（臺南：莊嚴文化
事業有限公司，1997年，《四庫全書存目叢書》集部冊二八〇），卷
一，頁176。

〔註291〕〔清〕梁梅：〈論詞絕句一百六十首〉之論秦觀，見〔清〕張維屏
選：《學海堂三集》（南京：江蘇教育出版社，1995年，趙所生、薛
正興編《中國歷代書院志》冊十四），卷二十四，頁321。

悵惘之情感；更許爲「畫中詩」，亦即詞意具體眞切，令人可以想見畫面。晁補之推尊秦觀詞句係「天生好言語」，梁梅詩句堪稱晁氏讚辭之有力註腳。而梁梅以「景中情與畫中詩」評「斜陽」數句，鞭辟入裡，其後陳廷焯亦有「詩情畫景」之評。〔註292〕

　　至於前文已論及之華長卿〈論詞絕句〉之一六，則推闡晁氏所言「雖不識字人，亦知是天生好言語也」，認爲「斜陽」數句所寄寓之愁情哀感當令不識字者悲愴不已，而曰：「殘陽鴉點水邊村，目不知丁亦斷魂」。

　　再者，譚瑩〈論詞絕句一百首〉之三二論秦觀曰：

　　　　天生好語阿麼同，不礙詩詞句各工；流下瀟湘常語耳，萬身奚贖過推崇。〔註293〕

此絕前聯亦論〈滿庭芳〉。「阿麼」係指隋煬帝，蓋隋煬帝名廣，一名英，小字阿麼。首句既本晁補之說法以秦觀詞句爲「天生好語」，又稱秦觀詞句雷同煬帝詩句，可見譚瑩並不執著於二說之爭辯。次句推崇煬帝「寒鴉千萬點，流水遶孤村」、秦觀「寒鴉萬點，流水繞孤村」，皆爲工巧之句。譚瑩並未輕率否定煬帝詩句之佳妙，顯較前引賀貽孫說法周延。其次，譚瑩不似王世貞堅守「詩莊詞媚」之分野，兼顧詩詞之多元風格，認爲秦觀、煬帝之作各極其工，所論亦較王氏開通。合觀此絕一、二句，譚瑩旨在強調作品之良窳存乎工巧，實不以有藍本爲嫌。

　　此外，鄭方坤〈論詞絕句三十六首〉之一四曰：「賀家梅子句通靈，學士屯田比尹邢；隻字單詞足千古，不將畫壁羨旗亭」，〔註294〕係將〈滿庭芳〉與賀鑄〈橫塘路〉、柳永〈破陣樂〉（露花倒影）相提

〔註292〕〔清〕陳廷焯：《詞則》（上海：上海古籍出版社，1984年），〈大雅集〉卷二，頁59。

〔註293〕〔清〕譚瑩：〈論詞絕句一百首〉之三二，《樂志堂詩集》，卷六，頁478。

〔註294〕〔清〕鄭方坤：〈論詞絕句三十六首〉之一四，《蔗尾詩集》，卷五〈木石居後草〉，頁314。

並論，本文留待論賀鑄時析論。

（二）〈踏莎行〉

秦觀〈踏莎行〉（霧失樓臺）低訴遷貶之淒苦，宋翔鳳〈論詞絕句二十首〉之七倡論秦觀之感傷詞情，後聯曰：「總爲斜陽渾易暮，不關好色是無憀」，辯及黃庭堅謂「斜陽暮」犯重之說，已見前文析論。而梁梅〈論詞絕句一百六十首〉之論秦觀曰：「流水樓鴉野望時，景中情與畫中詩；斜陽欲暮甯無別，未許深文邃詆諆」，後聯亦駁黃氏觀點。所言「斜陽欲暮甯無別？」係以反詰語氣表述「斜陽」與「暮」其實有別，而「未許深文邃詆諆」，則斥黃氏論調誠屬妄肆詆毀、深文周納。惟梁梅所言「斜陽欲暮」，近於楊愼「見斜陽而知日暮」之釋，亦即以「斜陽」爲西斜之太陽而「暮」爲傍晚，終不若宋翔鳳詮解之詳確也。

此外，譚瑩〈論詞絕句一百首〉之三三曰：「獨憐知己在長沙」，論及秦觀與長沙義倡之軼聞，關乎〈踏莎行〉之本事。另其〈論詞絕句一百首〉之三二曰：「天生好語阿麼同，不礙詩詞句各工；流下瀟湘常語耳，萬身奚贖過推崇」，後聯質疑蘇軾有關〈踏莎行〉之評驚，蓋惠洪《冷齋夜話》載：

> 少游到郴州，作長短句云：「霧失樓臺，……爲誰流下瀟湘去。」東坡絕愛其尾兩句，自書於扇，曰：「少游已矣，雖萬人何贖。」〔註295〕

蘇軾極賞〈踏莎行〉歇拍之「郴江幸自繞郴山，爲誰流下瀟湘去」，書於扇面，且對秦觀之辭世深致歎惋，謂其才其情雖萬人之死亦難補償。譚瑩則謂此二句只是平常言語，蘇軾「萬人何贖」之讚歎未免言過其實。細究〈踏莎行〉之「郴江」二句並無綺麗之藻采，亦非整飭之對句，更有「郴江」、「郴山」、「瀟湘」等專有名詞，觀其表

〔註295〕〔宋〕胡仔：《苕溪漁隱叢話》，前集，卷五十「秦少游」條引惠洪《冷齋夜話》，收於吳文治主編：《宋詩話全編》，冊四《胡仔詩話》，頁 3860。

象，誠如譚瑩所言乃「常語耳」。然此二句實則內蘊深厚，蓋郴江環繞郴山而後流注瀟湘，本爲自然之水文，而「郴江幸自繞郴山，爲誰流下瀟湘去」，則對此現象提出無理之究詰，此正所謂窮極而返本、疾痛而呼天，體現秦觀當時之心斷望絕，殊值細味玩索，陳模稱此二句「自是有一唱三嘆之味」，〔註 296〕王世貞謂「此淡語之有情者也」，〔註 297〕歷來論者亦對此中深情寄意多所闡發。〔註 298〕何況蘇軾亦遭黨禍，遠貶南荒，當更能體會秦觀隱寓其中之牢愁悲苦。譚瑩漠視似此問天、怨天之尋常言語其實寄慨無端，〔註 299〕忽略蘇軾之感同身受，以致貿然論定「流下瀟湘常語耳，萬身奚贖過推崇」，失之武斷。

四、秦、柳二家之品騭

　　秦觀、柳永皆爲知音諳律之詞人，所作合樂可歌；二家詞作題材

〔註 296〕陳模《懷古錄》曰：「作詩作詞雖曰殊體，然作詞亦須要不粘皮著骨方高。秦少游詞好者，如『郴江幸自遶郴山，爲誰留（案：當作流）下瀟湘去』，自是有一唱三嘆之味。何必語意必著，而後足以寫此情」（〔宋〕陳模撰，鄭必俊校注：《懷古錄校注》，北京：中華書局，1993 年，卷中，頁 57），其意蓋謂「郴江」二句深情寓焉而耐人尋味。

〔註 297〕〔明〕王世貞：《藝苑卮言》，「淡語恆語淺語」條，唐圭璋編：《詞話叢編》，冊一，頁 388。

〔註 298〕如沈際飛曰：「少游坐黨籍，安置郴地，謂郴江與山相守，而不能流，自喻最悽切」（〔明〕沈際飛：《草堂詩餘四集》，〈正集〉卷二，頁 7 上、下），蓋謂秦觀以「郴江」二句喻其邊謫際遇之身不由己、無可奈何。又如黃蘇曰：「自己同郴水自遶郴山，不能下瀟湘以向北流也」（〔清〕黃蘇：《蓼園詞評》，「踏莎行」條，唐圭璋編：《詞話叢編》，冊四，頁 3048），殆謂秦觀自歎難以北歸朝廷。他如唐圭璋曰：「末引『郴江』、『郴山』，以喻人之分別」（唐圭璋：《唐宋詞簡釋》，上海：上海古籍出版社，1981 年，頁 107）。

〔註 299〕丁紹儀亦曰：「南海譚玉生廣文（瑩）《樂志堂集》中論詞絕句，至一百七十六首，抑揚間有未當。如訾少游『爲誰流下瀟湘去』，謂是常語」（〔清〕丁紹儀：《聽秋聲館詞話》，卷二十「粵人詞」條，唐圭璋編：《詞話叢編》，冊三，頁 2830），指斥譚瑩逕以「郴江」二句爲常語未稱允當。

相近，多寫男女愛情；風格亦復相肖，同屬婉約柔媚一路。秦觀業師
蘇軾已將秦、柳相提並論，葉夢得《避暑錄話》載：

> 蘇子瞻於四學士中最善少游，故他文未嘗不極口稱善，豈
> 特樂府？然猶以氣格爲病，故常戲云：「山抹微雲秦學士，
> 露花倒影柳屯田。」〔註300〕

蘇軾擷取秦觀〈滿庭芳〉「山抹微雲」、柳永〈破陣樂〉「露花倒影」
之輕柔詞句，評騭二家同具婉媚纖弱之特質。嗣後論者常以秦、柳並
稱，如清代顧仲清曰：「宋名家詞最盛，體非一格。辛、蘇之雄放豪
宕，秦、柳之嫵媚風流，判然分途，各極其妙」，〔註301〕標舉秦、柳
同爲婉約名家。又如蔡宗茂〈拜石山房詞鈔序〉曰：「詞盛於宋代，
自姜、張以格勝，蘇、辛以氣勝，秦、柳以情勝，而其派乃分」，
〔註302〕彰顯秦、柳同以情致纏綿擅場。

　　清代論詞絕句品評詞人亦常連舉秦、柳二家，如茹綸常〈國朝諸
名家逸事雜詩〉之九曰：

> 新詞曾譜竹枝工，按拍撝彈興未窮；彭十風情誰比擬，秦
> 淮海與柳郎中。（羨門）〔註303〕

此絕主論彭孫遹（1631～1700，字駿孫，號羨門，又號金粟山人，著
有《延露詞》），而以秦柳爲比。首句殆本王士禛《漁洋詩話》之
評：「〈竹枝〉古稱劉夢得、楊廉夫，近彭羨門尤工此體」，〔註304〕稱

〔註300〕〔宋〕葉夢得撰，徐時儀校點：《避暑錄話》，卷三，上海古籍出版
　　　　社編：《宋元筆記小説大觀》，冊三，頁2629。

〔註301〕〔清〕高佑釲〈迦陵詞全集序〉引顧仲清（字成三）之説，見〔清〕
　　　　陳維崧：《陳迦陵文集・迦陵詞全集》（臺北：臺灣商務印書館，1967
　　　　年，《四部叢刊初編》），頁347。

〔註302〕〔清〕蔡宗茂：〈拜石山房詞鈔序〉，見〔清〕顧翰：《拜石山房詞
　　　　鈔》（上海：上海古籍出版社，2002年，《續修四庫全書》冊一七二
　　　　六），頁110。

〔註303〕〔清〕茹綸常：〈國朝諸名家逸事雜詩〉之九，《容齋詩集》（上海：
　　　　上海古籍出版社，2002年，《續修四庫全書》冊一四五七），卷二〈都
　　　　門集〉，頁175。

〔註304〕〔清〕王士禛：《漁洋詩話》，卷上，丁福保編：《清詩話》（臺北：
　　　　木鐸出版社，1988年），頁171。

揚彭氏〈竹枝詞〉、〈姑蘇竹枝詞〉、〈嶺南竹枝詞〉等作卓然出群。
〔註305〕而二、三、四句祖述徐釚《本事詩》之說：

> 駿孫與西樵、阮亭爲《香奩倡和詩》，人都傳之。作小令、
> 長調，皆臻妙境，阮亭撰《倚聲集》，推爲近今詞人第一。
> 中遭放廢，日從吳姬于酒閒，按拍搊彈，紅牙檀板，新聲
> 宛轉，其興致亦在柳郎中、秦淮海之上也。〔註306〕

此段論述主要基於熟稔樂律之同質性，而將彭氏類比秦柳。此外，人稱彭氏詞作「驚才絕豔」、「吹氣如蘭」，〔註307〕故就多寫豔情題材、風格婉變妍媚而言，彭氏亦堪比擬秦柳也。又如譚瑩〈論詞絕句一百首〉之一一曰：

> 傷心秋月與春花，獨自憑欄度歲華；使作詞人秦柳上，如
> 何偏屬帝王家。（南唐後主李煜）〔註308〕

後聯褒揚李煜詞作造詣度越秦柳二家，奈何出生帝王之家而淪爲亡國之君。他如陳澧〈論詞絕句六首〉之一曰：

> 月色秦樓綺思新，西風陵闕轉嶙峋；青蓮隻手持雙管，秦
> 柳蘇辛總後塵。〔註309〕

此絕論述李白所作〈憶秦娥〉（簫聲咽）兼擅旖旎婉媚、雄放奇崛之風，下開秦柳、蘇辛二派。

〔註305〕〔清〕彭孫遹：〈竹枝詞〉、〈姑蘇竹枝詞〉、〈嶺南竹枝詞〉，詳見《松
　　　　桂堂全集》（臺北：臺灣商務印書館，1985 年，《景印文淵閣四庫全
　　　　書》冊二五六），卷十，頁 123、卷四十一，頁 343～344、卷四十
　　　　二，頁 362～363。
〔註306〕〔清〕徐釚：《本事詩》（上海：上海古籍出版社，2002 年，《續修
　　　　四庫全書》冊一六九九），後集卷九，頁 335。
〔註307〕王晫《今世說》曰：「彭羨門驚才絕豔，詞家推爲獨步，王阮亭稱
　　　　其吹氣如蘭，每當十郎，輒自愧儂父」，〔清〕王晫：《今世說》
　　　　（北京：中華書局，1985 年，《叢書集成初編》），卷六〈企羨〉，頁
　　　　71。
〔註308〕〔清〕譚瑩：〈論詞絕句一百首〉之一一，《樂志堂詩集》，卷六，
　　　　頁 477。
〔註309〕〔清〕陳澧：〈論詞絕句六首〉之一，見陳澧撰，汪兆鏞輯：《陳東
　　　　塾先生遺詩》（臺北：故宮博物院圖書文獻館善本室藏，民國二十
　　　　年李齋刊本），頁 8 上。

　　秦觀、柳永雖齊名並稱，然同中有異。柳永迎合時俗，每以口語、白話入詞，明白淺顯，時而率意不檢，失之庸俗鄙陋，甚至淫冶褻狎。秦觀雖有少數俚俗、露骨之作，〔註310〕整體而言，顯較柳永雅正。再者，柳詞率多鋪敘展衍，淋漓盡致，流於平直淺露、嘽緩複沓，而少一唱三歎之韻味；秦詞擅於情景交融，並將身世悲思融入兒女豔情，頓挫含蓄，醇厚雋永。清代論詞絕句不乏側重辨析秦、柳差異者，沈初〈編舊詞存稿作論詞絕句十八首〉之六曰：

　　　　山抹微雲秦學士，露花倒影柳屯田；就中氣韻差分別，始
　　　　信文章品最先。〔註311〕

前聯逕引蘇軾並稱秦觀、柳永之語。蘇軾戲謔秦、柳俱有氣度柔弱、格局纖狹之疵累，沈初則更細辨二家風格仍有分別，並歸因於人品之差等。細繹沈初之意，殆謂柳永逞其狂蕩不羈之心，冶遊恣縱，故其詞風俗靡穢褻、直露無韻；秦觀傷其用世不售之志，愁悶悲思，故其詞風典雅純正、蘊藉有味。

　　沈初揚秦抑柳，而朱依眞見解略同，其〈論詞絕句二十二首〉之四曰：

　　　　貧家好女自嬌妍，彤管譏評豈漫然；若向詞家角優劣，風
　　　　流終勝柳屯田。〔註312〕

首句隱括李清照〈詞論〉評秦觀之語：「秦即專主情致，而少故實，譬如貧家美女，雖極妍麗豐逸，而終乏富貴態。」〔註313〕次句「彤

〔註310〕如〈水龍吟〉（奴如飛絮）、〈滿園花〉（一向沉吟久）、〈迎春樂〉（菖蒲葉葉知多少）、〈河傳〉（恨眉醉眼）、〈品令〉（幸自得）（掉又懼）等闋。

〔註311〕〔清〕沈初：〈編舊詞存稿作論詞絕句十八首〉之六，《蘭韻堂詩集》（北京：北京出版社，2000 年，《四庫未收書輯刊》十輯，冊二十三），卷一〈南窻集上〉，頁7。

〔註312〕〔清〕朱依眞：〈論詞絕句二十二首〉之四，見況周頤：《粵西詞見》（臺北：新文豐出版公司，1989 年，《叢書集成續編》冊二○五），卷一，頁 785。

〔註313〕李清照：〈詞論〉，〔宋〕李清照著，徐培均箋注：《李清照集箋注》（上海：上海古籍出版社，2002 年），頁 267。

管譏評豈漫然？」係以反詰語氣首肯李氏之指瑕，謂其所論並非隨意、空泛之詆誚。秦觀之作誠如李氏所言「專主情致」，哀愁悽苦之詞情感人至深，然「少故實」之非議，顯然有違實情。《淮海詞》之使事用典掊拾即是，即以前文所引詞作而論，如〈阮郎歸〉（湘天風雨破寒初）之「衡陽猶有雁傳書。郴陽和雁無」，用陸佃《埤雅》「鴻雁南翔，不過衡山」、《漢書・蘇武傳》雁傳書之典。又如〈踏莎行〉（霧失樓臺）一詞，「桃源望斷無尋處」，用陶淵明〈桃花源記〉之典；「驛寄梅花」，用《荊州記》陸凱寄梅花與范曄之事；「魚傳尺素」，本古樂府〈飲馬長城窟行〉：「客從遠方來，遺我雙鯉魚；呼兒烹鯉魚，中有尺素書」。至如〈望海潮〉（梅英疏淡）一詞，「金谷俊游，銅駝巷陌」，以西晉石崇之金谷園、漢代洛陽之銅駝街代稱汴京之園林、街道；「長記誤隨車」，本韓愈〈嘲少年〉：「祇知閒信馬，不覺誤隨車」；「西園夜飲鳴笳」與「飛蓋妨花」，本曹植〈公讌詩〉：「清夜遊西園，飛蓋相追隨」。李氏只見秦詞深情款款，失察其中之故實，而以貧家美女為比，真「漫然」之譏評也。而朱氏未經深究，苟同李氏之評說，不免貽笑大方。此絕後聯進而評判秦觀於詞壇之優劣地位，稱其「風流」終勝柳永。「風流」一詞之詞義與時遞變而駁雜多樣，既為褒辭，亦為貶辭。〔註314〕此處之「風流」無疑為褒辭，而盱衡秦、柳二家之行實、詞作，可解作德操之清高傑出、作品之超邁不凡。然則朱氏意旨大抵同於沈初，亦以秦觀人品高尚，優於柳永之塵下，且其詞格雅正蘊藉，高於柳永之淫鄙膚淺。

〔註314〕參見范寧：〈風流釋義〉，顧頡剛主編：《文史雜誌》四卷三、四期合刊（重慶：中華書局，1944 年 8 月出版；香港：龍門書店，1969 年 10 月再版），頁 62～70；〔日〕小川環樹著，譚汝謙、陳志誠、梁國豪譯：《論中國詩》（貴陽：貴州人民出版社，2009 年），第二章「風流詞義的演變」，頁 33～47；宋德熹：〈參透風流二字禪──「風流」詞義在中國社會文化史上的遞變〉，《淡江大學中文學報》創刊號（1992 年 3 月），頁 37～75；翁婷婷：〈論「風流」的用法及其詞義演變〉，《南方論刊》2009 年增刊二期，頁 65～67；陳輝：〈「風流」語義速覽〉，《語文天地》2009 年十二期，頁 20～21。

再者，前已論及之高旭〈論詞絕句三十首〉之一三，並論秦觀〈滿庭芳〉（山抹微雲）、柳永〈八聲甘州〉（對瀟瀟、暮雨灑江天）同具「空山叫杜鵑」之「淒絕」詞情，至其〈《十大家詞》題詞〉之三則爲較論秦、柳詞風之作，詩曰：

> 耆卿曉風殘月，十分名重當時；婉約賅推秦七，紅牙少女歌之。（秦少游）〔註315〕

柳永〈雨霖鈴〉（寒蟬淒切）一詞膾炙人口，北宋當時更以詞中警句「曉風殘月」稱其「曉風殘月柳三變」。〔註316〕而俞文豹《吹劍續錄》載：

> 東坡在玉堂，有幕士善謳。因問我詞比柳詞何如？對曰：「柳郎中詞，只好十七八女孩兒，執紅牙拍板，唱『楊柳外、曉風殘月』。學士詞，須關西大漢，執鐵板，唱『大江東去』。」公爲之絕倒。〔註317〕

此則軼聞凸顯柳永婉約、蘇軾豪放之迥別詞風。然柳永之作時見俗濫、直露之失，相較之下，秦觀無疑更具婉約之致。張綖《詩餘圖譜·凡例》明確提出「婉約」、「豪放」二體，即以秦觀爲婉約之表率，其言曰：「按詞體大略有二：一體婉約，一體豪放。婉約者欲其辭情醞藉，豪放者欲其氣象恢弘。蓋亦存乎其人，如秦少游之作多是婉約，蘇子瞻之作多是豪放。」〔註318〕而高旭亦謂婉約詞風當尊秦觀爲宗，

〔註315〕〔清〕高旭：〈《十大家詞》題詞〉之三，見〔清〕高旭著，郭長海、金菊貞編：《高旭集》，下編《天梅遺集補編》，卷二十五〈願無盡廬詩話（下）〉，第三十八則，頁 624。案：第三句之「賅」字意謂兼、瞻，於此文意不通，而吳熊和主編《唐宋詞匯評（兩宋卷）》冊五附錄吳熊和、陶然輯「清人論詞絕句」頁 4438，所錄高旭〈《十大家詞》題詞〉，據 1909 年 6 月 17 日《中華新報》，此字作「該」。

〔註316〕見〔宋〕王明清：〈筠翁長短句序〉，《玉照新志》（北京：中華書局，1985 年，《叢書集成初編》），卷四，頁 61。

〔註317〕〔宋〕俞文豹：《吹劍錄全編·吹劍續錄》，見《宋人箚記八種》（臺北：世界書局，1963 年），頁 38。

〔註318〕〔明〕張綖：《詩餘圖譜·凡例》（上海：上海古籍出版社，2002 年，《續修四庫全書》冊一七三五），頁 473。

秦詞更宜於少女手執檀板按拍而歌。至於綜觀沈初、朱依眞與高旭之辨析秦、柳異同，沈、朱二氏率由人品而論詞格，不免陷入「文如其人」之迷思，而高旭純就風格較論，相對允當。

　　茲將清代各家論詞絕句品評秦觀之論點，撮要如下。其一，感傷詞情之論證：宋翔鳳細味〈南歌子〉（玉漏迢迢盡）與〈水龍吟〉（小樓連遠橫空）之哀怨離思；明辨〈踏莎行〉「杜鵑聲裡斜陽暮」句中「斜陽」與「暮」之別，強調該句盡顯無憀心緒；並論秦觀〈滿庭芳〉（山抹微雲）原唱與琴操改作皆具斷腸哀感。華長卿謂〈滿庭芳〉之「斜陽外，寒鴉萬點，流水繞孤村」數句，不識字者讀之亦當斷魂。高旭以「空山叫杜鵑」比況〈滿庭芳〉之凄絕詞情，馮煦則論〈阮郎歸〉（湘天風雨破寒初）體現秦觀遠謫郴州之凄絕。

　　其二，詞壇宗師之頌揚：張崟亭盛讚秦觀辭情兼勝，乃唯一可諷誦傳揚之詞家。王僧保稱秦觀文思斐然，詞風猶如熨帖之春風，更由〈千秋歲〉（水邊沙外）之警句及其所衍生之建築、詩詞，推尊秦觀爲江山之主、倚聲之宗。譚瑩由士庶、歌妓、奸邪、政敵之傳唱、稱揚，以見秦觀乃公認之作手，並將呂濱老、王寉比附秦觀。王敬之謂秦觀以其卓越詞筆名世，詞名、佳什豔稱人口。鄭方坤咀嚼〈水龍吟〉（小樓連遠橫空）之傷春意緒、〈望海潮〉（梅英疏淡）之憶舊情懷，進而尊尚秦觀之詞壇地位，更謂張綖難以肩隨秦觀。

　　其三，名篇佳製之評賞。或論〈滿庭芳〉：江昱贊同晁補之以「斜陽外，寒鴉萬點，流水繞孤村」爲天生好語；梁梅謂「斜陽」數句係秦觀野望所得，景中含情，眞切如畫；譚瑩不拘執於「斜陽」數句爲天生好語或襲用成句之爭，認爲秦觀詞句、煬帝詩句皆爲工巧好句。或論〈踏莎行〉：梁梅指斥黃庭堅所謂「斜陽暮」犯重之論調爲深文詆諆，譚瑩則稱蘇軾過度推崇「郴江幸自繞郴山，爲誰流下瀟湘去」二句。

　　其四，秦、柳二家之品騭：茹綸常之論彭孫遹、譚瑩之論李煜與

陳澧之論李白皆連舉秦、柳，以為評騭之參佐。沈初、朱依真均謂秦
觀人品高尚優於柳永，且其詞格雅正蘊藉亦勝柳永，高旭則謂秦觀當
較柳永契合「婉約」之旨。

此中精當論點良可增補前賢說法之不逮，如宋翔鳳細繹「斜陽」
與「暮」之別，力駁黃庭堅「斜陽暮」重出之說；梁梅所言「流水棲
鴉野望時」，堪為晁補之以「斜陽」數句為天生好語之註腳；譚瑩嘉
許秦觀、煬帝之作各極其工，較賀貽孫、王世貞之獨賞秦觀詞句公允。
然亦不乏褒讚過甚者，如張峋亭盡棄其他詞家，獨許秦觀辭情兼勝而
可資傳誦；譚瑩僅因王隼作有《琵琶楔子》、〈無題一百首〉，竟視秦
觀為其前生。另有貶抑失當者，如鄭方坤斷然譏評張綖之師法秦觀為
邯鄲學步；譚瑩未見「郴江」二句之寄慨無端與夫蘇軾之感同身受，
輕詆蘇軾「萬身奚贖過推崇」。尚有論述不實者，如鄭方坤誤以張綖
為萬曆間人；朱依真失察秦觀詞之使事用典，認同李清照所言「秦即
專主情致，而少故實」。

第三節　論黃庭堅

黃庭堅（1045～1105），字魯直，號山谷道人，晚號涪翁，洪州
分寧（今江西修水）人，或以行第稱其黃九，或以地望稱其黃豫章，
諡文節，為「蘇門四學士」之一，著有《山谷琴趣外編》（一作《山
谷詞》）。清代論詞絕句有關黃庭堅之評論，約可歸納為多元詞風之論
辯與秦、黃二家之評比二端，以下逐項析論。

一、多元詞風之論辯

（一）豔冶俚俗

黃庭堅部分詞作填入僻字、方言、俚詞、口語、俳說，大抵寫盡
女子之體態容貌、男女之歡情相思，大膽露骨，形成俚俗村野、側豔
僻淺之詞風，甚至庸劣粗鄙、褻狎淫冶。鄭方坤論黃庭堅詞聚焦於此，
其〈論詞絕句三十六首〉之一一曰：

　　　　隨風柳絮劇顛狂，淺淡梅粧體自香；縱筆俳諧怪黃九，早
　　　　將院本漏春光。（山谷情至之語，風雅掃地，又多闌入俚詞，
　　　　殆爲北曲兆先聲矣。）〔註319〕

首句係以隨風狂亂飛舞之柳絮，比況黃庭堅放浪淫靡、鄙俗庸濫之詞
風，次句則以淺畫梅妝、體香馨逸之倩女，比況詞體溫婉柔美、幽約
蘊藉之本色詞風，兩相對照，以見前者之絕去風教、儒雅。誠然，翻
檢《山谷詞》此類詞作，如〈歸田樂引〉：

　　　　對景還銷瘦。被箇人、把人調戲，我也心兒有。憶我又喚
　　　　我，見我嗔我，天甚教人怎生受。　　看承幸廝勾。又是
　　　　樽前眉峰皺。是人驚怪，冤我忒慳就。拚了又捨了，定是
　　　　這回休了，及至相逢又依舊。〔註320〕

又如〈少年心〉：

　　　　心裡人人，暫不見、霎時難過。天生你要憔悴我。把心頭
　　　　從前鬼，著手摩挲。抖擻了、百病銷磨。　　見說那廝脾
　　　　鼈熱。大不成我便與拆破。待來時、高上與廝噷則箇。溫
　　　　存著、且教推磨。〔註321〕

論其內容，盡情宣洩貪愛癡戀、狂思深怨，酣暢淋漓，殊乖溫柔敦厚
之詩教；而於遣詞造句方面，大量運化口語、方言、俗語，猶如脫
口而出，且帶詼諧戲謔之成分。而此絕後聯則於指摘黃庭堅俗豔詞風
之餘，更論其「早將院本漏春光」，蓋金院本、元曲大抵坦率質樸，
常用口語、俚詞，多雜謔浪調笑，由是觀之，《山谷詞》堪稱其前驅
也。

　　歷來論者率多詆誚黃庭堅之俗豔詞作，如賀裳《皺水軒詞筌》
曰：「黃九時出俚語，如『口不能言，心下快活』，可謂傖父之甚」；

〔註319〕〔清〕鄭方坤：〈論詞絕句三十六首〉之一一，《蔗尾詩集》（濟南：
　　　　齊魯書社，2001年，《四庫全書存目叢書補編》冊八），卷五〈木石
　　　　居後草〉，頁314。
〔註320〕〔宋〕黃庭堅：〈歸田樂引〉，唐圭璋編：《全宋詞》（臺北：文光出
　　　　版社，1983年），冊一，頁407。
〔註321〕〔宋〕黃庭堅：〈少年心〉，唐圭璋編：《全宋詞》，冊一，頁410。

〔註322〕李佳《左庵詞話》曰:「涪翁詞,每好作俳語,且多以土字攙入句中,萬不可學。此古人粗率處,遺誤後學非淺」;〔註323〕謝章鋌《賭棋山莊詞話》曰:「黃魯直失之儈」。〔註324〕而鄭方坤不僅評其缺失,尚且考其流衍,所論相對公允的當。此外,有關黃詞與曲之關係,早於鄭氏之劉體仁於《七頌堂詞繹》曰:「柳七最尖穎,時有俳狎,故子瞻以是呵少游。若山谷亦不免,如『我不合太攔就』類,下此則『蒜酪體』也」,〔註325〕謂黃庭堅俳諧藝狎之作幾近曲體(「蒜酪」指「曲」);而稍晚於鄭氏之李調元亦於《雨村詞話》稱「山谷詞酷似曲」,並舉〈歸田樂引〉(對景還銷瘦)一詞爲例。〔註326〕而鄭氏此絕直以黃庭堅俗豔之作爲曲之先聲,較之劉、李二氏,更能發掘黃詞創發、啓導之意義。嗣後劉熙載《藝概・詞概》稱黃庭堅「惟故以生字俚語侮弄世俗,若爲金元曲家濫觴」,〔註327〕實踵繼鄭氏之說也。

(二)老健蒼勁

黃庭堅不僅有俗豔之作,亦仿效蘇軾塡詞,王灼《碧雞漫志》明言:「晁無咎、黃魯直皆學東坡,韻製得七八」。〔註328〕黃庭堅此類詞作以詩爲詞,拓展詞之題材、意境,充溢豪情逸興、浩氣深慨,不

〔註322〕〔清〕賀裳:《皺水軒詞筌》,「秦黃詞評」條,唐圭璋編:《詞話叢編》(臺北:新文豐出版公司,1988年),冊一,頁696。

〔註323〕〔清〕李佳:《左庵詞話》,卷下「涪翁俳詞」條,唐圭璋編:《詞話叢編》,冊四,頁3172。

〔註324〕〔清〕謝章鋌:《賭棋山莊詞話》,卷十二「兩宋詞評」條,唐圭璋編:《詞話叢編》,冊四,頁3470。

〔註325〕〔清〕劉體仁:《七頌堂詞繹》,「易安詞本色當行」條,唐圭璋編:《詞話叢編》,冊一,頁622。

〔註326〕詳見〔清〕李調元:《雨村詞話》,卷一「攔就」條,唐圭璋編:《詞話叢編》,冊二,頁1400。

〔註327〕〔清〕劉熙載:《藝概・詞概》,「山谷詞爲曲家濫觴」條,唐圭璋編:《詞話叢編》,冊四,頁3691。

〔註328〕〔宋〕王灼:《碧雞漫志》,卷二「各家詞短長」條,唐圭璋編:《詞話叢編》,冊一,頁83。

僅揚榷蘇軾瀟灑超逸之風，更能戛然獨造，形成清剛峭拔、樸重倔強之風格。江昱〈論詞十八首〉之五由此審視黃庭堅詞，詩曰：

> 綺語消除變老蒼，著腔詩句欠悠揚；如何鼻祖江西社，不受詞壇一瓣香。〔註329〕

首句意謂黃庭堅摒棄綺語豔詞，而為老健蒼勁之作。〔註330〕晁補之曾曰：「黃魯直間作小詞，固高妙，然不是當行家語，是著腔子唱好詩」，〔註331〕江昱將其末句化作「著腔詩句」四字，強調黃庭堅以詩為詞。由於此等詞作硬語盤空，剛毅堅挺，異於柔音曼聲、圓潤流轉之傳統婉約詞風，故江昱稱其「欠悠揚」。試觀黃庭堅謫居戎州所作之〈鷓鴣天・坐中有眉山隱客史應之和前韻，即席答之〉一詞：

> 黃菊枝頭生曉寒。人生莫放酒杯乾。風前橫笛斜吹雨，醉裡簪花倒著冠。　　身健在，且加餐。舞裙歌板盡清歡。黃花白髮相牽挽，付與時人冷眼看。〔註332〕

首句摹寫不畏曉寒之枝頭黃菊，象喻詞人耿介兀傲之性格。以下所寫飲酒、吹笛、簪花、倒冠、加餐、看舞、聽歌等瀟脫狂放之舉，可見詞人雖因黨禍而遷謫荒遠，依然剛健挺拔，絕不懷憂喪志。歇拍二句描敘白頭插滿黃花，任由他人冷眼相看，更見詞人倔強出群之嶙峋傲骨。又如重九作於黔州貶所之〈定風波・次高左藏使君韻〉，上片寫黔中苦雨，居屋溼潦，及至重陽天霽，放懷痛飲，不以身處險僻介意，而下片曰：「莫笑老翁猶氣岸。君看。幾人黃菊上華顛。戲馬臺南追

〔註329〕〔清〕江昱：〈論詞十八首〉之五，《松泉詩集》（臺南：莊嚴文化事業有限公司，1997年，《四庫全書存目叢書》集部冊二八〇），卷一，頁177。

〔註330〕江昱稱黃庭堅詞「老蒼」，或本宋徵璧之以「蒼老」形容黃氏詞風，《詞苑叢談》引宋氏語：「他若黃魯直之蒼老，而或傷於頹」，見〔清〕徐釚編著，王百里校箋：《詞苑叢談校箋》（臺北：文史哲出版社，1989年），卷四〈品藻二〉，頁234。

〔註331〕《能改齋漫錄》引晁補之「評本朝樂章」之語，〔宋〕吳曾：《能改齋漫錄》（臺北：木鐸出版社，1982年），卷十六「黃魯直詞謂之著腔詩」條，頁469。

〔註332〕〔宋〕黃庭堅：〈鷓鴣天〉，唐圭璋編：《全宋詞》，冊一，頁394。

兩謝。馳射。風流猶拍古人肩」，﹝註333﹞表示自己雖已老邁，仍舊氣概傲岸，不僅白髮簪上菊花，更欲追摹謝瞻、謝靈運於戲馬臺賦詩，﹝註334﹞並且馳馬射箭，盡情肩隨古人之風雅，此中充分體現黃詞之老健蒼勁。

至若此絕後聯「如何鼻祖江西社，不受詞壇一瓣香？」慨歎黃庭堅貴爲江西詩派鼻祖，﹝註335﹞詩壇影響深遠，奈何詞作不受尊崇、師法。細繹江昱之意，殆謂世人每見《山谷詞》之俗豔而大肆醜詆，漠視「綺語消除變老蒼」之作，不解黃庭堅之別開生面而堪宗奉，如入寶山而空回，惜哉！惜哉！

有關黃庭堅此等詞風之評騭，明代王世貞《藝苑巵言》曰：「言其業，李氏、晏氏父子、耆卿、子野、美成、少游、易安至矣，詞之正宗也。溫、韋豔而促，黃九精而險，長公麗而壯，幼安辨而奇，又其次也，詞之變體也」，﹝註336﹞《四庫全書簡明目錄》曰：「庭堅詩峭拔奇麗，自爲門徑，入詞乃非當行」，﹝註337﹞二者皆能提挈黃庭堅健勁奇崛之詞風，然亦貶爲次於本色當行之別調變體。反觀江昱此絕

﹝註333﹞〔宋〕黃庭堅：〈定風波〉，唐圭璋編：《全宋詞》，冊一，頁389。

﹝註334﹞《宋書・孔季恭傳》載孔靖（字季恭）「辭事東歸，高祖餞之戲馬臺，百僚咸賦詩以述其美」（見〔梁〕沈約：《宋書》，臺北：鼎文書局，1987年，卷五十四，頁1532），而謝瞻、謝靈運均作有〈九日從宋公戲馬臺集送孔令詩〉一首，見《文選》卷二十。

﹝註335﹞呂本中（字居仁）曾作〈江西詩社宗派圖〉，以黃庭堅爲祖，胡仔曰：「呂居仁近時以詩得名，自言傳衣江西，嘗作〈宗派圖〉，自豫章以降，列陳師道、潘大臨、謝逸、洪芻、饒節、僧祖可、徐俯、洪朋、林敏修、洪炎、汪革、李錞、韓駒、李彭、晁沖之、江端本、楊符、謝薖、夏倪、林敏功、潘大觀、何覬、王直方、僧善權、高荷，合二十五人以爲法嗣，謂其源流皆出豫章也」，〔宋〕胡仔：《苕溪漁隱叢話》，前集，卷四十八，收於吳文治主編：《宋詩話全編》（南京：鳳凰出版社，1998年），冊四《胡仔詩話》，頁3850。

﹝註336﹞〔明〕王世貞：《藝苑巵言》，「詞之正宗與變體」條，唐圭璋編：《詞話叢編》，冊一，頁385。

﹝註337﹞〔清〕永瑢等：《四庫全書簡明目錄》（臺北：臺灣商務印書館，1983年，《景印文淵閣四庫全書》冊六），卷二十「《山谷詞》提要」，頁385。

凸顯黃詞之老蒼當受詞壇瓣香，突破婉約之藩籬，容受詞體異樣風格，實較《藝苑巵言》、《四庫全書簡明目錄》通達。

前舉鄭方坤〈論詞絕句三十六首〉之一一、江昱〈論詞十八首〉之五分論黃詞之俗豔、老蒼，至若李其永〈讀歷朝詞雜興〉之一三則合二者而論，詩曰：

> 豫章老子最詩狂，纖語偏能寫斷腸；醉去燭花紅豆裡，鬢邊忘卻有新霜。〔註338〕

前聯謂黃庭堅最具灑脫狂放之詩人氣質，偏又能以纖豔之語寫盡斷腸情事。第三句關涉〈憶帝京‧私情〉一詞：

> 銀燭生花如紅豆。占好事、而今有。人醉曲屏深，借寶瑟、輕招手。一陣白蘋風，故滅燭、教相就。　　花帶雨、冰肌香透。恨啼鳥、轆轤聲曉。岸柳微涼吹殘酒。斷腸時、至今依舊。鏡中消瘦。那人知後。怕夯你來僝僽。〔註339〕

全詞摻用口語、俚詞，極盡能事描敘男女之曖昧挑情、親暱歡愛、斷腸相思，佻巧豔冶之至，呼應次句稱黃庭堅「纖語偏能寫斷腸」。而末句「鬢邊忘卻有新霜」化自〈醉落魄〉之歇拍，該詞全文如下：

> 陶陶兀兀。醉鄉路遠歸不得。心情那似當年日。割愛金荷，一盌淡莫托。　　異鄉薪桂炊蒼玉。摩挲經笥須知足。明年細麥能黃熟。不管輕霜，點盡鬢邊綠。〔註340〕

此詞有序曰：「老夫止酒十五年矣。到戎州，恐為瘴癘所侵，故晨舉一杯。不相察者乃強見酌，遂能作病。因復止酒，用前韻作二篇，呈吳元祥。」上片意謂今已戒酒，不復昔日縱飲；過片喻示戎州物價昂

〔註338〕〔清〕李其永：〈讀歷朝詞雜興〉之一三，《賀九山房詩》，卷一〈蓬蒿集〉，見吳熊和主編：《唐宋詞匯評（兩宋卷）》（杭州：浙江教育出版社，2004 年），冊五，附錄吳熊和、陶然輯「清人論詞絕句」，頁 4389。

〔註339〕〔宋〕黃庭堅：〈憶帝京‧私情〉，唐圭璋編：《全宋詞》，冊一，頁 394。

〔註340〕〔宋〕黃庭堅：〈醉落魄〉，唐圭璋編：《全宋詞》，冊一，頁 395～396。

貴，以見謫居生活之困頓，然詞人並不因之抑鬱消極，自喜尚有經籍可消磨時光，不僅如此，更樂觀展望未來，期待明年之豐登；末結直言不以歲月催人老而縈懷，自許老而彌堅。綜觀全詞掃盡黨禍、遷謫乃至衰老之陰霾，一派瀟灑兀傲，可見《山谷詞》超曠、倔強之一斑，印證首句所謂「豫章老子最詩狂」。

再者，蘇軾、黃庭堅不僅於詩、書法齊名並稱「蘇黃」，黃庭堅之以詩為詞及其瀟灑超逸乃至清剛峭拔、樸重倔強之詞風，實與蘇軾一脈相承，故論詞者亦將二人並稱。清代論詞絕句時見蘇黃並稱以資品評之參佐，如厲鶚〈論詞絕句十二首〉之八曰：

中州樂府鑒裁別，署仿蘇黃硬語為；若向詞家論風雅，錦袍翻是讓吳兒。〔註341〕

前聯稱元好問《中州樂府》所選詞作，大致近於蘇黃之硬語雄詞，具清勁奇崛之風。又如譚瑩〈論詞絕句一百首〉之五六曰：

輕詆蘇黃太刻深，倚聲一事卻傾心；流鶯不語啼鶯語，狡獪真憐葉石林。（葉夢得）〔註342〕

前聯謂葉夢得所著《石林詩話》宗尚王安石之學，刻意詆訶蘇黃，然其倚聲填詞卻循蘇黃雄健一路。

（三）清麗芊綿

黃庭堅詞風多元，除卻俗豔、老蒼，尚有契合詞體本色者，陳師道《後山詩話》曰：「退之以文為詩，子瞻以詩為詞，如教坊雷大使之舞，雖極天下之工，要非本色。今代詞手，惟秦七、黃九爾，唐諸人不逮也」，〔註343〕其意蓋謂蘇軾以詩為詞，不符詞體婉約柔媚之本

〔註341〕〔清〕厲鶚：〈論詞絕句十二首〉之八，《樊榭山房集》（臺北：臺灣商務印書館，1967 年，《四部叢刊初編》），卷七，頁 73。

〔註342〕〔清〕譚瑩：〈論詞絕句一百首〉之五六，《樂志堂詩集》（上海：上海古籍出版社，2002 年，《續修四庫全書》冊一五二八），卷六，頁 479。

〔註343〕〔宋〕陳師道：《後山詩話》，〔清〕何文煥輯：《歷代詩話》（臺北：漢京文化事業有限公司，1983 年），冊一，頁 309。

色，當今塡詞之當行作家，允推秦觀與黃庭堅，二人成就凌駕唐人之上。李清照〈詞論〉更將黃庭堅與晏幾道、賀鑄、秦觀並列，許爲知曉詞體「別是一家」之作者。〔註344〕

　　而王僧保亦賞黃庭堅措語清麗、情韻芊綿之本色詞風，其〈論詞絕句〉之二〇曰：

> 絕無雅韻黃山谷，尙有豪情陸放翁；游戲何關心性事，爲
> 君吟詠望江東。（元注穆按：山谷〈望江東〉詞「江水西頭
> 隔煙樹」云云，清麗芊綿，卓然作者。）〔註345〕

首句殆謂黃庭堅俗豔之詞鄙俚淫冶，風雅韻致蕩然無存。第三句承接首句，謂黃庭堅俗豔詞篇純屬「遊戲」之作，說本黃庭堅〈小山集序〉自言「余少時間作樂府，以使酒玩世」。〔註346〕既爲借酒使性、玩世不恭之戲作，自然非關心性，言下之意，此乃黃詞之糟粕，讀者不必過於苛責。末句則爲讀者拈出黃詞之精華——〈望江東〉，而據徐穆按語，王氏旨在頌揚該詞之「清麗芊綿，卓然作者」。茲錄〈望江東〉全詞如下：

> 江水西頭隔煙樹。望不見、江東路。思量只有夢來去。更
> 不怕、江闌住。　　燈前寫了書無數。算沒箇、人傳與。
> 直饒尋得雁分付。又還是、秋將暮。〔註347〕

詞寫煙樹隔斷，凝望不見所思，惟有夢中相見，夢境直可超越現實，無畏煙樹、江水之阻絕；思念無已，盡付書信，那堪無人傳遞，縱使雁能傳書，奈何時屆秋末，雁群業已南翔。沈際飛《草堂詩餘四集・別集》評曰：「較夢不怕險，飛過大江，宛些，活些，幽些。欲不爲

〔註344〕詳見李清照：〈詞論〉，〔宋〕李清照著，徐培均箋注：《李清照集箋注》（上海：上海古籍出版社，2002年），頁267。

〔註345〕〔清〕王僧保：〈論詞絕句〉之二〇，見況周頤：《阮盦筆記五種・選巷叢譚》（臺北：新文豐出版公司，1989年，《叢書集成續編》冊二十四），卷二，頁690。案：「元注穆按」云云，係徐穆所作案語。

〔註346〕〔宋〕黃庭堅：〈小山集序〉，《豫章黃先生文集》（臺北：臺灣商務印書館，1967年，《四部叢刊初編》），卷十六，頁163。

〔註347〕〔宋〕黃庭堅：〈望江東〉，唐圭璋編：《全宋詞》，冊一，頁413。

詞，不可得矣」，〔註348〕稱賞「思量只有夢來去。更不怕、江闌住」
二句，藉夢敘情，情致宛轉，設想鮮活，思路幽微，眞得詞體本色。
綜觀全詞則由想望、尋夢、寫信，紆曲傾訴纏綿不盡之情思，遣詞造
句清新曉暢，絕去豔冶俚俗，徐穆之按語誠屬知言。至若《山谷詞》
中似此「清麗芊綿」之本色詞作，尚有〈驀山溪‧贈衡陽妓陳湘〉（鴛
鴦翡翠）、〈清平樂〉（春歸何處）、〈浣溪沙〉（新婦灘頭眉黛愁）、〈南
歌子〉（槐綠低窗暗）等。

二、秦、黃二家之評比

（一）黃九不如秦七

陳師道《後山詩話》既稱蘇軾之以詩爲詞「要非本色」，又曰：
「今代詞手，惟秦七、黃九爾」，推尊秦觀、黃庭堅爲深契詞體婉約
柔媚本色之當代作手。惟後世頗多質疑陳氏以黃庭堅比肩秦觀之說
者，如彭孫遹《金粟詞話》曰：「詞家每以秦七、黃九並稱，其實黃
不及秦甚遠，猶高之視史，劉之視辛，雖齊名一時，而優劣自不可掩」，
〔註349〕認爲黃庭堅雖與秦觀齊名並稱，然其成就實遠不及秦觀，正
如高觀國、劉過難以頡頏史達祖、辛棄疾。又朱彝尊《詞綜‧發凡》
曰：「言情之作，易流於穢，此宋人選詞，多以雅爲目。法秀道人語
涪翁曰：『作豔詞當墮犁舌地獄』，正指涪翁一等體製而言耳。……是
集於黃九之作，去取特嚴，不敢曲徇後山之說」，〔註350〕殆以黃庭堅
多俗豔之作而難與秦觀抗衡。

汪筠研讀《詞綜》所作論詞絕句〈讀《詞綜》書後二十首〉之七，
較論黃、秦二家之高下，觀點大抵同於朱彝尊，詩曰：

〔註348〕〔明〕沈際飛：《草堂詩餘四集》（臺北：國家圖書館藏，明崇禎間
　　　　刊本），〈別集〉卷一，頁 38 下。
〔註349〕〔清〕彭孫遹：《金粟詞話》，「黃不及秦」條，唐圭璋編：《詞話叢
　　　　編》，冊一，頁 722。
〔註350〕〔清〕朱彝尊、汪森編，李慶甲校點：《詞綜》（上海：上海古籍出
　　　　版社，2005 年），〈發凡〉第十三則，頁 14。

黃九何如秦七佳，莫教犁舌泥金鈒；東堂略與東山近，風

雨江南各惱懷。〔註351〕

首句直言黃庭堅難與秦觀聯鑣並轡，次句進而點明其論據，其中

「犁舌」二字涉及法雲秀指斥黃庭堅塡詞之事，黃庭堅〈小山集序〉

曰：

余少時間作樂府，以使酒玩世，道人法秀獨罪余以筆墨勸

淫，於我法中，當下犁舌之獄。〔註352〕

又惠洪《冷齋夜話》載：

法雲秀關西，鐵面嚴冷，能以理折人。魯直名重天下，詩

詞一出，人爭傳之。師嘗謂魯直曰：「詩，多作無害；豔歌

小詞，可罷之。」魯直笑曰：「空中語耳。非殺非偷，終不

至坐此墮惡道。」師曰：「若以邪言蕩人淫心，使彼逾禮越

禁，爲罪惡之由。吾恐非止墮惡道而已！」魯直領之，自

是不復作詞曲。〔註353〕

綜觀上引二段文句，可知黃庭堅少時偶作豔歌小詞，法雲秀認爲此等

〔註351〕〔清〕汪筠：〈讀《詞綜》書後二十首〉之七，《謙谷集》（北京：
　　　　北京出版社，2000 年，《四庫未收書輯刊》十輯，冊二十一），卷二，
　　　　頁 93。

〔註352〕〔宋〕黃庭堅：〈小山集序〉，《豫章黃先生文集》，卷十六，頁
　　　　163。

〔註353〕〔宋〕惠洪：《冷齋夜話》，卷十，收於吳文治主編：《宋詩話全編》，
　　　　冊三《惠洪詩話》，頁 2469。案：此處法雲秀只稱黃庭堅當不止墮
　　　　惡道，未言及下「犁舌」之獄，而《苕溪漁隱叢話》所引《冷齋夜
　　　　話》則有較詳之記載，茲迻錄如下：「法雲秀老，關西人，面目嚴
　　　　冷，能以禮折人。李伯時畫馬，東坡第其筆，當不減韓幹，都城黃
　　　　金易致，而伯時畫不可得。師讓之，曰：『伯時士大夫，而以畫馬
　　　　之名行，已可恥，矧又畫馬人誇以爲得妙入馬腹中，亦足可懼。』
　　　　伯時大驚，不自知身去坐榻曰：『今當何以洗其過？』師勸畫觀音
　　　　像以贖其罪。黃魯直作豔語，人爭傳之，秀呵曰：『翰墨之妙，甘
　　　　施於此乎？』魯直笑曰：『又當置我於馬腹中邪？』秀曰：『公豔語
　　　　蕩天下淫心，不止於馬腹中，正恐生泥犁耳。』魯直領應之。故一
　　　　時公卿伏師之善巧也。」見〔宋〕胡仔：《苕溪漁隱叢話》，前集，
　　　　卷五十七「秀老」條引，收於吳文治主編：《宋詩話全編》，冊四《胡
　　　　仔詩話》，頁 3913。

文字足以鼓蕩世人淫心邪念，有害民風世道，誠爲罪惡根源，似此妄造口業，死後當下犁舌（割舌）地獄，然黃庭堅謂其所作豔歌小詞乃「空中語」，亦即內容純爲虛構，並非眞有其事，主要用以侑觴佐歡。黃庭堅將豔歌小詞視爲席間尊前之翰墨遊戲，只是娛賓助興之虛構文字，並不認眞嚴肅對待，故於酒酣耳熱倚聲塡詞之際，不免擺脫儒雅、道學之顧忌，極盡豔冶鄙俗之能事。汪筠此絕即以「犁舌」二字，指稱黃庭堅此類豔詞之作。至於汪筠詩句所言「金釵」，本爲婦女插於髮髻之金製首飾，借代指稱婦女，此處用以比擬秦觀《淮海詞》之特質。秦觀詞作內容多爲情愛相思、離愁別怨，遣詞造句能與所寫之情密合，大抵輕微精細、委曲纏綿，形成清麗妍雅、和婉含蓄之詞風。再者，秦觀擅長以景襯情、寓情於景，遂令詞作益發頓挫沉鬱而有無窮餘韻。此外，命運多舛、貶謫轉徙之秦觀更「將身世之感打并入豔情」，〔註354〕能於相思別情寄寓個人身世寥落之感慨，使其詞情更形幽約深婉。故《淮海詞》可謂深契詞體婉約蘊藉之女性特質，秦觀洵爲正宗得體之詞林作手。汪筠此絕遂以「金釵」概括《淮海詞》如黃金髮釵般精美雅緻，又如婦女般婉約柔媚。而「莫教犁舌泥金釵」之「泥」有「污累」之義，全句蓋謂黃庭堅鄙俚儇薄之豔詞難與秦觀婉約雅正之情詞比肩，故將黃九與秦七齊名並稱，眞有損於秦觀。

而周之琦亦持相近觀點，其《心日齋十六家詞錄‧附題》之七爲題秦觀詞之絕句，語及秦、黃之評比，詩曰：

> 淮海風流舊有名，紅梅香韻本天生；癡人不解陳無己，黃
> 九如何得抗衡。〔註355〕

首句讚《淮海詞》精湛佳妙，迥出群倫，自古享有盛名。誠然，與秦

〔註354〕〔清〕周濟：《宋四家詞選眉批》評秦觀〈滿庭芳〉語，唐圭璋編：《詞話叢編》，冊二，頁1652。

〔註355〕〔清〕周之琦：《心日齋十六家詞錄‧附題》，見吳熊和主編：《唐宋詞匯評（兩宋卷）》，冊五，附錄吳熊和、陶然輯「清人論詞絕句」，頁4406。

觀同為「蘇門四學士」之晁補之曾曰：「比來作者皆不及秦少游」，
〔註356〕蘇轍之孫蘇籀亦曰：「秦校理落盡畦畛，天心月脅，逸格超
絕，妙中之妙，議者謂前無倫而後無繼」，〔註357〕晁、蘇二人均推秦
觀為詞壇冠冕，足證周氏所言不虛。清初樓儼（字敬思）曾稱：「淮
海詞風骨自高，如紅梅作花，能以韻勝」，〔註358〕此闋次句承襲樓氏
之說，亦以紅梅之幽香逸韻比況秦觀淡雅清麗、要眇蘊藉之詞風，周
氏詞作〈喜遷鶯・紅梅〉亦曰：「十分出塵香韻，一例凡花輸與。擬
標格，算人間，只有秦郎詞句」。〔註359〕再者，周氏以形象之譬喻稱
秦詞如「紅梅香韻」，此與周濟謂秦觀「如花初胎」、〔註360〕況周頤
言秦詞「直是初日芙蓉、曉風楊柳」，〔註361〕真有異曲同工之妙。周
氏既賞秦詞如「紅梅香韻」，自然不喜黃庭堅俗艷詞作之庸俗粗鄙、
穠艷淫靡乃至刻露無韻，故第三句貶稱陳師道（字無己）為癡人，以
其所言「今代詞手，惟秦七、黃九爾」，妄將黃庭堅肩差秦觀，洵不
解倚聲之道也。

　　華長卿亦謂黃庭堅不如秦觀，而其論據略同汪筠與周之琦，所作
〈論詞絕句〉之一六曰：

　　　　殘陽鴉點水邊村，目不知丁亦斷魂；黃九那如秦七好，休

〔註356〕〔宋〕趙令畤撰，孔凡禮點校：《侯鯖錄》（北京：中華書局，2002
　　　　年），卷八「晁無咎論秦少游詞」條，頁205。
〔註357〕〔宋〕蘇籀：〈書三學士長短句新集後〉，《雙溪集》（北京：中華書
　　　　局，1985年，《叢書集成初編》），卷十一，頁152。
〔註358〕張宗橚《詞林紀事》引樓敬思語，見〔清〕張宗橚編，楊寶霖補正：
　　　　《詞林紀事、詞林紀事補正合編》（上海：上海古籍出版社，1998
　　　　年），冊上，卷六，頁409。
〔註359〕〔清〕周之琦：〈喜遷鶯・紅梅〉，《心日齋詞集・鴻雪詞下》（上海：
　　　　上海古籍出版社，2002年，《續修四庫全書》冊一七二六），頁85。
　　　　又周氏於所引詞句後有註曰：「『淮海詞如紅梅作花，能以韻勝』，
　　　　樓敬思語也。」
〔註360〕〔清〕周濟：〈宋四家詞選目錄序論〉，唐圭璋編：《詞話叢編》，冊
　　　　二，頁1643。
〔註361〕況周頤：《蕙風詞話》，卷二「秦少游卓然名家」條，唐圭璋編：《詞
　　　　話叢編》，冊五，頁4427。

將學士抹微雲。(秦觀、黃庭堅)〔註362〕

前聯推衍晁補之所言「比來作者皆不及秦少游，如『斜陽外，寒雅數點，流水繞孤村』，雖不識字人，亦知是天生好言語也」，〔註363〕稱美秦觀〈滿庭芳〉之「斜陽外，寒鴉萬點，流水繞孤村」數句，即使不識字者亦能賞其字句之自然天成，且能感其詞情之黯然銷魂。然則華氏旨在彰顯秦詞不僅清新朗暢，更有纏綿雋永之情韻，含蓄蘊藉，相較黃庭堅穠豔俗濫、直露盡瀉之俗豔詞作，豈可同日而語，故華氏續曰：「黃九那如秦七好」。至於末句翻用秦觀〈滿庭芳〉首句「山抹微雲」，與夫蘇軾稱秦觀「山抹微雲秦學士」，謂將黃庭堅與秦觀並列詞壇作手，猶如浮雲拂掠高山，實玷污秦觀也。

要之，汪筠、周之琦與華長卿皆著眼於黃庭堅之俗豔詞作，以證其非秦觀婉約正宗之匹。而譚瑩則由較多面向論述黃庭堅不敵秦觀，其〈論詞絕句一百首〉之三一曰：

訶憑法秀浪相誇，迥脫恒蹊玉有瑕；黃九定非秦七比，后山仍未算詞家。〔註364〕

後聯斷定黃庭堅實難抗手秦觀，而《後山詩話》竟稱「今代詞手，惟秦七、黃九爾」，可見陳師道雖有詞作傳世，然非精於此道之專家也。至於譚瑩認為「黃九定非秦七比」之論據，則於前聯二句。首句稱黃庭堅填詞窮極詭浪淫靡，以悅俗媚世，招致法雲秀責其勸淫而當下犁舌地獄，其意蓋謂黃詞之俗豔誠難追配秦詞之婉約。次句之「迥脫恒蹊」，本《四庫全書總目提要》評《山谷詞》：「顧其佳者，則妙脫蹊徑，迥出慧心，補之『著腔好詩』之說，頗為近之」。〔註365〕惟四庫

〔註362〕〔清〕華長卿：〈論詞絕句〉之一六，《梅莊詩鈔》(上海：上海古籍出版社，2002年，《續修四庫全書》冊一五三三)，卷五〈嗜痂集下〉，頁607。

〔註363〕〔宋〕趙令畤撰，孔凡禮點校：《侯鯖錄》，卷八「晁無咎論秦少游詞」條，頁205～206。

〔註364〕〔清〕譚瑩：〈論詞絕句一百首〉之三一，《樂志堂詩集》，卷六，頁478。

〔註365〕〔清〕永瑢等：《四庫全書總目提要》(臺北：臺灣商務印書館，1985

館臣所言「妙脫蹊徑，迥出慧心」為褒讚之詞，譚瑩則以此為黃九不如秦七之論據，深究其意，殆謂黃庭堅以詩為詞，硬語盤空，峻偉生硬之風殊乖詞體婉約本色，故非秦觀之比，斯即明代張綖〈淮海詞跋〉所稱：「陳後山云：『今之詞手，惟有秦七、黃九。』謂淮海、山谷也。然詞尚豐潤，山谷特瘦健，似非秦比」，〔註366〕亦即毛晉〈淮海詞跋〉所言：「或謂詞尚綺艷，山谷特瘦健，似非秦比」。〔註367〕

　　而次句所謂「玉有瑕」，紹述李清照〈詞論〉之評：「黃即尚故實，而多疵病，譬如良玉有瑕，價自減半矣」。〔註368〕黃庭堅論詩文創作，強調「點鐵成金」，亦即鑄煉前人陳言以為自己詞句，〔註369〕而論詩法，主張襲用前人詩意而自造其語謂之「換骨」，深化、演繹前人詩意謂之「奪胎」。〔註370〕黃庭堅亦將此等法則用於填詞，《山谷詞》中屢見前人語句、意旨、行實之運化，即以前文所引詞作為例，如〈鷓鴣天・坐中有眉山隱客史應之和前韻，即席答之〉之「倒著冠」，化用山簡（字季倫）醉酒而倒戴白接䍦（案：即白帽）之典；〔註371〕

年，《合印四庫全書總目提要及四庫未收書目禁燬書目》），卷一九八「《山谷詞》提要」，頁4423。

〔註366〕〔明〕張綖：〈淮海詞跋〉，金啓華、張惠民、王恆展、張宇聲、王增學編：《唐宋詞集序跋匯編》（臺北：臺灣商務印書館，1993年），頁45。

〔註367〕〔明〕毛晉：〈淮海詞跋〉，見所輯《宋六十名家詞》（上海：上海古籍出版社，1992年）之《淮海詞》，頁88。

〔註368〕李清照：〈詞論〉，〔宋〕李清照著，徐培均箋注：《李清照集箋注》，頁267。

〔註369〕黃庭堅〈答洪駒父書〉曰：「自作語最難，老杜作詩，退之作文，無一字無來處，蓋後人讀書少，故謂韓、杜自作此語耳。古之能為文章者，真能陶冶萬物，雖取古人之陳言，入於翰墨，如靈丹一粒，點鐵成金也」，《豫章黃先生文集》，卷十九，頁204。

〔註370〕《冷齋夜話》載黃庭堅云：「詩意無窮而人之才有限，以有限之才追無窮之意，雖淵明、少陵不得工也。然不易其意而造其語，謂之『換骨』法；窺入其意而形容之，謂之『奪胎』法。」見〔宋〕惠洪：《冷齋夜話》，卷一，收於吳文治主編：《宋詩話全編》，冊三《惠洪詩話》，頁2429～2430。

〔註371〕《世說新語・任誕》：「山季倫為荊州，時出酣暢，人為之歌曰：『山

「且加餐」，推衍〈古詩十九首〉之一「棄捐勿復道，努力加餐飯」
之意。又如〈憶帝京・私情〉之「花帶雨」，語本白居易〈長恨歌〉：
「玉容寂寞淚闌干，梨花一枝春帶雨」；「冰肌香透」，語本《莊子・
逍遙遊》稱姑射山之神人「肌膚若冰雪」。他如〈醉落魄〉（陶陶兀兀）
之「異鄉薪桂炊蒼玉」，化用《戰國策・楚策三》所載蘇秦「楚國之
食貴於玉，薪貴於桂」之語；「不管輕霜，點盡鬢邊綠」，反用李白〈怨
歌行〉「沉憂能傷人，綠鬢成霜蓬」之意。此外，黃庭堅作有「檃括
詞」，足見鎔裁前人語句、意旨之卓絕功力，如將張志和〈漁父〉（西
塞山邊白鷺飛）與顧況〈漁父詞〉（新婦磯邊月明）檃括成〈浣溪沙〉
（新婦灘頭眉黛愁），〔註372〕而蘇軾有「魯直此詞，清新婉麗」之讚
語；〔註373〕又如將歐陽脩〈醉翁亭記〉檃括成〈瑞鶴仙〉（環滁皆山
也），而《風雅遺音》有「一記凡數百言，此詞備之矣」之好評。
〔註374〕黃庭堅更雜集前人成句而爲「集句詞」，如集司空圖、杜牧、

公時一醉，徑造高陽池。日莫倒載歸，茗芋無所知。復能乘駿馬，
倒著白接籬。舉手問葛彊，何如并州兒？』高陽池在襄陽。彊是其
愛將，并州人也。」見〔南朝宋〕劉義慶撰，徐震堮校箋：《世說
新語校箋》（北京：中華書局，1984 年），〈任誕第二十三〉，頁
396。

〔註372〕張志和〈漁父〉如下：「西塞山邊白鷺飛。桃花流水鱖魚肥。青箬
笠，綠蓑衣。斜風細雨不須歸」，顧況〈漁父詞〉如下：「新婦磯邊
月明。女兒浦口潮平。沙頭鷺宿魚驚」（分見曾昭岷、曹濟平、王
兆鵬、劉尊明編：《全唐五代詞》，北京：中華書局，1999 年，冊上，
頁 25；冊下，頁 977），而黃庭堅〈浣溪沙〉如下：「新婦灘頭眉黛
愁。女兒浦口眼波秋。驚魚錯認月沉鈎。　　青箬笠前無限事，綠
蓑衣底一時休。斜風吹雨轉船頭」（唐圭璋編：《全宋詞》，冊一，
頁 398～399）。

〔註373〕曾慥《樂府雅詞》卷中徐俯（字師川）〈鷓鴣天〉（七澤三湘碧草連）
附跋引蘇軾語，見〔宋〕曾慥選，曹元忠原校，葛渭君補校：《樂
府雅詞》，上海古籍出版社編：《唐宋人選唐宋詞》（上海：上海古
籍出版社，2004 年），冊上，頁 351。

〔註374〕〔宋〕魏慶之：《詩人玉屑》（臺北：臺灣商務印書館，1983 年），
卷二十一〈詩餘〉「山谷檃括醉翁亭記」條引《風雅遺音》，頁
382。

李商隱、于武陵、無名氏、白居易、鄭谷之詩句，以成〈南鄉子〉（黃菊滿東籬），〔註375〕又如〈鷓鴣天〉（塞雁初來秋影寒）（節去蜂愁蝶不知）二闋，則係「重九日集句」之作。凡此，俱可證黃庭堅填詞之「尚故實」。黃庭堅填詞講究故實，可令詞作義蘊豐厚、風格典雅，然亦不無敗筆，如〈少年心〉（對景惹起愁悶）下片之「你有我、我無你分。似合歡桃核，眞堪人恨。心兒裡、有兩箇人人」，〔註376〕化自溫庭筠〈新添聲楊柳枝〉之「合歡桃核終堪恨，裡許元來別有人」，〔註377〕流於淺俗直露，失卻原作之含蓄韻味，有違「取事貴約，校練務精」〔註378〕之準則，無怪乎賀裳評曰：「拙矣」。〔註379〕至若隳

〔註375〕黃庭堅〈南鄉子〉全詞如下：「黃菊滿東籬。與客攜壺上翠微。已是有花兼有酒，良期。不用登臨恨落暉。　　滿酌不須辭。莫待無花空折枝。寂寞酒醒人散後，堪悲。節去蜂愁蝶不知」，唐圭璋編：《全宋詞》，冊一，頁396。此中「黃菊滿東籬」句，係將司空圖〈五十〉「漉酒有巾無黍釀，負他黃菊滿東籬」之下句，減去「負他」二字，以集入詞中；「與客攜壺上翠微」句，集自杜牧〈九日齊安登高〉「江涵秋影雁初飛，與客攜壺上翠微」之下句；「已是有花兼有酒」句，化用李商隱〈春日寄懷〉「縱使有花兼有月，可堪無酒又無人」；「不用登臨恨落暉」句，集自杜牧〈九日齊安登高〉「但將酩酊酬佳節，不用登臨恨落暉」之下句；「滿酌不須辭」句，集自于武陵〈勸酒〉「勸君金屈卮，滿酌不須辭」之下句；「莫待無花空折枝」句，集自無名氏〈雜詩〉「有花堪折直須折，莫待無花空折枝」之下句；「寂寞酒醒人散後」句，化用白居易〈偶作〉「闌珊花落後，寂寞酒醒時」；「節去蜂愁蝶不知」句，集自鄭谷〈十日菊〉「節去蜂愁蝶不知，曉庭還繞折殘枝」上句。以上有關此詞所集詩句之索原，參見王偉勇：〈兩宋集句詞形式考──兼論兩宋集句詞未必盡集前人成句〉，《詞學專題研究》（臺北：文史哲出版社，2003年），頁312～314。

〔註376〕〔宋〕黃庭堅：〈少年心〉（對景惹起愁悶），唐圭璋編：《全宋詞》，冊一，頁409。

〔註377〕〔唐〕溫庭筠：〈新添聲楊柳枝〉（一尺深紅朦麴塵），曾昭岷、曹濟平、王兆鵬、劉尊明編：《全唐五代詞》，冊上，頁126。

〔註378〕《文心雕龍・事類》，〔梁〕劉勰著，王更生注譯：《文心雕龍讀本》（臺北：文史哲出版社，1985年），下篇，頁170。

〔註379〕詳見〔清〕賀裳：《皺水軒詞筌》，補遺「山谷用溫詩」條，唐圭璋編：《詞話叢編》，冊一，頁713。

括之作，雖見作者之慧心巧思，究其內容終乏創發，甚有逞才角技之嫌，賀裳即訾黃庭堅之檃括〈醉翁亭記〉乃「墮惡趣」之舉。〔註380〕而集句詞則易予人割裂、捃摭、湊泊之感，黃庭堅本人曾稱集句詩爲「百家衣」，〔註381〕此語移作集句詞之評亦無不可，至賀裳更曰：「集之佳者亦僅一斑爛衣也，否則百補破衲矣」。〔註382〕由是觀之，李清照謂黃庭堅崇尙故實而「多疵病」，未免誇大，若曰「有微瑕」則爲不爭之事實。而譚瑩不僅認同李氏之評，且視此爲黃九不如秦七之論據。何以黃庭堅「玉有瑕」以致不及秦觀？「玉有瑕」既本李氏之說，則觀李氏評秦觀之語，當可索解箇中因由。李氏〈詞論〉曰：「秦即專主情致，而少故實，譬如貧家美女，雖極妍麗豐逸，而終乏富貴態」，〔註383〕然則譚瑩之意，蓋謂黃庭堅講求故實而多疵累，反倒不如秦觀之直抒其情也。

譚瑩此絕非議《山谷詞》之俗豔、峻偉生硬、尙故實而多疵，更稱陳師道將黃九比肩秦七，故「仍未算詞家」，從中可見譚瑩甚爲貶抑黃庭堅。另其〈論詞絕句又三十六首（專論嶺南人）〉之三〇亦見類似之評價，詩曰：

> 對此茫茫譜曲宜，無多心血好男兒；詞人北宋推黃九（並
> 逃盧閣〈買陂塘〉詞語），未解逃盧閣所師。（張錦芳）
> 〔註384〕

〔註380〕〔清〕賀裳《皺水軒詞筌》「蘇黃檃括體不佳」條：「東坡檃括〈歸去來辭〉，山谷檃括〈醉翁亭〉，皆墮惡趣。天下事爲名人所壞者，正自不少。」見唐圭璋編：《詞話叢編》，冊一，頁710。

〔註381〕《冷齋夜話》曰：「集句詩，山谷謂之『百家衣』體，其法貴拙速而不貴巧遲。」見〔宋〕惠洪：《冷齋夜話》，卷三，收於吳文治主編：《宋詩話全編》，冊三《惠洪詩話》，頁2437。

〔註382〕〔清〕沈雄：《古今詞話》，〈詞品〉卷上「集句」條引賀裳語，唐圭璋編：《詞話叢編》，冊一，頁843。

〔註383〕李清照：〈詞論〉，〔宋〕李清照著，徐培均箋注：《李清照集箋注》，頁267。

〔註384〕〔清〕譚瑩：〈論詞絕句又三十六首（專論嶺南人）〉之三〇，《樂志堂詩集》，卷六，頁483。

此絕主論清代嶺南詞人張錦芳（1747～1792，字粲夫〔一作粲光〕，一字花田，號藥房，著有《逃虛閣詩餘》、《南雪軒詩餘》），兼及黃庭堅。前三句鎔鑄張氏〈買陂塘〉詞語，該詞全文如下：

> 好男兒、無多心血，抱愁那遽如許。天公吝惜愁千斛，要揀騷人付與。歎今古。祇如夢、如塵都是供愁具。吾曹要苦。但對此茫茫，因他寂寂，幾曲又新譜。　　論風調，北宋詞人誰伍。只應黃九稱祖。不須地獄憂犁舌，筆妙神靈難妬。君試數。自載酒、江湖幾得歡場住。等人笛步。好留取當筵，飛揚意氣，共和管弦語。〔註385〕

張氏推崇黃庭堅具有神靈難妬之佳妙詞筆，並以其為宗師。而觀上片雖言騷人多愁苦，古今萬事皆惹人愁，然面對茫然、寂寥之生命、宇宙，仍執意新譜愁曲，下片更言樂事本無多，當曠放行樂，不為愁苦縈繫，然則張氏所尊奉者，乃黃庭堅剛健勁挺、兀傲倔強之詞風。試觀張氏其他詞作，如賦春歸而曰：「更有何人，知他去處，留取歡今夕。祇應來歲，天涯相伴歸客」，詠木棉而曰：「縱吹殘、尚得一回看，翻階藥」，贈友人而曰：「雪泥鴻爪，嘆蹤跡、他年誰記。語君平、莫論升沉，但對春燈酣醉」，〔註386〕亦可見師法黃庭堅詞風之跡。張氏尚言「不須地獄憂犁舌」，可見對黃庭堅之俗豔詞風多所迴護，而其所作亦偶見近於黃庭堅儇淺刻露之描敘，如〈風流子〉之「隨意香肩坐拍，纖手同叉」、〈渡江雲〉之「憑報道、我憐卿也，卿解我憐不」。〔註387〕張錦芳推尊黃庭堅備至，其所追步之詞風皆為譚瑩所厚責於黃庭堅者，此絕因有「未解逃虛閣所師」之質疑，以其所師要非詞體

〔註385〕〔清〕張錦芳：〈買陂塘〉，見〔清〕許玉彬、沈世良編：《粵東詞鈔》（臺北：國家圖書館臺灣分館藏，清道光二十九年刻本），張藥房卷，頁5上。

〔註386〕以上所引詞句分見〔清〕張錦芳：〈百字令‧送春，三疊前韻〉、〈滿江紅‧木棉花二首〉之一、〈東風第一枝‧贈沈西峰〉，〔清〕許玉彬、沈世良編：《粵東詞鈔》，張藥房卷，頁2下、3上、4下。

〔註387〕以上所引〔清〕張錦芳：〈風流子〉、〈渡江雲〉，見〔清〕許玉彬、沈世良編：《粵東詞鈔》，張藥房卷，頁5下、6上下。

之當行本色也。附帶一提，江昱〈論詞十八首〉之五曾歎黃庭堅「如何鼻祖江西社，不受詞壇一瓣香」，而張錦芳以黃庭堅為師，宣稱「論風調，北宋詞人誰伍。只應黃九稱祖」，堪為江昱之知音。

（二）秦七、黃九各擅勝場

汪筠、周之琦、華長卿與譚瑩皆主黃庭堅不及秦觀，以駁斥陳師道之說。然如前文所論，黃庭堅詞風多元，不乏清麗芊綿之作，故有論者由此認可陳師道之說，如李玉〈南音三籟序〉曰：「趙宋時黃九、秦七輩競作新詞，字夏金玉。東坡雖有『鐵綽板』之誚，而豪爽之致，時溢筆端」，〔註 388〕又賀貽孫《詩筏》曰：「但東坡詞氣豪邁，自是別調，差不如秦七、黃九之到家耳」，〔註 389〕均將秦、黃並列婉約詞宗，以對比蘇軾之豪放。

沈道寬亦倡黃庭堅堪與秦觀抗軛，惟其論點異於李、賀二氏，所作〈論詞絕句〉之一六曰：

> 后山談藝舉秦黃，詭俊輕圓各擅場；綺語任他犁舌獄，尊前且唱小秦王。〔註 390〕

首句謂陳師道論詞標舉秦觀、黃庭堅為當代作手。次句稱黃詞之「詭俊」與秦詞之「輕圓」各領風騷，紬繹其意，蓋謂秦觀率多輕柔軟語，清麗幽微、宛轉圓美之風卓然婉約正宗，而黃庭堅別出盤屈硬語，拗峭倔強、勁健兀傲之風亦能開徑獨行，二人俱可自成一家。細究陳師道所謂「今代詞手，惟秦七、黃九爾」，係以秦、黃同為符合詞體婉約風格之當行詞家，相對蘇軾之以詩為詞而非本色。沈氏則謂黃之「詭俊」與秦之「輕圓」相伯仲，可見其雖稱引陳氏之說而曰「后山談藝

〔註388〕 〔清〕李玉：〈南音三籟序〉，附於〔明〕凌濛初輯：《南音三籟》（上海：上海古籍出版社，2002年，《續修四庫全書》冊一七四四），頁430。

〔註389〕 〔清〕賀貽孫：《詩筏》，郭紹虞編選，富壽蓀校點：《清詩話續編》（臺北：木鐸出版社，1983年），冊上，頁177。

〔註390〕 〔清〕沈道寬：〈論詞絕句〉之一六，《話山草堂詩鈔》（臺北：臺灣大學圖書館藏，清光緒三年潤州權廨刊本），卷一，頁37下。

舉秦黃」，然未全盤承襲陳氏之原意，此與前舉李玉、賀貽孫之踵繼陳氏意旨有別。而第三句謂黃庭堅另有綺語豔詞，極盡儇薄淫冶之能事，引來法雲秀當下犁舌地獄之訶斥。至於末句之〈小秦王〉，亦即〈陽關曲〉、〈渭城曲〉，係王維〈送元二使安西〉詩之歌法，秦觀曰：「〈渭城曲〉絕句，近世又歌入〈小秦王〉，更名〈陽關曲〉」，〔註391〕其聲淒婉斷腸，〔註392〕則「尊前且唱小秦王」殆謂秦觀詞作內容多抒離愁別緒，情感哀怨淒傷。

　　前文已論述之譚瑩〈論詞絕句一百首〉之三一，視黃庭堅之峻偉生硬爲其不敵秦觀之論據，所論泥於婉約本色之規範，反觀沈氏此絕謂黃庭堅以其詭俊詞風而能抗禮秦觀，眼界相對開闊。晚近詞學家夏敬觀《手批山谷詞》曰：「後山稱：『今代詞手，惟秦七、黃九。』少游清麗，山谷重拙，自是一時敵手」，〔註393〕可謂接武沈氏之論點。此外，沈氏非但充分肯定黃庭堅別開生面之詭俊詞風，且曰「綺語『任他』犁舌獄」，無視法雲秀之斥責，而以較爲包容之態度看待黃庭堅之塡寫俗豔詞作，或有鑒於此乃北宋詞壇之普遍風氣，柳永、歐陽脩均有此等詞篇，即便後人奉爲婉約圭臬之秦觀、周邦彥亦不能免，黃庭堅雖較他人爲甚，然亦不必過度詆訶。

　　總觀清代論詞絕句作者評說黃庭堅，有論其詞風者，鄭方坤謂《山谷詞》放浪鄙俗，乖違風雅，已兆金院本、元曲之先聲；江昱謂黃庭堅以詩爲詞而硬語盤空，老健蒼勁之風堪受詞壇瓣香；李其永稱黃庭

〔註391〕清聖祖編：《詞譜》（臺北：洪氏出版社，1980 年），卷一〈陽關曲〉引秦觀語，頁 93。
〔註392〕蘇軾〈書林次中所得李伯時〈歸去來〉、〈陽關〉二圖後〉其二有言：「兩本新圖寶墨香，樽前獨唱〈小秦王〉；爲君翻作〈歸來引〉，不學〈陽關〉空斷腸」，見〔清〕王文誥輯註，孔凡禮點校：《蘇軾詩集》（北京：中華書局，1982 年），冊五，卷三十，頁 1599。
〔註393〕夏敬觀：《手批山谷詞》，引自〔宋〕黃庭堅著，馬興榮、祝振玉校注：《山谷詞》（上海：上海古籍出版社，2001 年），附錄三「山谷詞評論」，頁 343。

堅既有灑脫兀傲之作，又有纖佻豔冶之作；王僧保主黃庭堅雅韻蕩然之俗豔詞篇純屬戲作，似〈望江東〉清麗芊綿之什方爲其精華。此外，黃庭堅之以詩爲詞以及灑脫曠放、勁拔倔強之詞風，可謂承自蘇軾，論者遂將蘇、黃並稱以爲評騭之資，如厲鶚稱《中州樂府》選詞偏於蘇黃之硬語雄詞，譚瑩謂葉夢得塡詞仿擬蘇黃之雄健。另有較論黃庭堅與秦觀之高下者：汪筠謂黃之豔詞鄙俚儇薄、秦之情詞婉約雅正，不宜相提並論；周之琦稱秦詞清麗蘊藉有如「紅梅香韻」，自是優於黃詞之俗豔刻露；華長卿由秦觀〈滿庭芳〉立說，謂秦詞清新朗暢、纏綿雋永，遠邁黃詞之穠豔俗濫、直露盡瀉；譚瑩由《山谷詞》之謔浪淫靡、峻偉生硬、講求故實而有瑕疵等面向，倡論黃非秦匹，並對張錦芳以黃庭堅爲師不以爲然；沈道寬力陳黃之「詭俊」詞風堪與秦之「輕圓」詞風分鑣競爽。

論辯黃庭堅詞風之各家不免各引一端，然統觀之，自能窺得全豹。至若秦、黃高下之爭論，實與《山谷詞》之多元詞風有關，汪筠、周之琦、華長卿與譚瑩率持婉約本色之準繩，針砭黃庭堅之俗豔詞風，謂其難匹敵秦觀；沈道寬則揭舉黃庭堅別開生面之勁健倔強詞風，謂其堪與秦觀之清麗圓美並峙詞壇。

若干清代論詞絕句論贊黃庭堅之新穎論點，頗見後世論者繼起闡發，如鄭方坤以黃庭堅俗豔詞作爲曲之濫觴，江昱謂黃詞之老蒼殊値宗奉，沈道寬主黃、秦二家「詭俊輕圓各擅場」等。

第六章 論北宋後期詞人及其作品（下）

第一節 論晏幾道

晏幾道（1038～1110），字叔原，號小山，撫州臨川（今江西撫州）人，與其父晏殊並稱大、小晏，著有《小山詞》。清代論詞絕句有關晏幾道之評論，約可歸納爲：憲章大晏、後主、《花間》；韶雅俊逸之詞風；深切斷腸之詞情；〈鷓鴣天〉詞之頌揚等四端，以下逐項析論。

一、憲章大晏、後主、《花間》

晏幾道爲晏殊第八子，而晏殊乃北宋前期詞壇大家，晏幾道摯友黃庭堅稱其獨喜塡詞，而「士大夫傳之，以爲有臨淄之風爾」，[註1] 贊許晏幾道紹述父風。又晏幾道〈小山詞自序〉曰：「試續南部諸賢緒餘，作五七字語，期以自娛」，[註2] 自言踵繼南方西蜀、南唐詞人遺風。無論時輩之傳揚抑或本人之自述，俱見晏幾道詞極富傳承之色

〔註 1〕〔宋〕黃庭堅：〈小山集序〉，《豫章黃先生文集》（臺北：臺灣商務印書館，1967 年，《四部叢刊初編》），卷十六，頁 163。

〔註 2〕〔宋〕晏幾道：〈小山詞自序〉，見朱孝臧輯校：《彊村叢書》（上海：上海書店、江蘇廣陵古籍刻印社，1989 年）之《小山詞》，頁 168。

彩。而清代論詞絕句作者亦多由此視角評論晏幾道其人其詞。

　　晏殊、晏幾道父子並名詞壇，與李璟、李煜父子暨葛勝仲、葛立方父子前後輝映，有宋以來向爲人所樂道。清代朱彝尊〈題陳（履端）詞槀〉曰：

> 尺書頻寄慰衰遲，襞屧風流又一時；珠玉連篇歌乍闋，么
> 絃別譜小山詞。〔註3〕

陳履端乃陳維崧嗣子，〔註4〕此絕後聯特以晏殊《珠玉詞》、晏幾道《小山詞》揚舉陳氏父子之詞作。而江昱〈論詞十八首〉之二曰：

> 臨淄格度本南唐，風雅傳家小晏強；更有門牆歐范在，春
> 蘭秋菊卻同芳。〔註5〕

此絕並論晏殊、晏幾道、歐陽脩與范仲淹，而有關晏幾道之評論強調其能繼承家傳塡詞事業，代雄詞壇，粲然可觀。又華長卿〈論詞絕句〉之一二論晏幾道曰：

> 小山賦骨紹家傳，神似高唐宋玉篇；夢過謝橋參鬼語，竟
> 邀青眼到伊川。〔註6〕

首句亦賞晏幾道之詞筆瓣香乃父晏殊，家學淵源深厚。

　　周之琦則由更多面向剖析晏幾道詞之傳承，其《心日齋十六家詞錄・附題》之六論晏幾道曰：

> 宣華宮本少人知，珠玉傳家有此兒；道得紅羅亭上語，後
> 來惟有小山詞。〔註7〕

〔註3〕 〔清〕朱彝尊：〈題陳（履端）詞槀〉，《曝書亭集》（臺北：臺灣商務印書館，1967年，《四部叢刊初編》），卷十二，頁132。

〔註4〕 〔清〕儲欣〈陳檢討傳〉：「鬒無子，以亡弟維嵋之子履端爲子，在鬒亡後」，《在陸草堂文集》（臺南：莊嚴文化事業有限公司，1997年，《四庫全書存目叢書》集部冊二五九），卷三，頁441。

〔註5〕 〔清〕江昱：〈論詞十八首〉之二，《松泉詩集》（臺南：莊嚴文化事業有限公司，1997年，《四庫全書存目叢書》集部冊二八〇），卷一，頁176。

〔註6〕 〔清〕華長卿：〈論詞絕句〉之一二，《梅莊詩鈔》（上海：上海古籍出版社，2002年，《續修四庫全書》冊一五三三），卷五〈嗜痂集下〉，頁607。

〔註7〕 〔清〕周之琦：《心日齋十六家詞錄・附題》之六，見吳熊和主編：

首句之「宣華宮本」係指《花間集》，此句涉及《花間集》之傳播與
接受，楊慎《詞品》曰：

> 毛文錫、鹿虔扆、歐陽炯、韓琮、閻選，皆蜀人。事孟後
> 主，有五鬼之號。俱工小詞，並見《花間集》。此集久不傳。
> 正德初，予得之於昭覺僧寺，乃孟氏宣華宮故址也。後傳
> 刻於南方云。〔註8〕

又湯顯祖《花間集・敘》曰：

> 《花間集》久失其傳。正德初，楊用修遊昭覺寺，寺故孟
> 氏宣華宮故址，始得其本，行於南方。《詩餘》流遍人間，
> 棗梨充棟，而譏評賞譽之者亦復稱是，不若留心《花間集》
> 者之寥寥也。〔註9〕

蓋《花間集》本爲宋人心追手摹之習詞典範，陳善《捫蝨新話》有言：
「唐末詩格卑陋，而小詞最爲奇絕，今世人盡力追之，有不能及者，
予故嘗以唐《花間集》當爲長短句之宗」，〔註10〕陳振孫《直齋書錄
解題》亦稱《花間集》「此近世倚聲塡詞之祖也」。〔註11〕然不喜《花
間集》婉約柔媚、深細綺麗之風者，每病其卑弱側豔，金代元好問〈新
軒樂府引〉引屋梁子語：「《麟角》、《蘭畹》、《尊前》、《花間》等集傳
播里巷，子婦母女交口教授，媱言媟語深入骨髓，牢不可去，久而語
之俱化」，〔註12〕不滿時俗浸淫《花間》聲口，且詆之爲輕薄戲作。

《唐宋詞匯評（兩宋卷）》（杭州：浙江教育出版社，2004 年），冊五，
附錄吳熊和、陶然輯「清人論詞絕句」，頁 4406。

〔註 8〕〔明〕楊慎：《詞品》，卷二「毛文錫」條，唐圭璋編：《詞話叢編》
（臺北：新文豐出版公司，1988 年），冊一，頁 457。

〔註 9〕〔五代〕趙崇祚集，〔明〕湯顯祖評，劉崇德點校：《花間集・敘》
（保定：河北大學出版社，2006 年），頁 4。

〔註10〕〔宋〕陳善：《捫蝨新話》（北京：中華書局，1985 年，《叢書集成初
編》），下集，卷二「唐末小詞」條，頁 67。

〔註11〕〔宋〕陳振孫著，徐小蠻、顧美華點校：《直齋書錄解題》（上海：
上海古籍出版社，1987 年），卷二十一「歌詞類」之「《花間集》十
卷」，頁 614。

〔註12〕〔金〕元好問：〈新軒樂府引〉，《遺山先生文集》（臺北：臺灣商務
印書館，1967 年，《四部叢刊初編》），卷三十六，頁 380。

宋末元初之林景熙於〈胡汲古樂府序〉亦曰：「唐人《花間集》，不過香奩組織之辭，詞家爭慕傚之，粉澤相高，不知其靡，謂樂府體固然也」，〔註13〕痛斥纖豔柔靡之《花間》餘習。加以《草堂詩餘》之深受歡迎，《花間集》益趨沒落，明代陳耀文《花草粹編・敍》曰：「夫塡詞者，古樂府流也。自昔選次者眾矣，唐則有《花間集》，宋則《草堂詩餘》。……然世之《草堂》盛行，而《花間》不顯，故知宣情易感，含思難諧者矣」，〔註14〕指出《草堂詩餘》直洩情懷，容易動人悅俗，故較隱含幽微思致之《花間集》通行於世。是以楊慎感喟《花間集》湮沒失傳久矣，並將正德初年所得宣華宮本傳刻於南方，而湯顯祖亦歎《花間集》寥落不彰，不若《草堂詩餘》之流傳廣遠、備受關注。再者，證諸今存《花間集》刻本，未見金元刻本，明代則自正德之後湧現蘇州陸元大刻本、震澤王延喆刻本、吳興茅氏凌霞山房增補本、玄覽齋巾箱本、讀書堂鍾人傑刻本、毛晉汲古閣刊本、湯評本、徽州吳勉學師古齋刻本、張尙友刻本等本，〔註15〕可見楊慎有關《花間集》失傳、復刻之言大抵不差。

而周之琦詩句「宣華宮本少人知」非但感慨《花間集》不顯，更有推尊其爲塡詞眞本之意。蓋《花間集》與《草堂詩餘》向來並稱，然《草堂詩餘》殆爲應歌而錄，內容猥雜不純、良莠互陳，不若《花間集》之精善也。〔註16〕而周氏《心日齋十六家詞錄》選錄自唐迄元

<hr>

〔註13〕〔宋〕林景熙：〈胡汲古樂府序〉，《霽山集》（北京：中華書局，1985年，《叢書集成初編》），卷五，頁111。

〔註14〕〔明〕陳耀文輯，龍建國、楊有山點校：《花草粹編・敍》（保定：河北大學出版社，2007年），頁1。

〔註15〕趙尊嶽、李一氓、施蟄存、饒宗頤等人皆曾辨析《花間集》之版本，此處參引李冬紅有關《花間集》版本之概述與敍錄，詳見李冬紅：《「花間集」接受史論稿》（濟南：齊魯書社，2006年），頁17～21、297～308。

〔註16〕〔明〕張綖《草堂詩餘別錄・卷首語》謂《草堂詩餘》「其間復猥雜不粹」，引自王兆鵬、劉尊明：《宋詞大辭典》（南京：鳳凰出版社，2003年），「草堂詩餘別錄」條，頁671。又《四庫全書總目提要・類編草堂詩餘四卷》曰：「今觀所錄，雖未免雜而不純，不及《花間》

十六家詞，其中溫庭筠、韋莊、李珣、孫光憲四家詞作主要見存於《花間集》，亦見周氏對《花間集》之注重。至於此絕次句「珠玉傳家有此兒」，稱揚晏幾道傳承晏殊倚聲之道，而合前句「宣華宮本少人知」觀之，更讚晏幾道能宗師《花間集》，深諳填詞之祕，所作足以方駕《花間集》。

周氏此絕第三句之「紅羅亭上語」係李煜相關故實，吳任臣《十國春秋》載：

> 后被寵過于昭惠后。時後主常於群花中作亭，羃以紅羅，押以玳牙，雕鏤華麗，而極迫小，僅容二人，每與后酣飲其間。〔註17〕

故知紅羅亭乃李煜與小周后宴飲遊樂之處，「紅羅亭上語」當指李煜宮廷耽樂之詞，而據江休復《江鄰幾雜志》所載，可見此等「紅羅亭上語」之詞心：

> 李後主於清微歌「樓上春寒水四面」，學士习衍（案：當作「衍」）起奏：「陛下未覩其大者遠者爾。」人疑其有規諷，訊之，云：「風乍起，吹皺一池春水。」又作紅羅亭子，四面栽紅梅花，作艷曲歌之。韓熙載和云：「桃李不須誇爛熳。已輸了春風一半。」時已割淮南與周矣。〔註18〕

諸集之精善，然利鈍互陳，瑕瑜不掩，名章俊句，亦錯出其閒」，〔清〕永瑢等：《四庫全書總目提要》（臺北：臺灣商務印書館，1985 年，《合印四庫全書總目提要及四庫未收書目禁燬書目》），卷一九九，頁4460。

〔註17〕〔清〕吳任臣：《十國春秋》（北京：中華書局，1983 年），卷十八〈南唐後主繼國后周氏傳〉，頁 268。

〔註18〕〔宋〕江休復：《江鄰幾雜志》（北京：中華書局，1991 年，《叢書集成初編》），頁 1。案：〔宋〕阮閱《詩話總龜》卷三十八〈譏誚門中〉引《古今詩話》、〔宋〕曾極《金陵百詠》之〈養種園・序〉、〔宋〕祝穆《方輿勝覽》卷十四「養種園」、〔元〕張鉉《至大金陵新志》卷十二上「紅羅亭」引《古今詩話》亦有類似記載，皆以「桃李不須誇爛熳。已輸了春風一半」為韓熙載詞，而楊慎《詞品》則曰：「潘祐，南唐人。事後主，與徐鉉、湯悅、張泌，俱有文名。而祐好直諫，嘗應後主令作小詞，有『樓上春寒山四面。桃李不須誇爛熳。已失了東風一半。』蓋諷其地漸侵削也。可謂得諷諭之旨」（〔明〕

习衍以「『風乍起，吹縐一池春水』，干卿何事？」暗諷李煜只顧流連光景，未理「大者遠者」之國事朝政，而韓熙載詞句亦能善盡人臣規諫之道。反觀李煜於國土侵削之際，不改縱樂豪侈之生活，依然填製豔曲，難辭昏庸淫佚之責難，惟就習於富貴、逸樂之帝王而言，誠屬自然、天眞之表現，任性縱情而無矯情僞飾；其「樓上春寒水四面」之句，抒發當下直覺、敏銳之觀察、感受，心無旁騖，亦見純眞任縱之性情。故「紅羅亭上語」當指李煜爲人、填詞之純眞自然，周之琦曾曰：「予謂重光天籟也，恐非人力所及」，〔註 19〕亦此義也。是以「道得紅羅亭上語，後來惟有小山詞」，意謂晏幾道獨能接武李煜，以其賦性、詞作純眞自然。

誠然，晏幾道賦性直率眞摯，黃庭堅〈小山集序〉稱其「磊隗權奇，疎於顧忌。文章翰墨，自立規摹，常欲軒輊人，而不受世之輕重」、「平生潛心六藝，玩思百家，持論甚高，未嘗以沽世」，〔註 20〕是知晏氏爲人、作文、問學奇譎非凡、卓然特立，但求自得於己，不求苟合於世。黃庭堅更曰：

> 余嘗論叔原固人英也，其癡亦自絕人。愛叔原者皆慍而問其目，曰：「仕宦之連蹇，而不能一傍貴人之門，是一癡也；論文自有體，不肯一作新進士語，此又一癡也；費資千百萬，家人寒飢，而面有孺子之色，此又一癡也；人百負之

楊慎：《詞品》，卷二「潘祐」條，唐圭璋編：《詞話叢編》，冊一，頁 457），連結李煜與韓熙載詞句，且作潘祐詞，〔明〕蔣一葵《堯山堂外紀》卷四十一「潘佑」、〔明〕湯顯祖評本《花間集》卷二、〔清〕徐釚《詞苑叢談》卷六〈紀事一〉以及〔清〕沈雄《古今詞話・詞話》卷上、〔清〕張宗橚《詞林紀事》卷二、〔清〕王弈清等《歷代詞話》卷三、〔清〕馮金伯《詞苑萃編》卷十〈紀事一〉引《鶴林玉露》（今本《鶴林玉露》無此文），所記略同，皆作潘祐詞。衡諸二說，應以較近南唐之宋元記載爲是。

〔註 19〕〔清〕周之琦：《詞評》（《十六家詞錄》附），引自楊敏如：《南唐二主詞新釋輯評》（北京：中國書店，2003 年），附錄「李煜詞歷代總評」，頁 132。

〔註 20〕〔宋〕黃庭堅：〈小山集序〉，《豫章黃先生文集》，卷十六，頁 163。

　　而不恨，已信人，終不疑其欺己，此又一癡也。」乃共以
　　爲然。〔註21〕

由此「四癡」，更見晏幾道天眞自適之性情。而晏幾道不顧時人鄙薄
詞體之成見，將詞作錄呈府帥韓維，〔註22〕亦可印證其人之純眞。至
於《小山詞》中耽溺恣縱之敘寫，亦見晏幾道任性極情之純眞胸臆，
如〈鷓鴣天〉上片：「彩袖殷勤捧玉鍾。當年拚卻醉顏紅。舞低楊柳
樓心月，歌盡桃花扇影風」，〔註23〕追憶傾心沉酣歌舞宴飲之癡情狂
態，又如〈玉樓春〉：「雕鞍好爲鶯花住。占取東城南陌路。儘教春思
亂如雲，莫管世情輕似絮。　　古來多被虛名誤。寧負虛名身莫負。
勸君頻入醉鄉來，此是無愁無恨處」，〔註24〕直抒盡興遊賞、縱情惜
春、恣意醉酒之純眞心性。

　　有關晏幾道接武李煜之說，毛晉〈小山詞跋〉曾曰：「晏氏父子，
具足追配李氏父子云」，〔註25〕殆因父子同爲詞人之身分關係，遂將
晏幾道簡單比附李煜。至於周之琦以「紅羅亭上語」提點李煜其人其
詞純眞自然、任性極情，惟晏幾道堪爲繼響，所論洞察二家詞心，實
較毛晉深細。其後陳廷焯《白雨齋詞話》曰：「李後主、晏叔原皆非

〔註21〕〔宋〕黃庭堅：〈小山集序〉，《豫章黃先生文集》，卷十六，頁 163。
〔註22〕《邵氏聞見後錄》載：「晏叔原，臨淄公晚子。監潁昌府許田鎮，手
　　　　寫自作長短句，上府帥韓少師。少師報書：『得新詞盈卷，蓋才有餘
　　　　而德不足者，願郎君捐有餘之才，補不足之德，不勝門下老吏之望
　　　　云。』一監鎮官，敢以杯酒間自作長短句，示本道大帥。以大帥之
　　　　嚴，猶盡門生忠於郎君之意。在叔原爲甚豪，在韓公爲甚德也」，
　　　　〔宋〕邵博撰，劉德權、李劍雄點校：《邵氏聞見後錄》（北京：中
　　　　華書局，1983 年），卷十九，頁 151～152。而據夏承燾考證，此「府
　　　　帥韓少師」乃韓維，詳見夏承燾：〈二晏年譜〉，《夏承燾集》（杭州：
　　　　浙江古籍出版社、浙江教育出版社，出版年不詳），冊一《唐宋詞人
　　　　年譜》，頁 254～255。
〔註23〕〔宋〕晏幾道：〈鷓鴣天〉，唐圭璋編：《全宋詞》（臺北：文光出版
　　　　社，1983 年），冊一，頁 225。
〔註24〕〔宋〕晏幾道：〈玉樓春〉，唐圭璋編：《全宋詞》，冊一，頁 236。
〔註25〕〔明〕毛晉：〈小山詞跋〉，見所輯《宋六十名家詞》（上海：上海古
　　　　籍出版社，1992 年）之《小山詞》，頁 105。

詞中正聲，而其詞則無人不愛，以其情勝也。情不深而爲詞，雖雅不韻，何足感人」，〔註26〕又夏敬觀《映庵詞評》曰：「晏氏父子嗣響南唐二主，才力相敵，蓋不特辭勝，猶有過人之情」，〔註27〕強調李煜、晏幾道二家同以深情爲詞，可謂憲章周之琦之說也。

《心日齋十六家詞錄・附題》係周之琦選錄十六家詞卷末所繫之論詞絕句，論晏幾道者爲第六首，前此五首分論溫庭筠、李煜、韋莊、李珣、孫光憲，而此絕之「宣華宮本少人知」、「道得紅羅亭上語」又就花間詞人、李煜論晏幾道，可見周氏儼然視晏幾道爲集《花間》、李煜大成之詞人，推崇備至。再者，《心日齋十六家詞錄》選錄晏幾道詞四十七闋，居諸家之冠，亦見周氏對晏幾道之尊尚。

周之琦以「宣華宮本少人知，珠玉傳家有此兒」之句，稱賞《小山詞》當可方駕《花間集》。其實南宋陳振孫早將《小山詞》追配《花間集》，其《直齋書錄解題》有言：「其詞在諸名勝中，獨可追逼《花間》，高處或過之」。〔註28〕明代毛晉亦曰：「諸名勝詞集，刪選相半，獨《小山集》直逼《花間》，字字娉娉嫋嫋，如攬嬙、施之袂，恨不能起蓮、鴻、蘋、雲按紅牙板，唱和一過」，〔註29〕頌揚《小山詞》清詞麗句、柔情曼聲，無愧《花間集》也。而稍早於周之琦之郭麐亦曰：「叔原自許續南部餘緒，故所作足闖《花間》之室」。〔註30〕然譚瑩對此等讚語頗爲質疑，其〈論詞絕句一百首〉之二八論晏幾道曰：

〔註26〕〔清〕陳廷焯：《白雨齋詞話》，卷七「李後主、晏叔原詞情勝」條，唐圭璋編：《詞話叢編》，冊四，頁 3952。

〔註27〕夏敬觀：《映庵詞評》，《詞學》五輯（上海：華東師範大學出版社，1986 年），頁 201。

〔註28〕〔宋〕陳振孫著，徐小蠻、顧美華點校：《直齋書錄解題》，卷二十一「歌詞類」之《小山集》一卷，頁 618。

〔註29〕〔明〕毛晉：〈小山詞跋〉，見所輯《宋六十名家詞》之《小山詞》，頁 105。

〔註30〕〔清〕郭麐：《靈芬館詞話》，卷二「晏幾道詞」條，唐圭璋編：《詞話叢編》，冊二，頁 1530。

　　　　詞同珠玉集俱傳，直過花間恐未然；人似伊川稱鬼語，君
　　　　王卻賞鷓鴣天。〔註31〕

首句推崇晏幾道之《小山詞》如同其父晏殊之《珠玉詞》，精妙絕倫，皆能傳世久遠。次句則謂歷來以《小山詞》追逼甚至超越《花間集》之說，恐不近實，或有過譽之嫌。

　　陳振孫、毛晉、郭麐、周之琦之揚舉與譚瑩之質疑，究以何者為是？以下嘗試論之。晏幾道自言填詞之動機係因「往者浮沉酒中，病世之歌詞不足以析酲解慍」，〔註32〕此與《花間集》之編集動機——「庶使西園英哲，用資羽蓋之歡；南國嬋娟，休唱蓮舟之引」，〔註33〕極其相近。又晏幾道謂《小山詞》「不獨敘其所懷，兼寫一時杯酒間聞見，所同游者意中事」、「始時沈十二廉叔、陳十君龍家，有蓮、鴻、蘋、雲，品清謳娛客，每得一解，即以草授諸兒，吾三人持酒聽之，為一笑樂而」，〔註34〕而歐陽炯〈花間集敘〉曰：「則有綺筵公子、繡幌佳人，遞葉葉之花牋，文抽麗錦；舉纖纖之玉指，拍按香檀。不無清絕之辭，用助嬌嬈之態」，〔註35〕兩相比對，亦極類似。故《小山詞》一如《花間集》，多寫閨閣園亭之景、宴樂相思之情，婉變多情，綺麗柔媚。且晏幾道身處長調蔚為重要體式之北宋後期，依然專力小令，鮮少涉筆長調，亦與《花間集》偏重小令一致。

　　而《花間集》選錄溫庭筠、皇甫松、韋莊、薛昭蘊、牛嶠等十八家五百闋詞作，少數庸劣之作流於冶蕩浮薄，《小山詞》則無此

〔註31〕〔清〕譚瑩：〈論詞絕句一百首〉之二八，《樂志堂詩集》（上海：上海古籍出版社，2002 年，《續修四庫全書》冊一五二八），卷六，頁477。

〔註32〕〔宋〕晏幾道：〈小山詞自序〉，見朱孝臧輯校：《彊村叢書》之《小山詞》，頁 168。

〔註33〕〔五代〕歐陽炯：〈花間集敘〉，見〔清〕王鵬運輯：《四印齋所刻詞》（上海：上海古籍出版社，1989 年）之《花間集》，頁 503。

〔註34〕〔宋〕晏幾道：〈小山詞自序〉，見朱孝臧輯校：《彊村叢書》之《小山詞》，頁 168。

〔註35〕〔五代〕歐陽炯：〈花間集敘〉，見〔清〕王鵬運輯：《四印齋所刻詞》之《花間集》，頁 503。

弊。如同爲追憶往昔，顧敻〈荷葉盃〉作：「記得那時相見。膽顫。鬢亂四肢柔。泥人無語不擡頭。羞麼羞。羞麼羞」，〔註36〕晏幾道〈臨江仙〉下片則作：「記得小蘋初見，兩重心字羅衣。琵琶絃上說相思。當時明月在，曾照彩雲歸」；〔註37〕同詠妙齡少女，歐陽炯〈南鄉子〉作：「二八花鈿。胸前如雪臉如蓮。耳墜金鐶穿瑟瑟。霞衣窄。笑倚江頭招遠客」，〔註38〕晏幾道〈南鄉子〉上片則作：「淥水帶青潮。水上朱闌小渡橋。橋上女兒雙笑靨，妖嬈。倚著闌干弄柳條」。〔註39〕稍加對讀，晏詞之妍雅含蓄自然過於顧、歐二詞之鄙俚直露。

　　惟花間詞人當以溫庭筠、韋莊爲翹楚，而晏幾道與溫、韋二家之異同亦可約略言之。夫溫庭筠擅於雕繪纂組精美華麗之物象，詞風穠豔麗密，晏幾道則較淡雅清疏。試觀二人同賦閨情之同調〈更漏子〉，溫庭筠詞如下：

> 柳絲長，春雨細。花外漏聲迢遞。驚塞雁，起城烏。畫屏金鷓鴣。　　香霧薄。透簾幕。惆悵謝家池閣。紅燭背，繡帷垂。夢長君不知。〔註40〕

而晏幾道詞：

> 柳絲長，桃葉小。深院斷無人到。紅日淡，綠煙晴。流鶯三兩聲。　　雪香濃，檀暈少。枕上臥枝花好。春思重，曉妝遲。尋思殘夢時。〔註41〕

兩相對讀，可見前者繽紛密緻，後者濃淡錯落，疏密交迭。又如溫庭筠〈菩薩蠻〉（牡丹花謝鶯聲歇）與晏幾道〈虞美人〉（曲闌干外

〔註36〕〔五代〕顧敻：〈荷葉盃〉，曾昭岷、曹濟平、王兆鵬、劉尊明編：《全唐五代詞》（北京：中華書局，1999 年），冊上，頁 565。

〔註37〕〔宋〕晏幾道：〈臨江仙〉，唐圭璋編：《全宋詞》，冊一，頁 222。

〔註38〕〔五代〕歐陽炯：〈南鄉子〉，曾昭岷、曹濟平、王兆鵬、劉尊明編：《全唐五代詞》，冊上，頁 452。

〔註39〕〔宋〕晏幾道：〈南鄉子〉，唐圭璋編：《全宋詞》，冊一，頁 229。

〔註40〕〔唐〕溫庭筠：〈更漏子〉，曾昭岷、曹濟平、王兆鵬、劉尊明編：《全唐五代詞》，冊上，頁 104。

〔註41〕〔宋〕晏幾道：〈更漏子〉，唐圭璋編：《全宋詞》，冊一，頁 242。

天如水）同訴殘春之離恨，〔註42〕溫詞呈現繁縟紛紜之物象，營造
氤氳香軟之氛圍，晏詞則以簡淨、直致之物態、動作傳達深情幽
怨。

其次，韋莊多作主觀、白描之抒寫，清簡秀逸，人物情事具體分
明，如〈荷葉盃〉（絕代佳人難得）、（記得那年花下）與〈女冠子〉
（四月十七）、（昨夜夜半）等作，箇中自身、佳人之形象、情思真切
可感。而晏幾道多寫其與蓮、鴻、蘋、雲等歌妓之宴樂歡聚、離情相
思，甚至逕將歌妓之名寫入詞中，人物情事亦復鮮明動人，〔註43〕近
於韋莊作風。然韋莊擅以質直之詞句蘊蓄鬱結之摯情，纏綿深厚，誠
如陳廷焯所言：「韋端己詞，似直而紆，似達而鬱，最為詞中勝境」。
〔註44〕如〈菩薩蠻〉之「人人盡說江南好。遊人只合江南老」，藉由
他人直言勸留終老江南，寄寓自己遭逢喪亂而離家飄泊之鄉思羈愁，
又如〈菩薩蠻〉之「此度見花枝。白頭誓不歸」，看似決絕曠達之快
言豪語，飽含返鄉無期之深悲無奈。而晏幾道則以章法布局之頓挫轉
折，體現跌宕層深之詞情，誠如吳梅所言：「余謂豔詞自以小山為最，

〔註42〕溫庭筠〈菩薩蠻〉全詞如下：「牡丹花謝鶯聲歇。綠楊滿院中庭月。
　　　　相憶夢難成。背窗燈半明。　　翠鈿金壓臉。寂寞香閨掩。人遠淚
　　　　闌干。燕飛春又殘」，曾昭岷、曹濟平、王兆鵬、劉尊明編：《全唐
　　　　五代詞》，冊上，頁102。又晏幾道〈虞美人〉全詞如下：「曲闌干
　　　　外天如水。昨夜還曾倚。初將明月比佳期。長向月圓時候、望人
　　　　歸。　　羅衣著破前香在。舊意誰教改。一春離恨懶調絃。猶有兩
　　　　行閒淚、寶箏前」，唐圭璋編：《全宋詞》，冊一，頁248。
〔註43〕如〈鷓鴣天〉（梅蕊新妝桂葉眉）有「小蓮風韻出瑤池」句，詞寫小
　　　　蓮之色藝與詞人之相思；〈虞美人〉（小梅枝上東君信）有「賺得小
　　　　鴻眉黛、也低顰」句，詞寫小鴻與詞人之傷春共感；〈臨江仙〉（夢
　　　　後樓臺高鎖）有「記得小蘋初見」句，詞人抒發憶念小蘋之深情；〈浣
　　　　溪沙〉（牀上銀屏幾點山）有「小雲雙枕恨春閒」句，詞寫小雲之春
　　　　恨與詞人之別愁。至於寫入其他歌妓之名者，如〈浣溪沙〉（小杏春
　　　　聲學浪仙）一闋，詠讚小杏之歌藝與姿容；〈木蘭花〉（阿茸十五腰
　　　　肢好）一闋，描敘阿茸之天真爛漫；〈清平樂〉（千花百草）有「小
　　　　瓊閒抱琵琶」句，詞寫小瓊之嬌豔如春。
〔註44〕〔清〕陳廷焯：《白雨齋詞話》，卷一「韋端己詞」條，唐圭璋編：《詞
　　　　話叢編》，冊四，頁3779。

以曲折深婉，淺處皆深也」。〔註45〕如〈蝶戀花〉一詞：

　　夢入江南煙水路。行盡江南，不與離人遇。睡裡消魂無說
　　處。覺來惆悵消魂誤。　　欲盡此情書尺素。浮雁沉魚，
　　終了無憑據。卻倚緩絃歌別緒。斷腸移破秦箏柱。〔註46〕

唐圭璋分析其結構曰：「此首一起從夢寫入，語即精鍊。蓋人去江
南，相思不已，故不覺夢入江南也。但行盡江南，終不遇人，夢勞
魂傷矣，此一頓挫處。既不遇人，故無說處，而一夢覺來，依然惆
悵，此又一頓挫處。下片，因覺來惆悵，遂欲詳書尺素，以盡平日相
思之情與夢中尋訪之情。但魚雁無憑，尺素難達，此亦一頓挫處。
寄書既無憑，故惟有倚絃以寄恨，但恨深絃急，竟將箏柱移破。寫
來層層深入，節節頓挫，既清利，又沉著」，〔註47〕指出全詞藉由夢
遊江南而不遇離人、夢醒惆悵、寄書無由、移盡箏柱之多處頓挫，曲
傳細訴離情相思。又如〈歸田樂〉（試把花期數）一詞，〔註48〕上片
先由盼春待花之喜悅折入花飛春去之憂慮，過片再由年年殷切惜春
跌落日月逾邁、春情漸疏之感傷，繼而轉寫舊遊蹤跡，蕩起及時行樂
之高致。

　　要之，《小山詞》之內容、詞風、形式追逼《花間集》，毋庸置疑，
而《小山詞》妍雅含蓄之佳製亦能凌駕《花間集》鄙俚直露之庸篇。
至於溫庭筠穠豔麗密、晏幾道淡雅清疏，與夫韋莊筆直而情婉、晏幾
道頓挫以傳情，究以何者為佳？小晏能否超越溫、韋？仁智互見，實
難遽下定論。所可肯定者，晏幾道雖宗師《花間集》，然絕非一味蹈
襲，尚能創變求新而自成一家。

〔註45〕吳梅：《詞學通論》（上海：復旦大學出版社，2005年），頁60。
〔註46〕〔宋〕晏幾道：〈蝶戀花〉，唐圭璋編：《全宋詞》，冊一，頁225。
〔註47〕唐圭璋：《唐宋詞簡釋》（上海：上海古籍出版社，1981年），頁81。
〔註48〕〈歸田樂〉全詞如下：「試把花期數。便早有、感春情緒。看即梅
　　　　花吐。願花更不謝，春且長住。只恐花飛又春去。　　花開還不
　　　　語。問此意、年年春還會否。絳脣青鬢，漸少花前語。對花又記
　　　　得、舊曾游處。門外垂楊未飄絮」，唐圭璋編：《全宋詞》，冊一，頁
　　　　238。

二、韶雅俊逸之詞風

　　最早論及晏幾道《小山詞》風格者當屬黃庭堅，其〈小山集序〉
〔註49〕謂晏幾道「乃獨嬉弄於樂府之餘，而寓以詩人句法，清壯頓挫，
能動搖人心」，指出晏幾道塡詞融入「詩人句法」，具有「清壯頓挫」
之風格，產生「能動搖人心」之效果。所謂「清壯頓挫」究作何解？
論者各執一端，眾說紛紜。〔註50〕盱衡論及晏幾道詞風之清代論詞絕
句大抵紹述、發明黃庭堅觀點，故有必要略爲申說「清壯頓挫」之義
涵。首先，細玩上述〈小山集序〉引文文意，應指晏幾道詞相較一般
詞篇，特具「清壯頓挫」之風。再者，黃庭堅於此序文敘及法雲秀責
其塡詞之事，「余少時間作樂府，以使酒玩世，道人法秀獨罪余以筆

〔註49〕〔宋〕黃庭堅：〈小山集序〉，《豫章黃先生文集》，卷十六，頁163。

〔註50〕如楊海明謂晏幾道常用體式整齊之詞調，潛寓波瀾起伏之感情內
　　　　容，形成「清壯頓挫」之特有美感，詳見《唐宋詞史》（高雄：麗文
　　　　文化事業股份有限公司，1996年），頁259～260。鍾陵釋爲音聲清
　　　　壯、頓挫生姿，詳見〈清壯頓挫小山詞〉，《南京廣播電視大學學報》，
　　　　2005年三期，頁10、12（案：此文原載《南京師範大學學報》，1985
　　　　年二期）。殷光熹謂鬱鬱不樂、怨恨不平之氣流轉於詞中，或深沉，
　　　　或空遠，或言內意外，或直抒胸臆，或低回詠歎，或登臨抒懷，以
　　　　體現「沉鬱頓挫」之特色，詳見〈悲怨深婉、沉鬱頓挫的小山詞〉，
　　　　《雲南師範大學哲學社會科學學報》二十五卷二期（1993年4月），
　　　　頁41。顧易生、〔韓〕金昌娥釋爲清新、壯闊、沉鬱、頓挫之獨特
　　　　風格特徵，詳見〈宋代江西詞人晏殊、晏幾道、歐陽修、黃庭堅的
　　　　詞論〉，《陰山學刊》，1996年二期，頁91。葉幫義主情感、意趣、
　　　　氣骨攸關清壯頓挫，詳見〈清壯頓挫──小山詞與蘇門詞主體性創
　　　　作的表徵〉，《山東師範大學學報》四十七卷一期（2002年），頁66
　　　　～69。蔣哲倫、傅蓉蓉謂「清」指意境之明淨澄澈、語言之雅致脫
　　　　俗，「壯」指小山詞中深沉、眞摯之感慨表現人類共有之悲鬱，「頓
　　　　挫」指句勢之收縱起伏，詳見《中國詩學史（詞學卷）》（廈門：鷺
　　　　江出版社，2002年），頁61～62。唐紅衛釋爲語言之清詞麗句、結
　　　　構之曲折頓挫、聲韻之清壯響亮、聲調之抑揚頓挫，詳見〈「清壯頓
　　　　挫，能動搖人心」──小山詞藝術特色新解〉，《華北電力大學學報》
　　　　三期（2008年6月），頁95～99。卓清芬謂「清壯」指品格風骨之
　　　　卓犖不群、立意修辭之清新不俗，「頓挫」指章法布局之宛轉曲折，
　　　　詳見〈晏幾道《小山詞》「清壯頓挫」之意義探析〉，《成大中文學報》
　　　　二十二期（2008年10月），頁61～94。

墨勸淫，於我法中，當下犁舌之獄」，續曰：「特未見叔原之作耶？」
意謂晏幾道詞作不同於自己少時席間之豔詞，倘法雲秀見之，當不至
斥塡詞爲勸淫造業之舉。是知「清壯頓挫」殆謂晏幾道詞清新雅正、
俊逸瀟灑、跌宕蘊藉，異於豔詞之穠豔俗濫、卑靡沾滯、直露盡瀉。
又黃庭堅序稱晏幾道「至其樂府，可謂狹邪之大雅，豪士之鼓吹，其
合者〈高唐〉、〈洛神〉之流，其下者豈減〈桃葉〉、〈團扇〉哉？」正
因晏幾道詞「清」，故爲「狹邪之大雅」，又因其「壯」，故似「豪士
之鼓吹」，復因其「頓挫」不盡而引人託喻之想，故如宋玉〈高唐賦〉、
曹植〈洛神賦〉之賦情而別有心志寄託，〔註51〕即使單純言情之作亦
具「清壯」之風，不輸王獻之〈桃葉歌〉、班婕妤〈團扇歌〉之愛篤
情深。〔註52〕是以黃庭堅於序文末曰：「若乃妙年美士，近知酒色之
娛；苦節臞儒，晚恨（案：當作「悟」）裙裾之樂，鼓之舞之，使宴

〔註51〕有關〈高唐賦〉、〈洛神賦〉之寄託，李善注〈高唐賦〉曰：「此賦蓋
假設其事，風諫媱惑也」（〔梁〕蕭統編，〔唐〕李善注：《文選》，
臺北：華正書局，1991年，卷十九，頁264），又何焯評〈洛神賦〉
曰：「〈離騷〉：『我令豐隆乘雲兮，求虙妃之所在。』植既不得於君，
因濟洛川作爲此賦，托辭虙妃以寄心文帝，其亦屈子之志也。……
蓋孤臣孽子所以操心而慮患者，猶若接于目而聞于耳也」（〔清〕何
焯著，崔高維點校：《義門讀書記》，北京：中華書局，1987年，卷
四十五，頁883）。

〔註52〕〈桃葉〉，即王獻之〈桃葉歌〉，郭茂倩《樂府詩集・清商曲辭二・
吳聲歌曲二・桃葉歌》引《古今樂錄》曰：「〈桃葉歌〉者，晉王子
敬（案：王獻之字子敬）之所作也。桃葉，子敬妾名，緣於篤愛，
所以歌之」（〔宋〕郭茂倩：《樂府詩集》，臺北：里仁書局，1999年，
卷四十五，頁664）。〈團扇〉，指班婕妤〈怨歌行〉，以詩中有「新裂
齊紈素，皎潔如霜雪。裁爲合歡扇，團團似明月」之句，又名〈團
扇歌〉，鍾嶸《詩品・漢婕妤班姬》有言：「〈團扇〉短章，詞旨清捷，
怨深文綺，得匹婦之致」（〔梁〕鍾嶸：《詩品》，卷上，〔清〕何文
煥輯：《歷代詩話》，臺北：漢京文化事業有限公司，1983年，冊一，
頁6）。此外，〈團扇〉或指〈團扇郎〉、〈團扇郎歌〉，郭茂倩《樂府
詩集・清商曲辭二・吳聲歌曲二・團扇郎》引《古今樂錄》曰：「〈團
扇郎歌〉者，晉中書令王珉，捉白團扇與嫂婢謝芳姿有愛，情好甚
篤。嫂捶撻婢過苦，王東亭聞而止之。芳姿素善歌，嫂令歌一曲當
赦之」（〔宋〕郭茂倩：《樂府詩集》，卷四十五，頁660）。

安酖毒而不悔，是則叔原之罪也哉！」感歎世人若讀晏幾道詞而沉酣酒色宴樂，殆因未能深察晏幾道詞之「清壯頓挫」，而只目爲一般豔詞也。

　　黃庭堅致慨於世人不辨晏幾道詞風，而鄭方坤亦有同感，其〈論詞絕句三十六首〉之一八係以具體詞篇、比較手法闡明小晏詞風，詩曰：

> 待將春恨付春潮，又逐楊花過謝橋；持較香奩更韶雅，就中索解亦寥寥。（上句蔣竹山詞，次句晏同叔詞。）〔註53〕

首句擷自蔣捷〈行香子・舟宿蘭灣〉，該詞全文如下：

> 紅了櫻桃。綠了芭蕉。送春歸、客尚蓬飄。昨宵穀水，今夜蘭皋。奈雲溶溶，風淡淡，雨瀟瀟。　　銀字笙調。心字香燒。料芳悰、乍整還凋。待將春恨，都付春潮。過窈娘堤，秋娘渡，泰娘橋。〔註54〕

上片慨歎春光已逝，客子尙自飄泊，穀水、蘭皋之地點與雲溶、風淡、雨瀟之天候，可見旅況之不定與客情之無奈。過片設想佳人吹笙寄恨，燃香紓愁，百感交集。而「待將春恨，都付春潮」看似灑然擺脫春恨，實則春恨正如春潮連綿不絕。歇拍數句續寫客子之行色，呼應「客尙蓬飄」，而窈娘堤、秋娘渡、泰娘橋等地名蘊涵窈娘、杜秋娘、泰娘之悽惻身世，〔註55〕又暗喻佳人之閨思。而此絕次句「又逐楊花

〔註53〕〔清〕鄭方坤：〈論詞絕句三十六首〉之一八，《蔗尾詩集》（濟南：齊魯書社，2001 年，《四庫全書存目叢書補編》冊八），卷五〈木石居後草〉，頁 315。案：「晏同叔」當作「晏叔原」，蓋晏幾道字叔原，而晏殊字同叔，鄭方坤不愼誤植字號。

〔註54〕〔宋〕蔣捷：〈行香子・舟宿蘭灣〉，唐圭璋編：《全宋詞》，冊五，頁 3445。

〔註55〕窈娘事，孟棨《本事詩》載：「唐武后時，左司郎中喬知之有婢名窈娘，藝色爲當時第一。知之寵愛，爲之不婚。武延嗣聞之，求一見，勢不可抑。既見即留，無復還理。知之憤痛成疾，因爲詩，寫以縑素，厚賂閽守以達。窈娘得詩悲惋，結於裙帶，赴井而死。延嗣見詩，遣酷吏誣陷知之，破其家」，〔唐〕孟棨：《本事詩・情感第一》，丁福保輯：《歷代詩話續編》（臺北：木鐸出版社，1988 年），冊上，頁 4～5。杜秋娘事，杜牧〈杜秋娘詩・序〉曰：「杜秋，金陵女也。

過謝橋」，關涉晏幾道之〈鷓鴣天〉詞：

> 小令尊前見玉簫。銀燈一曲太妖嬈。歌中醉倒誰能恨，唱
> 罷歸來酒未消。　　春悄悄，夜迢迢。碧雲天共楚宮遙。
> 夢魂慣得無拘檢，又踏楊花過謝橋。〔註56〕

上片追憶相聚之宴樂，玉簫歌聲婉轉，詞人盡情沉醉。其中「玉簫」
或以韋皋侍妾玉簫代稱心儀之歌妓，〔註57〕寄寓生死不渝之情緣。下
片抒敍別後之思念，寂靜漫長之春夜，兩地懸隔，相會無由，惟有入
夢尋訪，而「慣」、「又」二字可見尋訪之殷勤、用情之執著。其中「楚
宮」暗合楚王、巫山神女雲雨夢之典，影射纏綿之情思。又「謝橋」
乃通至謝秋娘家之橋，而謝秋娘係李德裕之歌妓，李德裕曾撰曲悼
之，〔註58〕故此地名隱含思念深情。再者，「夢魂慣得無拘檢，又踏
楊花過謝橋」二句，化自張泌〈寄人〉詩：「別夢依依到謝家，小廊

年十五爲李錡妾，後錡叛滅，籍之入宮，有寵於景陵。穆宗即位，
命秋爲皇子傅姆。皇子壯，封漳王。鄭注用事，誣丞相欲去已者，
指王爲根。王被罪廢削，秋因賜歸故鄉」，〔清〕彭定求等編：《全
唐詩》（北京：中華書局，2003 年），卷五二○，頁 5938。泰娘事，
劉禹錫〈泰娘歌・引〉：「泰娘本韋尚書家主謳者。初尚書爲吳郡，
得之，命樂工誨之琵琶，使之歌且舞，無幾何，盡得其術。居一二
歲，攜之以歸京師。京師多新聲善工，於是又捐去故技，以新聲度
曲。而泰娘名字，往往見稱於貴遊之間。元和初，尚書薨於東京，
泰娘出居民間。久之，爲蘄州刺史張愻所得。其後愻坐事，謫居武
陵郡。愻卒，泰娘無所歸。地荒且遠，無有能知其容與藝者，故日
抱樂器而哭，其音焦殺以悲」，〔清〕彭定求等編：《全唐詩》，卷三
五六，頁 3996。
〔註56〕〔宋〕晏幾道：〈鷓鴣天〉，唐圭璋編：《全宋詞》，冊一，頁 226～
227。
〔註57〕韋皋、玉簫情事詳見〔唐〕范攄：《雲溪友議》（北京：中華書局，
1985 年，《叢書集成初編》），卷三，頁 17～18。略謂：韋皋少遊江
夏，館於姜使君家，姜氏孺子荊寶時命玉簫侍候，韋皋約定五至七
載歸娶玉簫而別。泊八年春，韋皋未歸，玉簫絕食而亡。韋皋借助
仙道得見玉簫亡靈，其後玉簫轉世，又十二年終爲韋皋侍妾。
〔註58〕《樂府雜錄》載：「〈望江南〉：始自朱崖李太尉鎮浙西日，爲亡妓謝
秋娘所撰，本名〈謝秋娘〉，後改此名，亦曰〈夢江南〉」，〔唐〕段
安節：《樂府雜錄》（上海：上海古籍出版社，1988 年），頁 40～41。

迴合曲闌斜。多情只有春庭月，猶爲離人照落花」。〔註59〕

　　此絕第三句「持較香奩更韶雅」之「香奩」，係指韓偓《香奩集》及其所代表之「香奩體」詩風，葛立方《韻語陽秋》曰：「韓偓《香奩集》百篇，皆艷詞也」，〔註60〕嚴羽《滄浪詩話·詩體》曰：「香奩體，韓偓之詩，皆裾裙脂粉之語，有《香奩集》」。〔註61〕香奩作品概詠男歡女愛、離情相思與婦人女子之容貌體態、瑣事細物，風格纖巧綺麗，甚至傷於浮薄輕靡。至於「韶雅」本爲虞舜之《韶》樂與朝廷之雅樂，引申爲俊美雅正之義。而「持較香奩更韶雅，就中索解亦寥寥」意謂蔣捷〈行香子〉與晏幾道〈鷓鴣天〉雖近香奩體詩，然更俊美雅正，而能細察深味此中差異者指不多屈。

　　誠然，毛晉〈竹山詞跋〉曰：「今讀《竹山詞》一卷，語語纖巧，眞《世說》靡也；字字妍倩，眞六朝隃也」，〔註62〕可見蔣捷詞風貌似香奩詩風，然〈行香子〉係將春恨閨怨融入羈旅行役，寓情於景，委婉深曲，既有「銀字笙調。心字香燒」之旖旎繾綣，又有「紅了櫻桃。綠了芭蕉」之疏放飄逸，以視韓偓〈裊娜〉、〈懶起〉等作之專詠春思閨情而粉融香膩、一瀉無餘，〔註63〕可謂「韶雅」極矣。而晏幾道〈鷓鴣天〉之寫歡聚、相思亦能蘊藉而有餘韻、俊逸而不黏膩，絕去俗濫淫穢，多處事典、語典之運用關合，更增詞句之深厚義蘊與典雅風致。實際比對香奩詩作更可見其「韶雅」，夫〈鷓鴣天〉藉詠玉

〔註59〕〔五代〕張泌：〈寄人〉，〔清〕彭定求等編：《全唐詩》，卷七四二，頁 8450。

〔註60〕〔宋〕葛立方：《韻語陽秋》，卷五，〔清〕何文煥輯：《歷代詩話》，冊二，頁 526。

〔註61〕〔宋〕嚴羽：《滄浪詩話·詩體》，〔清〕何文煥輯：《歷代詩話》，冊二，頁 690。

〔註62〕〔明〕毛晉：〈竹山詞跋〉，見所輯《宋六十名家詞》之《竹山詞》，頁 252。

〔註63〕茲錄韓偓〈裊娜〉一詩以資參照：「裊娜腰肢澹薄妝，六朝宮樣窄衣裳。著詞暫見櫻桃破，飛醆遙聞荳蔻香。春惱情懷身覺瘦，酒添顏色粉生光。此時不敢分明道，風月應知暗斷腸」，〔清〕彭定求等編：《全唐詩》，卷六八三，頁 7843。

簫之曲藝以見其人之嬌媚，韓偓〈意緒〉寫妖嬈佳人則曰：「臉粉難
勻蜀酒濃，口脂易印吳綾薄。嬌饒意態不勝羞，願倚郎肩永相著」，
〔註64〕晏詞含蓄而韓詩盡露，雅鄭判然矣。又〈鷓鴣天〉之倚醉尋歡
係以夢境表述，迂曲寫其「無拘檢」，韓偓〈倚醉〉則逕作：「倚醉無
端尋舊約，卻憐惆悵轉難勝。靜中樓閣深春雨，遠處簾櫳半夜燈。抱
柱立時風細細，繞廊行處思騰騰。分明窗下聞裁翦，敲徧闌干喚不
膺」，〔註65〕真「無拘檢」也。即使同寫思極而入夢，韓偓〈偶見背
面是夕兼夢〉作：「酥凝背胛玉搓肩，輕薄紅綃覆白蓮。此夜分明來
入夢，當時惆悵不成眠。眼波向我無端豔，心火因君特地然。莫道人
生難際會，秦樓鸞鳳有神仙」，〔註66〕倡情冶思充斥字裡行間，相較
晏詞不啻天壤。

　　鄭方坤以〈鷓鴣天〉為例，細辨晏幾道迥異於香奩體詩之「韶雅」
詞風，此與黃庭堅深察晏幾道有別於豔詞之「清壯頓挫」詞風，真有
異曲同工之妙。經由上述析論，不難發現鄭方坤「韶雅」之說，亦即
黃庭堅「清壯頓挫」之意。而沈初、沈道寬論晏幾道詞風，亦不出黃
庭堅所言「清壯頓挫」之義涵。沈初〈編舊詞存稿作論詞絕句十八首〉
之四曰：

　　　晏家父子擅清華，歐九風神更足誇；若準滄浪論詩例，須
　　　從開寶數名家。〔註67〕

此絕綜論二晏與歐陽脩，標舉晏殊、晏幾道父子同具清新華美之詞
風。而沈道寬〈論詞絕句〉之九曰：

〔註64〕〔唐〕韓偓：〈意緒〉，〔清〕彭定求等編：《全唐詩》，卷六八三，
　　　　頁7837。
〔註65〕〔唐〕韓偓：〈倚醉〉，〔清〕彭定求等編：《全唐詩》，卷六八三，
　　　　頁7835。
〔註66〕〔唐〕韓偓：〈偶見背面是夕兼夢〉，〔清〕彭定求等編：《全唐詩》，
　　　　卷六八三，頁7841。
〔註67〕〔清〕沈初：〈編舊詞存稿作論詞絕句十八首〉之四，《蘭韻堂詩集》
　　　　（北京：北京出版社，2000年，《四庫未收書輯刊》十輯，冊二十三），
　　　　卷一〈南窻集上〉，頁7。

珠玉新編逸韻饒，仙郎仙筆更飄飄；世儒也愛玲瓏句，夢
蹋楊花過謝橋。〔註68〕

首句稱許晏殊《珠玉詞》清新可喜，饒富超凡飄逸之韻致，次句盛讚
晏幾道詞更俊逸高超，軼塵出俗，具有高遠之意趣。後聯隱括程頤（字
正叔，世稱伊川先生）歡賞晏幾道〈鷓鴣天〉之事，邵博《邵氏聞見
後錄》載：

程叔微云：「伊川聞誦晏叔原『夢魂慣得無拘檢，又踏楊花
過謝橋』長短句，笑曰：『鬼語也。』意亦賞之。程晏三（案：
當作「二」）家有連云。」〔註69〕

〈鷓鴣天〉末結二句化實為虛，筆觸飄忽而情韻綿邈，虛幻迷離，是
以程頤譽為「鬼語」。而沈道寬特以程頤亦賞「夢魂慣得無拘檢，又
踏楊花過謝橋」之玲瓏詞句，印證晏幾道飄灑超逸之詞風，蓋「鬼語」、
「仙筆」同一義也。

　　鄭方坤、沈初、沈道寬稱晏幾道詞「韶雅」、「清華」、「仙筆更飄
飄」，洵然。晏幾道俊美雅正、清新華美、飄灑超逸之詞風，遂令詞
作含蓄蘊藉、婉曲深致，言有盡而意無窮，引人託喻之聯想，前引華
長卿〈論詞絕句〉次句謂晏幾道「神似高唐宋玉篇」即著眼於此，稱
揚晏詞似宋玉〈高唐賦〉之別有寄託。檢視歷來論者評賞晏幾道詞篇
確實屢見寄託之說，如〈木蘭花〉：「鞦韆院落重簾暮。彩筆閒來題繡
戶。牆頭丹杏雨餘花，門外綠楊風後絮。　　朝雲信斷知何處。應作
襄王春夢去。紫驄認得舊游蹤，嘶過畫橋東畔路」，〔註70〕運化〈高
唐賦〉典故，寫其重經故地而追憶佳人，而黃蘇評曰：「題為憶歸而
作。……似為遊冶思其舊好而言。然叔原嘗言其先公不作婦人語，則
叔原又豈肯為狹邪之事，或亦有所寄託言之也」。〔註71〕又如通篇詠

〔註68〕 〔清〕沈道寬：〈論詞絕句〉之九，《話山草堂詩鈔》（臺北：臺灣大
　　　　 學圖書館藏，清光緒三年潤州榷廳刊本），卷一，頁36下。
〔註69〕 〔宋〕邵博撰，劉德權、李劍雄點校：《邵氏聞見後錄》，卷十九，
　　　　 頁151。
〔註70〕 〔宋〕晏幾道：〈木蘭花〉，唐圭璋編：《全宋詞》，冊一，頁233。
〔註71〕 〔清〕黃蘇：《蓼園詞評》，「玉樓春」條，唐圭璋編：《詞話叢編》，

柳之〈浣溪沙〉（二月和風到碧城）一詞，〔註72〕劉永濟評曰：「此詞通首詠柳，細味之皆含諷意。上半闋言其盛時。下半闋一、二句，言趨附者之多也。末句似諷、似憐、又似以盛衰無常警戒之」，並指實所諷之對象乃權勢煊赫一時之呂夷簡，〔註73〕賦予此詞政治義涵。姑不論黃蘇、劉永濟之評說是否的當，《小山詞》之深具感發潛能可見一斑。

此外，沈道寬〈論詞絕句〉所言「仙郎仙筆更飄飄」雖屬發揚黃庭堅「清壯頓挫」之說，然以神仙比況晏幾道之高才健筆堪稱傳神得實，其後況周頤亦有類似說法，其《蕙風詞話》曰：「小晏神仙中人，重以名父之貽，賢師友相與沆瀣，其獨造處，豈凡夫肉眼所能見及」，〔註74〕亦以仙人譬喻小晏超凡絕塵之成就。

三、深切斷腸之詞情

〈毛詩序〉曰：「情動於中而形於言，言之不足，故嗟歎之；嗟歎之不足，故永歌之；永歌之不足，不知手之舞之、足之蹈之也」，〔註75〕情感乃文學藝術之本源，而晏幾道《小山詞》所以傳誦千古，除卻韶雅俊逸之詞風，更因情感豐沛、情事動人。清代論詞絕句不乏評鷙《小山詞》之詞情者，如厲鶚〈論詞絕句十二首〉之三曰：

> 鬼語分明愛賞多，小山小令擅清歌；世間不少分襟處，月
> 細風尖喚奈何。〔註76〕

冊四，頁 3044。

〔註72〕晏幾道〈浣溪沙〉全詞如下：「二月和風到碧城。萬條千縷綠相迎。舞煙眠雨過清明。　　妝鏡巧眉偷葉樣，歌樓妍曲借枝名。晚秋霜霰莫無情」，唐圭璋編：《全宋詞》，冊一，頁 239。

〔註73〕劉永濟：《唐五代兩宋詞簡析》（北京：中華書局，2007 年），頁 47。

〔註74〕況周頤：《蕙風詞話》，卷二「小山阮郎歸」條，唐圭璋編：《詞話叢編》，冊五，頁 4426。

〔註75〕〔漢〕毛公傳，鄭玄箋，〔唐〕孔穎達等正義：《毛詩正義》（臺北：藝文印書館，1985 年，《十三經注疏》冊二），頁 13。

〔註76〕〔清〕厲鶚：〈論詞絕句十二首〉之三，《樊榭山房集》（臺北：臺灣商務印書館，1967 年，《四部叢刊初編》），卷七，頁 73。

首句援引邵博《邵氏聞見後錄》之記載，意謂程頤稱晏幾道〈鷓鴣天〉之「夢魂慣得無拘檢，又踏楊花過謝橋」為「鬼語」，並無任何貶義，非謂所言荒誕不經，分明愛賞有加。次句則讚晏幾道之小令清新雅正，屬鶚所以特地標舉晏幾道之「小令」，蓋因長調歷經柳永、張先等人之創製發展，洎乎北宋後期，蘇軾、黃庭堅、秦觀、賀鑄、周邦彥等重要詞家皆喜填作，惟《小山詞》仍以小令為主，罕見長調，甚特殊也，且其造詣甚高，有「最擅勝場」、「砥柱中流」之美譽。〔註77〕至於此絕後聯關涉晏幾道〈蝶戀花〉詞：

> 碧玉高樓臨水住。紅杏開時，花底曾相遇。一曲陽春春已暮。曉鶯聲斷朝雲去。　　遠水來從樓下路。過盡流波，未得魚中素。月細風尖垂柳渡。夢魂長在分襟處。〔註78〕

起首三句追憶邂逅佳人之情景，其中「碧玉」或以南朝宋汝南王侍妾碧玉代稱所歡，〔註79〕寄寓愛慕深情。續言曲終人散，而「朝雲去」係以雲雨夢之故實慨歎佳人離去。下片抒發相思之苦，佳人音訊杳然，自己魂牽夢繫，難忘當初離別之地點──月光微渺、寒風刺骨之垂柳渡口。其中分袂當下「月細風尖」之冷峭與夫相逢時節紅杏陽春之明豔，恰成鮮明對照，〔註80〕益增離別相思之悽傷。而屬鶚詩句意謂：世人話別之地點多矣，歷來分襟之歌詠盛矣，而晏幾道〈蝶戀花〉

〔註77〕〔清〕周之琦曰：「詞之有令，唐五代尚矣。宋惟晏叔原最擅勝場，賀方回差堪接武」，〔清〕杜文瀾：《憩園詞話》，卷二「周稚圭中丞詞」條引周之琦之論，唐圭璋編：《詞話叢編》，冊三，頁2865。陳匪石曰：「至於北宋小令，近承五季，慢詞蕃衍，其風始微，晏殊、歐陽修、張先，固雅負盛名，而砥柱中流，斷非幾道莫屬」，陳匪石編著，鍾振振校點：《宋詞舉（外三種）》（南京：江蘇古籍出版社，2002年），頁83。

〔註78〕〔宋〕晏幾道：〈蝶戀花〉，唐圭璋編：《全宋詞》，冊一，頁225。

〔註79〕郭茂倩《樂府詩集・清商曲辭二・吳聲歌曲二・碧玉歌》引《樂苑》曰：「〈碧玉歌〉者，宋汝南王所作也。碧玉，汝南王妾名。以寵愛之甚，所以歌之」，〔宋〕郭茂倩：《樂府詩集》，卷四十五，頁663。

〔註80〕參見王雙啟有關本詞之講解，詳見王雙啟：《晏幾道詞新釋輯評》（北京：中國書店，2007年），頁41。

「月細風尖」之描敘何其深細尖刻，令人興發無可奈何之浩歎！

　　細按厲鶚此絕之真正作意，應本劉義慶《世說新語‧任誕》有關桓伊（字叔夏，小字子野）之記載：

　　　　桓子野每聞清歌，輒喚「奈何」，謝公聞之，曰：「子野可
　　　　謂一往有深情。」〔註81〕

由「清歌」、「奈何」可見厲詩與《世說》二者之關聯，是知此絕用以強調《小山詞》之「一往情深」。然則厲鶚並論〈鷓鴣天〉與〈蝶戀花〉有其深意，蓋此二曲「清歌」同抒相思深情，皆由憶往敘起，俱以情愛相關故實入詞，均以縹緲之夢境、超逸之詞筆呈現綿邈之情思、執著之心志。凡此，足以彰顯晏幾道詞之一往情深。

　　梁梅亦賞《小山詞》詞情之深切感人，其〈論詞絕句一百六十首〉論晏幾道曰：

　　　　一寸狂心譜六么，動人未免易魂銷；何如鬼語饒風致，夢
　　　　踏楊花過野橋。（晏小山幾道）〔註82〕

首句指晏幾道之〈六么令〉，該詞全文如下：

　　　　綠陰春盡，飛絮繞香閣。晚來翠眉宮樣，巧把遠山學。一
　　　　寸狂心未說，已向橫波覺。畫簾遮匝。新翻曲妙，暗許閒
　　　　人帶偷掐。　　前度書多隱語，意淺愁難答。昨夜詩有回
　　　　紋，韻險還慵押。都待笙歌散了，記取留時霎。不消紅蠟。
　　　　聞雲歸後，月在庭花舊闌角。〔註83〕

上片不僅描敘歌女色藝雙絕，更以眼波流露心意，見其多情癡頑；下片陳述詞人深情相許，回信、和詩均難表方寸，直待相見以傾訴情悰。全詞親昵纏綿，沈際飛有「款密竭情」之評，〔註84〕而梁梅曰：「動

〔註81〕　〔南朝宋〕劉義慶撰，徐震堮校箋：《世說新語校箋》（北京：中華
　　　　　書局，1984年），〈任誕第二十三〉，頁406。
〔註82〕　〔清〕梁梅：〈論詞絕句一百六十首〉之論晏幾道，見〔清〕張維屏
　　　　　選：《學海堂三集》（南京：江蘇教育出版社，1995年，趙所生、薛
　　　　　正興編《中國歷代書院志》冊十四），卷二十四，頁321。
〔註83〕　〔宋〕晏幾道：〈六么令〉，唐圭璋編：《全宋詞》，冊一，頁241。
〔註84〕　〔明〕沈際飛：《草堂詩餘四集》（臺北：國家圖書館藏，明崇禎間
　　　　　刊本），〈別集〉卷三，頁25下。

人未免易魂銷」，亦稱此中癡狂之情致令人動容銷魂。至於後聯則謂晏幾道另一名作〈鷓鴣天〉更蕩人心魂，程頤指爲「鬼語」之「夢魂慣得無拘檢，又踏楊花過謝橋」二句，殷切、貪頑之表述饒富風情韻致，眞能動搖人心。

厲鶚、梁梅洞察〈鷓鴣天〉、〈蝶戀花〉與〈六么令〉體現《小山詞》之深情特質，而王僧保則以「多情」串聯晏殊、晏幾道父子之詞情，其〈論詞絕句〉之一七曰：

> 韻事吟梅宋廣平，當歌此老亦多情；夢魂又躡楊花去，不愧風流濟美名。（穆按：晏同叔性極剛方，而詞格侍爲婉麗。小山詞：「夢魂慣得無拘管，又逐楊花過謝橋」，雖伊川程子亦賞之。）〔註85〕

前聯論晏殊並以宋璟（封廣平郡公）爲喻，意謂宋璟爲人貞勁方正，然其〈梅花賦〉富麗婉媚，晏殊亦如宋璟一般，賦性剛毅耿介而詞篇婉變多情。後聯論晏幾道且引程頤雅愛〈鷓鴣天〉之事，意謂「夢魂慣得無拘檢，又踏楊花過謝橋」筆觸空靈而情致繾綣，即使道學家程頤亦極推賞，《小山詞》之多情風韻眞堪接武《珠玉詞》，宜乎父子並名詞壇也。信然，翻閱《小山詞》隨處可見「多情」、「有情」、「相思」、「記」、「憶」與思極而「夢」之敘寫，如「多情美少年，屈指芳菲近」（〈生查子〉）、「天與多情，不與長相守」（〈點絳脣〉）、「豔歌更倚疏絃。有情須醉尊前」（〈清平樂〉）、「有情不管別離久。情在相逢終有」（〈秋蕊香〉）、「相思拚損朱顏盡」（〈玉樓春〉）、「要問相思，天涯猶自短」（〈清商怨〉）、「曾記花前，共說深深願」（〈蝶戀花〉）、「倦客紅塵。長記樓中粉淚人」（〈采桑子〉）、「宿妝曾比杏顋紅，憶人細把香英認」（〈踏莎行〉）、「靜憶天涯，路比此情猶短」（〈碧牡丹〉）、「相尋夢裡路，飛雨落花中」（〈臨江仙〉）、「歸來獨臥逍遙夜，夢裡相逢酩

〔註85〕〔清〕王僧保：〈論詞絕句〉之一七，見況周頤：《阮盦筆記五種‧選巷叢譚》（臺北：新文豐出版公司，1989年，《叢書集成續編》冊二十四），卷二，頁690。案：「穆按」乃徐穆所作按語，「而詞格侍爲婉麗」之「侍」當作「特」。

酊天」（〈鷓鴣天〉）等，〔註86〕則晏幾道之多情不言可喻。

惟二晏之多情各具面目，晏殊憐景泥情之什慨歎世事無常，進而擺脫哀戚，流露曠達灑脫之高情遠韻，而晏幾道則多低徊於悽傷之情境。汪筠有詩論及晏幾道之「斷腸」詞情，其〈讀《詞綜》書後二十首〉之五曰：

> 處士深憐碧草芳，情鍾我輩詎相忘；叔原子野多新製，題
> 向尊前揔斷腸。〔註87〕

此絕前聯專論林逋，後聯並論晏幾道與張先。晏幾道曾自為序剖析填詞背景與詞作情感，汪筠所論大抵鎔裁該序意旨。晏幾道〈小山詞自序〉曰：

> 《補亡》一編，補樂府之亡也。叔原往者浮沉酒中，病世
> 之歌詞不足以析酲解慍，試續南部諸賢緒餘，作五七字
> 語，期以自娛，不獨敘其所懷，兼寫一時杯酒閒聞見，所
> 同游者意中事。嘗思感物之情，古今不易，竊以謂篇中之
> 意，昔人所不遺，第於今無傳爾。故今所製，通以《補亡》
> 名之。始時沈十二廉叔、陳十君龍家，有蓮、鴻、蘋、
> 雲，品清謳娛客，每得一解，即以草授諸兒，吾三人持酒
> 聽之，為一笑樂而。已而君龍疾廢臥家，廉叔下世，昔之
> 狂篇醉句，遂與兩家歌兒酒使俱流轉於人閒，自爾郵傳滋
> 多，積有竄易。……追惟往昔過從飲酒之人，或壠木已長，
> 或病不偶，考其篇中所記悲歡合離之事，如幻、如電，如
> 昨夢前塵，但能掩卷憮然，感光陰之易遷，歎境緣之無實
> 也。〔註88〕

是知晏幾道詞集原名《樂府補亡》，用以綴補樂府之散亡，晏氏不滿

〔註86〕以上所引分見唐圭璋編：《全宋詞》，冊一，頁 229、246、232、254、
　　　　236、254、225、251、252、255、221、227。

〔註87〕〔清〕汪筠：〈讀《詞綜》書後二十首〉之五，《謙谷集》（北京：北
　　　　京出版社，2000 年，《四庫未收書輯刊》十輯，冊二十一），卷二，
　　　　頁 93。案：末句之「揔」同「總」。

〔註88〕〔宋〕晏幾道：〈小山詞自序〉，見朱孝臧輯校：《彊村叢書》之《小
　　　　山詞》，頁 168。

當世歌詞未能析酲解慍，於是承續西蜀、南唐詞人遺韻以填製新詞，此即汪筠所謂「多新製」也。晏幾道與沈廉叔、陳君龍過從飲酒，於酒筵歌席之間填詞付與蓮、鴻、蘋、雲演唱，以為宴樂之資，汪筠所言「題向尊前」即此創作環境之概括。晏幾道以詞抒發應物而生、古今不易之真切情感，而其詞中所寫悲歡離合之事，俯仰之間虛幻無憑，令其不勝欷歔，故汪筠稱晏幾道詞「惣斷腸」。

　　汪筠此絕提挈《小山詞》之「斷腸」詞情，誠屬知言。蓋晏幾道賦性孤傲高潔、耿直介特，行徑特立獨行、睥睨群倫，不願屈從流俗，鮮有同調知音，自言：「我槃跚勃窣，猶獲罪於諸公，憤而吐之，是唾人面也」。〔註89〕而晏幾道願與沈廉叔、陳君龍親善遊從，共聽蓮、鴻、蘋、雲彈唱，則此歡會絕非單純歌舞侑觴而已，更為知交相得之聚合。〔註90〕每當宴罷歸去，晏幾道之寂寥失落可以想見。之後沈廉叔辭世，陳君龍臥病，蓮、鴻、蘋、雲流落轉徙，撫今追昔，更令晏幾道陷入追憶懷思之悲情哀感。何況本為富貴公子之晏幾道親歷家道式微，〔註91〕陸沉下位，又曾身陷圄圄，〔註92〕今昔消長、盛衰無常

〔註89〕〔宋〕黃庭堅：〈小山集序〉，《豫章黃先生文集》，卷十六，頁 163。

〔註90〕繆鉞〈論晏幾道詞〉亦曰：「沈廉叔、陳君龍大概是與晏幾道性情契合的人，而蓮、鴻、蘋、雲諸女子，不但善於歌唱彈奏，大概也還天真純樸，不似仕途中人之混濁鄙俗，所以晏幾道願和她們相處，而撰作小詞以抒寫情懷」，繆鉞、葉嘉瑩：《靈谿詞說》（臺北：國文天地雜誌社，1989 年），頁 164。

〔註91〕黃庭堅稱晏幾道「四癡」之一乃「費資千百萬，家人寒飢，而面有孺子之色」（〈小山集序〉，《豫章黃先生文集》，卷十六，頁 163），可見晏幾道曾有出手闊綽之優渥生活，亦曾淪落至衣食匱乏之窘境。

〔註92〕宋神宗熙寧七年（1074），鄭俠進呈所繪流民圖與奏疏，極言新法之弊，遭呂惠卿等人構陷，下獄窮治（詳見〔元〕脫脫等撰：《宋史》，北京：中華書局，1990 年，卷三二一〈鄭俠傳〉，頁 10435～10437），而趙令畤《侯鯖錄》載：「熙寧中，鄭俠上書事作，下獄，悉治平時所往還厚善者，晏幾道叔原皆在數中。俠家搜得叔原與俠詩云：『小白長紅又滿枝，築毬場外獨支頤。春風自是人間客，張主繁華得幾時。』裕陵稱之，即令釋出」（〔宋〕趙令畤撰，孔凡禮點校：《侯鯖錄》，北京：中華書局，2002 年，卷四，頁 102），可知晏幾道因與鄭俠交善而遭株連入獄。

之境遇遷化，使其詞情感慨更深、傷痛更甚。

　　檢視《小山詞》敘及「斷腸」、「腸斷」相關字面者，即有十八闋之多，茲臚列如下：

　　　　卻倚緩絃歌別緒。斷腸移破秦箏柱。(〈蝶戀花〉)

　　　　當日佳期鵲誤傳。至今猶作斷腸仙。(〈鷓鴣天〉)

　　　　殘睡覺來人又遠，難忘。便是無情也斷腸。(〈南鄉子〉)

　　　　百分蕉葉醉如泥，卻向斷腸聲裡醒。(〈木蘭花〉)

　　　　彈到斷腸時。春山眉黛低。(〈菩薩蠻〉)

　　　　欲將沉醉換悲涼。清歌莫斷腸。(〈阮郎歸〉)

　　　　憐晚秀，惜殘陽。情知枉斷腸。(〈更漏子〉)

　　　　細想從來，斷腸多處，不與者番同。(〈少年游〉)

　　　　月上東窗。長到如今欲斷腸。(〈采桑子〉)

　　　　憑誰細話當時事，腸斷山長水遠詩。(〈鷓鴣天〉)

　　　　多應不信人腸斷。幾夜夜寒誰共暖。(〈木蘭花〉)

　　　　細思巫峽夢回時，不減秦源腸斷處。(〈玉樓春〉)

　　　　難拚此回腸斷，終須鎖定紅樓。(〈河滿子〉)

　　　　鸚鵡杯深豔歌遲，更莫放、人腸斷。(〈留春令〉)

　　　　一自故溪疏隔。腸斷長相憶。(〈望仙樓〉)

　　　　翠黛倚門相送，鶯腸斷處離聲。(〈清平樂〉)

　　　　坐中應有賞音人，試問回腸曾斷未。(〈玉樓春〉)

　　　　垂鞭自唱陽關徹。斷盡柔腸思歸切。(〈醉落魄〉) 〔註93〕

以上詞句或敘愛戀相思，或抒離愁別恨，或言鄉情歸思，或憶前塵往事，或狀人情物態，或詠歌聲琴音，令人悽婉欲絕。至於《小山詞》中與「斷腸」義近之字詞如淚、愁、怨、恨、消魂、淒涼、悲涼……

〔註93〕以上所引分見唐圭璋編：《全宋詞》，冊一，頁 225、226、230、233、
　　　235、238、242、247、251、226、234、237、243、253、255、232、
　　　236、255。

等，則更不勝枚舉。一部《小山詞》，眞如其〈浣溪沙〉（日日雙眉鬭畫長）所言「一春彈淚說淒涼」也。

　　汪筠所揭櫫之「斷腸」詞情，切中晏幾道詞之肯綮，後世不乏踵繼闡揚之論者。馮煦曾將晏幾道與秦觀相提並論而曰：「淮海、小山，眞古之傷心人也，其淡語皆有味，淺語皆有致，求之兩宋詞人，實罕其匹」，〔註94〕認爲二人詞作充滿感傷情調，即使措語平淡淺近亦有韻味情致，獨步兩宋詞壇。夏敬觀曰：「叔原以貴人暮子，落拓一生，華屋山邱，身親經歷，哀絲豪竹，寓其微痛纖悲，宜其造詣又過于父」，〔註95〕係由身世遭遇詮釋何以《小山詞》多寓悲痛之情。鄭騫先生亦曰：「小山詞境，清新淒婉，高華綺麗之外表不能掩其蒼涼寂寞之內心，傷感文學，此爲上品」，〔註96〕直指晏幾道詞爲傷感文學上乘之作。

四、〈鷓鴣天〉詞之頌揚

（一）〈鷓鴣天〉（小令尊前見玉簫）

　　清代論詞絕句作者最爲關注之晏幾道詞篇，允推〈鷓鴣天〉（小令尊前見玉簫）。厲鶚曰：「鬼語分明愛賞多」；鄭方坤謂「又逐楊花過謝橋」乃「持較香奩更韶雅」；沈道寬曰：「世儒也愛玲瓏句，夢躡楊花過謝橋」；王僧保曰：「夢魂又躡楊花去，不愧風流濟美名」；梁梅曰：「何如鬼語饒風致，夢踏楊花過野橋」；譚瑩曰：「人似伊川稱鬼語」；華長卿曰：「夢過謝橋參鬼語，竟邀青眼到伊川」，均對該詞讚賞有加。

　　而王兆鵬、郁玉英〈宋詞經典名篇的定量考察〉一文，採歷代詞選、歷代唱和、歷代評點、二十世紀之研究、互聯網所鏈接之文章等

〔註94〕〔清〕馮煦：《蒿庵論詞》，「論晏幾道詞」條，唐圭璋編：《詞話叢編》，冊四，頁 3587。
〔註95〕夏敬觀：《映庵詞評》，《詞學》五輯，頁 201。
〔註96〕鄭騫：〈成府談詞〉，《景午叢編》（臺北：臺灣中華書局，1972 年），上編，頁 252。

五類數據，各依 50%、5%、20%、15%、10% 之權重，統計宋詞經典名篇。〔註97〕依據該文統計結果，最受青睞之晏幾道詞篇首推〈鷓鴣天〉（彩袖殷勤捧玉鍾），次爲〈臨江仙〉（夢後樓臺高鎖），分別於百大宋詞名篇中位居第五十四、六十六。

　　清代論詞絕句作者獨鍾〈鷓鴣天〉（小令尊前見玉簫），而非眾所接受之〈鷓鴣天〉（彩袖殷勤捧玉鍾），箇中原因除卻誤將〈鷓鴣天〉（彩袖殷勤捧玉鍾）作晏殊詞，〔註98〕當與清人「尊體」之風氣有關。推尊詞體可謂清代詞壇之共識，舉凡陽羨、西泠、浙西、常州等詞派皆有其尊體主張。至於具體作法：或溯詞體本於古樂、《詩經》、〈離騷〉、樂府，等同經、史；或辯證「詞爲詩餘」之義涵、訛誤；或倡言比興寄託，尋繹微言大義。更有標榜通儒鉅公不廢填詞以駁「詞乃小技」之說，如曹爾堪〈錦瑟詞序〉曰：「歐、蘇兩公，千古之偉人也，其文章事業，炳耀天壤。而此地（案：指揚州平山堂）獨以兩公之詞傳，至今讀〈朝中措〉、〈西江月〉諸什，如見兩公之鬚眉生動，偕游于千載之上也。世乃目詞學爲雕蟲小技者，抑獨何歟？以詞學爲小技，謂歐、蘇非偉人乎？」〔註99〕而厲鶚、沈道寬、王僧保、梁梅、譚瑩、華長卿等人俱將程頤愛賞〈鷓鴣天〉（小令尊前見玉簫）之事入詩，正與此作法相仿。則其用心蓋謂：程頤乃理學大師，重道輕文，曾謂「作文害道」，〔註100〕然聞「夢魂慣得無拘檢，又踏楊花過謝橋」

〔註97〕詳見王兆鵬、郁玉英：〈宋詞經典名篇的定量考察〉，《文學評論》，2008 年六期，頁 79～86。

〔註98〕譚瑩〈論詞絕句一百首〉之一八論晏殊曰：「楊柳桃花調亦陳，三家村裏住無因」，華長卿〈論詞絕句〉之一○論晏殊曰：「舞低楊柳樓心月，歌盡桃花扇底風；儻在三家村裡住，何能珠玉串玲瓏」，譚、華二氏均蹈襲晁補之「評本朝樂章」之說，誤引小晏〈鷓鴣天〉（彩袖殷勤捧玉鍾）詞句「舞低楊柳樓心月，歌盡桃花扇底風」，以論大晏詞之富貴，詳見本文第四章第一節之「三、清華逸韻，詞家正宗」相關論述。

〔註99〕〔清〕曹爾堪：〈錦瑟詞序〉，〔清〕汪懋麟：《錦瑟詞》（上海：上海古籍出版社，2002 年，《續修四庫全書》冊一七二五），頁 253。

〔註100〕「問：『作文害道否？』曰：『害也。凡爲文，不專意則不工，若專

詞句，亦心為所動，笑賞為「鬼語」，可見詞之為體移情感人之深，
豈可等閒視為小道末技！

（二）〈鷓鴣天〉（碧藕花開水殿涼）

譚瑩〈論詞絕句一百首〉之二八論晏幾道有言：「人似伊川稱
鬼語，君王卻賞鷓鴣天」，上句論及程頤稱賞〈鷓鴣天〉（小令尊前
見玉簫），下句涉及晏幾道另闋〈鷓鴣天〉詞及其本事，該詞全文如
下：

> 碧藕花開水殿涼。萬年枝外轉紅陽。昇平歌管隨天仗，祥
> 瑞封章滿御牀。　　金掌露，玉爐香。歲華方共聖恩長。
> 皇州又奏圜扉靜，十樣宮眉捧壽觴。〔註101〕

黃昇《唐宋諸賢絕妙詞選》於此詞調下注曰：

> 慶曆中，開封府與棘寺同日奏獄空，仁宗於宮中宴集，宣
> 晏叔原作此，大稱上意。〔註102〕

是知晏幾道奉詔作此頌德之詞，惟黃昇所言仁宗慶曆當為徽宗崇寧之
誤，鄭騫先生考之甚詳。〔註103〕詞作摹寫碧蓮、紅日、甘露、爐香

意則志局於此，又安能與天地同其大也？』」，〔宋〕程顥、程頤：
《二程全書・遺書》（臺北：中華書局，1981年，《四部備要》），卷
十八（伊川先生語），頁42下。

〔註101〕〔宋〕晏幾道：〈鷓鴣天〉，唐圭璋編：《全宋詞》，冊一，頁227～
228。

〔註102〕〔宋〕黃昇選編，鄧子勉校點：《唐宋諸賢絕妙詞選》，卷三，上海
古籍出版社編：《唐宋人選唐宋詞》（上海：上海古籍出版社，2004
年），冊下，頁616。

〔註103〕《宋會要・刑法四・獄空》載：「徽宗崇寧四年閏二月六日詔：開
封府獄空，王寧特轉兩官；兩經獄空，推官晏幾道、何述、李注、
推官轉管勾使院賈炎，並轉一官，仍賜章服」，「五年十月三日，開
封尹時彥奏：『開封府一歲內四次獄空，乞宣付史館。』從之」（〔清〕
徐松纂輯：《宋會要輯稿》，臺北：新文豐出版股份有限公司，1976
年，冊七，頁6650），是知徽宗崇寧年間開封府多次獄空。而鄭騫
〈晏叔原繫年新考〉曰：「今按：此詞決非慶曆中作。第一，予為
此遍閱《宋史》〈仁宗紀〉、〈刑法志〉及《宋會要・刑法門》，慶曆
八年之中絕無『開封府與棘寺同日奏獄空』之記載。第二，花菴所
選〈鷓鴣天〉詞，今本《小山詞》中亦有之。……慶曆中，西有元

等景物，以見「歲華」之盛；鋪敘歌樂伴隨天仗、各地頻傳祥瑞、京城又見獄空、宮娥捧觴賀壽等情事，以彰「聖恩」之深。一派雍容閒雅，構築「歲華方共聖恩長」之太平圖象。

宋徽宗深諳文學、音律，而晏幾道應制填詞，且能「大稱上意」，歌詠太平之功力自不待言。王灼《碧雞漫志》又載：「叔原年未至乞身，退居京城賜第，不踐諸貴之門。蔡京重九、冬至日遣客求長短句，欣然兩爲作〈鷓鴣天〉，『九日悲秋不到心。……細捧霞觴豔豔金。』『曉日迎長歲歲同。……莫使金罇對月空。』竟無一語及蔡者」，〔註 104〕權相蔡京亦請晏幾道頌讚節序以矜功伐能，可見小晏之擅詠太平，而兩闋詞作「竟無一語及蔡者」，如實呈現所見太平景況，絕無虛美過誇以曲附權貴之詞。今觀詠冬至之〈鷓鴣天〉，〔註 105〕描敘節候、風物、民俗之景象，加以歌樂、宴飲之場合，物阜民康不言可喻。而詠重九之〈鷓鴣天〉，〔註 106〕更能跳脫登高、悲秋、懷人、思鄉之窠臼，直寫歌吹之堪聽、花木之可愛、宴飲之足樂。

晏幾道歌詠太平之〈鷓鴣天〉（碧藕花開水殿涼）（九日悲秋不到心）（曉日迎長歲歲同）諸詞，傳誦廣遠，影響所及，稍晚於晏幾道之晁端禮曾擬作十闋，其〈鷓鴣天〉序曰：「晏叔原近作〈鷓鴣天〉

昊之叛變，北有契丹之乘機勒索，非慶昇平獻祥瑞之時，仁宗尤不喜所謂祥瑞。此兩句卻與徽宗之好音樂、信道教，完全符合：『皇州又奏圜扉靜』則確是『開封獄空』。有此二證，可知花菴所謂『慶曆獄空』，實爲崇寧獄空之誤傳」，見鄭騫：《景午叢編》，下編，頁 202。

〔註 104〕 〔宋〕王灼：《碧雞漫志》，卷二「小山詞」條，唐圭璋編：《詞話叢編》，冊一，頁 86。

〔註 105〕 〈鷓鴣天〉全詞如下：「曉日迎長歲歲同。太平簫鼓間歌鐘。雲高未有前村雪，梅小初開昨夜風。　羅幕翠，錦筵紅。釵頭羅勝寫宜冬。從今屈指春期近，莫使金尊對月空」，唐圭璋編：《全宋詞》，冊一，頁 227。

〔註 106〕 〈鷓鴣天〉全詞如下：「九日悲秋不到心。鳳城歌管有新音。風凋碧柳愁眉淡，露染黃花笑靨深。　初見雁，已聞砧。綺羅叢裡勝登臨。須教月戶纖纖玉，細捧霞觴灩灩金」，唐圭璋編：《全宋詞》，冊一，頁 227。

曲，歌詠太平，輒擬之為十篇。野人久去輦轂，不得目覩盛事，姑誦所聞萬一而已」。〔註107〕南宋王銍《默記》亦謂晏幾道「盡見昇平氣象，所得者人情物態」。〔註108〕揆諸歷來論者每多推挹柳永擅寫仁宗朝之太平氣象，〔註109〕且「無表德，只是實說」，〔註110〕則晏幾道〈鷓鴣天〉諸詞可謂如實呈現徽宗朝崇寧、大觀年間之承平表象，深具現實意義，足以肩隨柳永。惟宋以後鮮見有關晏幾道歌詠太平之論述，此類詞篇似為相思離情之什所掩。而譚瑩詩句「君王卻賞鷓鴣天」，顯揚晏幾道歌詠太平之作，誠難能可貴也。

　　清代論詞絕句作者品評晏幾道，或論傳承：朱彝尊並舉二晏之《珠玉詞》、《小山詞》以頌美陳維崧、陳履端父子之詞篇，江昱、華長卿稱揚晏幾道克紹晏殊之倚聲家學，周之琦論贊晏幾道乃晏殊、《花間集》、李煜之嗣響，譚瑩認同晏幾道無愧乃父晏殊，然質疑《小山詞》直逼、凌駕《花間集》之說。或論詞風：鄭方坤、沈初、沈道寬謂晏幾道詞俊美雅正、清新華美、飄灑超逸，華長卿則賞《小山詞》似〈高唐賦〉之別有寄託。或論詞情：厲鶚彰顯《小山詞》之一往情深，梁梅推賞《小山詞》動人銷魂之癡情，王僧保洞悉二晏詞作一脈相承之多情，汪筠細察晏幾道詞每多斷腸悽傷之音。或論名作：〈鷓鴣天〉（小令尊前見玉簫）備受論者關注，厲鶚、沈道寬、王僧保、梁梅、譚瑩、華長卿皆敘及程頤愛賞該詞，隱含推尊詞體之用心，而譚瑩更

〔註107〕〔宋〕晁端禮：〈鷓鴣天・序〉，唐圭璋編：《全宋詞》，冊一，頁437。
〔註108〕〔宋〕王銍撰，朱杰人點校：《默記》（北京：中華書局，1981年），卷下，頁46。
〔註109〕如范鎮曰：「當仁廟四十二年太平，吾身為史官二十年，不能贊述，而耆卿能盡形容之」，〔宋〕謝維新編：《古今合璧事類備要・後集》（臺北：臺灣商務印書館，1985年，《景印文淵閣四庫全書》冊九四〇），卷四十二，頁134。
〔註110〕詳見〔宋〕張端義撰，梁玉瑋校點：《貴耳集》（鄭州：中州古籍出版社，2005年），卷上，頁22。

論及晏幾道頌讚太平之〈鷓鴣天〉（碧藕花開水殿涼）。

　　周之琦儼有視晏幾道集《花間》、李煜大成之意，極度推尊其詞壇地位。鄭方坤、沈初、沈道寬、華長卿論晏幾道詞風，雖本黃庭堅「清壯頓挫」、「其合者〈高唐〉、〈洛神〉之流」之說，然皆深中肯綮，而鄭方坤較論小晏詞風與香奩詩風之異同，尤能闡幽抉微。厲鶚、梁梅、王僧保、汪筠論晏幾道深切斷腸之詞情，亦能直探奧賾。譚瑩揚舉晏幾道湮沒已久之歌詠太平詞作，獨具慧眼，殊值稱賞。至於周之琦提點李煜、晏幾道同為純真自然之詞人，沈道寬稱晏幾道「仙郎仙筆」之妙喻，汪筠揭示《小山詞》之「斷腸」詞情，更能啟導後世論者。

第二節　論賀鑄

　　賀鑄（1052～1125），字方回，號慶湖遺老，衛州共城（今河南輝縣）人，詞集名《東山詞》、《賀方回詞》或《東山寓聲樂府》。清代論詞絕句有關賀鑄之評論，約可歸納為：借鑒古典之推尊、多樣詞風之稱揚、〈橫塘路〉詞之論繹等三端，以下逐項析論。

一、借鑒古典之推尊

　　賀鑄曾曰：「欲知老子消懷處，靜夜青燈一卷書」，[註111] 自敘涵泳典籍以寄情遣懷，而程俱亦曰：「方回豪爽精悍，書無所不讀」，[註112] 推許其博學之功。賀鑄不僅博覽群籍，且家中藏書至富，精於校讎，葉夢得稱其「家藏書萬餘卷，手自校讎，無一字脫誤」，[註113] 而程俱、潘大臨（字邠老）贈賀鑄詩所言：「低頭向螢窗，有

〔註111〕　〔宋〕賀鑄：〈丹陽客舍示曾紆公袞〉，《慶湖遺老詩集》（臺北：臺灣商務印書館，1985 年，《景印文淵閣四庫全書》冊一一二三），補遺，頁 290。
〔註112〕　〔宋〕程俱：〈宋故朝奉郎賀公墓誌銘〉，見〔宋〕賀鑄：《慶湖遺老詩集》，附錄，頁 294。
〔註113〕　〔宋〕葉夢得：〈賀鑄傳〉，《石林居士建康集》（北京：線裝書局，2004 年，《宋集珍本叢刊》冊三十二），卷八，頁 800。

類鶴在樊。儲書五千卷，字字窮根源」，〔註114〕「詩束牛腰藏舊稾，書訛馬尾辨新儲」，〔註115〕則更生動刻劃其孜孜矻矻於書籍校勘之情景。賀鑄既精熟古籍，一旦發爲文章，則前賢往哲之清詞麗句自然噴薄而出，成爲取資、鎔裁之對象。葉夢得〈賀鑄傳〉謂賀鑄「然博學疆（案：當作「彊」）記，工語言，深婉麗密，如次組繡。尤長於度曲，掇拾人所棄遺，少加隱括，皆爲新奇。嘗言：『吾筆端驅使李商隱、溫庭筠，當奔命不暇』」，〔註116〕讚其博學強記，倚聲塡詞能將人所遺棄之言詞、作品運用轉化，清新可喜，並引賀鑄語以見其自得之情。王銍《默記》亦曰：「賀方回遍讀唐人遺集，取其意以爲詩詞。然所得在善取唐人遺意也，不如晏叔原盡見昇平氣象，所得者人情物態。叔原妙在得于婦人，方回妙在得詞人遺意」，〔註117〕謂其熟諳唐代作品，創作詩詞善於鎔鑄唐人遺意。

　　清代論詞絕句作者周之琦、譚瑩亦極推崇賀鑄之借鑒古典，周氏《心日齋十六家詞錄・附題》之八曰：

　　　　雕瓊鏤玉出新裁，屈宋嬙施眾妙該；他日四明工琢句，瓣
　　　　香應自慶湖來。〔註118〕

〔註114〕〔宋〕程俱：〈秋夜寫懷呈常所往來諸公兼寄吳興江仲嘉八首〉之二，《北山小集》（臺北：臺灣商務印書館，1966 年，《四部叢刊續編》），卷二，頁 13 上。

〔註115〕〔宋〕陸游：《老學庵筆記》（北京：中華書局，1985 年，《叢書集成初編》），卷八引潘邠老〈贈方回詩〉，頁 76。

〔註116〕〔宋〕葉夢得：〈賀鑄傳〉，《石林居士建康集》，卷八，頁 800。案：《浩然齋雅談》引賀鑄語，後句作「常奔走不暇」，見〔宋〕周密撰，孔凡禮點校：《浩然齋雅談》（北京：中華書局，2010 年），卷下，頁 59；《宋史》引賀鑄語，後句作「常奔命不暇」，見〔元〕脫脫等撰：《宋史》（北京：中華書局，1990 年），卷四四三〈賀鑄傳〉，頁 13103。

〔註117〕〔宋〕王銍撰，朱杰人點校：《默記》（北京：中華書局，1961 年），卷下，頁 46。

〔註118〕〔清〕周之琦：《心日齋十六家詞錄・附題》之八，見吳熊和主編：《唐宋詞匯評（兩宋卷）》（杭州：浙江教育出版社，2004 年），冊五，附錄吳熊和、陶然輯「清人論詞絕句」，頁 4406。

此絕次句論賀鑄之詞風，其餘一、三、四句發皇張炎《詞源》之
說：

> 句法中有字面，蓋詞中一個生硬字用不得。須是深加煅煉，
> 字字敲打得響，歌誦妥溜，方爲本色語。如賀方回、吳夢
> 窗，皆善於煉字面，多於溫庭筠、李長吉詩中來。字面亦
> 詞中之起眼處，不可不留意也。〔註119〕

張炎謂賀鑄、吳文英善於鑄煉溫庭筠、李賀詩，以成其詞作之字面。
而周氏詩句「雕瓊鏤玉出新裁」，強調賀鑄能將前人語句琢煉轉精、
運化翻新。至其例證，如〈窗下繡〉「寸波頻溜」之「寸波」一詞，
係由李群玉〈醉後贈馮姬〉之「二寸橫波回慢水」、韋莊〈秦婦吟〉
之「一寸橫波剪秋水」精鑄而成，〔註120〕用指目光。又如〈避少年〉
之「清風明月休論價，賣與愁人直幾錢」，化自李白〈襄陽歌〉之「清
風朗月不用一錢買」、杜牧〈醉贈薛道封〉之「賣與明君直幾錢」，
〔註 121〕而李詩寫自然好景儘供人享受，杜詩寫才學不爲明主賞識，
賀詞則引伸其意，自歎無心賞玩清景以銷愁。又如〈第一花〉之「豆
蔻梢頭莫漫誇。春風十里舊繁華」，語本杜牧〈贈別二首〉之一：「娉
娉裊裊十三餘，荳蔻梢頭二月初；春風十里揚州路，卷上珠簾總不
如」，〔註122〕並反用其意，謂杜牧所言絕色少女已爲陳跡，於今何足
比數。而「他日四明工琢句」之「四明」，指吳文英，以其籍貫四明

〔註119〕 〔宋〕張炎：《詞源》，卷下「字面」條，唐圭璋編：《詞話叢編》（臺
北：新文豐出版公司，1988 年），冊一，頁 259。

〔註120〕 賀鑄詞見唐圭璋編：《全宋詞》（臺北：文光出版社，1983 年），冊
一，頁 504；李群玉詩見〔清〕彭定求等編：《全唐詩》（北京：中
華書局，2003 年），卷五六九，頁 6601；韋莊詩見〔五代〕韋莊著，
聶安福箋注：《韋莊集箋注》（上海：上海古籍出版社，2002 年），〈浣
花集補遺〉，頁 316。

〔註121〕 賀鑄詞見唐圭璋編：《全宋詞》，冊一，頁 502；李白、杜牧詩分見
〔清〕彭定求等編：《全唐詩》，卷一六六，頁 1715、卷五二四，頁
5996。

〔註122〕 賀鑄詞見唐圭璋編：《全宋詞》，冊一，頁 503；杜牧詩見〔清〕彭
定求等編：《全唐詩》，卷五二三，頁 5988。

（今浙江寧波）。吳文英塡詞亦善於借鑒前人作品，博採麗詞雋語、成句故實加以雕鐫鎔鑄，形成密麗研煉乃至幽深晦澀之特色。張炎《詞源》僅將吳文英與賀鑄相提並論，周氏則謂吳文英之作風當師承自賀鑄，「瓣香應自慶湖來」一句，彰顯賀、吳二家之傳承。嗣後，近人王易《詞曲史》更謂賀鑄「其詞開後之四明一派」，「賀方回開四明詞派，爲夢窗、西麓之先河」。〔註123〕詞史上是否存在「四明詞派」？尚待商榷，惟賀鑄借鑒古典對於後世詞家之沾漑，則毋庸置疑，不獨吳文英、陳允平（號西麓，四明人）等四明詞家爲然，辛棄疾「運用唐人詩句，如淮陰將兵，不以數限，可謂神勇」，〔註124〕「《論》、《孟》、〈詩小序〉、《左氏春秋》、《南華》、〈離騷〉、《史》、《漢》、《世說》、選學、李杜詩，拉雜運用，彌見其筆力之峭」，〔註125〕亦當受有賀鑄之啓發與影響。

　　再者，譚瑩〈論詞絕句一百首〉之三六論賀鑄曰：
　　　　詞筆眞能屈宋偕，鬼頭善盜各安排；也知本寇巴東語，梅
　　　　子黃時雨特佳。〔註126〕
此絕次句論賀鑄借鑒古典之手法。「鬼頭」係指賀鑄，陸游《老學庵筆記》載：「賀方回狀貌奇醜，色青黑而有英氣，俗謂之『賀鬼頭』」。〔註127〕而謂賀鑄「善盜」，已見楊愼《丹鉛續錄》：
　　　　賀方回〈晚景〉云：「鶯外紅綃一縷霞。淡黃楊柳帶棲鴉。
　　　　玉人和月折梅花。　　笑撚粉香歸繡戶，半垂羅幕護窗紗。
　　　　東風寒似夜來些。」其起句本王子安〈滕王閣賦〉，此子可

〔註123〕 王易：《詞曲史》（臺北：廣文書局，1988年），〈析派第五〉，頁181；
　　　　　〈振衰第九〉，頁450。
〔註124〕〔清〕陳廷焯：《白雨齋詞話》，卷七「辛稼軒詞用唐人詩句」條，
　　　　　唐圭璋編：《詞話叢編》，冊四，頁3950。
〔註125〕〔清〕吳衡照：《蓮子居詞話》，卷一「辛棄疾別開天地」條，唐圭
　　　　　璋編：《詞話叢編》，冊三，頁2408。
〔註126〕〔清〕譚瑩：〈論詞絕句一百首〉之三六，《樂志堂詩集》（上海：
　　　　　上海古籍出版社，2002年，《續修四庫全書》冊一五二八），卷六，
　　　　　頁478。
〔註127〕〔宋〕陸游：《老學庵筆記》，卷八，頁76。

云善盜。〔註128〕

楊愼稱賀鑄「善盜」，以其善於襲取鎔裁前人語句。譚瑩則於「善盜」後，續曰「各安排」，凸顯賀鑄非但襲取鎔裁，更能巧妙安排調度。誠然，賀鑄曾言學詩於前輩得八句法則，其一爲「用事工者如己出」，〔註129〕而其塡詞借鑒古典亦能遵此法則，除卻少數庸篇，〔註130〕大抵精心融化、安措以與全詞渾融爲一，如由己出，絕去任意拷搭、強事差排。如〈行路難〉一詞，多數詞句襲用、剪裁、改易、援引前人之語句故實，〔註131〕雖然，全詞意脈聯貫，若由自己

〔註128〕 〔清〕馮金伯：《詞苑萃編》，卷二十一「賀詞本王勃滕王閣賦」條引〔明〕楊愼《丹鉛續錄》，唐圭璋編：《詞話叢編》，冊三，頁2202。案：所言〈晚景〉詞，調寄〈浣溪沙〉，首句或作「樓角初銷一縷霞」。

〔註129〕 〔宋〕王直方：《王直方詩話》，「賀方回論詩」條，吳文治主編：《宋詩話全編》（南京：鳳凰出版社，1998年），冊二，頁1190。

〔註130〕 如〈晚雲高〉、〈釣船歸〉、〈替人愁〉三詞，分別檃括杜牧七絕〈寄揚州韓綽判官〉、〈漢江〉、〈南陵道中〉而成，而其作法係將杜詩前二句對調，約略更換杜詩字詞，並於每句後加一句三字句，雖可見賀鑄度詩爲詞之聲律造詣，然論其內容終乏創發，失之恃學逞才。茲錄〈釣船歸〉與〈漢江〉全文如下，以供比對。賀鑄〈釣船歸〉：「綠淨春深好染衣。際柴扉。溶溶漾漾白鷗飛。兩忘機。　南去北來徒自老，故人稀。夕陽長送釣船歸。鱖魚肥」（見唐圭璋編：《全宋詞》，冊一，頁504～505）；杜牧〈漢江〉：「溶溶漾漾白鷗飛，綠淨春深好染衣；南去北來人自老，夕陽長送釣船歸」（見〔清〕彭定求等編：《全唐詩》，卷五二三，頁5979）。

〔註131〕 〈行路難〉全詞如下：「縛虎手。懸河口。車如雞棲馬如狗。白綸巾。撲黃塵。不知我輩，可是蓬蒿人。衰蘭送客咸陽道。天若有情天亦老。作雷顚。不論錢。誰問旗亭，美酒斗十千。　酌大斗。更爲壽。青鬢常青古無有。笑嫣然。舞翩然。當壚秦女，十五語如絃。遺音能記秋風曲。事去千年猶恨促。攬流光。繫扶桑。爭奈愁來，一日卻爲長」，唐圭璋編：《全宋詞》，冊一，頁509。其中「縛虎手」，典出《後漢書·呂布傳》；「懸河口」，典出《世說新語·賞譽》；「車如雞棲馬如狗」，典出《後漢書·陳蕃傳》；「不知我輩，可是蓬蒿人」，化自李白〈南陵別兒童入京〉之「我輩豈是蓬蒿人」；「衰蘭送客咸陽道。天若有情天亦老」，襲用李賀〈金銅仙人辭漢歌〉之成句；「作雷顚。不論錢」，典出《後漢書·雷義傳》；「美酒斗十千」，襲用曹植〈名都篇〉之成句；「酌大斗。更爲壽」，化

胸臆流出，一抒懷才不遇而寄情歌酒之豪爽與悲憤，令人動容，趙聞
禮稱此詞「檃括唐人詩歌爲之，是亦集句之義。然其間語意聯屬，飄
飄然有豪縱高舉之氣。酒酣耳熱，浩歌數過，亦一快也」，〔註132〕陳
廷焯亦曰：「掇拾古語，運用入化，借他人之酒杯，澆自己之塊壘」，
〔註133〕二家論述足可印證譚瑩所言賀鑄「善盜」且「各安排」之苦
心孤詣。〔註134〕

　　周之琦（字稚〔穉、穉〕圭）《心日齋十六家詞錄・附題》之八
推崇賀鑄「雕瓊鏤玉出新裁」，巧於借鑒古典，而程恩澤亦基於此而
將周之琦比附賀鑄，其〈題周穉圭前輩《金梁夢月詞》〉之四曰：

　　鏤雲縫月具心裁，不是莊嚴七寶臺；竹屋梅溪都抹倒，故
　　應平睨賀方回。〔註135〕

所謂「鏤雲縫月」義近「雕瓊鏤玉」，全詩褒揚周氏《金梁夢月詞》
能將前人語句故實加以鎔鑄、組織，別出心裁，精巧新穎，不似吳文

　　　自《詩經・大雅・行葦》之「酌以大斗，以祈黃耇」；「青鬢常青古
　　　無有」，襲用韓琮〈春愁〉之成句；「笑嫣然」，化自宋玉〈登徒子
　　　好色賦〉之「嫣然一笑」；「當壚秦女，十五語如絃」，化自辛延年
　　　〈羽林郎〉之「胡姬年十五，春日獨當壚」、韓琮〈春愁〉之「秦
　　　娥十六語如絃」；「遺音能記秋風曲」，敘及漢武帝〈秋風辭〉；「事
　　　去千年猶恨促」，化自李益〈同崔邠登鸛雀樓〉之「事去千年猶恨
　　　速」；「繫扶桑」，截自杜甫〈遣興〉其一之「有時繫扶桑」；「爭奈
　　　愁來，一日卻爲長」，化自李益〈同崔邠登鸛雀樓〉之「愁來一日
　　　即爲長」。上述〈行路難〉詞句之溯源，參引〔宋〕賀鑄著，鍾振
　　　振校注：《東山詞》（上海：上海古籍出版社，1989年），卷一，頁
　　　104～107。
〔註132〕〔宋〕趙聞禮編選，葛渭君校點：《陽春白雪》（上海：上海古籍出
　　　　版社，1993年），外集，頁576～577。
〔註133〕〔清〕陳廷焯：《詞則》（上海：上海古籍出版社，1984年），〈別調
　　　　集〉卷一，頁593。
〔註134〕有關賀鑄填詞借鑒前人作品之深入研究，可參王偉勇：〈賀鑄《東
　　　　山詞》借鑒唐詩之探析——兩宋詞人借鑒唐詩之奇範〉，《宋詞與唐
　　　　詩之對應研究》（臺北：文史哲出版社，2004年），頁187～311。
〔註135〕〔清〕程恩澤：〈題周穉圭前輩《金梁夢月詞》〉之四，《程侍郎遺
　　　　集》（上海：上海古籍出版社，2002年，《續修四庫全書》冊一五一
　　　　一），卷六，頁268。

英詞「如七寶樓台，眩人眼目，碎拆下來，不成片段」，〔註136〕論其造詣，何只度越高觀國與史達祖，直可比肩賀鑄。

二、多樣詞風之稱揚

有關《東山詞》之風格，賀鑄友人張耒於〈賀方回樂府序〉曰：「夫其盛麗如遊金、張之堂，而妖冶如攬嬙、施之袪，幽潔如屈、宋，悲壯如蘇、李」，〔註137〕盛讚賀鑄詞風繁富多樣、不拘一格。而前舉周之琦《心日齋十六家詞錄・附題》之八曰：「雕瓊鏤玉出新裁，屈宋嬙施眾妙該；他日四明工琢句，瓣香應自慶湖來」，次句評論賀鑄詞風，稱其具備「屈、宋」、「嬙、施」等「眾妙」，可見當本張耒之說，而所謂「眾妙」尚含「金、張」與「蘇、李」二者。細繹張耒與周之琦所言，「金、張」係指西漢顯宦金日磾、張安世，「盛麗如遊金、張之堂」謂賀詞如遊賞金日磾、張安世館舍，盛美富麗之陳設引人入勝；「嬙、施」係指古代美女毛嬙、西施，「妖冶如攬嬙、施之袪」謂賀詞如提起毛嬙、西施衣袖，妍媚冶豔之姿色令人驚豔。而「幽潔如屈、宋」謂賀詞如屈原、宋玉騷賦般幽隱高潔，「悲壯如蘇、李」謂賀詞如蘇武、李陵五言贈答詩之雄壯悲辛。可見賀鑄詞風婉約、豪放兼具，陰柔、陽剛相濟。

而譚瑩〈論詞絕句一百首〉之三六曰：「詞筆真能屈宋偕，鬼頭善盜各安排；也知本寇巴東語，梅子黃時雨特佳」，首句論賀鑄之詞風，亦承張耒〈賀方回樂府序〉之說，而彰顯「幽潔如屈、宋」一端。屈原、宋玉多以比興技巧，寄寓失志不遇之憂憤怨悱，深美幽邈，影響後世創作至鉅。而程俱稱賀鑄「與人語，不少降色詞。喜面刺人短。遇貴執，不肯爲從諛」，〔註138〕葉夢得謂賀鑄「喜劇談當

〔註136〕〔宋〕張炎：《詞源》，卷下「清空」條，唐圭璋編：《詞話叢編》，冊一，頁259。
〔註137〕張耒：〈賀方回樂府序〉，〔宋〕張耒撰，李逸安、孫通海、傅信點校：《張耒集》（北京：中華書局，1990年），冊下，卷四十八，頁755。
〔註138〕〔宋〕程俱：〈宋故朝奉郎賀公墓誌銘〉，見〔宋〕賀鑄：《慶湖遺

世事，可否不略少假借，雖貴要權傾一時，小不中意，極口詆無遺辭，故人以爲近俠」，〔註139〕可見賀鑄爲人骨髓剛毅，不畏權貴。程俱又曰：「方回忼慨多感激，其言理財治劇之方，亹亹有緒，似非無意於世者」，〔註140〕楊時亦曰：「方回自少有奇才，若儀秦之辯、良平之畫，皆其胸中壓飫者，意謂其功名可必也」，〔註141〕可見賀鑄具福國淑世之抱負、經世濟民之才幹。雖然，賀鑄最初只任武職，其後雖因李清臣、范百祿、蘇軾之推薦而改入文資，亦僅擔任微職小官，〔註142〕並於晚年退居蘇州，壯志難伸，「而用不極其才以老」。〔註143〕懷才不遇之賀鑄遂於自覺或不自覺間繼承屈原、宋玉之創作手法，而於言情詠物之中藉情抒懷、託物言志，以此寄寓失職寥落、幽約怨慕之情，形成深厚之詞境。張耒、譚瑩稱賀鑄「幽潔如屈、宋」、「詞筆眞能屈、宋偕」，正謂此也。能得屈、宋遺意而寄託遙深、悲慨無端，誠爲賀鑄詞風之重要特色，南宋王灼《碧雞漫志》曾曰：「前輩云：『〈離騷〉寂寞千年後，〈戚氏〉凄涼一曲終。』〈戚氏〉，柳所作也。柳何敢知世間有〈離騷〉，惟賀方回、周美成時時得之。賀〈六州歌頭〉、〈望湘人〉、〈吳音子〉諸曲，周〈大酺〉、〈蘭陵王〉諸曲最奇崛」，〔註144〕清季陳廷焯《白雨齋詞話》亦曰：「方回詞，

老詩集》，附錄，頁 294。

〔註139〕〔宋〕葉夢得：〈賀鑄傳〉，《石林居士建康集》，卷八，頁 800。

〔註140〕〔宋〕程俱：〈賀方回詩集序〉，《北山小集》，卷十五，頁 6 上。

〔註141〕〔宋〕楊時：〈跋賀方回鑑湖集〉，《龜山集》（臺北：臺灣商務印書館，1985 年，《景印文淵閣四庫全書》冊一一二五），卷二十六，頁 356。

〔註142〕賀鑄歷官右班殿直、監軍器庫門、監臨城酒稅、磁州（滏陽）都作院、徐州寶豐監、將作屬、和州管界巡檢、監北嶽廟、鄂州（江夏）寶泉監、通判泗州、通判太平州、管句亳州明道宮、管句杭州洞霄宮等職，詳見夏承燾：〈賀方回年譜〉，《夏承燾集》（杭州：浙江古籍出版社、浙江教育出版社，出版年不詳），冊一《唐宋詞人年譜》，頁 267～311。

〔註143〕〔宋〕程俱：〈宋故朝奉郎賀公墓誌銘〉，見〔宋〕賀鑄：《慶湖遺老詩集》，附錄，頁 294。

〔註144〕〔宋〕王灼：《碧雞漫志》，卷二「樂章集淺近卑俗」條，唐圭璋編：

胸中眼中，另有一種傷心說不出處，全得力於楚〈騷〉，而運以變化，允推神品」。〔註145〕

　　周之琦、譚瑩論賀鑄詞風，皆本張耒〈賀方回樂府序〉，至如汪筠較論賀鑄、毛滂（1060～1124？，字澤民，著有《東堂詞》）詞風，亦可循此以探奧賾，其〈讀《詞綜》書後二十首〉之七曰：

　　　黃九何如秦七佳，莫教犁舌泥金釵；東堂略與東山近，風
　　　雨江南各惱懷。〔註146〕

此絕第三句「東堂略與東山近」，較論賀、毛二家詞風之異同。有關賀鑄之詞風，誠如張耒〈賀方回樂府序〉所言「夫其盛麗如遊金、張之堂，而妖冶如攬嬙、施之袪，幽潔如屈、宋，悲壯如蘇、李」。而毛滂《東堂詞》涵蓋祝壽頌德、宴飲雅集、記遊摹景、贈妓送別、寫人詠物等作，論其風格，大抵雍容富麗、整練雅緻，甚而粉澤香蒨、綺錯嫵媚，無論直抒其情抑或以景寓情，多以清切、紆徐之語氣體現含蓄蘊藉、繾綣纏綿之深情。其間佳處，更有王灼所言近於賀鑄「語意精新，用心甚苦」者，〔註147〕如〈惜分飛‧富陽僧舍代作別語〉一詞，〔註148〕精鑄前人語句、典故而間出新意，〔註149〕字裡行間流

<hr />

　　　　　《詞話叢編》，冊一，頁84。
〔註145〕〔清〕陳廷焯：《白雨齋詞話》，卷一「方回詞允推神品」條，唐圭璋編：《詞話叢編》，冊四，頁3786。
〔註146〕〔清〕汪筠：〈讀《詞綜》書後二十首〉之七，《謙谷集》（北京：北京出版社，2000年，《四庫未收書輯刊》十輯，冊二十一），卷二，頁93。
〔註147〕王灼曰：「賀、周語意精新，用心甚苦。毛澤民、黃載萬次之」，〔宋〕王灼：《碧雞漫志》，卷二「各家詞短長」條，唐圭璋編：《詞話叢編》，冊一，頁83。
〔註148〕毛滂〈惜分飛‧富陽僧舍代作別語〉全詞如下：「淚溼闌干花著露。愁到眉峰碧聚。此恨平分取。更無言語。空相覷。　　短雨殘雲無意緒。寂寞朝朝暮暮。今夜山深處。斷魂分付。潮回去」，唐圭璋編：《全宋詞》，冊二，頁677。
〔註149〕「淚溼闌干花著露」，化自白居易〈長恨歌〉：「玉容寂寞淚闌干，梨花一枝春帶雨」；「愁到眉峰碧聚」，化自張泌〈思越人〉詞：「黛眉愁聚春碧」；「更無言語。空相覷」，或本柳永〈雨霖鈴〉：「執手相看淚眼，竟無語凝噎」；「短雨殘雲無意緒。寂寞朝朝暮暮」，反

露旖旎婉孌之離情別緒。綜觀毛滂詞作，可謂如賀鑄般「盛麗如遊金、張之堂，而妖冶如攬嬙、施之袪」。然賀鑄尚有〈六州歌頭〉（少年俠氣）、〈將進酒〉（城下路）、〈行路難〉（縛虎手）、〈臺城游〉（南國本瀟灑）等「悲壯如蘇、李」之作，聲情激越、感慨悲涼，而《東堂詞》中約只〈水調歌頭・擬饒州法曹掾作〉（金馬空故事）一闋，狂放灑脫，略近賀鑄此等豪放詞風。至於張耒稱《東山詞》「幽潔如屈、宋」，以其別有寄託，而《東堂詞》儘管委婉麗緻，卻難索解其中有何寄託深意、幽微情志，陳廷焯曾曰：「毛澤民詞，意境不深，間有雅調」，〔註150〕又評毛滂〈七娘子・舟中早秋〉（山屏霧帳玲瓏碧）：「亦整亦散，筆意雅近賀梅子，但不及彼之沉鬱頓挫」，〔註151〕所謂「意境不深」、不及賀鑄之「沉鬱頓挫」，箇中原因正在於此。要之，《東堂詞》深具婉約之風，鮮見豪放之音，更無寄託之意，故汪筠曰：「東堂『略』與東山近」，指出二人詞風同中有異，毛滂差可肩隨賀鑄。嗣後陳廷焯為唐宋名家辨析流派曰：「賀方回為一體，毛澤民、晁具茨高者附之」，〔註152〕視毛滂為賀鑄之附庸，觀點殆與汪筠相似。

　　賀鑄詞風雖曰兼賅婉約、豪放，然就比例而言，雄奇豪壯、慷慨蒼涼之作畢竟僅佔少數，多數詞作雍容華麗、穠至柔媚、婉曲深摯，良有傳統婉約詞風之美質。再者，賀鑄善於鎔裁前人文句典故入詞，遂令所作益發典重淵雅、洗煉工緻，不僅順應詞體雅化之趨勢，更深契文士之尚雅品味。張鎡序史達祖詞，即將賀鑄與周邦彥並列為品評之標竿，其〈題梅溪詞〉曰：「蓋生之作，辭情俱到，織綃

用楚懷王邂逅巫山神女之典，極寫別後之淒清；至於「斷魂分付。潮回去」二句，劉長卿〈新安送陸灃歸江陰〉曰：「潮水無情亦解歸，自憐長在新安住」，本寫潮水有信復歸原位，毛滂則將其意翻進一層，欲令心魂伴隨潮水返回所思身邊。

〔註150〕〔清〕陳廷焯：《白雨齋詞話》，卷一「毛澤民與晁无咎詞」條，唐圭璋編：《詞話叢編》，冊四，頁3786。

〔註151〕〔清〕陳廷焯：《詞則》，〈別調集〉卷一，頁593～594。

〔註152〕〔清〕陳廷焯：《白雨齋詞話》，卷八「唐宋名家流派不同」條，唐圭璋編：《詞話叢編》，冊四，頁3962。

泉底，去塵眼中，妥帖輕圓，特其餘事。至於奪苕艷于春景，起悲音於商素，有瓌奇警邁、清新閒婉之長，而無詭蕩汙淫之失，端可以分鑣清眞，平睨方回，而紛紛三變行輩幾不足比數」，〔註153〕而清代論史達祖之論詞絕句常見祖述張鎡此段評論，江昱〈論詞十八首〉之一〇曰：

> 纖綃泉底去氛埃，省吏翩翩絕世才；具有錦囊幽豔筆，固
> 應平睨賀方回。〔註154〕

譚瑩〈論詞絕句一百首〉之七六曰：

> 清眞難儷況方回，掾吏居然覬此才；縱使未堪昌谷比，斷
> 腸挑菜或歸來。（史達祖）〔註155〕

華長卿〈論詞絕句〉之二八曰：

> 警邁瑰奇自一家，纖綃泉底淨無沙；甘心枉作權奸用，平
> 睨方回未足誇。（史達祖）〔註156〕

綜觀江、譚、華三氏所論，求其同者，要皆本張鎡〈題梅溪詞〉之說，基於婉約、雅正之視角而尊賀鑄爲倚聲之典範，進而界定史達祖之詞壇地位，謂其足以並駕賀鑄。

　　附帶一提，經由本項與前項之溯源、析論，可見周之琦《心日齋十六家詞錄·附題》之八憲章張炎《詞源》、張耒〈賀方回樂府序〉之說，揚舉賀鑄善於借鑒古典、兼賅多樣詞風，而稍後於周之琦之楊希閔於所輯《詞軌》曰：

> 山谷詩云：「少游醉臥古藤下，誰與愁眉唱一杯；解作人間

〔註153〕〔宋〕張鎡：〈題梅溪詞〉，〔明〕毛晉輯：《宋六十名家詞》（上海：上海古籍出版社，1992 年）之史達祖《梅溪詞》，頁 196。

〔註154〕〔清〕江昱：〈論詞十八首〉之一〇，《松泉詩集》（臺南：莊嚴文化事業有限公司，1997 年，《四庫全書存目叢書》集部冊二八〇），卷一，頁 177。

〔註155〕〔清〕譚瑩：〈論詞絕句一百首〉之七六，《樂志堂詩集》，卷六，頁 480。

〔註156〕〔清〕華長卿：〈論詞絕句〉之二八，《梅莊詩鈔》（上海：上海古籍出版社，2002 年，《續修四庫全書》冊一五三三），卷五〈嗜痂集下〉，頁 607。

腸斷句，只今惟有賀方回。」蓋謂賀足媲秦也。周穉圭題
方回詞云：「雕瓊鏤玉出新裁，屈宋嬙施眾妙該；他日四明
工琢句，辦香應自慶湖來。」此又謂方回之詞下開夢窗也。
然弟以雕瓊鏤玉賞之，猶是皮相。山谷守當塗，方回過之，
作〈臨江仙〉詞，有「人歸落雁後，思發在花前」，山谷劇
愛之，名之曰〈雁後歸〉。故知山谷識真遠在周上。〔註157〕

楊氏稱周氏此絕「然弟以雕瓊鏤玉賞之，猶是皮相」，實則不然，此
絕次句「屈宋嬙施眾妙該」，讚賀鑄詞風之多樣，並非只賞賀鑄之雕
瓊鏤玉而已，楊氏訾周氏只見賀鑄之皮相，而其本人竟連周氏此絕
之皮相皆未明察。再者，周氏所謂「雕瓊鏤玉出新裁」，係由賀鑄之
借鑒古典、鑄煉詩句立說，而楊氏所言黃庭堅喜賀鑄〈臨江仙〉詞句
而易其名為〈雁後歸〉，事見胡仔《苕溪漁隱叢話》引吳曾《復齋漫
錄》：

　　方回詞有〈雁後歸〉云：「巧剪合歡羅勝子，釵頭春意翩翩。
　　艷歌淺笑拜嬌然。願郎宜此酒，行樂駐華年。　　未至文
　　園多病客，幽襟悽斷堪憐。舊游夢掛碧雲邊。人歸落雁後，
　　思發在花前。」山谷守當塗，方（案：其下當遺漏「回」
　　字）過焉，人日席上作也。腔本〈臨江仙〉，山谷以方回用
　　薛道衡詩，故易以〈雁後歸〉云。唐劉餗《傳記》云：「隋
　　薛道衡聘陳，作〈人日詩〉曰：『入春纔七日，離家已二千
　　（案：當作「年」）。』南人嗤之。及云：『人歸落雁後，思
　　發在花前。』乃曰：『名下無虛士。』」〔註158〕

是知黃庭堅賞賀鑄能將薛道衡詩句「人歸落雁後，思發在花前」融入
詞作，此正與周氏稱賀鑄「雕瓊鏤玉出新裁」同一機杼，而楊氏乃謂
「故知山谷識真遠在周上」，貿然貶抑周氏，誠難令人信服。

〔註157〕〔清〕楊希閔：《詞軌》，卷五，引自孫克強編：《唐宋人詞話》（鄭
　　　　州：河南文藝出版社，1999 年），頁337。
〔註158〕〔宋〕胡仔：《苕溪漁隱叢話》，後集，卷二十五「賀方回」條引吳
　　　　曾《復齋漫錄》，收於吳文治主編：《宋詩話全編》，冊四《胡仔詩
　　　　話》，頁4137。

三、〈橫塘路〉詞之論繹

今傳賀鑄《東山詞》當以〈橫塘路〉(〈青玉案〉) 最為膾炙人口，該詞全文如下：

> 凌波不過橫塘路。但目送、芳塵去。錦瑟華年誰與度。月橋花院，瑣窗朱戶。只有春知處。　　飛雲冉冉蘅皋暮。彩筆新題斷腸句。若問閒情都幾許。一川煙草，滿城風絮。梅子黃時雨。〔註 159〕

起首化用曹植〈洛神賦〉：「陵波微步，羅襪生塵」〔註 160〕之句，敘寫美人行蹤不至橫塘，詞人悵然若失，只能目送翩然遠去之芳塵細香。李商隱〈錦瑟〉有言：「錦瑟無端五十絃，一絃一柱思華年」，〔註 161〕賀鑄截取其中詞語合成「錦瑟華年」一詞，喻指青春歲月。詞人揣想美人幽居深閨，縱有花院月橋、朱門綺窗，奈何無人共度，惟有春光聊慰情思。過片「飛雲冉冉蘅皋暮」，隱寓江淹〈擬休上人怨別〉：「日暮碧雲合，佳人殊未來」〔註 162〕句意。詞人徘徊杜蘅岸邊以守候美人，可堪美人始終不來，詞人傷心斷腸，只能援筆敘情、倚聲抒懷。末結則以煙草、風絮、梅雨之具體物象，表述心中萬斛愁情。

清代論及或涉及賀鑄之論詞絕句，每多關注此一名作，茲將各家論點條分縷析如次：

〔註 159〕〔宋〕賀鑄：〈橫塘路〉，唐圭璋編：《全宋詞》，冊一，頁 513。《全宋詞》採《彊村叢書》本《東山詞》，鍾振振校注《東山詞》亦以《彊村叢書》本為底本，而據鍾氏校記，「若問閒情都幾許」句之「若問」，他本別作「試問」、「試將」；「閒情」，他本別作「離愁」、「閑愁」；「都幾許」，他本別作「知幾許」、「添幾許」，詳見〔宋〕賀鑄著，鍾振振校注：《東山詞》，卷一，頁 153。

〔註 160〕曹植：〈洛神賦〉，〔魏〕曹植著，趙幼文校注：《曹植集校注》（北京：人民文學出版社，1984 年），卷二，頁 284。

〔註 161〕〔唐〕李商隱：〈錦瑟〉，〔清〕彭定求等編：《全唐詩》，卷五三九，頁 6144。

〔註 162〕江淹：〈雜體三十首〉之〈擬休上人怨別〉，〔南朝〕江淹著，〔明〕胡之驥註，李長路、趙威點校：《江文通集彙註》（北京：中華書局，1984 年），卷四，頁 165。

（一）煙雨斷腸之共鳴迴響

賀鑄〈橫塘路〉係由橫塘、衡皋景致而興發斷腸閒情，所謂「一川煙草，滿城風絮，梅子黃時雨」，亦即煙霧籠罩之遍地蔓草、隨風飄颺之滿城柳絮、溼潯蒸鬱之連旬梅雨，皆為江南習見之春日風物，予人迷濛、涵溶之感，三者雜沓紛陳，彌天蓋地而來，令人無所遁逃，不覺觸發內心鬱積難解、纏綿不絕之愁情。而「一川煙草，滿城風絮，梅子黃時雨」之賦性，又可比擬內心閒情之紛繁、雜亂、連綿，極寫愁懷恨緒之多。故此三句之中，可謂比、興兼具，情味雋永，感人至深，無怪乎宋人羅大經十分激賞賀鑄此處「興中有比」之手筆。〔註163〕

賀鑄因煙草、風絮、梅雨觸發斷腸愁情，而清人李其永詠讚賀鑄〈橫塘路〉，即由梅雨興發閒愁敘起，其〈讀歷朝詞雜興〉之七曰：

> 可堪時候又黃梅，無數閒愁得得來；直把年華等風絮，斷
> 腸寧獨賀方回。〔註164〕

又值梅子黃落時節，霏霧蒸騰、陰鬱潮溼之梅雨天候觸發無限閒愁，令人揮之不去。其中「得得」可釋為「頻頻」，表示梅雨賡續，頻頻勾起閒愁；亦可解作「特特」，極言閒愁特地伴隨黃梅而來，更加彰顯閒愁之濃烈難解。黃梅時分誦讀賀鑄〈橫塘路〉，當下節候與詞中意境契合，更能深切體會詞人之斷腸詞句。賀鑄感歎「錦瑟華年誰與

〔註163〕羅大經較析唐宋詩詞喻愁名句而曰：「詩家有以山喻愁者，杜少陵云：『憂端如山來，澒洞不可掇』，趙嘏云：『夕陽樓上山重疊，未抵春愁一倍多』是也。有以水喻愁者，李頎云：『請量東海水，看取淺深愁』，李後主云：『問君都有幾多愁？恰似一江春水向東流』，秦少游云：『落紅萬點愁如海』是也。賀方回云：『試問閒愁知幾許？一川煙艸，滿城風絮，梅子黃時雨』，蓋以三者比之愁多也，尤為新奇，兼興中有比，意味更長」，見〔宋〕羅大經撰，王瑞來點校：《鶴林玉露》（北京：中華書局，1983年），乙編，卷一「詩家喻愁」條，頁127。

〔註164〕〔清〕李其永：〈讀歷朝詞雜興〉之七，《賀九山房詩》，卷一〈蓬萬集〉，見吳熊和主編：《唐宋詞匯評（兩宋卷）》，冊五，附錄吳熊和、陶然輯「清人論詞絕句」，頁4389。

度」，並以「滿城風絮」比喻心中閒情，李其永則引伸其意，「直把年華等風絮」，將歲月、人生比作因風飄墜之柳花，喻示生命歷程之輾轉飄泊、不由自主。

　　無獨有偶，孫爾準亦由煙雨霏微思及賀鑄之斷腸哀感，其〈論詞絕句〉之九曰：

　　　　嚴顧同熏北宋香，清詞前輩數吾鄉；珠簾細雨今猶昔，賀老江南總斷腸。〔註165〕

孫爾準，江蘇金匱（今江蘇無錫）人，張德瀛曾以「落葉哀蟬，增人愁緒」八字概括其詞。〔註166〕本詩三、四句評賞賀鑄〈橫塘路〉詞，多愁善感之孫氏目睹簾外綿綿絲雨，撫今追昔，憶及賀鑄「梅子黃時雨」之斷腸詞句。風景不殊，人心同感。賀鑄當年以江南物事傾吐悲思，道盡世情無奈，生動傳神，清詞麗句即使千百載下，依然撼人心絃，每每牽動世人之百結愁腸。而首句之「嚴顧」指嚴繩孫、顧貞觀。嚴繩孫（1623～1702），字蓀友，號藕漁，無錫人，曾官右中允，著有《秋水詞》。顧貞觀（1637～1714），字華峰，號梁汾，無錫人，曾任秘書院典籍，著有《彈指詞》。清初無錫（梁溪）填詞風氣鼎盛，名家輩出，嚴、顧二人更爲當中作手。嚴繩孫工於小令，措辭淡雅，鮮潔靜好；顧貞觀任性極情，不假雕琢，清新婉摯。孫爾準因而稱賞嚴、顧二人同具北宋詞之風神韻致，讚揚其詞之清麗雅潔。

　　而將此絕前後二聯合觀，可見孫爾準對於家鄉詞風之推尊，不僅標舉國初之嚴繩孫、顧貞觀，更上溯至北宋賀鑄。賀鑄雖爲衛州人，然祖籍越州會稽，行跡曾至金陵、京口、杭州、當塗、鎮江、蘇州、常州、宜興、丹陽，〔註167〕晚年退居蘇州，卒於常州之僧舍，

〔註165〕〔清〕孫爾準：〈論詞絕句〉之九，《泰雲堂集》（上海：上海古籍出版社，2002 年，《續修四庫全書》冊一四九五），〈詩集〉卷四〈假歸集〉，頁 556。

〔註166〕〔清〕張德瀛：《詞徵》，卷六「評嘉道以還詞」條，唐圭璋編：《詞話叢編》，冊五，頁 4184。

〔註167〕賀鑄行跡參見夏承燾：〈賀方回年譜〉，《夏承燾集》，冊一《唐宋詞

更有流寓江南之歎，〔註168〕而清代無錫地處江南之常州府，故就
「江南」而論，賀鑄堪為江南詞壇遠祖。此外，孫爾準將嚴繩孫、
顧貞觀與賀鑄相提並論，又曰「珠簾細雨今猶昔」，顯然有「不薄
今人愛古人」之意，認為嚴、顧二人足以肩隨賀鑄，所作具有「斷
腸」真情。試觀嚴繩孫〈御街行・中秋〉一詞，〔註169〕所敘時節雖
與〈橫塘路〉有別，然意新、語工、情切，寓情於景，詞情愈轉愈
深，落寞斷腸之兒女愁情同樣感人至深。而顧貞觀〈金縷曲・寄吳
漢槎寧古塔，以詞代書。丙辰冬，寓京師千佛寺，冰雪中作〉其
二，〔註170〕所寫雖非〈橫塘路〉般兒女情長，然真氣深情貫穿字裡
行間，別恨懷思宛轉反復，叮嚀祝願直出胸臆，友朋之莫逆交誼令人
盪氣迴腸。孫爾準品藻嚴、顧詞作當可接武賀鑄之斷腸詞情，誠非虛
言也。

　　再者，黃承吉於春日深感如〈橫塘路〉之傷心斷腸，其〈春日雜
興十二首〉之九曰：

〔註168〕賀鑄〈金鳳鉤〉上片曰：「江南又歎流寓。指芳物、伴人遲暮。攪
　　　　晴風絮。弄寒煙雨。春去更無尋處」，唐圭璋編：《全宋詞》，冊一，
　　　　頁532。
〔註169〕嚴繩孫〈御街行・中秋〉全詞如下：「算來不似蕭蕭雨。有箇安愁
　　　　處。而今把酒問姮娥，是甚廣寒心緒。隻輪飛上，天街似水，不管
　　　　人羈旅。　　霓裳罷按當時譜。一片青砧路。西風白騎幾人歸，腸
　　　　斷綠窗兒女。數聲角罷，樓船月偃，雁落瀟湘去」，南京大學中國
　　　　語言文學系全清詞編纂研究室編：《全清詞・順康卷》（北京：中華
　　　　書局，2002年），冊六，頁3669。
〔註170〕顧貞觀〈金縷曲・寄吳漢槎寧古塔，以詞代書。丙辰冬，寓京師
　　　　千佛寺，冰雪中作〉其二全詞如下：「我亦飄零久。十年來、深
　　　　恩負盡，死生師友。宿昔齊名非忝竊，只看杜陵窮瘦。曾不減、
　　　　夜郎僝僽。薄命長辭知己別，問人生、到此淒涼否。千萬恨，為兄
　　　　剖。　　兄生辛未吾丁丑。共些時、冰霜摧折，早衰蒲柳。詞賦從
　　　　今須少作，留取心魂相守。但願得、河清人壽。歸日急翻行戍蒿，
　　　　把空名、料理傳身後。言不盡，觀頓首」，南京大學中國語言文學
　　　　系全清詞編纂研究室編：《全清詞・順康卷》，冊十二，頁 7123～
　　　　7124。

曉風殘月鎮情媒，草落花茵掃不開；錦瑟年華誰與度，一
春腸斷賀方回。〔註171〕

第三句襲用〈橫塘路〉之成句，賀鑄形塑「錦瑟華年誰與度」之幽獨
美人，抒發佇候美人之斷腸閒情，黃承吉則翻轉其意，自傷生命寂寥、
時光易逝，一春斷腸有如賀鑄。

至若華長卿〈論詞絕句〉之一七則細味〈橫塘路〉之斷腸愁情，
詩曰：

一寸芭蕉易惹愁，橫塘臺榭水東流；滿城風絮黃梅雨，腸
斷江南賀鬼頭。〔註172〕

首句關涉賀鑄〈石州引〉及其本事，吳曾《能改齋漫錄》載：

賀方回眷一妓，別久，妓寄詩云：「獨倚危欄淚滿襟，小園
春色懶追尋；深恩縱似丁香結，難展芭蕉一寸心。」賀得
詩，初敘分別之景色，後用所寄詩，成〈石州引〉云：「薄
雨初寒，斜照弄晴，春意空闊。長亭柳色纔黃，遠客一枝
先折。烟橫水際，映帶幾點歸鴻，東風銷盡龍沙雪。還記
出關來，恰而今時節。　　將發。畫樓芳酒，紅淚清歌，
頓成輕別。已是經年，杳杳音塵都絕。欲知方寸，共有幾
許清愁，芭蕉不展丁香結。望斷一天涯，兩厭厭風月。」
〔註173〕

是知〈石州引〉係賀鑄贈答歌妓之作，全詞摹寫當下空闊春色，思及
昔日出關所見略同，繼而憶念從前別離情景，慨歎音信斷絕、相思無
已，其中「欲知方寸，共有幾許清愁，芭蕉不展丁香結」數句，融化
歌妓詩句，表述己身之愁腸百結、深情一往。而華長卿曰：「一寸芭
蕉易惹愁」，旨在彰顯賀鑄賦性之多情易愁。而次句「橫塘臺榭水東

〔註171〕〔清〕黃承吉：〈春日雜興十二首〉之九，《夢陔堂詩集》（臺北：
　　　　臺灣大學圖書館藏，清咸豐元年江都黃氏家刊本），卷十八，頁 3
　　　　上。

〔註172〕〔清〕華長卿：〈論詞絕句〉之一七，《梅莊詩鈔》，卷五〈嗜痂集
　　　　下〉，頁 607。

〔註173〕〔宋〕吳曾：《能改齋漫錄》（臺北：木鐸出版社，1982 年），卷十
　　　　六「賀方回石州引詞」條，頁 484。

流」，敘及〈橫塘路〉之創作地點，蓋賀鑄退居蘇州，有別墅於橫塘，當地有水東注而轉南流。〔註174〕後聯二句則謂賀鑄以「一川煙草，滿城風絮。梅子黃時雨」等江南物象，觸發、比況內心悲懷，情深愁極，誠摯眞切，洵善言斷腸也。

　　此外，李希聖〈論詩絕句四十首〉之二二論賀鑄曰：

　　　　鬼頭萬卷自淹該，俊逸青蔥信異才；除卻斷腸詞句好，無
　　　　人知有賀方回。〔註175〕

前聯稱許賀鑄力學博聞，卓特不凡。後聯意謂賀鑄以其彩筆所題斷腸詞句，所謂「若問閒情都幾許。一川煙草，滿城風絮。梅子黃時雨」，情韻深切雋永，令人低徊激賞，賀鑄端賴〈橫塘路〉而留名青史。此中可見該詞煙雨斷腸所引發之共鳴迴響，何其深遠。

（二）涪翁讚語之紹述發揚

　　賀鑄〈橫塘路〉一出，士人之間推服備至，黃庭堅更讚譽有加，非但頌揚該詞具謝朓清麗之風，〔註176〕並「嘗手寫所作〈青玉案〉者，置之几研間，時自玩味，曰：『凌波不過橫塘路。……梅子黃時雨』」。〔註177〕此外，黃庭堅作有〈寄賀方回〉一詩：

　　　　少游醉臥古藤下，誰與愁眉唱一盃；解作江南斷腸句，只

〔註174〕《姑蘇志》曰：「橫塘：去縣西南十三里有橫塘橋，風景特勝，宋
　　　　賀鑄有別墅在焉，嘗賦〈青玉案〉詞：『凌波不過橫塘路。……梅
　　　　子黃時雨。』」，〔明〕吳寬、王鏊：《姑蘇志》（上海：上海書店，
　　　　1990年，《天一閣藏明代方志選刊續編》），卷十八〈鄉都〉，頁80。
　　　　又《姑蘇志》曰：「胥口之水自胥口橋東行九里，轉入東、西醋坊
　　　　橋，曰木瀆，香水溪在焉。又東入跨塘橋與越來溪會，曰橫塘。由
　　　　跨塘橋折而南，爲走狗塘，荷花蕩在焉」，〔明〕吳寬、王鏊：《姑
　　　　蘇志》，卷十〈水〉，頁737～738。
〔註175〕〔清〕李希聖：〈論詩絕句四十首〉之二二，《雁影齋詩》（臺北：
　　　　新文豐出版公司，1989年，《叢書集成續編》冊一八二），頁21。
〔註176〕〔宋〕葉夢得〈賀鑄傳〉載：「建中靖國間，黃魯直庭堅自黔中還，
　　　　得其江南梅子之句，以爲似謝元暉」，《石林居士建康集》，卷八，
　　　　頁800。
〔註177〕〔宋〕魏慶之：《詩人玉屑》（臺北：臺灣商務印書館，1983年），
　　　　卷二十一「詩餘」之「賀方回」條引惠洪《冷齋夜話》，頁383。

今唯有賀方回。〔註178〕

此絕論賀鑄〈橫塘路〉詞，〔註179〕而由秦觀詞作本事敘起。秦觀
〈好事近・夢中作〉：「春路雨添花，花動一山春色。行到小溪深
處，有黃鸝千百。　　飛雲當面化龍蛇，夭矯轉空碧。醉臥古藤陰
下，了不知南北」，〔註180〕造語奇警飛騰，末結二句陳述迷離恍惚之
醉酒情狀，而惠洪《冷齋夜話》載：「秦少游在處州，夢中作長短句
曰：『山路雨添花，……杳不知南北。』後南遷，久之，北歸，逗留
於藤州，遂終於瘴江之上光華亭。時方醉起，以玉盂汲泉欲飲，笑視
之而化」，〔註181〕秦觀最後卒於藤州，〈好事近〉詞語成讖。黃庭堅
傷悼秦觀辭世，慨歎其才其情有誰堪繼？而賀鑄能以江南風物譜出
〈橫塘路〉之斷腸詞章，情眞語切，因此盱衡當今詞壇，惟有賀鑄足
以繼軌秦觀。

　　黃庭堅〈寄賀方回〉對〈橫塘路〉之讚語，深爲後世論者認同。
清代萬樹評賀鑄〈橫塘路〉曰：「詞情詞律，高壓千秋，無怪一時推
服，涪翁有云：『解道江南腸斷句，世間惟有賀方回。』信非虛言」，
〔註182〕十分首肯黃庭堅（號涪翁）之讚語。而錢陳群作詩論賀鑄詞，
更將黃庭堅〈寄賀方回〉詩意鎔鑄其中，其〈宋百家詩存題詞〉之一
曰：

〔註178〕黃庭堅：〈寄賀方回〉，〔宋〕黃庭堅撰，〔宋〕任淵、史容、史季
　　　　溫注，劉尚榮校點：《黃庭堅詩集注》（北京：中華書局，2003年）
　　　　之《山谷詩集注》，卷十八，頁638。

〔註179〕《王直方詩話》曰：「賀方回初作〈青玉案〉詞，遂知名，其間有
　　　　云：『彩筆新題斷腸句。』後山谷有詩云：『少游醉臥古藤下，誰作
　　　　詩歌送一杯；解道江南斷腸句，只今惟有賀方回。』蓋載〈青玉案〉
　　　　事」，〔宋〕王直方：《王直方詩話》，「山谷詩用賀方回詞」條，吳
　　　　文治主編：《宋詩話全編》，冊二，頁1165〜1166。

〔註180〕〔宋〕秦觀：〈好事近・夢中作〉，唐圭璋編：《全宋詞》，冊一，頁
　　　　469。

〔註181〕〔宋〕胡仔：《苕溪漁隱叢話》，前集，卷五十引惠洪《冷齋夜話》，
　　　　收於吳文治主編：《宋詩話全編》，冊四《胡仔詩話》，頁3865。

〔註182〕〔清〕萬樹原撰，懶散道人索引：《索引本詞律》（臺北：廣文書局，
　　　　1989年），卷十，頁183。

　　　鐵面虯豪度曲才，慶湖湖畔老方回；最憐梅子黃時雨，零
　　　落秦淮舊酒杯。（賀鑄《慶湖集》）〔註183〕

首句之「鐵面虯豪」，乃就賀鑄之外表與行徑而言。賀鑄面色青黑似
鐵，儀觀粗獷威武，曾自言具「虎頭相」，〔註184〕葉夢得稱其「長
七尺，眉目聳拔，面鐵色」，〔註185〕程俱謂其「哆口疎眉目，面鐵
色」，〔註186〕而其行事豪縱雄爽，任性尙氣，曾自比爲「北宗狂客」，
〔註187〕程俱更言：「方回少時，俠氣蓋一座，馳馬走狗，飲酒如長
鯨」。〔註188〕而「度曲才」係指賀鑄通達音律，能自度曲，〔註189〕
擅長倚聲塡詞，蓋即葉夢得〈賀鑄傳〉所言「尤長於度曲」、〔註190〕

〔註183〕〔清〕錢陳群：〈宋百家詩存題詞〉之一，《香樹齋續集》（北京：
　　　　北京出版社，2000 年，《四庫未收書輯刊》九輯，冊十八），卷二，
　　　　頁 384。
〔註184〕賀鑄〈易官後呈交舊〉曰：「自負虎頭相，誰封龍額侯」，《慶湖遺
　　　　老詩集》，卷五，頁 244。
〔註185〕〔宋〕葉夢得：〈賀鑄傳〉，《石林居士建康集》，卷八，頁 800。
〔註186〕〔宋〕程俱：〈宋故朝奉郎賀公墓誌銘〉，見〔宋〕賀鑄：《慶湖遺
　　　　老詩集》，附錄，頁 294。
〔註187〕賀鑄〈慶湖遺老詩集自序〉曰：「鑄少有狂疾，且慕外監之爲人，顧
　　　　邅北已久，嘗以『北宗狂客』自況」，《慶湖遺老詩集》，頁 196。
〔註188〕〔宋〕程俱：〈賀方回詩集序〉，《北山小集》，卷十五，頁 6 上。
〔註189〕有關賀鑄自度曲，《詞譜》著錄〈厭金杯〉、〈兀令〉、〈望湘人〉而
　　　　曰：「調見《東山樂府》。……此調無他首可校」、「調見《東山集》。……
　　　　此調亦僅見此詞，無別首宋詞可校」、「調見《東山樂府》。……此
　　　　調祇有此詞，無他作可校」（見清聖祖編：《詞譜》，臺北：洪氏出
　　　　版社，1980 年，卷十四，頁 994～995、卷二十一，頁 1418～1419、
　　　　卷三十四，頁 2460～2461），則此三調應爲賀鑄自度曲。再者，鍾
　　　　振振指出賀鑄集中前人所無之〈薄倖〉、〈海月謠〉、〈怨三三〉、〈醉
　　　　春風〉、〈石州引〉、〈小梅花〉、平韻〈天香〉、平韻〈憶秦娥〉、仄
　　　　韻〈吳音子〉以及《詞譜》失收之〈蕙清風〉、〈定情曲〉、〈攤破木
　　　　蘭花〉等調，其中多數當爲賀鑄自度曲或新翻譜，參見〔宋〕賀鑄
　　　　著，鍾振振校注：《東山詞》，前言，頁 7～8。此外，《詞譜》錄有
　　　　〈玉京秋〉而曰：「調見《蘋洲漁笛譜》。……此周密自度腔，無別
　　　　首宋詞可校，其平仄當依之」（卷二十四，頁 1653～1654），而賀鑄
　　　　亦有〈玉京秋〉，調式迥異周密〈玉京秋〉，且爲前人所無，當亦爲
　　　　其自度曲。
〔註190〕〔宋〕葉夢得：〈賀鑄傳〉，《石林居士建康集》，卷八，頁 800。

張耒〈賀方回樂府序〉所謂「大抵倚聲而爲之詞，皆可歌也」〔註191〕之意也。錢氏此句藉由粗豪外在與精審度曲並陳，更見賀鑄之銳感精思，而其句意與作法當襲自程俱〈賀方回詩集序〉所謂：「方回儀觀甚偉，如羽人劍客；然戲爲長短句，皆雍容妙麗，極幽閑思怨之情」。〔註192〕次句「慶湖湖畔老方回」，言及賀鑄之字號與祖籍，賀鑄〈慶湖遺老詩集自序〉曰：「慶湖遺老者，越人賀鑄方回也。賀本慶氏，后稷之裔。太伯始居吳，至王僚遇公子光之禍，王子慶忌挺身奔衛。妻子迸渡淛水，隱會稽上，越人哀之，予湖澤之田，俾擅其利，表其族曰慶氏，名其田曰慶湖。……今寖老且疾，念歸何時，而亟更舊稱者，亦首丘之義耳」，〔註193〕可見賀氏系出慶忌，「慶湖」爲慶忌妻子所居會稽湖澤田地，而賀鑄晚號「慶湖遺老」寓有思歸故園之意。詩作三、四句極度推崇賀鑄〈橫塘路〉詞，並化用黃庭堅〈寄賀方回〉之詩意。錢陳群感歎秦觀（別號淮海居士）際遇淒涼零落，而其才情只有寫出「梅子黃時雨」詞句之賀鑄能與競響。

　　而汪孟鋗論王士禎詞，亦由黃庭堅推賞賀鑄〈橫塘路〉詞敘起，其〈題本朝詞十首〉之五曰：

　　　　江南只有賀梅子，不是涪翁信筆誇；直將漁洋一詩老，也
　　　　填小令占桐花。（王尚書士禎）〔註194〕

首句之「賀梅子」乃賀鑄別名，周紫芝《竹坡詩話》曰：「賀方回嘗作〈青玉案〉詞，有『梅子黃時雨』之句，人皆服其工，士大夫謂之『賀梅子』。郭功父有〈示耿天隲〉一詩，王荊公嘗爲之書其尾云：『廟前古木藏訓狐，豪氣英風亦何有？』方回晚倅姑孰，與功父遊甚歡。方回寡髮，功父指其髻謂曰：『此眞賀梅子也。』方回乃捋其鬚曰：『君

<hr>

〔註191〕　張耒：〈賀方回樂府序〉，〔宋〕張耒撰，李逸安、孫通海、傅信點
　　　　　校：《張耒集》，冊下，卷四十八，頁 755。
〔註192〕　〔宋〕程俱：〈賀方回詩集序〉，《北山小集》，卷十五，頁 6 上。
〔註193〕　〔宋〕賀鑄：〈慶湖遺老詩集自序〉，《慶湖遺老詩集》，頁 196。
〔註194〕　〔清〕汪孟鋗：〈題本朝詞十首〉之五，《厚石齋詩集》，卷一，見
　　　　　吳熊和主編：《唐宋詞匯評（兩宋卷）》，冊五，附錄吳熊和、陶然
　　　　　輯「清人論詞絕句」，頁 4400。

可謂郭訓狐。』功父髯而髽，故有是語」，〔註195〕可見「梅子黃時雨」
一句精妙絕倫，賀鑄因有「賀梅子」之稱謂，而郭祥正（字功父）更
從賀鑄少髮之形貌，譏其真如梅子。汪孟鋗此絕一、二句稱頌賀鑄〈橫
塘路〉詞，援引黃庭堅讚語，認為所謂「解作江南斷腸句，只今唯有
賀方回」絕非信筆漫書之應酬言語，〈橫塘路〉當真冠絕一世。至於
三、四句則直接論述王士禛詞。王士禛（1634～1711），字貽上，號
阮亭，別號漁洋山人，曾任揚州府推官，官至刑部尚書，著有《衍波
詞》。王士禛於揚州任內，廣交詞人，酬唱雅集一時風流，儼然當時
廣陵詞壇盟主，所作綺靡流麗，特長小令，之後離開揚州，官位屢升，
漸以詞為小道而鄙棄不為，終至絕口不談倚聲之道，轉而以詩揚名天
下，創立「神韻」詩派，追求自然閒淡、清遠蘊藉之詩境，確立一代
詩宗之地位。「直將漁洋一詩老，也壇小令占桐花」，意謂即使王士禛
日後專力作詩，鼓吹神韻妙悟，終以詩名擅場（「直」有「即使」之
義），然盛年時期亦曾壇寫〈蝶戀花·和漱玉詞〉此等纏綿淒婉之小
令。〔註196〕綜觀全詩，汪孟鋗論王士禛〈蝶戀花〉而先言賀鑄〈橫
塘路〉，顯係認為〈蝶戀花〉堪與〈橫塘路〉比美。細玩〈蝶戀花〉
一詞，雖屬「男子而作閨音」之代言體形式，有別於〈橫塘路〉之直
抒胸臆，然摹寫思婦之深情閒愁洵足感人，措辭精巧雅麗，情感穠摯
悽迷，加以寓情於景，疊用妙喻，真有〈橫塘路〉之韻致。若再深入
探究，汪孟鋗此絕更有藉由賀鑄闡釋王士禛詞壇地位之用意。其意蓋
謂：「江南只有賀梅子」，北宋賀鑄晚年退居江南之蘇州，作〈橫塘路〉，
獲致「賀梅子」之美名，而本朝王士禛盛年居官江北之揚州，壇〈蝶

〔註195〕〔宋〕周紫芝：《竹坡詩話》，〔清〕何文煥輯：《歷代詩話》（臺北：
　　　　　漢京文化事業有限公司，1983 年），冊一，頁 341。
〔註196〕王士禛〈蝶戀花·和漱玉詞〉全詞如下：「涼夜沉沉花漏凍。欹枕
　　　　　無眠，漸聽荒雞動。此際閒愁郎不共。月移窗罅春寒重。　　憶共
　　　　　錦裯無半縫。郎似桐花，妾似桐花鳳。往事逼逼徒入夢。銀箏斷絕
　　　　　連珠弄」，南京大學中國語言文學系全清詞編纂研究室編：《全清
　　　　　詞·順康卷》，冊十一，頁 6561。

戀花〉，贏得「王桐花」之雅號，〔註197〕「也塡小令占桐花」，賀、
王二家前後輝映，光耀詞壇。汪孟鋗謂王士禛佳製〈蝶戀花〉堪並彎
賀鑄名篇〈橫塘路〉，之後王國維亦曰：「《衍波詞》之佳者，頗似賀
方回」，〔註198〕從中可見汪、王二氏詞論前後承啓之跡。

　　汪孟鋗紹述黃庭堅有關賀鑄〈橫塘路〉之讚語，進而詮論王士禛
之詞壇成就，而厲鶚論嚴繩孫詞亦採類似手法，其〈論詞絕句十二首〉
之一一曰：

　　　閑情何礙寫雲藍，淡處翻濃我未諳；獨有藕漁工小令，不

　　　教賀老占江南（錫山嚴中允蓀友《秋水詞》一卷）。〔註199〕

首句之「雲藍」原指雲藍紙，乃唐代段成式於九江所造，〔註200〕此
處泛指紙箋。嚴繩孫生性高曠，淡泊名利，告老還鄉之後，杜門不出，
搭建雨青草堂、佚亭，宴坐一室而以爲常。〔註201〕此絕一、二句意
謂嚴繩孫塡詞敘寫閒情，並不礙其高格逸趣，因其所作臻於「淡處翻
濃」，而厲鶚本人對此妙境深爲折服，自歎弗如。次句所稱「淡處翻
濃」，應指措辭淡雅而別有眞情寄意，〔註202〕此乃嚴繩孫《秋水詞》

〔註197〕王士禛《香祖筆記》自言：「初，予少年和李清照《漱玉詞》云：『郎
　　　　似桐花，妾似桐花鳳。』劉公戩體仁戲呼『王桐花』」，〔清〕王士
　　　　禛：《香祖筆記》（臺北：臺灣商務印書館，1985 年，《景印文淵閣
　　　　四庫全書》冊八七〇），卷十，頁 510。徐釚《詞苑叢談》亦曰：「王
　　　　阮亭〈和漱玉詞〉，有『郎似桐花，妾似桐花鳳』之句，長安盛稱
　　　　之，遂號爲『王桐花』」，〔清〕徐釚編著，王百里校箋：《詞苑叢
　　　　談校箋》（臺北：文史哲出版社，1989 年），卷五，頁 267。
〔註198〕王國維：《人間詞話・刪稿》，「論衍波詞」條，唐圭璋編：《詞話叢
　　　　編》，冊五，頁 4260。
〔註199〕〔清〕厲鶚：〈論詞絕句十二首〉之一一，《樊榭山房集》（臺北：
　　　　臺灣商務印書館，1967 年，《四部叢刊初編》），卷七，頁 73。
〔註200〕〔唐〕段成式〈寄溫飛卿牋紙〉題下自注：「予在九江造雲藍紙」，
　　　　〔清〕彭定求等編：《全唐詩》，卷五八四，頁 6767。
〔註201〕以上嚴繩孫行實參見清國史館原編，王鍾翰點校：《清史列傳》（北
　　　　京：中華書局，1987 年），卷七十〈嚴繩孫傳〉，頁 5727。
〔註202〕此處參引嚴迪昌之說：「其實，嚴氏詞的『淡處翻濃』正應從其別
　　　　有寄意處去析解」，見所著《清詞史》（南京：江蘇古籍出版社，2001
　　　　年），頁 321。

精妙之處，沈雄《柳塘詞話》嘗言：「余於《秋水詞》中，見蓀友所製娟娟靜好，行役寄情如此，亦詞品之最上乘也」，〔註203〕丁紹儀《聽秋聲館詞話》亦謂嚴繩孫〈御街行·中秋〉（算來不似蕭蕭雨）與〈菩薩蠻·託興〉（君恩自古如流水）「二詞似有所諷，顧選家均遺之」，〔註204〕皆以嚴氏詞中之寄情託意立論。而三、四句盛讚嚴繩孫工於小令，冠絕一時，並可媲美賀鑄。黃庭堅曾曰：「解作江南斷腸句，只今唯有賀方回」，直言〈橫塘路〉詞獨步當時、賀鑄才情無人匹敵，厲鶚則衍申其意，不僅肯定賀鑄之造詣，更謂世異時移，才士代出，當代江南詞人嚴繩孫小令獨擅，淡筆清辭而有深情寓意，深秀詞境直可方駕賀鑄，不讓賀鑄獨領江南詞壇風騷。厲鶚詩句感悟嚴繩孫小令具有賀鑄韻致，此後陳廷焯等人曾作進一步之闡述。〔註205〕綜觀此絕儘管論述重點不在賀鑄，卻藉賀鑄發明嚴繩孫之倚聲成就，而賀鑄及其〈橫塘路〉詞於古今江南詞壇之崇高地位，不言可喻也。

（三）「梅雨」句法之探究申論

賀鑄〈橫塘路〉一詞有口皆碑，其中「梅子黃時雨」一句工巧之至，更爲賀鑄博得「賀梅子」之稱謂。惟該句實有所本，宋人陳元靚

〔註203〕〔清〕沈雄：《古今詞話》，〈詞評〉卷下「嚴繩孫秋水詞」條引自著《柳塘詞話》，唐圭璋編：《詞話叢編》，冊一，頁1048。

〔註204〕〔清〕丁紹儀：《聽秋聲館詞話》，卷二「嚴繩孫詞」條，唐圭璋編：《詞話叢編》，冊三，頁2590。

〔註205〕陳廷焯曾謂：「嚴蓀友雙調〈望江南〉云：『歌婉轉，風日渡江多。柳帶結煙留淺黛，桃花如夢送橫波。一覺懶雲窩。　曾幾日、輕扇掩纖羅。白髮黃金雙計拙，綠陰青子一春過。歸去意如何。』情詞雙絕，似此眞有賀老意趣」（〔清〕陳廷焯：《白雨齋詞話》，卷三「蓀友雙調望江南」條，唐圭璋編：《詞話叢編》，冊四，頁3834）。此外，清人董兆熊注釋厲鶚此絕末句，徵引嚴繩孫〈一剪梅〉上片：「欵抱多情訴斷腸。生向愁鄉。死向柔鄉。鴛鴦魂夢幾時雙。月滿橫塘。風滿瞿塘」（參見〔清〕厲鶚著，〔清〕董兆熊注，陳九思標校：《樊榭山房集》，上海：上海古籍出版社，1992年，頁514），而徐照華箋註厲鶚此句，亦引〈一剪梅〉上片，並謂該作可與賀鑄〈橫塘路〉媲美（參見《厲鶚及其詞學之研究》，高雄：高雄復文圖書出版社，1998年，頁205）。

《歲時廣記》引《東皋雜錄》曰：「江南自初春至初夏，五日一番風候，謂之花信風。梅花風最先，楝花風最後，凡二十四番，以爲寒絕也。後唐人詩云：『楝花開後風光好，梅子黃時雨意濃』」，〔註206〕可見後唐人詩中早已言及「梅子黃時雨」。而潘淳《潘子眞詩話》曰：「世推方回所作『梅子黃時雨』爲絕唱，蓋用寇萊公語也，寇詩云：『杜鵑啼處血成花，梅子黃時雨如霧』」，〔註207〕似對賀鑄「梅子黃時雨」之獨享盛名，頗不以爲然，謂該句襲用寇準（卒贈萊國公）詩句，賀鑄不免掠人之美。

純就字面而言，「梅子黃時雨」一句係由「梅子黃時雨意濃」或「梅子黃時雨如霧」截取而來，而賀鑄〈橫塘路〉之「梅子黃時雨」究竟拾人牙慧抑或別有創發？清代論詞絕句作者不乏對此提出論析者，謝啓昆〈讀全宋詩仿元遺山論詩絕句二百首〉之一〇七論賀鑄曰：

> 鬼頭端合號書淫，梅子黃時對雨吟；未讓馴狐豪氣在，尋詩蠟屐慶湖深。〔註208〕

次句謂「梅子黃時雨」係賀鑄面對梅雨景象所吟得，大抵認爲該句並非蹈襲前人詩句。王僧保之觀點同於謝啓昆，且有較詳之闡發，其〈論詞絕句〉之二二曰：

> 眼前有景賦愁思，信手拈來意自怡；詞客競傳佳語說，須知妙悟熟梅時。〔註209〕

〔註206〕〔宋〕陳元靓：《歲時廣記》（北京：中華書局，1985 年，《叢書集成初編》），卷一「花信風」條引《東皋雜錄》，頁 4。

〔註207〕〔宋〕胡仔：《苕溪漁隱叢話》，前集，卷三十七引潘淳《潘子眞詩話》，收於吳文治主編：《宋詩話全編》，冊四《胡仔詩話》，頁 3777。

〔註208〕〔清〕謝啓昆：〈讀全宋詩仿元遺山論詩絕句二百首〉之一〇七，《樹經堂詩初集》（上海：上海古籍出版社，2002 年，《續修四庫全書》冊一四五八），卷十一〈補史亭草下〉，頁 137。

〔註209〕〔清〕王僧保：〈論詞絕句〉之二二，見況周頤：《阮盦筆記五種·選巷叢譚》（臺北：新文豐出版公司，1989 年，《叢書集成續編》冊二十四），卷二，頁 691。

「眼前有景」、「信手拈來」、「妙悟熟梅時」等語，基本否定賀鑄「梅子黃時雨」一句之有所依傍。王氏謂賀鑄藉眼前景致以抒發愁思，空濛賡續之煙草、風絮、梅雨有如百結難解之斷腸閒情，外在景致正與內在心緒契合，是以信手拈來，情與境會，而〈橫塘路〉所以傳誦千古，「賀梅子」所以成為詞壇佳話，得力於賀鑄深切體認梅子黃熟、陰雨蒸鬱所觸發之惱人愁思。王氏揭櫫賀鑄「妙悟熟梅時」，可謂極有見地。吾人只消深究《東皋雜錄》所錄後唐人詩，可見主要敘寫初夏景致，並以景致預示時令之變遷——楝花開後則風光漸佳、梅子黃落則天雨時作，而寇準詩句亦屬寫景之作，至若賀鑄則以「梅子黃時雨」興發、喻示內心閒情愁思，能於平常景語寓含無限情致，而與前人之作大異其趣。早於謝啓昆、王僧保之先著、程洪論賀鑄〈橫塘路〉詞曰：「工妙之至，無迹可尋，語句思路，亦在目前，而千人萬人不能湊泊」，〔註210〕所論殆與謝、王二氏同一意旨。

　　王僧保強調〈橫塘路〉「梅子黃時雨」一句出自賀鑄之妙悟直覺，而吳衡照則不諱言該句乃援引前人作品，其《蓮子居詞話》曰：
　　　　詞有襲前人語而得名者，雖大家不免。如方回「梅子黃時雨」、耆卿「楊柳岸、曉風殘月」、少游「寒鴉數點，流水遶孤村」、幼安「是他春帶愁來，春歸何處。卻不解、帶將愁去」等句，惟善於調度，正不以有藍本為嫌。〔註211〕
吳氏認為填詞難免蹈襲前人語言，然善因還須善變，須發揮巧思，善於調度安排。而沈道寬由前後句之關聯，論定〈橫塘路〉「梅子黃時

〔註210〕〔清〕先著、程洪輯，劉崇德、徐文武點校：《詞潔》（保定：河北大學出版社，2007年），卷二，頁86。
〔註211〕〔清〕吳衡照：《蓮子居詞話》，卷一「詞襲前人語」條，唐圭璋編：《詞話叢編》，冊三，頁2414。案：所引柳永〈雨霖鈴〉詞句，祖述魏承班〈漁歌子〉：「窗外曉鶯殘月」（說見〔明〕俞彥《爰園詞話》）；秦觀〈滿庭芳〉詞句，語本隋煬帝詩：「寒鴉千萬點，流水遶孤村」（說見〔宋〕胡仔《苕溪漁隱叢話》後集卷三十三引嚴有翼《藝苑雌黃》）；辛棄疾〈祝英臺近〉詞句，化用雍陶〈送春〉：「今日已從愁裡去，明年莫更共愁來」（說見〔宋〕劉克莊《後村詩話》前集卷一）。

雨」一句之佳妙，正著眼於賀鑄「調度」之功，其〈論詞絕句〉之一
四曰：

> 佳士還須好客陪，匠心惟有賀方回；一川煙草漫天絮，梅
> 子黃時細雨來。（或謂梅黃句襲萊公，不知二句敷襯得好
> 也。）〔註212〕

詩中指出儘管「梅子黃時雨」一句沿用寇準詩句，然「一川煙草」與
「滿城風絮」二句敷陳襯托得宜，而其作用有如好客陪伴佳士，從中
可見賀鑄之匠心獨運。沈氏所言甚是，任一句子之良窳得失，除卻本
身之情采，更應將其置於前後文句甚至全文之中衡量檢視，不宜隨意
割裂而遽下定論。〈橫塘路〉抒發斷腸情思，以「若問閒情都幾許」
提問，而「一川煙草，滿城風絮，梅子黃時雨」三句一貫直下，疊寫
愁緒之紛亂糾結，筆力逐句深透，詞情隨之趨於渾厚沉鬱，試想若只
「梅子黃時雨」單句直陳，勢必減色不少。再者，若就時間而論，「實
則『一川煙草』是二、三月間，『滿城風絮』是三、四月間，『梅子黃
時雨』是四、五月間」，〔註213〕三句時序前後承接，密合無痕，蓋從
二月至五月，由春入夏，閒情惱人毫不間斷，充分彰顯愁懷恨緒之綿
綿無絕期，試想若無「一川」與「滿城」二句之鋪墊，單憑「梅子」
一句，必難營造如此綿長無間之詞情效果。其後劉熙載《藝概·詞概》
申說「梅子黃時雨」一句之勝處曰：

> 賀方回〈青玉案〉詞，收四句云：「試問閒愁都幾許？一川
> 煙草，滿城風絮，梅子黃時雨。」其末句好處，全在「試
> 問」句呼起，及與上「一川」二句並用耳。或以方回有
> 「賀梅子」之稱，專賞此句，誤矣。且此句原本寇萊公
> 「梅子黃時雨如霧」詩句，然則何不目萊公為「寇梅子」
> 耶？〔註214〕

〔註212〕　〔清〕沈道寬：〈論詞絕句〉之一四，《話山草堂詩鈔》（臺北：臺灣
　　　　　大學圖書館藏，清光緒三年潤州榷廨刊本），卷一，頁37上、下。
〔註213〕　陳匪石編著，鍾振振校點：《宋詞舉（外三種）》（南京：江蘇古籍
　　　　　出版社，2002年），頁132～133。
〔註214〕　〔清〕劉熙載：《藝概·詞概》，「方回青玉案收句」條，唐圭璋編：

劉氏賞析「梅雨」一句，注重前後文句之連帶關係，強調「試問」一句之提挈呼起以及「一川」、「滿城」與「梅子」三句之連貫並用，而其論證模式幾與沈道寬同出一轍。

　　沈道寬讚賞賀鑄對「梅子黃時雨」一句之安排，梁梅則盛推賀鑄之剪裁得宜，其〈論詞絕句一百六十首〉論賀鑄曰：

> 梅子黃時雨如霧，刪除兩字味方深；由來鳧頸偏宜短，莫
> 泥陰陰夏木吟。（賀方回鑄）〔註215〕

前聯謂賀鑄之「梅子黃時雨」襲自寇準之「梅子黃時雨如霧」，然刪去「如霧」二字，情味始趨深長。蓋寇準詩句純爲寫景，而將連綿梅雨比爲迷濛煙霧，至於賀鑄詞句不僅寫景，更以之興發、比況斷腸閒情，可謂情景交融、比興兼具，殊值咀嚼玩味。第三句之「頸」字當爲「脛」字之訛，《莊子·駢拇》曰：「是故鳧脛雖短，續之則憂；鶴脛雖長，斷之則悲」，〔註216〕後以「鳧脛鶴膝」喻事物各有其天性。而「由來鳧頸偏宜短」，係承前二句之意脈，謂賀鑄之短句「梅子黃時雨」正適合〈橫塘路〉此處之情景。此絕末句更引王維運化他人詩句以爲佐證。王維〈積雨輞川莊作〉曰：「積雨空林煙火遲，蒸藜炊黍餉東菑。漠漠水田飛白鷺，陰陰夏木囀黃鸝。山中習靜觀朝槿，松下清齋折露葵。野老與人爭席罷，海鷗何事更相疑」，〔註217〕敘寫輞川久雨之情景與自身學道之生活，一派恬淡閒適。而李肇《唐國史補》曰：「維有詩名，然好取人文章嘉句，『行到水窮處，坐看雲起時』，英華集中詩也；『漠漠水田飛白鷺，陰陰夏木囀黃鸝』，李嘉祐詩也」，〔註218〕

《詞話叢編》，冊四，頁 3700～3701。

〔註215〕〔清〕梁梅：〈論詞絕句一百六十首〉之論賀鑄，見〔清〕張維屏選：《學海堂三集》（南京：江蘇教育出版社，1995 年，趙所生、薛正興編《中國歷代書院志》冊十四），卷二十四，頁 321。

〔註216〕〔清〕郭慶藩輯：《莊子集釋》（臺北：華正書局，1987 年），頁 317。

〔註217〕〔唐〕王維：〈積雨輞川莊作〉，〔清〕彭定求等編：《全唐詩》，卷一二八，頁 1298。

〔註218〕〔唐〕李肇：《唐國史補》（北京：中華書局，1991 年，《叢書集成

指出〈積雨輞川莊作〉之頷聯襲用李嘉祐詩句。葉夢得《石林詩話》
對此有較明確之引述與辯駁：

> 詩下雙字極難，須使七言五言之間除去五字三字外，精神
> 興致，全見於兩言，方爲工妙。唐人記「水田飛白鷺，夏
> 木囀黃鸝」爲李嘉祐詩，王摩詰竊取之，非也。此兩句好
> 處，正在添「漠漠」、「陰陰」四字，此乃摩詰爲嘉祐點化，
> 以自見其妙。如李光弼將郭子儀軍，一號令之，精彩數倍。
> 不然，如嘉祐本句，但是詠景耳，人皆可到。〔註219〕

葉氏謂李嘉祐之「水田飛白鷺，夏木囀黃鸝」，只爲尋常寫景之句，
而王維添加疊字「漠漠」、「陰陰」以成「漠漠水田飛白鷺，陰陰夏木
囀黃鸝」，遂覺工妙精彩。蓋有此二處疊字之增飾，視野豁然開朗，
適足映現心境之悠然無礙。而梁梅曰：「莫泥陰陰夏木吟」，當亦認同
葉氏之說，意在呼籲讀者不必拘執於作品之有所承襲，而當關注作者
運化之功力。

　　此外，前舉譚瑩〈論詞絕句一百首〉之三六：「詞筆眞能屈宋偕，
鬼頭善盜各安排；也知本寇巴東語，梅子黃時雨特佳」，次句論及賀
鑄善於襲取鎔裁、安排調度前人語句，後聯二句則謂此中最佳例證，
允推〈橫塘路〉之「梅子黃時雨」，該句原爲寇準（曾知歸州巴東縣）
詩語，本來平凡無奇，然經賀鑄點化安置，居然精妙絕倫。至於賀鑄
如何「善盜」、「安排」寇準詩句，沈道寬、梁梅之論詞絕句正可爲其
注解。

（四）和作、名篇之較論評賞

　　賀鑄憑藉一曲〈橫塘路〉傲視詞壇，其他詞人推尊之餘，紛紛繼
起唱和，如蘇軾、黃庭堅、李之儀、張元幹等人均有和篇。〈橫塘路〉
和韻作品之多，〔註220〕令人歎服。而清代論詞絕句亦有論及〈橫塘

　　　初編》），卷上「王維取嘉句」條，頁28～29。
〔註219〕〔宋〕葉夢得：《石林詩話》，〔清〕何文煥輯：《歷代詩話》，冊一，
　　　頁411。
〔註220〕據鍾振振之梳理統計，宋金人步賀鑄〈橫塘路〉韻者，共二十五人

路〉和作者，厲鶚〈論詞絕句十二首〉之四曰：

> 賀梅子昔吳中住，一曲橫塘自往還；難會寂音尊者意，也
> 將綺障學東山（洪覺範有和賀方回〈青玉案〉詞，極淺
> 陋）。〔註221〕

有關〈橫塘路〉之創作背景，龔明之《中吳紀聞》曰：「賀鑄字方回，本山陰人，徙姑蘇之醋坊橋。……有小築，在盤門之南十餘里，地名橫塘。方回往來其間，嘗作〈青玉案〉詞云：『凌波不過橫塘路。……梅子黃時雨』」，〔註222〕厲鶚詩作一、二句即概括此段紀聞。而三、四句評論惠洪之和作。釋惠洪，一名德洪，字覺範，俗姓喻，本彭氏之子，自號寂音，〔註223〕能詞，所作委婉工緻，時見綺靡側豔之語，許顗《彥周詩話》稱其「又善作小詞，情思婉約，似少游。至如仲殊、參寥，雖名世，皆不能及」。〔註224〕厲鶚詩中「綺障」之「綺」指「綺語」，詞多以麗詞豔語抒寫兒女私情，呈現綺羅香澤之態，故有「綺語」之稱，張輯詞集即名《東澤綺語債》，而「障」乃佛家語，指業障、煩惱。僧徒講求斷念離俗、清淨無礙，惠洪卻以綺語譜寫情愁，有礙修行證果，徒增罪業，故厲鶚戲稱其造「綺障」。厲鶚此絕指出

二十八闋，詳見〔宋〕賀鑄著，鍾振振校注：《東山詞》，卷一，頁
158。
〔註221〕〔清〕厲鶚：〈論詞絕句十二首〉之四，《樊榭山房集》，卷七，頁
73。
〔註222〕〔宋〕龔明之撰，孫菊園校點：《中吳紀聞》，卷三「賀方回」條，
上海古籍出版社編：《宋元筆記小說大觀》（上海：上海古籍出版社，
2001年），冊三，頁2868。
〔註223〕惠洪曾撰〈寂音自序〉、〈寂音自贊四首〉（《石門文字禪》，臺北：
臺灣商務印書館，1967年，《四部叢刊初編》，卷二十四，頁267～
268、卷十九，頁207～208），自述生平梗概，又自稱「寂音老尊者」
（〈景醇見和甚妙時方閱華嚴經復和戲之〉曰：「朝來誰扣門，寂音
老尊者」，見《石門文字禪》，卷六，頁54；〈贈鄜處士〉曰：「巨公
要人邀已徧，戲畫寂音老尊者」，見《石門文字禪》，卷七，頁71）、
「寂音老禪」（〈雙峰正覺禪院涅槃堂記〉末曰：「而作記者，寂音
老禪」，見《石門文字禪》，卷二十一，頁232）。
〔註224〕〔宋〕許顗：《彥周詩話》，〔清〕何文煥輯：《歷代詩話》，冊一，
頁382。

惠洪極爲賞愛〈橫塘路〉，空門高人未能絕愛忘情，癡愛執著之意念令人費解；儘管惠洪仿效賀鑄，和韻塡詞，所作卻淺薄鄙陋。茲更錄惠洪〈青玉案〉和作如下：

綠槐烟柳長亭路。恨取次、分離去。日永如年愁難度。高城回首，暮雲遮盡，目斷人何處。　　解鞍旅舍天將暮。暗憶丁寧千萬句。一寸柔腸情幾許。薄衾孤枕，夢回人靜，徹曉瀟瀟雨。〔註225〕

全詞反覆訴說別後不堪孤獨自處之愁情，而末四句刻意模擬賀鑄作品之跡昭然若揭。相較之下，賀鑄以「一川煙草，滿城風絮，梅子黃時雨」三句景語起興抒懷，興中有比，既寫愁之多，亦寫愁之久，而惠洪之「薄衾孤枕，夢回人靜，徹曉瀟瀟雨」，畢竟只是直言鋪敘愁極難眠之情景。賀詞下筆空靈而義蘊豐腴，惠詞造語質直而詞義淺薄，二者藝術成就之優劣高下，不可同日而語。厲鶚批評惠洪和作「極淺陋」，甚爲公允。

再者，厲鶚對於惠洪和詞之非議，尚有更深一層之涵義，此與賀鑄詞作之別有寄託有關。前文已論及賀鑄詞具「幽潔如屈、宋」之風格，能如屈原、宋玉般以雅潔詞筆寄託幽約情志。而〈橫塘路〉一詞，就其表面字句而論，乃抒發守候、思念美人之閒情愁思，鍾振振更曰：「據內容可知此係情詞，當與吳女有關」，〔註226〕蓋謂詞中所寫美人當即賀鑄晚年所遇吳女。〔註227〕將〈橫塘路〉視爲情詞，此爲多數論者之理解。〔註228〕然賀鑄空靈而不黏滯之筆調，遂令〈橫塘路〉

〔註225〕〔宋〕惠洪：〈青玉案〉，唐圭璋編：《全宋詞》，冊二，頁712。

〔註226〕〔宋〕賀鑄著，鍾振振校注：《東山詞》，卷一，頁154。

〔註227〕賀鑄曾邂逅一「宛轉有餘韻」之吳女，當時未能立即納娶，之後賀鑄宦遊奔波，吳女蓬首垢面，與世隔絕，堅守想望，終不幸亡故。有關賀鑄與吳女之情事，詳見〔宋〕李之儀：〈題賀方回詞〉，《姑溪居士全集·文集》（北京：中華書局，1985年，《叢書集成初編》），卷四十，頁313。

〔註228〕另有明代郎瑛認爲賀鑄〈橫塘路〉乃悼秦觀之作，其《七修類稿》曰：「秦觀字少游，號太虛，淮之高郵人，與蘇、黃齊名，嘗於夢中作〈好事近〉一詞云：『山露雨添花，……杳不知南北。』其後

極富感發潛能，詞中高潔而獨守之美人，使人思及賀鑄耿介自持而退居吳下之處境，而末幾句所寫懷思美人之「閒情」，又似象喻投閒置散、亟盼知音之無限悵恨。清人黃蘇《蓼園詞評》著重詞中忠愛寄託之旨，其論賀鑄〈橫塘路〉即曰：

> 按方回有小築在姑蘇盤門內，地名橫塘。時往來其間，有此作。方回以孝惠皇后族孫，元祐中，通判泗州，又倅太平州，退居吳下。是此詞作於退休之後也。自有一番不得意，難以顯言處。言斯所居橫塘，斷無宓妃到。然波光清幽，亦常目送芳塵，第孤寂自守，無與為歡，惟有春風相慰藉而已。次闋言幽居腸斷，不盡窮愁，惟見煙草風絮、梅雨如霧，共此旦晚耳。無非寫其景之鬱勃岑寂也。〔註229〕

此論係由懷才不遇之角度解析〈橫塘路〉詞，指出其中所寄孤高抑鬱之情。此外，繆鉞所著〈論賀鑄詞〉，強調賀鑄填詞深得楚〈騷〉遺韻而有寄託之意，而〈橫塘路〉乃「藉美人香草之辭以發抒其所志不遂，孤寂自守，追求理想之遠慕遐思」。〔註230〕而楊海明更就詞中「凌波佳人」之形象深入剖析，指出其所透露之極美資質、寂寞幽困氣息、遲暮意味，曲折表現賀鑄自傷身世、理想之失落。〔註231〕

仔細推敲厲鶚論賀鑄與〈橫塘路〉之詩句──「賀梅子昔吳中住，

以事謫藤州，竟死於藤，此詞其讖乎？少游同時有賀鑄，字方回，嘗作〈青玉案〉詞悼之云：『凌波不過橫塘路。……梅子黃時雨。』山谷有詩云：『少游醉臥古藤下，誰與愁眉唱一杯？解道江南斷腸句，祇今惟有賀方回。』……因憶賀、黃二作，併書之。」（〔明〕郎瑛：《七修類稿》，上海：上海書店，2001年，卷三十「秦黃詩讖」條，頁327～328）郎瑛或因黃庭堅詩感歎秦觀身後寂寥，「誰與愁眉唱一盃」？只有賀鑄「解道江南斷腸句」，因此望文生義，誤將〈橫塘路〉當作賀鑄悼念秦觀之詞。

〔註229〕〔清〕黃蘇：《蓼園詞評》，「青玉案」條，唐圭璋編：《詞話叢編》，冊四，頁3057。

〔註230〕繆鉞：〈論賀鑄詞〉，繆鉞、葉嘉瑩：《靈谿詞說》（臺北：國文天地雜誌社，1989年），頁282。

〔註231〕詳見楊海明：《唐宋詞史》（高雄：麗文文化事業股份有限公司，1996年），頁404。

一曲橫塘自往還」，並非泛泛檃括龔明之《中吳紀聞》之記載，其所凸顯者乃賀鑄退居吳下，獨自往返橫塘，惟有一曲〈橫塘路〉詞伴隨。可見厲鶚係將〈橫塘路〉視為賀鑄之心曲，此中寄寓孤芳自賞、懷才不遇之愁悶悲思，對應外在孤高清寂、幽約自處之形象。是故厲鶚批評惠洪和作「難會寂音尊者意，也將綺障學東山」之深層涵義，在於惠洪所作只為傷離怨別之兒女情懷，難以索解其中有何寄託之意，空自仿效賀鑄詞作表面之綺語麗句而已。此外，「寂音尊者」更具一語雙關之妙用。「難會寂音尊者意」一句，不僅意謂讀者難以索解惠洪（自號寂音尊者）之寄意，更可解作惠洪未能理解詞壇「尊者」賀鑄一曲「寂音」（〈橫塘路〉）中自憐幽獨之真意，所見何其淺薄，宜其和作流於鄙陋也。前人對於惠洪作詩填詞早有非議，如王安石女稱惠洪為「浪子和尚」、〔註232〕胡仔（號苕溪漁隱）曰：「忘情絕愛，此瞿曇氏之所訓，惠洪身為衲子，詞句有『一枕思歸淚』及『十分春瘦』之語，豈所當然？」〔註233〕皆是針對惠洪僧徒身分所作之批評，只屬皮相之見。反觀厲鶚此絕批評惠洪和賀鑄詞徒作綺語而無寄託之意，相較王、胡二氏所論，更顯精闢剴切。

厲鶚評判賀鑄原唱與惠洪和作之優劣，汪筠則比較賀鑄〈橫塘路〉與他人佳製之差異，其〈讀詞綜書後二十首〉之七曰：「黃九何如秦七佳，莫教犁舌泥金釵；東堂略與東山近，風雨江南各惱懷」，第三句較論賀鑄、毛滂詞風，而末句則就二人具體詞篇加以評比。其中「惱懷」之「風雨」當指賀鑄〈橫塘路〉，而「惱懷」之「江南」應指毛滂〈臨江仙・都城元夕〉一詞：

　　閒道長安燈夜好，雕輪寶馬如雲。蓬萊清淺對觚棱。玉皇

〔註232〕《能改齋漫錄》曰：「洪覺範有上元宿嶽麓寺詩。蔡元度夫人王氏，荊公女也，讀至『十分春瘦緣何事，一掬鄉心未到家』，曰：『浪子和尚耳』」，〔宋〕吳曾：《能改齋漫錄》，卷十一「浪子和尚詩」條，頁318。

〔註233〕〔宋〕魏慶之：《詩人玉屑》，卷二十一「詩餘」之「僧惠洪」條引苕溪漁隱語，頁387。

開碧落，銀界失黃昏。　　誰見江南憔悴客，端憂懶步芳
塵。小屏風畔冷香凝。酒濃春入夢，窗破月尋人。〔註234〕

此係毛滂流寓汴京之作。毛滂乃衢州江山（北宋屬兩浙路）人，是
時落拓潦倒，淒清孤苦，故以「江南憔悴客」自稱。詞作首先渲染
汴京元夜燈火輝煌、仕女遊賞之盛況，然如此榮景乃「聞道」而已，
詞人閒居愁悶，無心競逐繁華，獨處幽室，藉酒澆愁，惟有透窗而
入之月光有情相伴。對比〈橫塘路〉與〈臨江仙〉，同為抒發流落不
偶之惱人情懷，然賀鑄藉相思別情寄寓身世之感，毛滂逕稱「江南
憔悴客」而直遣其懷，二人呈現「惱懷」之方式各異，賀鑄紆曲深
婉，毛滂則較直截淺露。如再結合賀鑄、毛滂之生平作為，更可察覺
二人之「惱懷」內涵存在深微差異。賀鑄耿直介特，深具治事才幹
與用世志意，長期沉淪下僚，〈橫塘路〉之「惱懷」係自傷懷才不
遇、壯志難伸。而毛滂依傍權貴蔡京以求晉用，〔註235〕《四庫全書
總目提要》更曰：「即集中所載酬答之文，亦多涉請謁干祈，不免脂
韋涊涊之態」，〔註236〕所謂「脂韋」意謂圓滑，「涊涊」意謂卑污，
然則〈臨江仙〉之「惱懷」多少含有貪戀官場、患得患失之成分。
無論〈橫塘路〉、〈臨江仙〉之抒懷技法，抑或賀鑄、毛滂之惱懷內
涵，誠然同中有異，汪筠所言「風雨江南『各』惱懷」，殊耐人玩繹
諷味。

　　至若高旭〈論詞絕句三十首〉之一四則品第賀鑄〈橫塘路〉與別
家名篇之高下，詩曰：

游蕩金鞍是淚不，柳花工寫浦城愁；爭傳梅子黃時雨，輸

〔註234〕〔宋〕毛滂：〈臨江仙・都城元夕〉，唐圭璋編：《全宋詞》，冊二，
　　　　頁 691。
〔註235〕蔡絛《鐵圍山叢談》載其父蔡京秉政時，「有毛滂澤民者有時名，
　　　　上一詞甚偉麗，而驟得進用」，〔宋〕蔡絛撰，馮惠民、沈錫麟點
　　　　校：《鐵圍山叢談》（北京：中華書局，1983 年），卷二，頁 27。
〔註236〕〔清〕永瑢等：《四庫全書總目提要》（臺北：臺灣商務印書館，1985
　　　　年，《合印四庫全書總目提要及四庫未收書目禁燬書目》），卷一五
　　　　五「《東堂集》提要」，頁 3268。

卻吳中賀鬼頭。〔註237〕

其中「浦城」指章楶。章楶（1027～1102），字質夫，籍貫建州浦城（今屬福建）。此絕一、二句論述章楶所作〈水龍吟〉詠楊花詞，該詞如下：

> 燕忙鶯懶花殘，正堤上、柳花飄墜。輕飛點畫青林，誰道全無才思。閒趁遊絲，靜臨深院，日長門閉。傍珠簾散漫，垂垂欲下，依前被，風扶起。　　蘭帳玉人睡覺，怪春衣、雪霑瓊綴。繡牀旋滿，香毬無數，才圓卻碎。時見蜂兒，仰粘輕粉，魚吹池水。望章臺路杳，金鞍遊蕩，有盈盈淚。〔註238〕

全詞或直敘或譬喻或用典，曲盡形容楊花飛舞飄墜之情景，極妍盡態，最後帶入佳人怨嗟遊子金鞍遊蕩之粉淚。章楶此作精巧細緻，善於捕捉楊花風姿，體會入微，堪稱佳什，黃昇《唐宋諸賢絕妙詞選》評曰：「『傍珠簾散漫』數語，形容盡矣」，〔註239〕魏慶之《詩人玉屑》亦言：「余以爲質夫詞中，所謂『傍珠簾散漫，垂垂欲下，依前被，風扶起』，亦可謂曲盡楊花妙處」。〔註240〕而高旭將章楶詞歇拍數句運化入詩，並曰：「柳花工寫浦城愁」，亦對章楶工巧筆力深致讚許。惟話鋒一轉，高旭續曰：「爭傳梅子黃時雨，輸卻吳中賀鬼頭」，指出賀鑄〈橫塘路〉人人爭相傳誦，章楶〈水龍吟〉實難匹敵。

何以章楶〈水龍吟〉輸卻賀鑄〈橫塘路〉？高旭並未明言。有關章楶〈水龍吟〉之未能登峰造極，可藉蘇軾和作之對比而清楚呈現，

〔註237〕〔清〕高旭：〈論詞絕句三十首〉之一四，見〔清〕高旭著，郭長海、金菊貞編：《高旭集》（北京：社會科學文獻出版社，2003年），上編《天梅遺集》，卷三〈未濟廬詩〉，頁79。

〔註238〕〔宋〕章楶：〈水龍吟〉，唐圭璋編：《全宋詞》，冊一，頁213～214。

〔註239〕〔宋〕黃昇選編，鄧子勉校點：《唐宋諸賢絕妙詞選》，卷五，上海古籍出版社編：《唐宋人選唐宋詞》（上海：上海古籍出版社，2004年），冊下，頁636。

〔註240〕〔宋〕魏慶之：《詩人玉屑》，卷二十一「詩餘」之「章質夫」條，頁386。

朱弁《曲洧舊聞》曰：「章楶質夫作〈水龍吟〉詠楊花，其命意用事，清麗可喜。東坡和之，若豪放不入律呂，徐而視之，聲韻諧婉，便覺質夫詞有織繡工夫」，〔註241〕張炎則曰：「東坡次章質夫楊花〈水龍吟〉韻，機鋒相摩，起句便合讓東坡出一頭地，後片愈出愈奇，真是壓倒今古」。〔註242〕朱、張二氏所言甚是。試觀蘇軾〈水龍吟・次韻章質夫楊花詞〉：

> 似花還似非花，也無人惜從教墜。拋家傍路，思量卻是，無情有思。縈損柔腸，困酣嬌眼，欲開還閉。夢隨風萬里，尋郎去處，又還被、鶯呼起。　　不恨此花飛盡，恨西園、落紅難綴。曉來雨過，遺蹤何在，一池萍碎。春色三分，二分塵土，一分流水。細看來，不是楊花點點，是離人淚。〔註243〕

起句「似花還似非花」已具不離不即之姿，而全詞靈動夭矯，巧妙結合辭枝楊花與離人情淚，賦物與言情交融，詠物而不留滯於物。反觀章楶之作，歌詠楊花而於末結數句寫進佳人愁淚，雖穩妥整練，然過於沾滯黏著，僅織繡刻畫楊花物態，窮形盡相，無法予人感發聯想空間，非但楊花與愁淚難以結合，末結數句更有突兀、牽強之感。〔註244〕故單就筆調而言，章楶〈水龍吟〉質實而凝滯，詞義一覽無遺，不聞絃外之音，而賀鑄〈橫塘路〉則如蘇軾〈水龍吟〉般空靈而蘊藉，詞義含蓄不盡，深具感發潛能。再者，若就楊花敘寫而論，章楶幾乎全章詠柳，描摹柳花飄墜堤岸、青林、深院、珠簾、春衣、繡

〔註241〕〔宋〕朱弁撰，王根林校點：《曲洧舊聞》，卷五，上海古籍出版社編：《宋元筆記小說大觀》，冊三，頁2993。

〔註242〕〔宋〕張炎：《詞源》，卷下「雜論」，唐圭璋編：《詞話叢編》，冊一，頁265。

〔註243〕〔宋〕蘇軾：〈水龍吟・次韻章質夫楊花詞〉，唐圭璋編：《全宋詞》，冊一，頁277。

〔註244〕高旭此絕曰：「游蕩金鞍是淚不，柳花工寫浦城愁」，讚賞章楶工於以柳花寫愁淚。事實並不盡然，章楶所詠柳花並不具備佳人粉淚之喻示功能，綜觀全詞只工於描摹柳花，而不擅於言愁，遑論以柳花寫愁淚。

牀、園池之情態，句句各司其職，而賀鑄雖只「滿城風絮」一句敘及柳絮飄墜，然該句能與上下句交融整合，喻示閒情之紛繁綿長，義蘊顯然較爲豐厚。此外，更可經由用典技巧窺知〈橫塘路〉、〈水龍吟〉二詞之高下。賀鑄鎔鑄曹植〈洛神賦〉、李商隱〈錦瑟〉、江淹〈擬休上人怨別〉文意字面入詞，遂令懷人思情更形典雅委婉，歇拍雖襲用寇準（或後唐人）詩句，然剪裁安排得宜，以致「梅子黃時雨」一句人人「爭傳」；章粢化用韓愈、馮延巳、杜甫、韓偓等人詩詞句意，〔註245〕卻難免堆砌餖飣楊花典故之嫌，而歇拍數句蹈襲馮延巳〈鵲踏枝〉：「玉勒琱鞍游冶處。樓高不見章臺路」，〔註246〕更見湊泊成章之跡。

　　高旭評騭章粢〈水龍吟〉不及賀鑄〈橫塘路〉，而鄭方坤則將賀鑄、秦觀、柳永三家名作相提並論，其〈論詞絕句三十六首〉之一四曰：

　　　賀家梅子句通靈，學士屯田比尹邢；隻字單詞足千古，不
　　　將畫壁羨旗亭。（賀鑄有「梅子黃時雨」之句，號「賀梅子」。
　　　東坡云：「山抹微雲秦學士，露華倒影柳屯田。」）〔註247〕

首句推許賀鑄〈橫塘路〉之「梅子黃時雨」一句臻於化境，爲其贏得「賀梅子」之名號。而由鄭氏詩末所附蘇軾評語，可知次句所論爲秦觀（秦觀與黃庭堅、晁補之、張耒同遊蘇軾之門，人稱「蘇門四學士」）

〔註245〕　「誰道全無才思」，反用韓愈〈晚春〉：「楊花榆莢無才思」句意；「繡牀旋滿，香毬無數」，襲自馮延巳〈南鄉子〉：「睡起楊花滿繡牀」；「時見蜂兒，仰粘輕粉」，化用杜甫〈獨酌〉：「仰蜂黏落絮」；「魚吹池水」，語本韓偓〈殘春旅舍〉：「池面魚吹柳絮行」。

〔註246〕　〔五代〕馮延巳：〈鵲踏枝〉，曾昭岷、曹濟平、王兆鵬、劉尊明編：《全唐五代詞》（北京：中華書局，1999 年），冊上，頁 656。案：此首別作歐陽脩詞，而曾昭岷參酌朱彝尊、陳廷焯、張伯駒、孫人和等人與《全宋詞》之說，從《陽春集》作馮延巳詞，詳見《全唐五代詞》，頁 656～657 之「考辨」。

〔註247〕　〔清〕鄭方坤：〈論詞絕句三十六首〉之一四，《蔗尾詩集》（濟南：齊魯書社，2001 年，《四庫全書存目叢書補編》冊八），卷五〈木石居後草〉，頁 314。

之〈滿庭芳〉與柳永（官至屯田員外郎，世稱柳屯田）之〈破陣樂〉。柳永〈破陣樂〉詞如下：

> 露花倒影，煙蕪蘸碧，靈沼波暖。金柳搖風樹樹，繫彩舫
> 龍舟遙岸。千步虹橋，參差雁齒，直趨水殿。繞金堤、曼
> 衍魚龍戲，簇嬌春羅綺，喧天絲管。霽色榮光，望中似覩，
> 蓬萊清淺。　　時見。鳳輦宸遊，鸞觴禊飲，臨翠水、開
> 鎬宴。兩兩輕舠飛畫楫，競奪錦標霞爛。罄歡娛，歌魚藻，
> 徘徊宛轉。別有盈盈遊女，各委明珠，爭收翠羽，相將歸
> 遠。漸覺雲海沉沉，洞天日晚。〔註248〕

全詞敘寫汴京三月金明池遊宴盛況，不僅花態柳姿、仙橋水殿、晴光祥雲引人入勝，更有百戲登場，絲竹競聲，遊人喧闐，加以皇帝巡遊、修禊、賜宴，池中龍舟競渡奪標，岸上遊女委珠拾翠，歡聲和氣洋溢其中，宛如蓬萊仙境，真是一幅物阜民康之雍熙圖畫。而秦觀〈滿庭芳〉詞：

> 山抹微雲，天連衰草，畫角聲斷譙門。暫停征棹，聊共引
> 離尊。多少蓬萊舊事，空回首、煙靄紛紛。斜陽外，寒鴉
> 萬點，流水繞孤村。　　銷魂。當此際，香囊暗解，羅帶
> 輕分。謾贏得、青樓薄倖名存。此去何時見也，襟袖上、
> 空惹啼痕。傷情處，高城望斷，燈火已黃昏。〔註249〕

此乃留別會稽歌妓之作，秦觀與佳人尊前話別，回首往事空幻如煙，瞻望前程蕭條孤寂，分別容易而後會無期，自覺愧對佳人。全詞含蓄蘊藉，淒迷、哀厲、闌珊之景語，喻示內心無限傷情，更於傷離怨別之中，寄寓個人身世飄泊零落之無奈。至於蘇軾有關秦觀〈滿庭芳〉兼及柳永〈破陣樂〉之評論，有《唐宋諸賢絕妙詞選》、《藝苑雌黃》、《避暑錄話》等書之記載：

> 後秦少游自會稽入京，見東坡，坡云：「久別，當作文甚勝，
> 都下盛唱公『山抹微雲』之詞。」秦遜謝，坡遽云：「不意

〔註248〕〔宋〕柳永：〈破陣樂〉，唐圭璋編：《全宋詞》，冊一，頁28。
〔註249〕〔宋〕秦觀：〈滿庭芳〉，唐圭璋編：《全宋詞》，冊一，頁458。

別後，公卻學柳七作詞。」秦答曰：「某雖無識，亦不至是，先生之言無乃過乎？」坡云：「『銷魂。當此際』非柳詞句法乎？」秦慚服，然已流傳，不復可改矣。〔註250〕

其詞極爲東坡所稱道，取其首句，呼之爲「山抹微雲君」。〔註251〕

蘇子瞻於四學士中最善少游，故他文未嘗不極口稱善，豈特樂府？然猶以氣格爲病，故常戲云：「山抹微雲秦學士，露花倒影柳屯田。」「露花倒影」，柳永〈破陣子〉語也。〔註252〕

綜觀上述三段記載，可見蘇軾對於秦觀〈滿庭芳〉之「銷魂。當此際」二句不甚滿意，認爲此係仿效柳永塡詞，詞語過於骯髒淺近，雖然，蘇軾仍對全詞稱道不已，並以「山抹微雲」代稱秦觀，只是「一洗綺羅香澤之態，擺脫綢繆宛轉之度」〔註253〕之蘇軾，終不免以豪放角度繩墨秦觀、柳永之婉約詞作，而取「山抹微雲」、「露花倒影」此等纖婉軟媚之語言，諧謔二人爲「山抹微雲秦學士，露花倒影柳屯田」，認爲二人所作缺乏奇崛兀傲、雄放開闊之氣勢格局。而鄭方坤詩句「學士屯田比尹邢」，又將秦觀之「山抹微雲」句與柳永之「露花倒影」句比作尹夫人與邢夫人。〔註254〕蘇軾稱呼秦、柳二人「山抹微雲秦學士，露花倒影柳屯田」，帶有些許戲謔甚至嘲諷之意味，而鄭氏將

〔註250〕〔宋〕黃昇選編，鄧子勉校點：《唐宋諸賢絕妙詞選》，卷二蘇軾〈永遇樂·夜登燕子樓，夢盼盼，因作此詞〉題後附注，上海古籍出版社編：《唐宋人選唐宋詞》，冊下，頁601。

〔註251〕〔宋〕胡仔：《苕溪漁隱叢話》，後集，卷三十三「秦太虛」條引嚴有翼《藝苑雌黃》，收於吳文治主編：《宋詩話全編》，冊四《胡仔詩話》，頁4197～4198。

〔註252〕〔宋〕葉夢得撰，徐時儀校點：《避暑錄話》，卷三，上海古籍出版社編：《宋元筆記小說大觀》，冊三，頁2629。

〔註253〕〔宋〕胡寅：〈題酒邊詞〉，〔明〕毛晉輯《宋六十名家詞》之向子諲《酒邊詞》，頁220。

〔註254〕「尹邢」指漢武帝所寵幸之尹夫人與邢夫人，二人事蹟詳見〔日〕瀧川龜太郎：《史記會注考證》（臺北：洪氏出版社，1986年），卷四十九〈外戚世家〉，頁779～780。

二家名句比擬貌美之夫人，顯然認為「山抹微雲」、「露花倒影」本色當行，合於詞體婉約柔媚之本質，故鄭氏僅承襲蘇軾並稱秦、柳二家名句之作法，並未認同蘇軾之微辭。

　　在稱揚三家警句之後，鄭方坤讚曰：「隻字單詞足千古，不將畫壁羨旗亭」，推尊「梅子黃時雨」、「山抹微雲」、「露花倒影」一語之工以及〈橫塘路〉、〈滿庭芳〉、〈破陣樂〉單篇之妙，當可傳誦千古，三篇名作有如王昌齡、高適、王之渙三人旗亭聽唱、畫壁爭勝一般，〔註255〕難分軒輊。誠然，秦觀〈滿庭芳〉淒婉纏綿，寓情於景，「將身世之感打并入艷情」，〔註256〕柳永〈破陣樂〉鋪張揚厲，典雅富贍，「承平氣象，形容曲盡」，〔註257〕均為優入聖域之絕唱，各極其妙，堪與賀鑄〈橫塘路〉並峙詞壇，光耀後世。

　　茲將清代論詞絕句評騭賀鑄之論點，撮要如下。其一，借鑒古典之推尊：周之琦讚賀鑄善於琢煉、運化前人語句，精工新穎，並謂吳文英宗師賀鑄而擅長借鑒古典、雕琢字句；譚瑩賞賀鑄巧於襲取鎔裁、安排調度前人語句；程恩澤稱周之琦《金梁夢月詞》當可肩差賀鑄作品，以其鎔鑄、組織前人語句故實而運以心裁。

　　其二，多樣詞風之稱揚：周之琦譽《東山詞》具盛麗、妖冶、幽潔、悲壯之風，兼該眾妙；譚瑩凸顯賀鑄如屈原、宋玉般措語雅潔而託興幽微；汪筠謂毛滂詞風略近賀鑄，以其所作雅麗婉媚；江

〔註255〕「旗亭畫壁」事見《集異記》，記載王昌齡、高適、王之渙齊名開
　　　　元詩壇，一日同赴旗亭，適有伶官歌妓會讌，三人密觀諸伶謳歌其
　　　　詩作之多寡，並於壁上畫記計數，以此決定詩名先後，然終難分高
　　　　下，詳見〔唐〕薛用弱：《集異記》（北京：中華書局，1985年，《叢
　　　　書集成初編》），卷二「王渙之」條，頁8～9。
〔註256〕〔清〕周濟：《宋四家詞選眉批》，唐圭璋編：《詞話叢編》，冊二，
　　　　頁1652。
〔註257〕〔宋〕陳振孫著，徐小蠻、顧美華點校：《直齋書錄解題》（上海：
　　　　上海古籍出版社，1987年），卷二十一「歌詞類」之「《樂章集》九
　　　　卷」，頁616。

昱、譚瑩與華長卿皆著眼於賀鑄詞風之婉約、雅正，而稱史達祖可抗
軛賀鑄。

其三，〈橫塘路〉詞之論繹：或為煙雨斷腸之共鳴迴響：李其永
於梅黃時節深感賀鑄之斷腸閑愁，並歎人生如風絮般飄颺；孫爾準
由當下之迷濛煙雨聯想賀鑄昔日之斷腸心緒，並尊賀鑄為江南詞壇
遠祖，且謂嚴繩孫、顧貞觀所作具賀鑄之斷腸詞情；黃承吉於春日自
歎孤寂斷腸一如賀鑄；華長卿稱賀鑄賦性多情易愁，而以煙草、風
絮、梅雨道盡斷腸情愫；李希聖言世人推賞〈橫塘路〉之煙雨斷腸，
賀鑄以此留名。或為涪翁讚語之紹述發揚：錢陳群認同黃庭堅〈寄賀
方回〉所言，悲憐秦觀身世零落，稱許賀鑄賦得「梅子黃時雨」之才
情直可接武秦觀；汪孟鋗謂黃庭堅讚語中肯的當，且稱王士禛〈蝶戀
花〉可肩隨賀鑄〈橫塘路〉，王氏領袖清初江北詞壇媲美賀鑄冠冕北
宋江南詞壇；厲鶚首肯黃庭堅之論斷，並讚江南詞人嚴繩孫小令獨
擅，可與賀鑄爭勝。或為「梅雨」句法之探究申論：謝啟昆言賀鑄對
雨吟得「梅子黃時雨」；王僧保主賀鑄因眼前景致以賦愁思，「梅子黃
時雨」為其妙悟直覺之佳句；沈道寬稱「梅子黃時雨」雖襲用寇準詩
句，然有「一川煙草」與「滿城風絮」二句之鋪墊，方臻絕詣；梁梅
賞賀鑄將寇準詩句「梅子黃時雨如霧」刪去「如霧」二字，情味始深；
譚瑩謂「梅子黃時雨」原為寇準詩語，一經賀鑄鎔裁、安排，遂成雋
句。或為和作、名篇之較論評賞：厲鶚評惠洪和篇〈青玉案〉（綠槐
烟柳長亭路）徒作綺語麗句，質直淺薄，不見寄託深意；汪筠謂賀鑄
〈橫塘路〉與毛滂〈臨江仙・都城元夕〉之惱懷各具面目；高旭譽賀
鑄〈橫塘路〉遠邁章楶〈水龍吟〉，「梅子黃時雨」爭傳於世；鄭方坤
讚賀鑄之「梅子黃時雨」巧奪天工，而秦觀之「山抹微雲」與柳永之
「露花倒影」卓然本色，〈橫塘路〉、〈滿庭芳〉與〈破陣樂〉平分秋
色、蜚聲千古。

綜觀清代論詞絕句有關賀鑄借鑒古典、詞風多樣之論證，率就前
賢成說加以提煉發明，允稱後出轉精。而賀鑄〈橫塘路〉一詞，北宋當

時即享盛名，經清代論詞絕句作者之遞相詠讚，非惟經典名作地位更形確立，甚至成爲清代江南詞壇之標竿，論者或將當代江南詞人詞作附麗賀鑄及其〈橫塘路〉，或以賀鑄及其〈橫塘路〉輝映當代江北詞人詞作。至於汪孟鋗謂王士禛佳製堪與賀鑄名篇抗禮，沈道寬由前後句式詮釋「梅子黃時雨」一句之佳妙，厲鶚揭示嚴繩孫小令有賀鑄韻致、細察〈橫塘路〉含寄託深意，更具啓發後世論者之開創意義。

第三節　論周邦彥

周邦彥（1056～1121），字美成，號清眞居士，錢塘（今浙江杭州）人，著有《清眞詞》（一作《片玉詞》）。清代論詞絕句有關周邦彥之評論，約可歸納爲：知音協律之讚譽、借鑑古典之頌美、內容意境之評議、倚聲典範之論辯、本事軼聞之稱引等五端，以下逐項析論。

一、知音協律之讚譽

周邦彥深諳音樂，曉暢詞律，能自度曲，徽宗朝更以妙解音律而提舉大晟府。關於周邦彥之知音、《清眞詞》之協律，宋世以降已成不刊之說，沈義父《樂府指迷》譽周氏「最爲知音」，〔註258〕《宋史》稱周氏「製樂府長短句，詞韻清蔚，傳於世」。〔註259〕而清代論周邦彥其人其詞之論詞絕句，亦多聚焦於此，鄭方坤〈論詞絕句三十六首〉之一六曰：

周郎慧業溯當年，識曲聽眞孰比肩；待制風流豈苗裔，新詞一一奏鈞天。（周美成官待制，以知音名，管領大晟樂府，所奏新詞，常動帝聽。）〔註260〕

〔註258〕〔宋〕沈義父：《樂府指迷》，「作詞當以清眞爲主」條，唐圭璋編：《詞話叢編》（臺北：新文豐出版公司，1988年），冊一，頁277。

〔註259〕〔元〕脫脫等撰：《宋史》（北京：中華書局，1990年），卷四四四〈周邦彥傳〉，頁13126。

〔註260〕〔清〕鄭方坤：〈論詞絕句三十六首〉之一六，《蔗尾詩集》（濟南：

首句之「周郎」係指周瑜，蓋《三國志·周瑜傳》載其任建威中郎將，
領兵二千人、騎五十匹，時年二十四，吳中皆呼爲「周郎」。〔註261〕
又《三國志·周瑜傳》載：「瑜少精意於音樂，雖三爵之後，其有闕
誤，瑜必知之，知之必顧，故時人謠曰：『曲有誤，周郎顧。』」
〔註262〕準此，此絕前聯盛稱周瑜聽聲辨曲眞切精當，音樂素養獨步
當時。第三句之「待制」係指周邦彥，以其曾任徽猷閣待制，全句則
讚周邦彥通達音律，以此提舉大晟府，或爲周瑜之後代，超逸佳妙之
音樂才華無愧遠祖。有關周邦彥是否爲周瑜後代？由於二人年代相距
久遠，實難考證，〔註263〕惟周邦彥名其堂曰「顧曲」，顯有比附同宗
「顧曲周郎」之意。而末句謂周邦彥所製新詞協律美聽，備受帝王愛
賞。茲舉周密《浩然齋雅談》所載一則軼事爲例：

> 宣和中，李師師以能歌舞稱。……既而朝廷賜酺，師師又
> 歌〈大酺〉、〈六醜〉二解。上顧教坊使袁綯，問綯，曰：「此
> 起居舍人新知潞州周邦彥作也。」問〈六醜〉之義，莫能
> 對。急召邦彥問之。對曰：「此犯六調，皆聲之美者，然絕
> 難歌。昔高陽氏有子六人，才而醜，故以比之。」上喜，
> 意將留行，且以近者祥瑞沓至，將使播之樂府。〔註264〕

宋徽宗欲知〈大酺〉、〈六醜〉之作者，並召周邦彥以釋〈六醜〉調名
之疑，此中愛賞之意不言可喻。

齊魯書社，2001 年，《四庫全書存目叢書補編》冊八），卷五〈木石
居後草〉，頁 314。

〔註261〕詳見〔晉〕陳壽：《三國志》（臺北：鼎文書局，1977 年），卷五十
四〈周瑜傳〉，頁 1260。

〔註262〕〔晉〕陳壽：《三國志》，卷五十四〈周瑜傳〉，頁 1265。

〔註263〕有關周邦彥之家世先祖，王國維〈清眞先生遺事·尚論三〉曰：「先
生家世錢塘，自祖、父以上均不可考」（《王國維先生全集·續編》，
臺北：大通書局，1976 年，冊三，頁 838），而劉永翔發現北宋呂
陶《淨德集》中有〈周居士墓誌銘〉一文，得知周邦彥父周原，祖
周維翰，曾祖周仁禮，詳見劉永翔：〈周邦彥家世發覆〉，《華東師
範大學學報（哲學社會科學版）》，1996 年三期，頁 10～14。

〔註264〕〔宋〕周密撰，孔凡禮點校：《浩然齋雅談》（北京：中華書局，2010
年），卷下，頁 58。

再者，汪筠〈讀《詞綜》書後二十首〉之八曰：

> 知音盡妙數（上聲）清眞，換骨能將古句新；風月漫誇天
> 上有，鸎花長發意中春。〔註265〕

首句稱頌周邦彥精熟律呂而極盡其妙。時至今日，詞樂早已散亡，無從領略《清眞詞》之精妙樂音，然誠如王國維所言：「今其聲雖亡，讀其詞者，猶覺拗怒之中自饒和婉，曼聲促節，繁會相宣，清濁抑揚，轆轤交往，兩宋之間，一人而已」，〔註266〕藉由文字聲調仍可略見周邦彥「知音盡妙」之一斑。而夏承燾曾分析周詞嚴於上、去、入之分辨，且曰：「四聲入詞，至清眞而極變化。惟其知樂，故能神明於矩矱之中。今觀其上下片相同之調，嚴者固一聲不苟，寬者往往二三合而四五離。是正由其殫精律呂，故知其輕重緩急」，〔註267〕更見周氏眞能悠遊於嚴整與靈動之間，精細且博通。

前舉鄭方坤〈論詞絕句三十六首〉之一六論及周邦彥「以知音名，管領大晟樂府」，而沈道寬對此有較深入之闡述，其〈論詞絕句〉之一七曰：

> 內庭開館聚才人，供奉詞章字字新；更欲就中求巨擘，故
> 應有客和清眞。〔註268〕

首句之「內庭開館」指大晟府之設立，《宋史・樂志》記徽宗崇寧四年（1105）九月「以鼎、樂成，帝御大慶殿受賀。……乃下詔曰：『禮樂之興，百年於此。……今追千載而成一代之制，宜賜新樂之名曰《大晟》。朕將薦郊廟、享鬼神、和萬邦，與天下共之，其舊樂勿

〔註265〕〔清〕汪筠：〈讀《詞綜》書後二十首〉之八，《謙谷集》（北京：北京出版社，2000 年，《四庫未收書輯刊》十輯，冊二十一），卷二，頁 93。案：末句之「鸎」同「鶯」。

〔註266〕王國維：〈清眞先生遺事・尚論三〉，《王國維先生全集・續編》，冊三，頁 850。

〔註267〕夏承燾：〈唐宋詞字聲之演變〉，《夏承燾集》（杭州：浙江古籍出版社、浙江教育出版社，出版年不詳），冊二《唐宋詞論叢》，頁 72。

〔註268〕〔清〕沈道寬：〈論詞絕句〉之一七，《話山草堂詩鈔》（臺北：臺灣大學圖書館藏，清光緒三年潤州榷廨刊本），卷一，頁 37 下。

用。』……朝廷舊以禮樂掌于太常，至是專置大晟府。大司樂一員，典樂二員，並爲長貳，大樂令一員，協律郎四員，又有製撰官，爲制甚備。於是禮樂始分爲二」，〔註269〕《宋史・職官志》對大晟府之編制與聘任有更詳盡之記載：「大晟府，以大司樂爲長，典樂爲貳，次曰大樂令，秩比丞，次曰主簿協律郎，又有按協聲律、製撰文字、運譜等官，以京朝官、選人或白衣士人通樂律者爲之。又以武臣監府門及大樂法物庫，以侍從及內省近侍官提舉」，〔註270〕洎乎宣和七年（1125）十二月「金人敗盟，分兵兩道入，詔革弊事，廢諸局，於大晟府及教樂所、教坊額外人並罷」。〔註271〕大晟府自開館至裁撤，前後約二十年，曾供職大晟府者有徐伸、田爲、姚公立、晁沖之、江漢、万俟詠、晁端禮、蔡攸、劉昺、劉詵、任宗堯、裴宗元、任道、馬賁、楊戩等人，〔註272〕多屬通曉音律之士，而周邦彥亦於政和六年（1116）十月至政和七年（1117）三月之間提舉大晟府，可見當時大晟府「聚才人」之盛況。〔註273〕至於大晟府之作爲，張炎《詞源》曰：

> 迄於崇寧，立大晟府。命周美成諸人討論古音，審定古調。

〔註269〕 〔元〕脫脫等撰：《宋史》，卷一二九〈樂志四〉，頁 3001～3002。
〔註270〕 〔元〕脫脫等撰：《宋史》，卷一六四〈職官志四〉，頁 3886。
〔註271〕 〔元〕脫脫等撰：《宋史》，卷一二九〈樂志四〉，頁 3027。
〔註272〕 以上曾任職大晟府人物，參王國維〈清眞先生遺事・尚論三〉論周邦彥提舉大晟府之僚屬，見《王國維先生全集・續編》，冊三，頁 842；李文郁〈大晟府攷略〉之「人物」，見《詞學季刊》二卷二號（1935 年 1 月），頁 16～20：諸葛憶兵〈周邦彥提舉大晟府考〉論史料所載之大晟府提舉官，見《文學遺產》，1997 年五期，頁 115～116。
〔註273〕 有關周邦彥提舉大晟府之時間，王國維〈清眞先生遺事・年表四〉列於政和六年（見《王國維先生全集・續編》，冊三，頁 854），李文郁〈大晟府攷略〉謂當在政和（1111～1118）末蔡攸提舉之前，「且爲時甚暫也」（詳見《詞學季刊》二卷二號，頁 17），而諸葛憶兵〈周邦彥提舉大晟府考〉一文，由周邦彥之履歷與其他大晟府提舉官任期，考證「周邦彥提舉大晟府，在政和六年十月至政和七年三月之間。任期最長不超過半年，短則或許只有一二個月」（詳見《文學遺產》，1997 年五期，頁 114～116）。

淪落之後，稍得存者。由此八十四調之聲稍傳。而美成諸
人又復增演慢曲、引、近，或移宮換羽，爲三犯、四犯之
曲，按月律爲之，其曲遂繁。〔註274〕

是知大晟府官員不僅更張舊調，尚且創製新調，王灼《碧雞漫志》更
有當時依新翻譜以塡新歌詞之記載，謂万俟詠（字雅言）於「政和初，
召試補官，置大晟樂府製撰之職。新廣八十四調，患譜弗傳，雅言請
以盛德大業及祥瑞事迹制詞實譜。有旨依月用律，月進一曲，自此新
譜稍傳」，〔註275〕《宋史・樂志》亦載政和六年十月，「臣僚乞以崇
寧、大觀、政和所得珍瑞名數，分命儒臣作爲頌詩，協以新律，薦之
郊廟，以告成功。詔送禮制局」，〔註276〕斯即此絕次句「供奉詞章字
字新」之義也。

　　後聯二句意謂盱衡曾供職大晟府者，「更欲就中求巨擘」，非周邦
彥莫屬，宜乎相繼有人奉爲圭臬以步趨唱和，「故應有客和清眞」。而
和周邦彥詞最著者爲方千里、楊澤民、陳允平，方、楊二氏有《和清
眞詞》，陳氏有《西麓繼周集》，所爲和詞謹遵周詞原唱格律，略無逾
越。毛晉跋方千里《和清眞詞》曰：「美成當徽廟時提舉大晟樂府，
每製一調，名流輒依律賡唱，獨東楚方千里、樂安楊澤民，有和清眞
全詞各一卷，或合爲《三英集》行世」，〔註277〕方、楊二家可謂附麗
周邦彥以傳名。

　　沈道寬此絕言及周邦彥之審音度曲，而王僧保〈論詞絕句〉之一
一論周邦彥亦曰：

精心音律有清眞，往復低佪獨愴神；若與梅溪評格調，略
嫌脂粉汙佳人。（穆桉：《片玉詞》多自度腔。張功甫序《梅

〔註274〕〔宋〕張炎：《詞源》，卷下，唐圭璋編：《詞話叢編》，冊一，頁
　　　　 255。
〔註275〕〔宋〕王灼：《碧雞漫志》，卷二「大晟樂府得人」條，唐圭璋編：
　　　　 《詞話叢編》，冊一，頁87。
〔註276〕〔元〕脫脫等撰：《宋史》，卷一二九〈樂志四〉，頁3019。
〔註277〕〔明〕毛晉：〈和清眞詞跋〉，見所輯《宋六十名家詞》（上海：上
　　　　 海古籍出版社，1992年）之方千里《和清眞詞》，頁384。

溪詞》，稱其「分鑣清眞，平睨方回」。）〔註278〕

首句稱揚周邦彥知音協律之苦心孤詣，次句模擬周邦彥考究音律以度腔製曲之情狀，意謂此中之嚴謹與劬勞眞不足爲外人道也。有關周邦彥之度腔製曲，包括更張舊調與創製新調，前者如《詞譜》之〈秋蕊香〉錄晏殊、周邦彥二體，而於晏殊體後曰：「此調秖有此體，但周邦彥以前，悉照此詞平仄塡，周邦彥以後，即照周詞平仄塡，故兩收之」，〔註279〕又〈蘭陵王〉於秦觀體後曰：「此調始於此詞，應以此詞爲定格，但後段結句作七字句，宋人無如此塡者，故以周詞作譜，仍采此詞以溯其源」，並於周邦彥體後曰：「此調以此詞爲正體，宋元人俱如此塡」，〔註280〕可見〈秋蕊香〉、〈蘭陵王〉經周邦彥更動，當較合樂協律，故爲後人遵循。又如《詞譜》之〈西平樂〉曰：「此調有仄韻、平韻兩體，仄韻者始自柳永，……平韻者始自周邦彥」，〔註281〕此將仄韻調式改作平韻調式；〈芳草渡〉曰：「此調有兩體，令詞始自歐陽修，……慢詞始自周邦彥」，〔註 282〕此將小令展成長調；〈荔枝香〉曰：「按〈荔枝香〉有兩體，七十六字者，始自柳永，……七十三字者，始自周邦彥，……一名〈荔枝香近〉」，並於周邦彥體後曰：「此調七十三字者，名〈荔枝香近〉，以此詞爲正體」，〔註 283〕此將原曲度爲近拍。至若周邦彥之創製新調，則更不勝枚舉，《詞譜》諸多詞調明言始於周邦彥，如〈月下笛〉曰：「調始周邦彥《片玉詞》，因詞有『涼蟾瑩徹』及『靜倚官橋吹笛』句，取以爲名」；〈宴清都〉曰：「調始《清眞樂府》」；〈蕙蘭芳引〉曰：「調見《清眞樂府》」，並於周邦彥詞後曰：「此調始於此

〔註278〕〔清〕王僧保：〈論詞絕句〉之一一，見況周頤：《阮盦筆記五種‧選巷叢譚》（臺北：新文豐出版公司，1989 年，《叢書集成續編》冊二十四），卷二，頁 690。案：「穆桉」云云，係徐穆所作案語。

〔註279〕清聖祖編：《詞譜》（臺北：洪氏出版社，1980 年），卷七，頁 455。

〔註280〕清聖祖編：《詞譜》，卷三十七，頁 2671、2673。

〔註281〕清聖祖編：《詞譜》，卷三十，頁 2081。

〔註282〕清聖祖編：《詞譜》，卷十一，頁 783。

〔註283〕清聖祖編：《詞譜》，卷十八，頁 1197、1205。

詞」。〔註284〕《詞譜》尚有不少詞調標註調見周邦彥詞集，當亦創自周氏，如〈鳳來朝〉曰：「調見周邦彥《清眞詞》」，〈丁香結〉曰：「調見《清眞集》」，〈霜葉飛〉曰：「調見《片玉集》」。〔註285〕再者，現存〈垂絲釣〉、〈慶春宮〉、〈齊天樂〉等調之詞作，均以周邦彥詞最早，則此數調亦當爲其首創。〔註286〕

　　譚瑩亦讚周邦彥之審音度曲，其〈論詞絕句一百首〉之四六曰：

　　　敢說流蘇百寶裝，唐人詩語總無妨；移宮換羽關神解，似

　　　此宜開顧曲堂。〔註287〕

後聯二句當自周邦彥之〈意難忘‧美詠〉化出，〔註288〕該詞寫歌妓之嬌美與詞人之憐惜，其中「知音見說無雙。解移宮換羽，未怕周郎」，豔稱歌妓知音能歌，擅於轉調，絕無闕誤，無畏周瑜之顧曲糾謬。而譚瑩將此數句轉作周邦彥之讚語，結合阮咸「神解」樂律之典故，〔註289〕謂周邦彥知音製曲穎悟過人，宜其「顧曲」名堂以接武

<hr>

〔註284〕以上引文見清聖祖編：《詞譜》，卷二十七，頁 1876、卷三十，頁2136、卷二十一，頁1428～1429。

〔註285〕以上引文見清聖祖編：《詞譜》，卷九，頁 629、卷二十七，頁 1890、卷三十五，頁 2562。

〔註286〕王灼《碧雞漫志》曰：「江南某氏者解音律，時時度曲，周美成與有瓜葛，每得一解，即爲製詞，故周集中多新聲」（〔宋〕王灼：《碧雞漫志》，卷二「周賀詞語意精新」條，唐圭璋編：《詞話叢編》，冊一，頁 86），然則以上所論周邦彥創製之新調，或有出自江南某氏者。惟周邦彥既諳律呂，江南某氏所製新調亦必經其審酌勘定以填詞實譜。

〔註287〕〔清〕譚瑩：〈論詞絕句一百首〉之四六，《樂志堂詩集》（上海：上海古籍出版社，2002 年，《續修四庫全書》冊一五二八），卷六，頁 478。

〔註288〕周邦彥〈意難忘‧美詠〉全詞如下：「衣染鶯黃。愛停歌駐拍，勸酒持觴。低鬟蟬影動，私語口脂香。簷露滴，竹風涼。拚劇飲淋浪。夜漸深，籠燈就月，子細端相。　　知音見說無雙。解移宮換羽，未怕周郎。長顰知有恨，貪耍不成妝。些箇事，惱人腸。試說與何妨。又恐伊、尋消問息，瘦減容光」，唐圭璋編：《全宋詞》（臺北：文光出版社，1983 年），冊二，頁 616。

〔註289〕《世說新語‧術解》：「荀勗善解音聲，時論謂之『闇解』，遂調律呂，正雅樂。每至正會，殿庭作樂，自調宮商，無不諧韻。阮咸妙

周瑜。實則周邦彥亦曾自稱「周郎」，對其「顧曲」功力頗為自得，如〈訴衷情〉稱舞妓「而今何事，伴向人前，不認周郎」，又〈驀山溪〉曰：「周郎逸興，黃帽侵雲水」，〈六么令・重九〉曰：「惆悵周郎已老，莫唱當時曲」，〈玉樓春〉曰：「休將寶瑟寫幽懷，座上有人能顧曲」。〔註290〕

　　而就詞調之研創而言，此絕所言「移宮換羽」，指涉「轉調」、「犯調」二者。所謂「轉調」即將本調之原屬宮調轉作另一宮調，如〈少年遊〉詞調，柳永「長安古道馬遲遲」、「參差煙樹灞陵橋」、「層波瀲灔遠山橫」……等十闋屬林鍾商，張先「碎霞浮動曉朦朧」、「帽檐風細馬蹄塵」二闋亦屬林鍾商，而「紅葉黃花秋又老」一闋則屬雙調，此中當有本調、轉調之別，逮乎周邦彥所填「南都石黛掃晴山」、「朝雲漠漠散輕絲」、「簪牙縹緲小倡樓」三闋屬黃鍾，「并刀如水」一闋屬商調，又作轉調矣。又如〈法曲獻仙音〉詞調，柳永「追想秦樓心事」一闋屬小石調，而周邦彥「蟬咽涼柯」一闋則轉調為大石調。至於所謂「犯調」，係指一曲內含二個以上之宮調，依據《詞譜》之考見，〈側犯〉、〈花犯〉、〈倒犯〉、〈玲瓏四犯〉等犯調皆創自周邦彥。〔註291〕此外，〈渡江雲〉、〈西河〉、〈瑞龍吟〉等調調名雖無「犯」字，然皆屬犯調，〔註292〕而現存詞作皆以周邦彥詞最早，故此數調亦當

賞，時謂『神解』，每公會作樂，而心謂之不調。既無一言直勗，意忌之，遂出阮為始平太守。後有一田父耕於野，得周時玉尺，便是天下正尺。苟試以校己所治鍾鼓金石絲竹，皆覺短一黍，於是伏阮神識。」見〔南朝宋〕劉義慶撰，徐震堮校箋：《世說新語校箋》（北京：中華書局，1984年），〈術解第二十〉，頁379～380。

〔註290〕以上所引〈訴衷情〉、〈驀山溪〉、〈六么令・重九〉、〈玉樓春〉，分見唐圭璋編：《全宋詞》，冊二，頁629、599、609、616。

〔註291〕《詞譜》於〈側犯〉、〈花犯〉、〈倒犯〉、〈玲瓏四犯〉標明：「此調創自周邦彥」、「調始《清真樂府》」、「調始《清真樂府》」、「此調創自周邦彥《清真集》」，見清聖祖編：《詞譜》，卷十八，頁1235、卷三十，頁2158、卷三十，頁2164、卷二十七，頁1882。

〔註292〕〈渡江雲〉一調，吳文英詞名〈渡江雲三犯〉，陳允平、周密詞名〈三犯渡江雲〉。〈西河〉一調，《碧雞漫志》曰：「又別出大石調〈西

創自周邦彥。

　　譚瑩此絕論及周邦彥「移宮換羽」之製調方式，而其〈論詞絕句一百首〉之三八雖註明論王詵（1048～1100後，字晉卿，尚英宗女，拜左衛將軍、駙馬都尉，諡榮安），實則側重闡述周邦彥另一製調方式，詩曰：

> 海棠開後燕來時，燭影搖紅片玉詞；此是大晟新樂府，榮安原唱盡相思。（王詵）〔註293〕

此絕所論關涉王詵〈憶故人〉與周邦彥〈燭影搖紅〉之承啟，吳曾《能改齋漫錄》曰：

> 王都尉有〈憶故人〉詞云：「燭影搖紅向夜闌，乍酒醒、心情懶。尊前誰為唱陽關，離恨天涯遠。　　無奈雲沉雨散。憑欄杆、東風淚眼。海棠開後，燕子來時，黃昏庭院。」徽宗喜其詞意，猶以不豐容宛轉為恨，遂令大晟府別撰腔。周美成增損其詞，而以首句為名，謂之〈燭影搖紅〉，云：「芳臉勻紅，黛眉巧畫宮妝淺。風流天付與精神，全在嬌波眼。早是縈心可慣。向尊前、頻頻顧眄。幾迴相見，見了還休，爭如不見。　　燭影搖紅，夜闌飲散春宵短。當時誰會唱陽關，離恨天涯遠。爭奈雲收雨散。憑欄杆、東風淚滿。海棠開後，燕子來時，黃昏深院。」
>
> 〔註294〕

河〉，慢聲，犯正平，極奇古」（〔宋〕王灼：《碧雞漫志》，卷五「西河長命女」條，唐圭璋編：《詞話叢編》，冊一，頁117）。〈瑞龍吟〉一調，《唐宋諸賢絕妙詞選》於周邦彥「章臺路」詞下註曰：「此詞自『章臺路』至『歸來舊處』是第一段，自『黯凝佇』至『盈盈笑語』是第二段，此謂之雙拽頭，屬正平調。自『前度劉郎』以下，即犯大石，係第三段，至『歸騎晚』以下四句，再歸正平」（〔宋〕黃昇選編，鄧子勉校點：《唐宋諸賢絕妙詞選》，卷七，上海古籍出版社編：《唐宋人選唐宋詞》，上海：上海古籍出版社，2004年，冊下，頁650）。

〔註293〕〔清〕譚瑩：〈論詞絕句一百首〉之三八，《樂志堂詩集》，卷六，頁478。

〔註294〕〔宋〕吳曾：《能改齋漫錄》（臺北：木鐸出版社，1982年），卷十七「燭影搖紅」條，頁496～497。

是知周邦彥增衍王詵舊曲〈憶故人〉而成新調〈燭影搖紅〉。對照二人所作，周詞下片檃括王詞，上片敷衍憶往之情，詞意前後聯貫無間，而其音聲當更「豐容宛轉」、曼衍圓美。而譚瑩紹述吳曾之說，謂〈燭影搖紅〉乃周邦彥提舉大晟府所製新腔，異於王詵之原唱。此絕不僅揭示周邦彥增衍舊曲而爲新調，兼有辨正〈燭影搖紅〉乃周邦彥詞之意，蓋黃昇《唐宋諸賢絕妙詞選》、明刊《增修箋注妙選群英草堂詩餘》與《精選名賢詞話草堂詩餘》皆題該詞作者爲王詵，〔註 295〕單宇《菊坡叢話》更以爲柳永作，〔註 296〕譚瑩則拈出吳曾《能改齋漫錄》之說以正本清源，申明〈燭影搖紅〉與〈憶故人〉皆有「海棠開後，燕子來時」之語，然細辨之，〈燭影搖紅〉乃「片玉詞」、「大晟新樂府」，而「原唱盍相思」之〈憶故人〉方爲王詵所作。

　　前舉譚瑩〈論詞絕句一百首〉之四六稱周邦彥如阮咸般「神解」樂律，而華長卿亦以先代音樂大師比況周邦彥，其〈論詞絕句〉之一九曰：

　　　　鎔鑄詩歌妙入神，詞家牙曠是清眞；傷心衣袂東風淚，洒
　　　　溼蘇州岳楚雲。〔註 297〕

次句之「牙曠」係伯牙與師曠之並稱。伯牙，相傳春秋楚人；學琴於成連先生，後隨其至東海蓬萊山，聞海水洞湧、山林杳冥，心有感悟，遂援琴而歌，作〈水仙操〉；〔註 298〕《荀子‧勸學》有言：「伯

<hr>

〔註 295〕參見〔宋〕黃昇選編，鄧子勉校點：《唐宋諸賢絕妙詞選》，卷三，上海古籍出版社編：《唐宋人選唐宋詞》，冊下，頁 613；劉崇德、徐文武點校《明刊草堂詩餘二種》（保定：河北大學出版社，2006年）之《增修箋注妙選群英草堂詩餘》前集卷上，頁 69、《精選名賢詞話草堂詩餘》卷上，頁 316。

〔註 296〕參見〔明〕單宇：《菊坡叢話》（上海：上海古籍出版社，2002 年，《續修四庫全書》冊一六九五），卷二十六，頁 195。

〔註 297〕〔清〕華長卿：〈論詞絕句〉之一九，《梅莊詩鈔》（上海：上海古籍出版社，2002 年，《續修四庫全書》冊一五三三），卷五〈嗜痂集下〉，頁 607。

〔註 298〕詳見〔漢〕蔡邕撰，〔清〕孫星衍校輯：《琴操》（上海：上海古籍出版社，2002 年，《續修四庫全書》冊一〇九二），卷上〈水仙操〉，

牙鼓琴，而六馬仰秣」，〔註299〕可見伯牙琴藝之精湛；至於《呂氏春秋·孝行覽·本味》所載伯牙善鼓琴而鍾子期善聽之故實，更爲眾所周知。師曠，春秋晉國樂師；《孟子·離婁上》曰：「師曠之聰，不以六律，不能正五音」，〔註 300〕可見其以聽覺敏銳著聞；《呂氏春秋·仲冬紀·長見》載：「晉平公鑄爲大鐘，使工聽之，皆以爲調矣。師曠曰：『不調，請更鑄之。』平公曰：『工皆爲調矣。』師曠曰：『後世有知音者，將知鐘之不調也，臣竊爲君恥之。』至於師涓，而果知鐘之不調也」，〔註301〕師曠辨音之精審可見一斑。而華氏稱周邦彥乃「詞家牙曠」，亦即譽其審音辨律且能自度曲。

　　至於梁梅則將周邦彥擬爲杜甫，其〈論詞絕句一百六十首〉論周邦彥曰：

　　　　迷花薄酒輒留題，一代高名孰與齊；我似歐陽雖讀杜，心摹別自愛昌黎。〔註 302〕

後聯語及歐陽脩有關杜甫、韓愈（郡望昌黎）之喜愛與學習。歐陽脩〈堂中畫像探題得杜子美〉曰：「風雅久寂寞，吾思見其人。杜君詩之豪，來者孰比倫。生爲一身窮，死也萬世珍。言苟可垂後，士無羞賤貧」，〔註303〕盛稱杜甫無與倫比之詩壇地位，充分流露嚮慕之情。又歐陽脩《六一詩話》曰：

　　　　退之筆力，無施不可，而嘗以詩爲文章末事，故其詩曰：「多

　　　　頁 149～150。

〔註299〕〔清〕王先謙：《荀子集解》（臺北：藝文印書館，1988 年），卷一〈勸學〉，頁 117。

〔註300〕〔漢〕趙岐注，〔宋〕孫奭疏：《孟子注疏》（臺北：藝文印書館，1985 年，《十三經注疏》），卷七上〈離婁章句上〉，頁 123。

〔註301〕〔周〕呂不韋：《呂氏春秋》（臺北：臺灣商務印書館，1967 年，《四部叢刊初編》），卷十一〈仲冬紀·長見〉，頁 65。

〔註302〕〔清〕梁梅：〈論詞絕句一百六十首〉之論周邦彥，見〔清〕張維屏選：《學海堂三集》（南京：江蘇教育出版社，1995 年，趙所生、薛正興編《中國歷代書院志》冊十四），卷二十四，頁 321。

〔註303〕〔宋〕歐陽脩：〈堂中畫像探題得杜子美〉，《歐陽修全集》（北京：中國書店，1986 年），冊上，《居士外集》卷四，頁 369。

情懷酒伴，餘事作詩人」也。然其資談笑，助諧謔，敘人情，狀物態，一寓於詩，而曲盡其妙。此在雄文大手，固不足論，而余獨愛其工於用韻也。蓋其得韻寬，則波瀾橫溢，泛入傍韻，乍還乍離，出入迴合，殆不可拘以常格，如〈此日足可惜〉之類是也。得韻窄，則不復傍出，而因難見巧，愈險愈奇，如〈病中贈張十八〉之類是也。余嘗與聖俞論此，以謂譬如善馭良馬者，通衢廣陌，縱橫馳逐，惟意所之，至於水曲蟻封，疾徐中節，而不少蹉跌，乃天下之至工也。〔註304〕

可見歐陽脩推崇韓愈詩作內容兼容並蓄，淋漓盡致，用韻能守能變，不為詩韻所縛。歐陽脩既尊杜詩，又賞韓詩，至其自作實以韓愈為師，何谿汶《竹莊詩話》引《延漏錄》曰：「予嘗以師禮見參政歐公修，因論及唐詩，謂杜子美才出人表，不可學，學必不至，徒無所成，故未始學之；韓退之才可及，而每學之。故今歐詩多類韓體」，〔註305〕是知歐陽脩以杜甫「才出人表」而不可學，故學才可企及之韓愈。

　　梁梅此絕援詩論詞，以歐陽脩學詩之取徑比況自身學詞之師法，曰：「我似歐陽雖讀杜，心摹別自愛昌黎」，其中之杜甫自指周邦彥，而韓愈當指蘇軾。蓋蘇軾之以詩為詞向與韓愈之以文為詩齊名，陳師道《後山詩話》曰：「退之以文為詩，子瞻以詩為詞，如教坊雷大使之舞，雖極天下之工，要非本色」，〔註306〕二人突破文體傳統藩籬之作風堪稱異曲同工。而蘇軾詞內容廣博多元，「自是曲子中縛不住者」，〔註307〕亦似歐陽脩所稱道之韓詩特色。再者，梁梅此組論詞絕

〔註304〕〔宋〕歐陽脩：《六一詩話》，〔清〕何文煥輯：《歷代詩話》（臺北：漢京文化事業有限公司，1983 年），冊一，頁 272。

〔註305〕〔宋〕何谿汶：《竹莊詩話》，卷九引《延漏錄》，收於吳文治主編：《宋詩話全編》（南京：鳳凰出版社，1998 年），冊十《何谿汶詩話》，頁 10136。

〔註306〕〔宋〕陳師道：《後山詩話》，〔清〕何文煥輯：《歷代詩話》，冊一，頁 309。

〔註307〕〔宋〕吳曾：《能改齋漫錄》，卷十六「黃魯直詞謂之著腔詩」條引

句之序曰：

> 當其琴書跌宕，山水雕鏤，引風月爲交游，與漁樵相問答，
> 或荷花香裏，侶合鴛鴦，或末利林中，題分蟋蟀，固應韻
> 諧笛譜，趣演琴言，奉玉田先輩以辦香，與白石老仙相鼓
> 吹。斯稱雅人之吐屬，足供老子之婆娑。若夫市上吹簫，
> 客中彈鋏，朝天路遠，賣賦金空，搔白首以過揚州，寄清
> 淚而回泗水，荒亭北固，認廢址于南朝，故壘西邊，感雄
> 姿于三國，非極慷慨悲歌之致，曷抒登臨憑弔之懷。故論
> 其常，則以清逸爲宗；語其變，亦以豪橫見賞也。〔註308〕

所論係以姜、張之清空高逸爲常調正格，而以蘇、辛之豪放雄橫爲變
調別格。梁梅並於該序自稱：「雖紅牙未諳乎顧曲，而蒼頭欲張乎異
軍」，視己作如頭裏青巾之特起別軍，〔註309〕當即近於蘇、辛風調者，
則其所「心摹」之「昌黎」殆爲蘇軾無疑。而將「我似歐陽雖讀杜，
心摹別自愛昌黎」與「雖紅牙未諳乎顧曲，而蒼頭欲張乎異軍」對讀，
可知梁梅殆以周邦彥審音識律之功力非己所擅，未便學之，更可知梁
梅以杜甫擬周邦彥係立基於二家之聲律造詣。蓋杜甫兼擅各類詩體，
格律精審，巧妙運用拗句，以求音節之頓挫變化，曾自詡「晚節漸於
詩律細，誰家數去酒杯寬」。〔註310〕白居易、元稹謂杜甫所以凌駕李
白，在於「貫穿今古，覼縷格律，盡工盡善」，〔註311〕「鋪陳終始，
排比聲韻，大或千言，次猶數百，詞氣豪邁而風調清深，屬對律切而

　　晁補之「評本朝樂章」，頁 469。

〔註308〕〔清〕梁梅：〈論詞絕句一百六十首・序〉，見〔清〕張維屏選：《學
　　　　海堂三集》，卷二十四，頁 320～321。

〔註309〕《史記・項羽本紀》曰：「少年欲立嬰便爲王，異軍蒼頭特起。」
　　　　裴駰《集解》引應劭曰：「蒼頭特起，言與眾異也。蒼頭，謂士卒
　　　　皁巾，若赤眉、青領以相別也。」見〔日〕瀧川龜太郎：《史記會
　　　　注考證》（臺北：洪氏出版社，1986 年），卷七，頁 142。

〔註310〕〔唐〕杜甫：〈遣悶戲呈路十九曹長〉，〔清〕彭定求等編：《全唐
　　　　詩》（北京：中華書局，2003 年），卷二三四，頁 2586。

〔註311〕〔唐〕白居易：〈與元九書〉，《白氏長慶集》（臺北：臺灣商務印書
　　　　館，1967 年，《四部叢刊初編》），卷二十八，頁 142。

脫棄凡近」，〔註312〕均著眼於杜詩嚴謹之格律。朱彝尊更指出杜甫七律單數句末字如用仄聲，則上、去、入三聲必隔別用之而不疊出，可見詩律之嚴明。〔註313〕杜甫之細於詩律與周邦彥之精於詞律，堪稱先後輝映之雙璧。有關杜甫、周邦彥二家之比附，先著、程洪已稱：「美成如杜」，〔註314〕惟於二家之同質性語焉不詳，而梁梅由聲律之成就立說，實較具眉目，嗣後邵瑞彭亦曰：「嘗謂詞家有美成，猶詩家有少陵。詩律莫細乎杜，詞律亦莫細乎周」，〔註315〕持論殆與梁梅一脈相承。

二、借鑒古典之頌美

　　周邦彥學識淵洽，饜飫群籍，《宋史》稱其「博涉百家之書」，〔註316〕方其倚聲填詞之際，每能驅使前賢往哲之語句故實於筆端，劉肅〈片玉集序〉曰：「其徵辭引類，推古誇今，或借字用意，言言皆有來歷，真足冠冕詞林」，〔註317〕盛讚周詞之淹博、考究。而劉克莊〈劉叔安感秋八詞跋〉曾曰：「美成頗偷古句，溫、李諸人，困于撏撦」，〔註318〕詆周邦彥率意剽用、割裂前人語句。實則周邦彥之借

〔註312〕〔唐〕元稹：〈唐故工部員外郎杜君墓係銘并序〉，《元氏長慶集》（臺北：臺灣商務印書館，1967 年，《四部叢刊初編》），卷五十六，頁175。

〔註313〕詳見〔清〕朱彝尊：〈寄查德尹編修書〉，《曝書亭集》（臺北：臺灣商務印書館，1967 年，《四部叢刊初編》），卷三十三，頁 284～285。

〔註314〕〔清〕先著、程洪輯，劉崇德、徐文武點校：《詞潔》（保定：河北大學出版社，2007 年），卷五，頁 203。

〔註315〕邵瑞彭：〈周詞訂律序〉，《詞學季刊》三卷一號（1936 年 3 月），頁169。

〔註316〕〔元〕脫脫等撰：《宋史》，卷四四四〈周邦彥傳〉，頁 13126。

〔註317〕〔宋〕劉肅：〈片玉集序〉，朱孝臧輯校：《彊村叢書》（上海：上海書店、江蘇廣陵古籍刻印社，1989 年）之《片玉集》，頁 320。

〔註318〕〔宋〕劉克莊：〈劉叔安感秋八詞跋〉，《後村先生大全集》（臺北：臺灣商務印書館，1967 年，《四部叢刊初編》），卷九十九，頁862。

鑒古典大抵融化不澀，巧於鑄煉猶如己出，並無掇拾湊泊、餖飣堆垛之弊，陳振孫《直齋書錄解題》稱《清真詞》「多用唐人詩語隱括入律，渾然天成」，〔註319〕張炎《詞源》謂周邦彥「善於融化詩句」、〔註320〕「採唐詩融化如自己者，乃其所長」，〔註321〕均對周氏運化之功力推崇備至。

　　清代論詞絕句作者亦常稱美周邦彥此塡詞技巧，前引譚瑩〈論詞絕句一百首〉之四六前聯曰：「敢說流蘇百寶裝，唐人詩語總無妨」，上句謂周詞如縫綴五彩流蘇、鑲嵌各類珍寶之華服，義近劉肅、陳振孫、陸行直之稱周詞「縝密典麗」、「富豔精工」、「典麗」。〔註322〕下句則謂周詞所以如「流蘇百寶裝」，正得力於擅長運化唐人詩句入詞，以致精贍麗則而耐人尋繹。再者，前引華長卿〈論詞絕句〉之一九首句「鎔鑄詩歌妙入神」，亦推崇周邦彥塡詞巧於鎔裁既有詩歌，出神入化。茲以〈六醜‧落花〉爲例，以見周邦彥借鑒古典之一斑，該詞全文如下：

> 正單衣試酒，恨客裡、光陰虛擲。願春暫留，春歸如過翼。一去無跡。爲問花何在，夜來風雨，葬楚宮傾國。釵鈿墮處遺香澤。亂點桃蹊，輕翻柳陌。多情爲誰追惜。但蜂媒蝶使，時叩窗隔。　　東園岑寂。漸蒙籠暗碧。靜遶珍叢底，成歎息。長條故惹行客。似牽衣待話，別情無極。殘

〔註319〕〔宋〕陳振孫著，徐小蠻、顧美華點校：《直齋書錄解題》（上海：上海古籍出版社，1987 年），卷二十一「歌詞類」之「《清真詞》二卷、《後集》一卷」，頁 618。

〔註320〕〔宋〕張炎撰，蔡楨疏證：《詞源疏證》（臺北：學海出版社，1988 年），卷下，頁 1 上。案：《詞話叢編》本《詞源》此處誤作「善於融化詞句」。

〔註321〕〔宋〕張炎：《詞源》，卷下「雜論」，唐圭璋編：《詞話叢編》，冊一，頁 266。

〔註322〕分見〔宋〕劉肅：〈片玉集序〉，朱孝臧輯校：《彊村叢書》之《片玉集》，頁 320；〔宋〕陳振孫著，徐小蠻、顧美華點校：《直齋書錄解題》，卷二十一「歌詞類」之《清真詞》二卷、《後集》一卷」，頁 618；〔元〕陸行直：《詞旨》，卷上「詞說七則」條，唐圭璋編：《詞話叢編》，冊一，頁 301。

英小、強簪巾幘。終不似一朵，釵頭顫裊，向人欹側。漂

流處、莫趁潮汐。恐斷紅、尚有相思字，何由見得。〔註323〕

其中「夜來風雨，葬楚宮傾國」，化自韓偓〈哭花〉：「若是有情爭不
哭，夜來風雨葬西施」；「釵鈿墮處遺香澤」，化自徐夤〈薔薇〉：「朝
露灑時如濯錦，晚風飄處似遺鈿」；「多情爲誰追惜。但蜂媒蝶使，時
叩窗隔」，化自裴說〈牡丹〉：「遊蜂與蝴蝶，來往自多情」；「靜遶珍
叢底」，化自劉緩〈看美人摘薔薇詩〉：「遶架尋多處，窺叢見好枝」；
「似牽衣待話」，化自蕭繹〈看摘薔薇詩〉：「橫枝斜綰袖，嫩葉下牽
裾」；「釵頭顫裊」，化自柳永〈木蘭花‧海棠〉：「美人纖手摘芳枝，
插在釵頭和鳳顫」；「恐斷紅、尚有相思字」，化用范攄《雲溪友議》
所載「紅葉題詩」之故實。〔註324〕全詞揀擇諸多前人有關花、葉之
詩詞、典故，精心鎔鑄安措，巧妙關合傷悼落花之題旨，若自己出，
令人激賞。而由上述詞句之溯源，亦可見譚瑩、華長卿所謂「唐人詩
語總無妨」、「鎔鑄詩歌妙入神」，當僅舉其犖犖大者而言，蓋周邦彥
所運化者實不限於「唐人詩語」與「詩歌」，更旁及梁詩、宋詞、前
人典故等。〔註325〕

〔註323〕 〔宋〕周邦彥：〈六醜‧落花〉，唐圭璋編：《全宋詞》，冊二，頁610。
案：孫虹、薛瑞生所著《清眞集校注》，以鄭文焯校《清眞集》二
卷本爲底本，題作「薔薇謝後作」，又據該書校記，「爲問花何在」
句，吳訥《明紅絲欄鈔本百家詞》本、阮元《宛委別藏》鈔本、丁
松生《西泠詞萃》本以及鄭文焯校與朱彊村校所引《草堂》，均作
「爲問家何在」，詳見〔宋〕周邦彥著、孫虹校注、薛瑞生訂補《清
眞集校注》（北京：中華書局，2002年）頁81之「校記」。

〔註324〕 以上所引〔唐〕韓偓：〈哭花〉、〔唐〕徐夤：〈薔薇〉、〔唐〕裴說：
〈牡丹〉，分見〔清〕彭定求等編：《全唐詩》，卷六八三，頁7833、
卷七一一，頁8187、卷七二〇，頁8268；〔梁〕劉緩：〈看美人摘
薔薇詩〉、〔梁〕蕭繹：〈看摘薔薇詩〉，分見逯欽立輯校《先秦漢
魏晉南北朝詩》（北京：中華書局，1983年），梁詩卷十七，頁1848、
梁詩卷二十五，頁2047；〔宋〕柳永：〈木蘭花‧海棠〉，見唐圭璋
編：《全宋詞》，冊一，頁52；「紅葉題詩」故實，詳見〔唐〕范攄：
《雲溪友議》（北京：中華書局，1985年，《叢書集成初編》），卷十，
頁59～60。

〔註325〕 有關周邦彥借鑒唐詩之析論，可參王偉勇：〈論賀鑄、周邦彥借鑒

　　此外，前引汪筠〈讀《詞綜》書後二十首〉之八次句曰：「換骨能將古句新」，亦論及周邦彥之借鑒古典，此中之「新」字包括語新、意新雙重涵義，全句意謂周邦彥工於點化古句，且能賦予新意，臻於語新、意新之妙境。翻檢《清眞詞》，確實可見「換骨能將古句新」之例證，如〈蘭陵王・柳〉之「長亭路，年去歲來，應折柔條過千尺」，〔註326〕語本《三輔黃圖》所言：「霸橋，在長安東，跨水作橋。漢人送客至此橋，折柳贈別」，〔註327〕而周邦彥將其推衍至盡，遂令今昔、人己之離情別緒縮合、深化，予人耳目一新之感。又如金陵懷古之〈西河〉：「山圍故國遶清江，髻鬟對起。怒濤寂寞打孤城，風檣遙度天際」，〔註328〕語本劉禹錫〈金陵五題〉之〈石頭城〉：「山圍故國周遭在，潮打空城寂寞回」。〔註329〕劉詩旨在訴說景物依舊、人事已非之歷史滄桑，而周邦彥改易「周遭在」爲「遶清江」，增衍「髻鬟對起」，又以洶湧之「怒濤」替換「潮」字，後再續以「風檣遙度天際」，則其所欲凸顯者乃金陵之山川形勝，寄寓天險不足憑恃之意，語、意皆有別於劉氏原句。而汪筠此詩句非惟接武周邦彥善於融化詩句之成說，尚能細察其將語、意換骨翻新之苦心孤詣，洞幽燭微，甚爲有見。

三、內容意境之評議

　　經由上述，可見清代論詞絕句作者每多關注周詞知音協律、借鑒

唐詩之異同〉，陳維德、韋金滿、薛雅文主編：《唐宋詩詞研究論集》（彰化：明道大學中國文學學系、國學研究所，2008 年），頁 509～557。

〔註326〕〔宋〕周邦彥：〈蘭陵王・柳〉，唐圭璋編：《全宋詞》，冊二，頁611。

〔註327〕見撰人未詳，〔清〕畢沅校正：《三輔黃圖》（北京：中華書局，1985年，《叢書集成初編》），卷六，頁 49。

〔註328〕〔宋〕周邦彥：〈西河・金陵〉，唐圭璋編：《全宋詞》，冊二，頁612。

〔註329〕〔唐〕劉禹錫：〈金陵五題〉之〈石頭城〉，〔清〕彭定求等編：《全唐詩》，卷三六五，頁 4117。

古典之形式技巧，雖然，亦有論者兼及周詞之內容題材，前舉汪筠〈讀《詞綜》書後二十首〉之八：「知音盡妙數清眞，換骨能將古句新；風月漫誇天上有，鷥花長發意中春」，後聯旨在評議周詞題材內容之創發與局限。男女之愛戀歡情、相思別恨本爲唐宋詞題材之大宗，《清眞詞》中「風月」之敘寫俯拾即是，即使羈旅行役之作，周邦彥亦常寫進「風月」情事，如〈蕙蘭芳引〉之「倦遊厭旅，但夢遶、阿嬌金屋。想故人別後，盡日空疑風竹」、〈尉遲盃・離恨〉之「如今向、漁村水驛，夜如歲、焚香獨自語。有何人、念我無憀，夢魂凝想鴛侶」。〔註330〕而在吟諷人間風月之餘，周邦彥更有敘及仙界風月之作，斯即汪筠此絕第三句所論之〈蝶戀花〉，全詞如下：

魚尾霞生明遠樹。翠壁黏天，玉葉迎風舉。一笑相逢蓬海路。人間風月如塵土。　　剪水雙眸雲鬢吐。醉倒天瓢，笑語生青霧。此會未闌須記取。桃花幾度吹紅雨。〔註331〕

詞寫蓬萊仙境巧遇佳人，景致、佳人、情事超凡脫俗，高視塵世風月，令人永難忘懷。姑不論〈蝶戀花〉之實際命意爲何，〔註332〕所可肯定者爲周邦彥拓展傳統風月題材，將其神仙思想揉合風月情懷，〔註333〕譜出頌揚仙界情事之曲，奇思逸采豁人心目，因之汪筠盛稱周氏此作「風月漫誇天上有」。

汪筠既賞周邦彥於風月題材之創新出奇，更議其於寫景內容之蹈

〔註330〕 以上所引分見唐圭璋編：《全宋詞》，冊二，頁605、614。

〔註331〕 〔宋〕周邦彥：〈蝶戀花〉，唐圭璋編：《全宋詞》，冊二，頁624。

〔註332〕 陳廷焯曾揣度此詞之命意曰：「語帶仙氣，似贈女冠之作，否則故爲隱語」，〔清〕陳廷焯：《白雨齋詞話》，卷六「美成蝶戀花」條，唐圭璋編：《詞話叢編》，冊四，頁3922。

〔註333〕 有關周邦彥之神仙思想，強煥謂其尋訪周邦彥知溧水縣之遺政，「有亭曰『姑射』，有堂曰『蕭閒』，皆取神仙中事，揭而名之」（〔宋〕強煥：〈題周美成詞〉，〔明〕毛晉輯：《宋六十名家詞》之《片玉詞》，頁178），而樓鑰亦稱周邦彥「蓋其學道退然，委順知命，人望之如木雞，自以爲喜」（〔宋〕樓鑰：〈清眞先生文集序〉，《攻媿集》，臺北：臺灣商務印書館，1967年，《四部叢刊初編》，卷五十一，頁475）。

常襲故。所言「鶯花長發意中春」，謂周邦彥敘及春景總以眾所周知之鶯、花入詞，取材狹隘，未能出人意表。誠然，周邦彥好以鶯、花表述春景。同時寫入鶯（鸝）、花者有〈瑞鶴仙〉：「有流鶯勸我，重解繡鞍，緩引春酌。……扶殘醉，遶紅藥。歎西園、已是花深無地，東風何事又惡」、〈望江南〉：「桃李下，春晚未成蹊。牆外見花尋路轉，柳陰行馬過鶯啼」、〈漁家傲〉：「幾日輕陰寒測測。東風急處花成積。醉踏陽春懷故國。歸未得。黃鸝久住如相識」、〈粉蝶兒慢〉：「宿霧藏春，餘寒帶雨，占得群芳開晚。豔初弄秀，倚東風嬌懶。隔葉黃鸝傳好音，喚入深叢中探。數枝新，比昨朝、又早紅稀香淺」。〔註334〕只寫鶯者有〈感皇恩・標韻〉：「露柳好風標，嬌鶯能語。獨占春光最多處」、〈長相思・閨怨〉：「桃李成陰鶯哺兒。閒行春盡時」，而〈蝶戀花〉（蠢蠢黃金初脫後）吟詠春柳，亦有「鶯擲金梭飛不透」之句。〔註335〕至於只寫花者更不勝枚舉，南宋陳元龍集注之《片玉集》十卷，計分春景、夏景、秋景、冬景、單題、雜賦六類著錄周詞，《全宋詞》據以錄入，而檢視卷一至卷三春景之作共三十四闋，其中二十六闋言及春花，此中梅花、桃花、李花、杏花、桐花、梨花、柳花、紅藥、海棠等品類，花容、花色、花香、花姿等物態，對花、泥花、掃花等行止，令人目不暇給。凡此，足證汪筠所言洵不我欺。

　　汪筠稱周邦彥「鶯花長發意中春」，梁梅亦有相近論述，其〈論詞絕句一百六十首〉論周邦彥曰：「迷花殢酒輒留題，一代高名孰與齊；我似歐陽雖讀杜，心摹別自愛昌黎」，首句謂周邦彥賞花飲酒每多填詞題詠，亦即《清真詞》率為花間、尊前之作。有關周邦彥常以花入詞，上文論其春景寫花之繁盛，已可見一斑。至若以酒入詞，《全宋詞》共錄周詞一八五闋，計有六十一闋出現「酒」字，幾達三分之一，遑論其他與酒相關之醉、尊、杯、觴……等，茲舉數例如下：

〔註334〕以上所引分見唐圭璋編：《全宋詞》，冊二，頁 598、600、600、619。

〔註335〕以上所引分見唐圭璋編：《全宋詞》，冊二，頁 618、626、611。

拚今生，對花對酒，為伊淚落。（〈解連環〉）

痛引澆愁酒，奈愁濃如酒，無計消鑠。（〈丹鳳吟〉）

感君一曲斷腸歌，勸我十分和淚酒。……今宵燈盡酒醒時，可惜朱顏成皓首。（〈木蘭花·暮秋餞別〉）

休訴金尊推玉臂。從醉。明朝有酒遣誰持。（〈定風波·美情〉）

但徘徊班草，欷歔酹酒，極望天西。（〈夜飛鵲·別情〉）

添衣策馬尋亭堠。愁抱惟宜酒。（〈虞美人〉）〔註336〕

梁梅此絕稱周邦彥「迷花殢酒輒留題」，殆以《清眞詞》之題材囿於花間、尊前之傳統，而續曰：「一代高名孰與齊」，首肯其能獨領一代詞壇風騷。《清眞詞》之題材既狹隘、守舊，何以能享一代高名？後聯二句曰：「我似歐陽雖讀杜，心摹別自愛昌黎」，推尊周詞聲律嚴謹可比杜詩，然則梁梅之意，蓋謂奠定周邦彥之詞壇地位者，端在知音協律之造詣。通觀梁梅此絕，旨在稱揚周邦彥之知音協律，而頗抱憾於其詞作題材之局限。

至若高旭〈《十大家詞》題詞〉之四，可謂專論《清眞詞》題材內容之作，詩曰：

俯仰蒼茫弔古，客中愁聽悲笳；如渠善描物態，那不雄視諸家。（周清眞）〔註337〕

首句謂周邦彥遊目遠近蒼茫景致而興弔古之情，係論其懷古詞。茲舉〈西河·金陵〉為例：

佳麗地。南朝盛事誰記。山圍故國遶清江，髻鬟對起。怒濤寂寞打孤城，風檣遙度天際。　　斷崖樹，猶倒倚。莫

〔註336〕以上所引分見唐圭璋編：《全宋詞》，冊二，頁597、597、605、616、617、618。

〔註337〕〔清〕高旭：〈《十大家詞》題詞〉之四，見〔清〕高旭著，郭長海、金菊貞編：《高旭集》（北京：社會科學文獻出版社，2003年），下編《天梅遺集補編》，卷二十五〈願無盡廬詩話（下）〉，第三十八則，頁624。

愁艇子曾繫。空餘舊跡鬱蒼蒼，霧沉半壘。夜深月過女牆
來，賞心東望淮水。　　酒旗戲鼓甚處市。想依稀、王謝
鄰里。燕子不知何世。入尋常、巷陌人家，相對如說興亡，
斜陽裡。〔註338〕

第一片總括金陵之山形、江勢，第二片聚焦崖邊木樹、霧中營壘與月
光映照之女牆、淮水，第三片特寫城內之市集、街巷，此中寫景每多
由今及昔，藉以傷悼金粉南朝之終告衰歇，古今興亡幾不能以一瞬
矣。又如〈青房並蒂蓮・維揚懷古〉一詞，展衍揚州晚秋之天色水景，
追維隋煬帝當年遊幸之盛麗豪侈，末結「正浪吟、不覺回橈，水花風
葉兩悠悠」，則以「水花」、「風葉」之縹緲遠逝，隱寓人事繁華之歸
於沉寂，無限盛衰悲慨不言可喻。〔註339〕

　　此絕次句「客中愁聽悲笳」，謂客遊異鄉之周邦彥聽聞悲切之笳
聲而引發愁情，此論其羈旅行役詞。周邦彥乃錢塘人，曾在汴京為太
學生，任太學正、國子主簿、祕書省正字、校書郎、考功員外郎、衛
尉少卿、宗正少卿、議禮局檢討、直龍圖閣、衛尉卿、祕書監、徽猷
閣待制、大晟府提舉；又曾教授廬州、知溧水縣、知隆德府、知明
州、知真定府、知順昌府、知處州；晚歸錢塘故里，徙居睦州，方臘
亂起，奔走道途以還錢塘，復絕江居揚州，又過天長，終至南京（今
河南商丘）鴻慶宮，未幾病卒；生平足跡且至荊州、長安、蘇州等
地。〔註340〕《清真詞》中常見反應客旅遊宦、懷鄉思歸之情，如〈南

〔註338〕〔宋〕周邦彥：〈西河・金陵〉，唐圭璋編：《全宋詞》，冊二，頁
　　　　612。
〔註339〕〈青房並蒂蓮・維揚懷古〉全詞如下：「醉凝眸。正楚天秋晚，遠
　　　　岸雲收。草綠蓮紅，□映小汀洲。芰荷香裡鴛鴦浦，恨菱歌、驚起
　　　　眠鷗。望去帆、一派湖光，棹聲咿啞櫓聲柔。　　愁窺汴堤細柳，
　　　　曾舞送鶯時，錦纜龍舟。擁傾國纖腰皓齒，笑倚迷樓。空令五湖夜
　　　　月，也羞照三十六宮秋。正浪吟、不覺回橈，水花風葉兩悠悠」，
　　　　唐圭璋編：《全宋詞》，冊二，頁 621～622。
〔註340〕上述周邦彥行實參考王國維〈清真先生遺事〉，《王國維先生全集・
　　　　續編》，冊三，頁 805～855；陳思：《清真居士年譜》（臺北：新文
　　　　豐出版公司，1989 年，《叢書集成續編》冊二六二），頁 489～505；

浦〉：

> 淺帶一帆風，向晚來、扁舟穩下南浦。迢遞阻瀟湘，衡皋迴，斜艤蕙蘭汀渚。危檣影裡，斷雲點點遙天暮。菡萏裡風，偷送清香，時時微度。　　吾家舊有簪纓，甚頓作天涯，經歲羈旅。羌管怎知情，煙波上，黃昏萬斛愁緒。無言對月，皓彩千里人何處。恨無鳳翼身，只待而今，飛將歸去。〔註341〕

上片描敘乘舟而下，道阻且長，艤舟江渚，但見雲斷、天遠之暮色，更感飄零之苦，唯有荷花清香稍慰哀思；下片慨歎經年客遊羈旅，羌管時作，牽引內心愁緒，對月懷人思歸，此恨曷極！其中「吾家舊有簪纓」六句，彷彿高旭所言「客中愁聽悲笛」。又如〈滿庭芳〉（風老鶯雛）一詞，〔註342〕作於溧水縣令任內，上片摹寫夏季靜穆景致，暗用白居易〈琵琶行〉故實，隱寓遊宦轉徙之無奈。下片自歎猶如社燕南北遷流，欲藉尊前宴樂以遣煩憂，奈何樂音急碎更惹悲愁，不如遁入醉鄉，其中「顦頜江南倦客，不堪聽、急管繁絃」，亦近高旭所言「客中愁聽悲笛」。〔註343〕

　　此絕後聯論周邦彥之詠物詞，強煥〈題周美成詞〉稱周邦彥詞「其撫（案：同「模」）寫物態，曲盡其妙」，〔註344〕高旭憲章強煥

　　羅忼烈：〈清真年表〉，見〔宋〕周邦彥著，羅忼烈箋注：《清真集箋注》（上海：上海古籍出版社，2008年），頁645～663。

〔註341〕〔宋〕周邦彥：〈南浦〉，唐圭璋編：《全宋詞》，冊二，頁620。

〔註342〕〈滿庭芳〉全詞如下：「風老鶯雛，雨肥梅子，午陰嘉樹清圓。地卑山近，衣潤費鑪煙。人靜烏鳶自樂，小橋外、新綠濺濺。凭欄久，黃蘆苦竹，擬泛九江船。　　年年。如社燕，飄流瀚海，來寄修椽。且莫思身外，長近尊前。顦頜江南倦客，不堪聽、急管繁絃。歌筵畔，先安簟枕，容我醉時眠」，唐圭璋編：《全宋詞》，冊二，頁601～602。

〔註343〕王偉勇、鄭琇文〈高旭論〈十大家詞〉絕句探析〉曰：「而『憔悴江南倦客，不堪聽、急管繁絃』云云，或即高旭所稱『客中愁聽悲笛』之來歷；此中以『笛』字替代『急管繁絃』，蓋為與『家』字協韻故也」，王偉勇：《詩詞越界研究》（臺北：里仁書局，2009年），頁359。

〔註344〕〔宋〕強煥：〈題周美成詞〉，〔明〕毛晉輯：《宋六十名家詞》之

之說，盛推周邦彥描摹物態之功力睥睨群倫。《清眞詞》有不少詠物之作，其中以詠花木居多，如〈醜奴兒〉（肌膚綽約眞仙子）（南枝度臘開全少）（香梅開後風傳信）、〈玉燭新〉（溪源新臘後）、〈花犯〉（粉牆低）、〈品令〉（夜闌人靜）詠梅花；〈水龍吟〉（素肌應怯餘寒）詠梨花；〈訴衷情〉（出林杏子落金盤）詠殘杏；〈六醜〉（正單衣試酒）詠落花；〈蝶戀花〉（愛日輕明新雪後）（桃萼新香梅落後）（蠢蠢黃金初脫後）（小閣陰陰人寂後）（晚步芳塘新霽後）、〈蘭陵王〉（柳陰直）詠柳；而〈三部樂〉（浮玉飛瓊）、〈菩薩蠻〉（銀河宛轉三千曲）則並詠梅、雪。另有〈紅林檎近〉（高柳春縈軟）、〈滿路花〉（金花落燼燈）詠雪；〈倒犯〉（霽景、對霜蟾乍昇）詠新月；〈少年遊〉（簷牙縹緲小倡樓）詠樓月；〈大酺〉（對宿煙收）詠春雨；〈看花迴〉（秀色芳容明眸）詠眼……等。綜觀此類篇什，皆能清楚刻劃物象之形貌，細膩工巧，甚且藉物起興、融情入物，以之彰顯物象之神理。如〈大酺・春雨〉一詞：

> 對宿煙收，春禽靜，飛雨時鳴高屋。牆頭青玉旆，洗鉛霜都盡，嫩梢相觸。潤逼琴絲，寒侵枕障，蟲網吹黏簾竹。郵亭無人處，聽簷聲不斷，困眠初熟。奈愁極頓驚，夢輕難記，自憐幽獨。　　行人歸意速。最先念、流潦妨車轂。怎奈向、蘭成顦頓，衛玠清羸，等閒時、易傷心目。未怪平陽客，雙淚落、笛中哀曲。況蕭索、青蕪國。紅糝鋪地，門外荊桃如菽。夜遊共誰秉燭。〔註345〕

一、二句以宿煙之散盡、禽鳥之寂靜反襯春雨之綿密、嘈雜，第三句則正面描敘春雨飛落高屋，滴答作響。以下寫春雨對物之影響，分室外、室內二層，室外聚焦於竹，細摹牆頭之竹葉如青玉製成之垂旒，竹枝之籜粉洗刷淨盡，幼嫩之竹梢相互牽動；室內則寫琴絃受潮，枕屏帶寒，蟲網不堪風吹而黏附於竹簾。繼寫春雨對人之影響，先言自

《片玉詞》，頁178。

〔註345〕〔宋〕周邦彥：〈大酺・春雨〉，唐圭璋編：《全宋詞》，冊二，頁609。

身獨處郵亭，耳聞簷邊雨水不斷滴落，困倦入睡，奈何愁思深重，陡然驚覺，夢境惝恍而無由追想，念及孑然一身，情何以堪；換頭轉寫行客亟盼返家，擔憂道路積水而妨礙行車；以下復言己身如庾信、衛玠般憔悴、清瘦，平時本已易感多悲，何況逢此春雨阻途之天候，當年馬融客居平陽，聞哀怨笛曲而落淚，豈徒然哉。繼而再寫春雨對物之影響，荒草兀自青綠叢生，落紅滿地，櫻桃已結實如豆粒。末結因物及人，意謂春雨過後，春將盡矣，自己惜春而欲秉燭夜遊，那堪無人為伴。觀夫春雨之為物，較不具象可摹，而周邦彥此作非惟精準呈現春雨之形、聲，更由春雨對物、人之影響以明其賦性，詠物言情交融，體物入微且不落俗套，當得高旭「如渠善描物態，那不雄視諸家」之評。

　　統觀周邦彥詞之內容題材，多寫情愛相思、物態景致、羈旅行役，另有數闋懷古之作，大抵大出傳統詞作範疇。此中是否別有幽微寄興、深層意境，非如張炎《詞源》所言「惜乎意趣卻不高遠」，〔註346〕宋翔鳳有詩論及，其〈論詞絕句二十首〉之九曰：

　　　　清眞妙語出珠璣，便有微詞合刺譏；聞說內人紅袖湓，漫
　　　　憐一个李明妃（李師師入宮號明妃，見《宣和遺事》）。
　　　〔註347〕

前聯謂周邦彥措語精妙如珍珠美玉，委婉隱晦之言辭寓有美刺譏諷，文小指大，言在此而意在彼也，亦即凸顯《清眞詞》幽隱紆曲，雅有寄託深意。末句之「李明妃」即李師師，據宋氏自注，《宣和遺事》記宋徽宗微行，宿名妓李師師宅，朝去暮來，相歡近二月，後召入宮，賜夫人冠帔，又冊為李明妃。〔註348〕而令徽宗不忍李師師落淚之周

〔註346〕〔宋〕張炎：《詞源》，卷下「雜論」，唐圭璋編：《詞話叢編》，冊一，頁266。
〔註347〕〔清〕宋翔鳳：〈論詞絕句二十首〉之九，《洞簫樓詩紀》（桃園：聖環圖書股份有限公司，1998年，宋翔鳳輯著《浮谿精舍叢書》十五），卷三，頁255。案：第三句之「袌」同「袖」。
〔註348〕詳見〔宋〕無名氏原著，曹濟平校點：《宣和遺事》（南京：江蘇古籍出版社，1993年，《中國話本大系》），前集，頁39～52。

邦彥詞作，殆指〈蘭陵王‧柳〉，該詞全文如下：

> 柳陰直。煙裡絲絲弄碧。隋堤上、曾見幾番，拂水飄綿送行色。登臨望故國。誰識。京華倦客。長亭路，年去歲來，應折柔條過千尺。　　閒尋舊蹤跡。又酒趁哀絃，燈照離席。梨花榆火催寒食。愁一箭風快，半篙波暖，回頭迢遞便數驛。望人在天北。　　悽惻。恨堆積。漸別浦縈回，津堠岑寂。斜陽冉冉春無極。念月榭攜手，露橋聞笛。沉思前事，似夢裡，淚暗滴。〔註349〕

詞作藉柳起興，撫今追昔，細訴纏綿銷魂之兒女離情，寄寓離鄉遊宦、淹留都城之愁思。而張端義《貴耳集》載其本事曰：

> 道君幸李師師家，偶周邦彥先在焉，知道君至，遂匿於牀下。道君自攜新橙一顆，云：「江南初進來。」遂與師師諧語，邦彥悉聞之，隱栝成〈少年遊〉，云：「并刀如水，吳鹽勝雪，纖手破新橙」，後云：「嚴城上已三更。馬滑霜濃，不如休去，直是少人行。」李師師因歌此詞，道君問誰作，李師師奏云周邦彥詞。道君大怒，坐朝宣諭蔡京云：「開封府有監稅周邦彥者，聞課額不登，如何京尹不按發來？」蔡京罔知所以，奏云：「容臣退朝，呼京尹叩問，續得復奏。」京尹至，蔡以御前聖旨諭之，京尹云：「惟周邦彥課額增羨。」蔡云：「上意如此，只得遷就將上。」得旨：「周邦彥職事廢弛，可日下押出國門。」隔一二日，道君復幸李師師家，不見李師師，問其家，知送周監稅。道君方以邦彥出國門爲喜，既至不遇，坐久至更初，李始歸，愁眉淚睫，憔悴可掬。道君大怒，云：「爾去那裡去？」李奏：「臣妾萬死，知周邦彥得罪押出國門，略致一杯相別，不知官家來。」道君問：「曾有詞否？」李奏云：「有〈蘭陵王〉詞。」今「柳陰直」者是也。道君云：「唱一遍看。」李奏云：「容臣妾奉一杯，歌此詞爲官家壽。」曲終，道君大喜，復召爲大晟樂正，後官至大晟樂府待制。〔註350〕

〔註349〕〔宋〕周邦彥：〈蘭陵王‧柳〉，唐圭璋編：《全宋詞》，冊二，頁611。

〔註350〕〔宋〕張端義撰，梁玉瑋校點：《貴耳集》（鄭州：中州古籍出版社，

又沈雄《古今詞話》引陳鵠《耆舊續聞》所載〈蘭陵王〉本事略同，曰：

> 一夕，徽宗幸師師家，美成倉卒不能出，匿複壁間，遂製〈少年游〉以紀其事。徽宗知而譴發之，師師餞送，美成作〈蘭陵王〉云：「應折柔條過千尺」，至「斜陽冉冉春無極」，人盡以爲咏柳，淡宕有情，不知爲別師師而作，便覺離愁在目。徽宗又至，師師歸遲，更誦〈蘭陵王〉別曲，含淚以告，乃留爲大晟府待制。〔註351〕

而宋翔鳳曰：「聞說內人紅襆溼，漫憐一个李明妃」，結合前聯讚《清眞詞》「妙語珠璣」、「微詞刺譏」之說，其意蓋謂周邦彥〈蘭陵王〉表面詠柳，實則抒發與李師師之難捨別情，慨歎既離家鄉而任京官，又將他適，隱寓宦海浮沉、身不由己之悲慨，而由李師師之檀口唱出，更能曲盡其妙，宜乎徽宗動情垂憐、回心稱賞也。王灼《碧雞漫志》曾曰：「前輩云：『〈離騷〉寂寞千年後，〈戚氏〉淒涼一曲終。』〈戚氏〉，柳所作也。柳何敢知世間有〈離騷〉，惟賀方回、周美成時時得之。賀〈六州歌頭〉、〈望湘人〉、〈吳音子〉諸曲，周〈大酺〉、〈蘭陵王〉諸曲最奇崛」，〔註352〕以〈蘭陵王〉接武〈離騷〉，蓋謂此詞良有比興之妙，寄寓個人之遭遇感憤。而宋氏此絕更由徽宗之感悟，凸顯〈蘭陵王〉之託興深微，所據本事雖不足信，〔註353〕然該詞確乎

2005 年），卷下，頁 56～57。

〔註351〕 〔清〕沈雄：《古今詞話》，〈詞話〉卷上「周美成贈李師師詞」條引〔宋〕陳鵠《耆舊續聞》，唐圭璋編：《詞話叢編》，冊一，頁 779。案：今本《耆舊續聞》查無此條。

〔註352〕 〔宋〕王灼：《碧雞漫志》，卷二「樂章集淺近卑俗」條，唐圭璋編：《詞話叢編》，冊一，頁 84。

〔註353〕 王國維引《宋史》〈徽宗紀〉、〈曹輔傳〉，知徽宗之微行始於政和而極於宣和，而「政和元年，先生（案：指周邦彥）已五十六歲，官至列卿，應無冶遊之事，所云『開封府監稅』，亦非卿監侍從所爲，至『大晟樂正』與『大晟樂府待制』，宋時亦無此官也」，故《貴耳集》所言失實，見王國維：〈清眞先生遺事·事蹟一〉，《王國維先生全集·續編》，冊三，頁 815。此外，陳思謂世傳周邦彥與宋徽宗、李師師之軼聞，殆以李邦彥訛作周邦彥，可備一說，詳見陳思：《清

可見周邦彥之羈思宦情，其後陳廷焯《白雨齋詞話》亦曰：「美成詞極其感慨，而無處不鬱，令人不能遽窺其旨。如〈蘭陵王〉（柳）云：『登臨望故國，誰識京華倦客』二語，是一篇之主」，〔註354〕強調久客淹留之慨方爲全詞之旨趣。

　　有關周邦彥詞之寄託，當代學者頗爲關注，羅忼烈〈擁護新法的北宋詞人周邦彥〉一文，由周氏〈汴都賦〉與〈重進汴都賦表〉之頌揚神宗政績，論定其屬崇奉新法之革新派，進而結合周氏之宦跡與政局之轉變，解析〈滿江紅〉（晝日移陰）、〈憶舊遊〉（記愁橫淺黛）、〈宴清都〉（地僻無鐘鼓）、〈滿庭芳〉（風老鶯雛）、〈瑞龍吟〉（章臺路）等多篇詞作所寄託之政治感慨，如稱〈蘭陵王・柳〉之「斜陽冉冉春無極」，近似李商隱〈樂遊原〉之「夕陽無限好，只是近黃昏」，感傷國家衰落，而「沉思前事，似夢裡，淚暗滴」之「前事」，係指元豐新政之舊事，〔註355〕其中頗多附會牽合之處，良難令人全然信服。葉嘉瑩〈論周邦彥詞之政治託喻——兼說〈渡江雲〉（晴嵐低楚甸）〉一文，認爲略加考察周邦彥之生平，可知其詞極有可能含有政治感慨，並對〈渡江雲〉一詞之政治託喻詳加闡釋。〔註356〕而林玫儀〈論清眞詞中之寄託〉一文，謂中國文學傳統之「寄託」，確有對於政治社會美刺諷諭之作用，並謂周詞之感觸多限個人之得失，甚少涉及政治隆污、民間疾苦乃至人生等問題，而〈瑞龍吟〉與〈渡江雲〉似可信有政治託喻。〔註357〕綜觀羅、葉、林三家著述，大抵拘執於周詞

眞居士年譜》，頁 503～505。

〔註354〕〔清〕陳廷焯：《白雨齋詞話》，卷一「美成詞無處不鬱」條，唐圭璋編：《詞話叢編》，冊四，頁 3787。

〔註355〕詳見羅忼烈：〈擁護新法的北宋詞人周邦彥〉，《詞曲論稿》（臺北：木鐸出版社，1982 年），頁 32～110。

〔註356〕詳見葉嘉瑩：〈論周邦彥詞之政治託喻——兼說〈渡江雲〉（晴嵐低楚甸）〉，《河北大學學報（哲學社會科學版）》，1987 年三期，頁 29～32。

〔註357〕詳見林玫儀：〈論清眞詞中之寄託〉，臺灣大學中文研究所編：《宋代文學與思想》（臺北：臺灣學生書局，1989 年），頁 344～350。

之「政治」寄託。誠然，君國之思乃寄託之重要面向，惟身世之感亦不宜忽略，試觀中國文學寄託鼻祖〈離騷〉所隱寓者，固有楚國之國政、世風，然更多爲屈原個人之修持與遭際。再觀倡言比興寄託之常州詞派，始祖張惠言曰：「其緣情造端，興於微言，以相感動，極命風謠里巷男女哀樂，以道賢人君子幽約怨悱不能自言之情，低徊要眇，以喻其致」，〔註358〕所謂「賢人君子幽約怨悱不能自言之情」，亦不限於政治一端，舉凡作者之懷才不遇、去國離鄉，乃至垂老無成，皆可指涉。〔註359〕再者，古代文士之升降得失每與政局、時勢息息相關，寄寓身世之詞作實亦間接反映政治，秦觀即爲其中顯例。是故探究周詞之寄託，實不必泥於直接託喻政治者。觀宋翔鳳此絕以〈蘭陵王〉爲例，論證「清眞妙語出珠璣，便有微詞合刺譏」，殆由周邦彥之身世之感立說。其他明、清論者亦多循此評說周詞之寄託，如李攀龍評〈瑞龍吟〉（章臺路）曰：「此詞負才抱志，不得於君，流落無聊，故託以自況」，〔註360〕謂該詞託喻淪落不偶之境況。又如黃蘇評〈六醜‧落花〉曰：「自嘆年老遠宦，意境落漠，借花起興。以下是花是自己，比興無端。指與物化，奇情四溢，不可方物」；〔註361〕而陳廷焯亦曰：「〈六醜〉（薔薇謝後作）云：『爲問家何在』，上文有『恨客裡、光陰虛擲』之句，此處點醒題旨，既突兀又綿密，妙只五字束住。下文反覆纏綿，更不糾纏一筆，卻滿紙是羈愁抑鬱，且有許多不

〔註358〕張惠言：《詞選‧序》，〔清〕張惠言錄，劉崇德、徐文武點校：《詞選》（保定：河北大學出版社，2006 年），頁 109。

〔註359〕如評溫庭筠〈菩薩蠻〉（小山重疊金明滅）曰：「此感士不遇也」，評范仲淹〈蘇幕遮〉（碧雲天）曰：「此去國之情」，評姜夔〈暗香〉（舊時月色）曰：「首章言己嘗有用世之志，今老無能，但望之石湖也」，見〔清〕張惠言錄，劉崇德、徐文武點校：《詞選》，卷一，頁 115、卷一，頁 132、卷二，頁 155。

〔註360〕〔明〕吳從先：《草堂詩餘雋》，附〔明〕李攀龍批語，引自吳熊和主編：《唐宋詞匯評（兩宋卷）》（杭州：浙江教育出版社，2004 年），冊二，頁 884。

〔註361〕〔清〕黃蘇：《蓼園詞評》，「六醜」條，唐圭璋編：《詞話叢編》，冊四，頁 3095。

敢說處，言中有物，吞吐盡致」，〔註362〕均謂此詞以花託興，自憐羈旅遊宦之身世。要之，宋翔鳳與李、黃、陳諸家尋繹周詞之寄託，率爲身世之感，而非斤斤於其中之政治託喻，所論實較開通、中肯。

四、倚聲典範之論辯

　　詞本爲配樂之歌詞，協律美聽爲其當行要求，而周邦彥曉暢宮商，創調製譜，所作律呂協和、音旨精妙，堪爲詞林之矩矱，沈義父《樂府指迷》曾謂塡詞「且必以清眞及諸家目前好腔爲先可也」。〔註363〕至若楊守齋演繹周詞聲譜以成《圈法周美成詞》，〔註364〕饒克明甄綜於周詞聲調之詞作以成《集詞》，〔註365〕均見周詞之音律精審而堪取則。清代江昱〈論詞十八首〉之六亦曰：

　　　　詞壇領襃屬周郎，雅擅風流顧曲堂；南渡諸賢更青出，卻
　　　　虧藍本在錢塘。〔註366〕

首句直指周邦彥爲詞壇領袖，次句謂其「顧曲」名堂，秀異不凡。而

〔註362〕〔清〕陳廷焯：《白雨齋詞話》，卷一「美成詞無處不鬱」條，唐圭璋編：《詞話叢編》，冊四，頁3787。
〔註363〕〔宋〕沈義父：《樂府指迷》，「腔以古雅爲主」條，唐圭璋編：《詞話叢編》，冊一，頁283。
〔註364〕〔宋〕張炎《詞源》卷下〈雜論〉載：「近代楊守齋精於琴，故深知音律，有《圈法周美成詞》」（唐圭璋編：《詞話叢編》，冊一，頁267），而鄭文焯釋楊氏此作曰：「玉田《詞源》言楊守齋有《圈法周美成詞》，蓋取其詞中字句融入聲譜，一一點定，如《白石歌曲》之旁譜，特於其拍頓加一墨圈，故云圈法耳」（〔清〕鄭文焯著，孫克強、楊傳慶輯校：《大鶴山人詞話》，天津，南開大學出版社，2009年，卷四〈校議及其他〉之「清眞詞校後錄要」，頁358～359）。
〔註365〕〔元〕劉將孫〈新城饒克明集詞序〉曰：「新城饒克明，盛年有志茲事，以美成爲祖，類其合者，調別而聲從之，近年以之鳴者無不有，且四方增益而刻布之。予以其主於調也，爲言歌焉」，《養吾齋集》（臺北：臺灣商務印書館，1985年，《景印文淵閣四庫全書》冊一一九九），卷九，頁84。
〔註366〕〔清〕江昱：〈論詞十八首〉之六，《松泉詩集》（臺南：莊嚴文化事業有限公司，1997年，《四庫全書存目叢書》集部冊二八〇），卷一，頁177。案：首句之「襃」同「袖」。

將一、二句合觀，可見江昱宗奉周氏之因，在於卓特高超之音律造詣。後聯則論《清眞詞》對南宋詞家之沾漑，強調繼起新秀縱使後出轉精，沿波討源，皆由周氏變化而出。而更精確言之，江昱所稱師法周氏之「南渡諸賢」，當指婉約、格律派之詞人。

　　而周之琦（字稚圭）論周邦彥之觀點略同江昱，其《心日齋十六家詞錄・附題》之九曰：

　　　　宮調精研字字珠，開山妙手詎容誣；後生學語矜南宋，牙
　　　　慧能知協律無。〔註367〕

首句謂周邦彥妙解音律，細究宮調，而其詞作最稱協律，字字珠璣。因周邦彥填詞力求合樂可歌，講究句法、字數、用韻、字聲，所作趨於格律化，洵爲後人之津梁，故次句稱其開創格律詞派，詞藝精妙傑出，不容妄肆誣蔑貶抑。而「後生學語矜南宋」當就浙西詞派而言，該派論詞專主南宋，所謂「世人言詞，必稱北宋。然詞至南宋，始極其工，至宋季而始極其變」，〔註368〕師法姜夔、史達祖、張炎等南宋名家，形成「家白石而戶玉田」、〔註369〕「家白石而戶梅溪矣」〔註370〕之盛況。反觀周之琦論詞並不囿於南宋，而能上推北宋，甚至回溯晚唐、五代，其《心日齋十六家詞錄》輯錄溫庭筠、李煜、韋莊、李珣、孫光憲、晏幾道、秦觀、賀鑄、周邦彥、姜夔、史達祖、吳文英、王沂孫、蔣捷、張炎、張翥十六家詞，自言：「余性好倚聲，此皆平生得力所自」，〔註371〕取徑顯較浙西詞派寬廣宏通。再者，周

〔註367〕〔清〕周之琦：《心日齋十六家詞錄・附題》之九，見吳熊和主編：《唐宋詞匯評（兩宋卷）》，冊五，附錄吳熊和、陶然輯「清人論詞絕句」，頁4406。

〔註368〕〔清〕朱彝尊、汪森編，李慶甲校點：《詞綜》（上海：上海古籍出版社，2005年），〈發凡〉第三則，頁10。

〔註369〕〔清〕朱彝尊：〈靜惕堂詞序〉，曹溶：《靜惕堂詞》，《清詞別集百三十四種》（臺北：鼎文書局，1976年），冊一，頁75。

〔註370〕〔清〕謝章鋌：《賭棋山莊詞話》，卷十一「小山詞社」條，唐圭璋編：《詞話叢編》，冊四，頁3458。

〔註371〕〔清〕周之琦：《心日齋十六家詞錄・附題》跋語，見吳熊和主編：《唐宋詞匯評（兩宋卷）》，冊五，附錄吳熊和、陶然輯「清人論詞

之琦塡詞重視聲律，杜文瀾《憩園詞話》曰：「國朝詞人最工律法者，群推納蘭容若、顧梁汾、周稚圭三家」，且稱周之琦之〈菩薩蠻〉（映門衰柳無顏色）、〈風蝶令〉（琴語回瑤軫）、〈踏莎行〉（勸客清尊）……等十二闋詞作「諧音協律，眞意獨存，耐人尋味」，〔註372〕至其《心日齋十六家詞錄》亦於「詞下並附詞話，兼考訂聲律得失」。〔註373〕故周之琦此絕特地揭舉周邦彥之聲律造詣，以明姜、張、史等人之審音守律其實源自周邦彥，論詞盍可漠視北宋而擯棄周邦彥乎？至於「牙慧能知協律無」，則議浙派末流徒以摭撦餖飣爲能事，冥搜前人牙慧以實譜成篇，視周邦彥之精研律呂以求合樂協律，更無足論矣！周之琦此絕尊尚周邦彥極矣，至其所作亦有周邦彥之風，蔣敦復《芬陀利室詞話》論周之琦詞曰：「至長調〈瑞鶴仙〉云：『怕幽禽，忘了花魂清瘦，卻道棲香正穩。』〈念奴嬌〉云：『潮落秋生，水涼夢遠，休喚眠鷗起。』〈天香〉咏水仙花云：『銀釭舊愁自寫。倚冰奩、薄寒吹鬢。一掬茜窗清淚，粉粧慵卸。』凡此又得清眞家法，下亦不失爲草窗」，〔註374〕而張祥河〈心日齋十六家詞錄序〉更逕將周之琦比附周邦彥。〔註375〕

　　江昱、周之琦表彰周邦彥之聲律成就以奉其爲詞壇宗主，譚瑩則由周詞之傳播立說，其〈論詞絕句一百首〉之四七曰：

> 新詞學士貴人宜，獨步尤難市僧知；唱竟蘭陵王一闋，君王任訪李師師。〔註376〕

絕句」，頁 4407。

〔註372〕詳見〔清〕杜文瀾：《憩園詞話》，卷二「周稚圭中丞詞」條，唐圭璋編：《詞話叢編》，冊三，頁 2865～2867。

〔註373〕王兆鵬：《詞學史料學》（北京：中華書局，2004 年），頁 352。

〔註374〕〔清〕蔣敦復：《芬陀利室詞話》，卷一「周穉圭詞」條，唐圭璋編：《詞話叢編》，冊四，頁 3639～3640。

〔註375〕〔清〕張祥河〈心日齋十六家詞錄序〉曰：「公今美成，余慚叔復（案：當作夏）」，見施蟄存編：《詞籍序跋萃編》（北京：中國社會科學出版社，1994 年），頁 789。

〔註376〕〔清〕譚瑩：〈論詞絕句一百首〉之四七，《樂志堂詩集》，卷六，頁 478。

前聯二句祖述陳郁《藏一話腴》之說：「周邦彥，字美成，自號清真，二百年來以樂府獨步，貴人、學士、市儈、妓女知美成詞爲可愛」，〔註377〕推崇周邦彥詞不僅學士、貴人稱道，更見賞於商賈、妓女，此尤難能可貴，宜其弁冕詞壇、卓絕千古。蓋《清真詞》不僅審音協律，尚且講求章法、用典，時見寄託深意，學士、貴人固能涵泳其中以細味其詞律、詞法、詞旨，較無文化素養之商賈、妓女亦能陶醉於其諧美之樂音。而後聯二句檃括《貴耳集》、《耆舊續聞》所載〈蘭陵王・柳〉之本事，意謂周邦彥譜〈蘭陵王〉以別李師師，逮宋徽宗幸李師師家，聞唱此詞，亦受感動。然則譚瑩此絕旨在彰顯《清真詞》不僅貴人、學士、市儈、妓女喜愛，雅俗共賞，尚且上達天聽，周邦彥真爲傲視詞壇之巨擘。

至若馮煦〈論詞絕句〉之七係由詞風視角推尊周邦彥，詩曰：

> 大晟樂府宗風扇，褎質襃文孰與多；若使詞中參聖諦，斯
> 人真不媿清和。（周美成）〔註378〕

首句謂周邦彥提舉大晟府，而其詞風蔚然成宗立派。次句之「褎」同「抱」，「襃」同「懷」，「褎質襃文」即「文質彬彬」，意謂文華、質樸恰如其分，亦謂內蘊、藻采適得其中，全句則讚周邦彥文質相半之詞風無人能出其右。後聯謂周邦彥乃參悟填詞神聖真義之詞人，以其所作無愧「清和」之風。通讀全詩，可知馮煦認爲詞風當以「清和」爲尊，而周邦彥詞作「褎質襃文」，已臻「清和」之聖域，洵爲詞界之宗師。欲知「清和」、「褎質襃文」之詳，可引馮煦《蒿庵論詞》論周邦彥之語爲釋：

> 陳氏子龍曰：「以沉摯之思，而出之必淺近，使讀之者驟遇
> 之，如在耳目之前，久誦之，而得雋永之趣，則用意難也。

〔註377〕〔宋〕陳郁：《藏一話腴》（北京：商務印書館，2005 年，《文津閣四庫全書》冊二八六），外編卷上，頁 610。

〔註378〕〔清〕馮煦：〈論詞絕句〉之七，《蒿盦類稿》（臺北：文海出版社，1969 年，沈雲龍主編《近代中國史料叢刊》第三十三輯），卷七，頁 456。

以儇利之詞，而製之必工鍊，使篇無累句、句無累字，圓潤明密，言如貫珠，則鑄詞難也。其為體也纖弱，明珠翠羽，猶嫌其重，何況龍鸞，必有鮮妍之姿，而不藉粉澤，則設色難也。其為境也婉媚，雖以驚露取妍，實貴含蓄不盡，時在低回唱歎之餘，則命篇難也。」張氏綱孫曰：「結構天成，而中有豔語、雋語、奇語、豪語、苦語、癡語、沒要緊語，如巧匠運斤，毫無痕跡。」毛氏先舒曰：「北宋，詞之盛也，其妙處不在豪快而在高健，不在豔冶而在幽咽。豪快可以氣取，豔冶可以言工，高健幽咽則關乎神理骨性，難可強也。」又曰：「言欲層深，語欲渾成。」諸家所論，未嘗專屬一人，而求之兩宋，惟片玉、梅溪，足以備之。周之勝史，則又在「渾」之一字。詞至於渾，而無可復進矣。〔註379〕

馮煦引用陳子龍論用意、鑄詞、設色、命篇之難，凸顯填詞貴能外在質樸輕淺、內在文華厚實，二者渾化得宜；又引張綱孫之語，強調填詞運化語言必須看似天然渾成，實則內涵繁複多元；復引毛先舒之論，彰顯北宋詞之高妙不在過度逞豪使氣、琢字煉句，而在內蘊之高騫沉咽，填詞措語力求藻采渾成而內蘊深厚。馮煦並謂揆諸兩宋詞壇，惟周邦彥與史達祖符合陳、張、毛三氏之論詞要旨，而周邦彥更較史達祖渾化天成。至於此處所揭櫫之「渾」，斯即「清和」之義也。

綜觀馮煦〈論詞絕句〉與《蒿庵論詞》所論，旨在揚舉周邦彥能中和文質而達清和、渾成之最高境界。馮煦可謂遠祖張炎「渾厚和雅」之評，〔註380〕近承周濟「渾化」之說，〔註381〕參究陳、張、毛三氏

〔註379〕〔清〕馮煦：《蒿庵論詞》，「論周邦彥詞」條，唐圭璋編：《詞話叢編》，冊四，頁3588～3589。

〔註380〕〔宋〕張炎《詞源》卷下曰：「美成負一代詞名，所作之詞，渾厚和雅」，唐圭璋編：《詞話叢編》，冊一，頁255。

〔註381〕〔清〕周濟〈宋四家詞選目錄序論〉曰：「問塗碧山，歷夢窗、稼軒，以還清真之渾化，余所望於世之為詞者，蓋如此」，唐圭璋編：《詞話叢編》，冊二，頁1643。

之論述，會通發明以成就其論點。而與馮煦約略同時之陳廷焯於《詞壇叢話》曰：「美成詞，渾灝流轉中，下字用意皆有法度，故其詞名《清真集》。蓋『清真』二字最難，美成真千古詞壇領袖」，〔註382〕係由周邦彥詞集名稱以闡釋其詞風與地位，所論殆與馮煦異曲同工。此外，馮煦此首論詞絕句堪稱以佛論詞，頗具特色。蓋「宗風」原指佛教某一宗派獨特之風格、傳統，尤指禪宗各派而言，而「聖諦」亦作「四諦」、「四聖諦」、「四真諦」，乃佛教之真義，即聖者所見苦、集、滅、道之真理。

馮煦由周邦彥「裒質裒文」、「清和」之詞風以彰顯其詞宗地位，朱依真則持截然相反之意見，其〈論詞絕句二十二首〉之五曰：

> 詞場誰為斬荊榛，雙手難扶大雅輪；不獨俳諧纏令體，鋪
> 張我亦厭清真。〔註383〕

前聯自設問答，上句問誰能為詞壇斬除叢生之荊榛以啟康莊大道？下句稱周邦彥之雙手難以扶翼詞壇大雅之車輪以使其前進，然則朱氏殆以「雅正」為倚聲之正道，而視周邦彥詞不符雅正之旨，無功於詞壇之發展。第三句之「纏令」乃「唱賺」之一種形式，唱賺亦稱道賺，係將同一宮調之若干曲子組成一套以資說唱，灌圃耐得翁《都城紀勝·瓦舍眾伎》曰：「唱賺在京師日，有纏令、纏達，有引子、尾聲為纏令，引子後只以兩腔迎互，循環間用者為纏達。中興後，張五牛大夫因聽動鼓板中，又有四片太平令或賺鼓板（即今拍板大篩揚處是也），遂撰為賺。賺者，誤賺之義也，令人正堪美聽，不覺已至尾聲，是不宜為片序也。今又有覆賺，又且變花前月下之情及鐵騎之類。凡賺最難，以其兼慢曲、曲破、大曲、嘌唱、耍令、番曲、叫聲諸家腔

〔註382〕〔清〕陳廷焯：《詞壇叢話》，「清真二字最難」條，唐圭璋編：《詞話叢編》，冊四，頁3723。
〔註383〕〔清〕朱依真：〈論詞絕句二十二首〉之五，見況周頤：《粵西詞見》（臺北：新文豐出版公司，1989年，《叢書集成續編》冊二〇五），卷一，頁785。

譜也」，〔註384〕而吳自牧《夢粱錄・妓樂》亦有類似記載。〔註385〕
是知唱賺雜揉多種說唱、歌舞藝術而成，而纏令乃流行於北宋之早期
形式，前有引子，後有尾聲。唱賺、纏令屬於「瓦舍眾伎」、「妓樂」，
起於民間，用以娛賓取樂，諸多場合不避「馬䚙鞕子」、「俗語鄉談」
與「風情花柳艷冶之曲」，〔註386〕今傳宋代唱賺賺詞〈圓裏圓〉，即
多雜口語、方言、俚詞，措語直率甚且輕露，〔註387〕故朱依眞此絕
以「俳諧」形容纏令（俳諧意謂詼諧戲謔），且稱周邦彥詞如「俳諧
纏令體」般俚俗、輕露。

　　細究朱氏之論，實有所本，鄧牧〈山中白雲詞序〉曰：「知者謂
麗莫若周，賦情或近俚」，〔註388〕批評周邦彥之言情間有俚俗之失。
張炎《詞源》亦曰：

　　　詞欲雅而正，志之所之，一爲情所役，則失其雅正之音。耆
　　　卿、伯可不必論，雖美成亦有所不免，如「爲伊淚落」，如
　　　「最苦夢魂，今宵不到伊行」，如「天便教人，霎時得見何
　　　妨」，如「又恐伊、尋消問息，瘦損容光」，如「許多煩惱，
　　　只爲當時，一晌留情」，所謂淳厚日變成澆風也。〔註389〕

〔註384〕〔宋〕灌圃耐得翁撰，周百鳴標點：《都城紀勝・瓦舍眾伎》，王國
　　　　平主編：《西湖文獻集成》（杭州：杭州出版社，2004 年），冊二，
　　　　頁 39。
〔註385〕詳見〔宋〕吳自牧撰，周百鳴標點：《夢粱錄》，卷二十〈妓樂〉，
　　　　王國平主編：《西湖文獻集成》，冊二，頁 249～250。
〔註386〕〈過雲要訣〉曰：「夫唱賺一家，古謂之道賺。腔必眞，字必正，
　　　　欲有墩亢掣拽之殊，字有唇喉齒舌之異，抑分輕清重濁之聲，必別
　　　　合口半合口之字。更忌馬䚙鞕子、俗語鄉談，如對聖案，但唱樂道
　　　　山居水居清雅之詞，切不可以風情花柳艷冶之曲，如此，則爲瀆聖。
　　　　社條不賽、筵會吉席、上壽慶賀，不在此限」，〔宋〕陳元靚等編：
　　　　《新編纂圖增類群書類要事林廣記》（上海：上海古籍出版社，2002
　　　　年，《續修四庫全書》冊一二一八），續集卷七，頁 436。
〔註387〕〈圓裏圓〉賺詞詳見〔宋〕陳元靚等編：《新編纂圖增類群書類要
　　　　事林廣記》，續集卷七，頁 436。
〔註388〕〔宋〕鄧牧：〈山中白雲詞序〉，金啟華、張惠民等編：《唐宋詞集
　　　　序跋匯編》（臺北：臺灣商務印書館，1993 年），頁 307。
〔註389〕〔宋〕張炎：《詞源》，卷下「雜論」，唐圭璋編：《詞話叢編》，冊

張炎引證周邦彥若干詞句，謂其時而盡情宣洩情感，略無蘊藉，殊
乖雅正，遂令淳厚含蓄之詞風漸趨浮薄淺露。而沈義父《樂府指迷》
極為推崇周邦彥，讚其「且無一點市井氣」，〔註390〕然亦有如下微
詞：

> 結句須要放開，含有餘不盡之意，以景結尾最好，如清眞
> 之「斷腸院落，一簾風絮」，又「掩重關、徧城鐘鼓」之類
> 是也。或以情結尾亦好，往往輕而露，如清眞之「天便教
> 人，霎時廝見何妨」，又云：「夢魂凝想鴛侶」之類，便無
> 意思，亦是詞家病，卻不可學也。〔註391〕

沈氏謂周邦彥部分以情語作結之詞作流於輕率直露，一覽無遺而乏餘
韻，誠不足為法。逮乎有清，似此詆誚仍見，如清初魏際瑞〈鈔所作
詩餘序〉曰：「然宋人如柳永、周邦彥輩，塡詞鄙濁，有市井之氣」，
〔註392〕逕將周邦彥與柳永相提並論以譏其鄙俚。稍早於朱依眞之王
昶於〈江賓谷梅鶴詞序〉更曰：「余常謂論詞必論其人，與詩同。如
晁端禮、万俟雅言、康順之，其人在俳優戲弄之間，詞亦庸俗不可耐，
周邦彥亦未免於此」，〔註393〕訾議周邦彥人品近於俳優，故其詞作庸
劣。實則張炎、沈義父所舉之詞例，造語儘管質直樸拙，然無鄙俗之
失，且內蘊之情感眞切深厚，平實之中自饒深婉，不害其為雅正之作，
若必以迂迴吞吐之語方近雅正，何異刻舟求劍。況周頤《蕙風詞話》
亦曰：

〔註390〕　一，頁266。
〔宋〕沈義父：《樂府指迷》，「作詞當以清眞為主」條，唐圭璋編：
《詞話叢編》，冊一，頁277。
〔註391〕　〔宋〕沈義父：《樂府指迷》，「論結句」條，唐圭璋編：《詞話叢編》，
冊一，頁279。
〔註392〕　〔清〕魏際瑞：〈鈔所作詩餘序〉，見〔清〕林時益輯《寧都三魏全
集》（北京：北京出版社，2000年，《四庫禁燬書叢刊》集部冊四）
之《魏伯子文集》，卷一，頁37。
〔註393〕　〔清〕王昶：〈江賓谷梅鶴詞序〉，《春融堂集》（上海：上海古籍出
版社，2002年，《續修四庫全書》冊一四三八），卷四十一，頁88。
案：引文中「康順之」當為「康與之」或「康順庵」之誤，蓋康與
之，字伯可，號順庵。

元人沈伯時作《樂府指迷》，於清眞詞推許甚至，唯以「天便教人，霎時廝見何妨」、「夢魂凝想鴛侶」等句爲不可學，則非眞能知詞者也。清眞又有句云：「多少暗愁密意，唯有天知」、「最苦夢魂，今宵不到伊行」、「拌（案：當作「拚」）今生，對花對酒，爲伊淚落」，此等語愈樸愈厚，愈厚愈雅，至眞之情，由性靈肺腑中流出，不妨說盡而愈無盡。南宋人詞如姜白石云：「酒醒波遠，正凝想、明璫素襪」，庶幾近似，然已微嫌刷色。誠如清眞等句，唯有學之不能到耳，如曰不可學也，詎必顰眉搔首，作態幾許，然後出之，乃爲可學耶？〔註394〕

況氏稱賞周邦彥能以質樸之詞句蘊蓄渾厚之情感，語氣說盡而情致不盡，所言甚是。再者，實際翻檢《清眞詞》，堪稱俚俗、輕露之作約只〈歸去難・期約〉（佳約人未知）、〈滿路花・思情〉（簾烘淚雨乾）、〈青玉案〉（良夜燈光簇如豆）、〈花心動〉（簾捲青樓）、〈大有〉（仙骨清羸）、〈紅窗迥〉（幾日來、眞個醉）、〈浣溪沙慢〉（水竹舊院落）數闋而已，〔註395〕所占比例極低，絕大多數詞篇均屬淳雅甚且沉鬱之作，而朱依眞見樹不見林，詆訶《清眞詞》如「俳諧纏令體」，所論未免以偏概全。

朱氏此絕末句進而評騭周邦彥之以鋪敘塡詞。夫詞發展至北宋後

〔註394〕〔清〕況周頤：《蕙風詞話》，卷二「周姜詞樸厚」條，唐圭璋編：《詞話叢編》，冊五，頁4428。

〔註395〕其中〈歸去難〉一闋，喬大壯評曰：「纏令可厭，語體之敝如此」（《喬大壯手批周邦彥《片玉集》》，引自〔宋〕周邦彥著，孫虹校注，薛瑞生訂補：《清眞集校注》，頁386）；〈青玉案〉一闋，龍沐勛評曰：「集中側豔之詞，時有存者。如〈青玉案〉云：『良夜燈光簇如豆。……把我來僝僽。』試與《樂章集》中『淫冶謳歌』之作相較，亦『伯仲之間』」（龍沐勛：〈清眞詞敘論〉，《詞學季刊》二卷四號，1935年7月，頁4～5）；〈紅窗迥〉一闋，《客亭類稿》評曰：「周邦彥亦有〈紅窗迥〉詞云：『幾日來、眞個醉。……惱得人又醉。』此亦詞中俳體，而尚饒情趣，迥異柳七、黃九諸闋」（〔清〕馮金伯：《詞苑萃編》，卷二十二「周邦彥紅窗迥」條引《客亭類稿》，唐圭璋編：《詞話叢編》，冊三，頁2219）。

期，長調已成主要體式，鋪敘乃其常用技巧，而周邦彥於長調之填作，精進柳永之不足，力矯平鋪直敘以致展衍太過、摹寫殆盡之弊病，講究章法結構之靈動變化。如前引〈六醜・落花〉一詞，首由春末品嚐新酒思及客中時光飛逝，因有留春之想，旋即轉寫留春無計；既歎春歸無跡，又陡然提起，描敘辭枝薔薇之有跡可尋、遺香猶在，繼而頓入蜂蝶之癡戀追惜；過片復由慇懃之蜂蝶跌進岑寂之東園，旋又翻寫草木之蔥籠，以映襯薔薇之凋謝；繼由人之惜花嗟逝，換寫花之戀人傷離，隨即折回人之簪花道別，宕入殘英不及盛放之深悲；復由谷底振起，另開一境，叮嚀落花莫隨潮汐漂流，更生奇想，揣度飄零花瓣或有相思題字，續以反詰語氣作一逆挽。全詞藉由跌宕提振、騰挪頓挫、回環往復之巧妙章法，鋪敘惜花之深情，夭矯勁健，讀之令人迴腸蕩氣。有關周邦彥之鋪敘技法，論者多稱賞不已，陳振孫《直齋書錄解題》謂周邦彥「長調尤善鋪敘，富豔精工，詞人之甲乙也」，〔註396〕陳廷焯《詞壇叢話》曰：「美成樂府，開闔動盪，獨有千古」，〔註397〕夏敬觀《映庵詞評》曰：「耆卿多平鋪直敘，清真特變其法，一篇之中，回環往復，一唱三嘆，故慢詞始盛於耆卿，大成於清真」，〔註398〕至於陳洵《海綃說詞》評析周邦彥個別詞篇，亦常尋繹其中繁複之章法。〔註399〕而朱依真乃曰：「鋪張我亦厭清真」，鄙棄周邦彥之鋪敘功力，漠視《清真詞》章法之美，所言誠難令人信服。通觀朱氏此絕，貶抑周邦彥極矣，然為一隅之見，且夾雜個人之

〔註396〕 〔宋〕陳振孫著，徐小蠻、顧美華點校：《直齋書錄解題》，卷二十一「歌詞類」之「《清真詞》二卷、《後集》一卷」，頁618。

〔註397〕 〔清〕陳廷焯：《詞壇叢話》，「美成詞獨有千古」條，唐圭璋編：《詞話叢編》，冊四，頁3723。

〔註398〕 夏敬觀：《映庵詞評》，《詞學》五輯（上海：華東師範大學出版社，1986年），頁199。

〔註399〕 如〈蘭陵王・柳〉一詞，陳洵續析其中包括留、出、複、脫、證、倒提、逆挽、遙接、虛提、實證等技法，詳見陳洵：《海綃說詞》，「宋周邦彥片玉詞」之「蘭陵王（柳陰直）」條，唐圭璋編：《詞話叢編》，冊五，頁4866。

主觀好惡，不甚可取，丁紹儀《聽秋聲館詞話》評曰：「其謂美成鋪張可厭，已屬非是」，〔註400〕楊鍾羲《雪橋詩話》亦稱此絕「於美成有微詞，則偏宕之論也」。〔註401〕

　　要之，無論就聲律、風格乃至章法而言，周邦彥無疑爲倚聲之典範，驗諸《清眞詞》之傳唱，亦可見其雄長壇坫之久遠。職是之故，清代論詞絕句常見標舉周邦彥之詞壇地位，進而評判、界定其他詞人之成就，發明周邦彥對後世詞人之影響。如尤維熊〈評詞八首〉之五曰：

　　　琴趣三千調不同，清眞第一老詞宗；梅溪風調堯章筆，略
　　　見情禪謾語中。（北平邵壽民葆祺）〔註402〕

此絕主論清代詞人邵葆祺（1761？～？，字壽民，號嶼春，又號情禪，有《情禪詞》），而由周邦彥之詞壇地位論起，前聯二句意謂詞調數目紛繁、體製殊異，詞人倚聲填詞以競響爭勝，而周邦彥乃首屈一指之宗師，技壓群雄。

　　至如前文論周邦彥知音協律所引王僧保〈論詞絕句〉之一一：「精心音律有清眞，往復低徊獨愴神；若與梅溪評格調，略嫌脂粉汙佳人」，後聯評比周邦彥與史達祖（1163？～1220？，字邦卿，號梅溪，有《梅溪詞》）之差異。而據徐穆按語，其說本張鎡〈題梅溪詞〉，該序稱史達祖「端可以分鑣清眞，平睨方回，而紛紛三變行輩幾不足比數」，〔註403〕謂史達祖直可抗軼周邦彥。王僧保則謂史詞猶如塗脂抹粉之佳人，人爲妝扮反累天生麗質，蓋史達祖過於注重字句之雕琢焠煉，絢麗奇警而或失之尖巧，不若周邦彥之渾成天然也。譚瑩〈論詞

〔註400〕〔清〕丁紹儀：《聽秋聲館詞話》，卷十二「尤維熊小廬詞」條，唐圭璋編：《詞話叢編》，冊三，頁2730。

〔註401〕楊鍾羲：《雪橋詩話》（瀋陽：遼瀋書社，1991年），卷十，頁328。

〔註402〕〔清〕尤維熊：〈評詞八首〉之五，《二娛小廬詩鈔》，卷三，見吳熊和主編：《唐宋詞匯評（兩宋卷）》，冊五，附錄吳熊和、陶然輯「清人論詞絕句」，頁4403。

〔註403〕〔宋〕張鎡：〈題梅溪詞〉，〔明〕毛晉輯：《宋六十名家詞》之史達祖《梅溪詞》，頁196。

絕句一百首〉之七六亦援周邦彥以論史達祖，詩曰：

> 清眞難儷況方回，掾吏居然觀此才；縱使未堪昌谷比，斷
> 腸挑菜或歸來。〔註404〕

前聯首肯張鎡〈題梅溪詞〉之說，謂史達祖僅爲佐助官吏（於宋寧宗開禧間任宰相韓侂胄之堂吏），而其詞才足以方駕周邦彥。

而沈道寬、華長卿論吳文英（1200？～1260？，字君特，號夢窗，晚號覺翁，有《夢窗詞》）亦以周邦彥爲準的，將其比附周邦彥。先是，尹煥序吳文英詞曰：「求詞於吾宋者，前有清眞，後有夢窗，此非煥之言，四海之公言也」，〔註405〕泛論吳文英可肩隨周邦彥，而沈道寬則就箇中因由加以闡釋，其〈論詞絕句〉之二五曰：

> 七寶樓臺說夢窗，珠璣碧帶落金釭；美成嗣響多新曲，好
> 聽詞家自度腔。〔註406〕

後聯二句謂吳文英多自度曲，故堪爲周邦彥之嗣響。蓋吳文英亦爲講究協律、精熟詞樂之詞家，〈探芳新〉、〈秋思〉、〈暗香疏影〉、〈西子妝慢〉、〈江南春〉、〈夢芙蓉〉、〈高山流水〉、〈霜花腴〉、〈澡蘭香〉、〈玉京謠〉、〈鳳池吟〉、〈惜秋華〉、〈花上月令〉、〈古香慢〉等十四調乃其自度新腔，〔註407〕故就知音創調而言，當可接武周邦彥也。再者，沈義父《樂府指迷》曰：「夢窗深得清眞之妙」，〔註408〕而華長卿則就吳文英有得於周邦彥之處加以申說，其〈論詞絕句〉之三〇曰：

> 片玉眞傳得異才，眩人七寶幻樓臺；知音獨有周公謹，頻

〔註404〕 〔清〕譚瑩：〈論詞絕句一百首〉之七六，《樂志堂詩集》，卷六，頁480。

〔註405〕 〔宋〕黃昇選編，鄧子勉校點：《中興以來絕妙詞選》，卷十引尹煥序，上海古籍出版社編：《唐宋人選唐宋詞》，冊下，頁835。

〔註406〕 〔清〕沈道寬：〈論詞絕句〉之二五，《話山草堂詩鈔》，卷一，頁38下。

〔註407〕 參見田玉琪：《徘徊於七寶樓臺——吳文英詞研究》（北京：中華書局，2004年），頁125～127。

〔註408〕 〔宋〕沈義父：《樂府指迷》，「吳詞得失」條，唐圭璋編：《詞話叢編》，冊一，頁278。

聽蘋洲漁笛來。（吳文英、周密）〔註409〕

首句稱吳文英乃得周邦彥眞傳之奇才，次句語本張炎《詞源》所言：
「吳夢窗詞如七寶樓台，眩人眼目，碎拆下來，不成片段」，〔註410〕
而將一、二句合觀，意謂《夢窗詞》華贍之藻采、密麗之詞風、錯綜
之章法，殆脫胎自《片玉詞》。

　　至於譚瑩、潘飛聲論南宋嶺南詞人趙必瓈（1245～1294，字玉淵，
號秋曉，有《覆瓿詞》），則著眼於趙氏對周邦彥之心追手摹。譚瑩〈論
詞絕句又三十六首（專論嶺南人）〉之六論趙必瓈曰：

> 感到滄桑覆瓿（集名）宜，秋娘猶在足相思（「舊日秋娘猶
> 在否」，集中〈蘇幕遮・錢唐避暑憶舊〉語。）；集中多用
> 清眞韻，秋曉詞（集名）同片玉詞。〔註411〕

第三句謂《覆瓿詞》中頗多用周邦彥詞韻之作，蓋今傳三十一闋趙必
瓈詞，共有〈蘭陵王・贛上用美成韻〉、〈風流子・贛上飲歸用美成韻〉、
〈風流子・別贛上故人用美成韻〉、〈華胥引・舟泊萬安用美成韻〉、〈意
難忘・過廬陵用美成韻〉、〈宴清都・舟中思家用美成韻〉、〈鎖窗寒・
暮春用美成韻〉、〈隔浦蓮・春行用美成韻〉、〈蘇幕遮・錢塘避暑憶舊
用美成韻〉等九闋用周氏詞韻，約占三分之一。將和作與原唱對讀，
可見趙氏不僅步周氏之韻，更仿擬其遣詞造句、章法布局，力求清麗
靈動，故譚瑩曰：「秋曉詞同片玉詞」，視《覆瓿詞》爲《片玉詞》之
同調。而潘飛聲〈論嶺南詞絕句〉之五論趙必瓈曰：

> 南山詞調記游春，消得風風雨雨辰；拈出美成佳句否，心
> 香一瓣在清眞。〔註412〕

〔註409〕〔清〕華長卿：〈論詞絕句〉之三〇，《梅莊詩鈔》，卷五〈嗜痂集下〉，
頁 608。

〔註410〕〔宋〕張炎：《詞源》，卷下「清空」條，唐圭璋編：《詞話叢編》，
冊一，頁 259。

〔註411〕〔清〕譚瑩：〈論詞絕句又三十六首（專論嶺南人）〉之六，《樂志
堂詩集》，卷六，頁 481。

〔註412〕〔清〕潘飛聲：〈論嶺南詞絕句〉之五，見何藻輯：《古今文藝叢書》
（揚州：江蘇廣陵古籍刻印社，1995 年），冊上，頁 345～346。

此絕前三句關涉趙氏〈綺羅香‧和百里春暮遊南山〉一詞：

> 辦一枝藤，蠟一雙屐，縱步翠微深處。無限芳心，付與蜂
> 媒蝶侶。紅堆裡、杏臉勻妝，翠圍外、柳腰嬌舞。有吟翁、
> 熱惱心腸，肯拈出、美成佳句。　　九十光陰箭過，趁取
> 芳晴追逐，春風杖屨。消得幾番，風和雨、春歸去。悵鶯
> 老、對景多愁，倩燕語、苦難留住。秋千影裡送斜陽，梨
> 花深院宇。〔註413〕

詞寫晚春遊賞南山，春事轉眼將闌，因感人生有限、春光難留。其中
「有吟翁、熱惱心腸，肯拈出、美成佳句」，稱美百里窮思苦吟，賦
得如周邦彥般之好句，可見趙氏對《清眞詞》尊尚至極。潘氏則反問
趙氏是否亦「拈出美成佳句」，以其「心香一瓣在清眞」也。而潘氏
詞話《粵詞雅》亦稱趙必璪「詞則綺思麗句，取法清眞」，「秋曉詞瓣
香清眞，集中多用美成韻」，〔註414〕可與此絕參看。

　　再者，清代詞人周之琦（1782～1862，字稚〔稺、穉〕圭，號耕
樵、退庵），著有《金梁夢月詞》、《懷夢詞》、《鴻雪詞》、《退葊詞》，
合刊爲《心日齋詞集》。而程恩澤題其《金梁夢月詞》曰：

> 澀體清眞掩抑弦，飛騰石帚五通仙；君能併作洪鑪鑄，更
> 把餘金范玉田。〔註415〕

此絕褒獎周之琦之《金梁夢月詞》兼有周邦彥、姜夔與張炎之特色，
而首句以「澀體」概括周邦彥詞，且以抑揚之絃聲比況，蓋《清眞
詞》一變平鋪直敘而爲起伏頓挫、紆曲回環、夭矯飛越，如此繁複
之章法，或令讀者難以直觀其旨，以致嫌其晦澀。而與程氏同時之
董士錫於〈餐華吟館詞敘〉稱「周之長，清以折」，而「學周病澀」，

〔註413〕〔宋〕趙必璪：〈綺羅香‧和百里春暮遊南山〉，唐圭璋編：《全宋
　　　　詞》，冊五，頁3379。
〔註414〕潘飛聲：《粵詞雅》，「秋曉蘭陵王」、「秋曉瑣窗寒」條，唐圭璋編：
　　　　《詞話叢編》，冊五，頁4888、4889。
〔註415〕〔清〕程恩澤：〈題周穉圭前輩《金梁夢月詞》〉之三，《程侍郎遺
　　　　集》（上海：上海古籍出版社，2002年，《續修四庫全書》冊一五一
　　　　一），卷六，頁268。

〔註416〕對周邦彥詞之體會如出一轍。

　　此外，周邦彥與柳永、秦觀造詣有別，然三家詞皆以風月書寫為主，協律合樂，柔媚曼妙，同為北宋婉約詞派之宗匠，津逮後世甚鉅。清代論詞絕句常將周邦彥與柳永或秦觀連舉並稱，而以「周柳」、「柳周」或「周秦」為品藻詞人之繩墨。如孫爾準〈論詞絕句〉之七論顧貞觀（1637～1714，字華峰，號梁汾，有《彈指詞》）曰：

　　　　笛家南渡慢詞工，靜志題評語最公；不分梁汾誇小令，一
　　　　生周柳擅家風。〔註417〕

前聯認同浙派朱彝尊（室名「靜志居」，有《靜志居琴趣》）〈水村琴趣序〉「慢詞則取諸南渡」之說，〔註418〕後聯則謂不料顧貞觀小令獨步，其《彈指詞》雅近「周柳」。蓋顧貞觀抒發性靈而以情勝，所作清妍俊朗，饒有韻致，異於浙派專宗南宋姜張以致刻鏤、膚廓而乏性情；而周邦彥、柳永率多緣情之作，韶倩柔婉，不若南宋之過於人工雕琢，孫氏因之讚賞顧氏深具周柳之風。又如楊恩壽〈論詞絕句〉之二八論周之琦曰：

　　　　魚龍角觝海天秋，健筆淋漓埒柳周；肯向喁喁小窗下，也
　　　　隨兒女訴閒愁。〔註419〕

前聯稱周氏豪放詞作如魚龍百戲之幻化、角觝雜技之力手，又如海天秋色之渾融蒼莽，酣暢盡致之豪詞壯語盡去「柳周」之柔膩婉變。至若譚瑩則以「周秦」品第彭孫遹（1631～1700，字駿孫，號羨門、金粟山人，有《延露詞》），其〈論詞絕句又四十首（專論國朝人）〉之四曰：

〔註416〕〔清〕董士錫：〈餐華吟館詞敘〉，《齊物論齋文集》（上海：上海古籍出版社，2002年，《續修四庫全書》冊一五○七），卷二，頁310。

〔註417〕〔清〕孫爾準：〈論詞絕句〉之七，《泰雲堂集》（上海：上海古籍出版社，2002年，《續修四庫全書》冊一四九五），〈詩集〉卷四〈假歸集〉，頁556。

〔註418〕〔清〕朱彝尊：〈水村琴趣序〉，《曝書亭集》，卷四十，頁334。

〔註419〕〔清〕楊恩壽：〈論詞絕句〉之二八，《坦園詩錄》（臺北：國家圖書館藏，清光緒間長沙楊氏坦園刊本），卷六，頁12下。

怯月淒花不可倫，即焚綺語（見《東皋雜鈔》）亦周秦；大
科名重千秋在，開國填詞第一人（見《倚聲集》）。〔註420〕

第二句之「焚綺語」，據董潮《東皋雜鈔》載：「彭少宰羨門少以長短
句得名，所刻《延露詞》皆一時香艷之作，至暮年每自出價購之，百
錢一本，隨得隨焚，蓋自悔其少作也」，〔註421〕譚瑩則謂《延露詞》
當可肩差周邦彥與秦觀。蓋《延露詞》雖多寫豔情，香薵綺靡，然其
間佳者妍媚深婉，蘊藉有味，能得周秦之妙諦也。

五、本事軼聞之稱引

　　若干周邦彥詞作有其本事、軼聞流播，每為論者津津樂道。宋翔
鳳〈論詞絕句二十首〉之九後聯：「聞說內人紅褒淫，漫憐一個李明
妃」、譚瑩〈論詞絕句一百首〉之四七後聯：「唱竟蘭陵王一闋，君王
任訪李師師」，均論及〈蘭陵王・柳〉之本事，前文已作述評，茲不
再贅。以下僅就語及〈點絳脣〉本事與〈燭影搖紅〉軼聞之二首論詞
絕句，略加箋證闡發。

（一）〈點絳脣〉

　　華長卿〈論詞絕句〉之一九曰：「鎔鑄詩歌妙入神，詞家牙曠是
清真；傷心衣袂東風淚，洒淫蘇州岳楚雲」，後聯二句論周邦彥〈點
絳脣・傷感〉及其本事，該詞全文如下：

　　遼鶴歸來，故鄉多少傷心地。寸書不寄。魚浪空千里。　　憑
　　仗桃根，說與淒涼意。愁無際。舊時衣袂。猶有東門淚。
　　〔註422〕

王灼《碧雞漫志》記此詞之本事曰：

　　周美成初在姑蘇，與營妓岳七楚雲者游甚久，後歸自京師，

〔註420〕〔清〕譚瑩：〈論詞絕句又四十首（專論國朝人）〉之四，《樂志堂
　　　　詩集》，卷六，頁483。
〔註421〕〔清〕董潮：《東皋雜鈔》（北京：中華書局，1985年，《叢書集成
　　　　初編》），卷一，頁11。
〔註422〕〔宋〕周邦彥：〈點絳脣・傷感〉，唐圭璋編：《全宋詞》，冊二，頁
　　　　615。

首訪之，則已從人矣。明日飲於太守蔡巒子高坐中，見其妹，作〈點絳唇〉曲寄之云：「遼鶴西歸，故鄉多少傷心事。短書不寄。魚浪空千里。　　憑仗桃根，說與相思意。愁何際。舊時衣袂。猶有東風淚。」〔註423〕

而洪邁《夷堅志》亦有相似記載：

周美成頃在姑蘇，其營妓岳七楚雲者，追遊甚久。後從京師歸，過蘇省訪之，則已從人數年矣。明日，飲於太守蔡巒子高座上，因見其妹，作〈點絳唇〉詞寄之云：「遼鶴西歸，⋯⋯猶有東風淚。」楚雲覽之，為之累日感泣。〔註424〕

是知周邦彥〈點絳唇〉係為蘇州營妓岳楚雲而作，詞作以化鶴歸來之丁令威自喻，〔註425〕又以桃根比岳楚雲之妹，〔註426〕傾訴舊地重遊而不遇舊歡之無限悲愴，真切感人，無怪乎「洒淚蘇州岳楚雲」矣。至於此則本事之真偽，經由陳思、羅忼烈之考證，當屬可信。〔註427〕

─────────────

〔註423〕〔宋〕王灼：《碧雞漫志》，卷二「周美成點絳唇」條，唐圭璋編：《詞話叢編》，冊一，頁90。案：所引〈點絳唇〉部分字句與《全宋詞》異，故不憚贅錄其詞。

〔註424〕〔宋〕洪邁撰，王公偉點注：《夷堅志》，〈夷堅三志壬卷第七〉之「周美成楚雲詞」條，收於史仲文主編：《中國文言小說百部經典》（北京：北京出版社，2000年），冊十，頁6376。

〔註425〕陶潛《搜神後記》：「丁令威，本遼東人，學道于靈虛山。後化鶴歸遼，集城門華表柱。時有少年舉弓欲射之，鶴乃飛，徘徊空中而言曰：『有鳥有鳥丁令威，去家千年今始歸。城郭如故人民非，何不學仙冢壘壘。』遂高上沖天」，舊題〔晉〕陶潛：《搜神後記》（北京：中華書局，1985年，《叢書集成初編》），卷一，頁13。

〔註426〕阮閱《詩話總龜》引《樂府集》曰：「〈桃葉歌〉，桃葉，王獻之愛妾名也，其妹曰桃根」，〔宋〕阮閱編，周本淳校點：《詩話總龜》（北京：人民文學出版社，1987年），卷七〈評論門〉，頁80。

〔註427〕有關〈點絳唇〉本事之真偽，王國維曰：「案：《吳郡志》自元豐至宣和，蘇州太守並無蔡巒其人。⋯⋯以他書所記先生事觀之，則此說疑亦附會也」（王國維：〈清真先生遺事・事蹟一〉，《王國維先生全集・續編》，冊三，頁820），然陳思曰：「《蘇州府志・職官・歷代郡守》：『蔡巒，大觀二年十一月，以顯謨閣待制任，三年七月，提舉嵩山崇福宮。』《吳門補乘》云：『宷，亦作巒，字子高，周美成在姑蘇，曾飲於衙齋，見王灼《碧雞漫志》。』今按：『巒』或『宷』字之誤。」（陳思：《清真居士年譜》，頁493），而羅忼烈更曰：「按

再者，華長卿論〈點絳唇〉之本事，而采詞作歇拍「舊時衣袂。猶有東門（風）淚」鎔鑄入詩，可謂極具識力，蓋此二句淡雅有味，無限今昔哀感寓焉，堪稱全詞警策。其後俞陛雲《唐五代兩宋詞選釋》亦賞之，謂周邦彥「集中小令，亦秀雅而含風韻，小晏、屯田，無以過之。此詞之『衣袂』兩句，即其一也」。〔註428〕

（二）〈燭影搖紅〉

周邦彥〈燭影搖紅〉（芳臉勻紅）一詞（全詞已見前引），憶念佳人之嬌媚容顏令人牽繫，慨歎如今分離，歡情已遠而重逢無期。劉克莊《後村詩話》載有一則相關軼事：

> 嘉定更化，收召故老，一名公拜參與，雖好士而力不能援，謂客曰：「執贄而來者，吾皆倒屣，未嘗敢失一士，外議如何？」客素滑稽，答曰：「公大用，外間盛唱〈燭影搖紅〉之詞。」參與問何故，客舉卒章曰：「幾回見了，見了還休，爭如不見。」賓主相視一笑。〔註429〕

而符曾〈南宋雜事詩〉之一一一即將此事檃括入詩，詩曰：

> 參政門前畫戟枝，客來倒屣未爲遲；爭歌燭影搖紅句，見了何如不見時。〔註430〕

「畫戟」係指施加彩飾以爲儀仗之戟，首句盛稱參政門前列有畫戟，

明人王鏊《姑蘇志》（景印《四庫全書》本）卷三古今令守表中宋知州：『蔡崈，《實錄》：大觀二年十一月除顯謨閣待制，知蘇州。三年七月，落職提舉嵩山崇福觀。』案：『崈』爲『崇』之別體，與『子高』之字正相應；然其字罕見，又與『巒』之俗體『崯』形近，故易誤」（〔宋〕周邦彥著，羅忼烈箋注：《清真集箋注》，頁171）。

〔註428〕 俞陛雲：《唐五代兩宋詞選釋》（臺北：文史哲出版社，1988 年），頁 283。

〔註429〕 〔宋〕劉克莊：《後村先生大全集》，卷一七六〈詩話後集〉，頁 1577～1578。

〔註430〕 〔清〕符曾：〈南宋雜事詩〉之一一一，見沈嘉轍等撰：《南宋雜事詩》（臺北：文海出版社，1981 年），卷四，頁 2 下。案：符曾自註此詩，引《後村詩話》，惟「一名公拜參與」、「參與問何故」二句之「參與」，均作「參政」。

備受恩寵，顯赫異常，〔註431〕次句謂其禮接下士，未敢怠慢。後聯則謂士人以〈燭影搖紅〉之「幾回見了，見了還休，爭如不見」數句，譏諷參政有心接見而無力薦舉。此雖一時趣談，然亦見周邦彥之〈燭影搖紅〉傳唱久遠，蓋自周邦彥於北宋徽宗政和六、七年（1116、1117）間提舉大晟府撰作此詞，下迄南宋寧宗嘉定年間（1208～1224），已歷百年矣。

茲將清代各家論詞絕句品評周邦彥之論點，撮要如下。其一，知音協律之讚譽：鄭方坤譽周邦彥雅擅樂律，或為周瑜苗裔，所製新詞常受帝王愛賞；汪筠讚周邦彥乃知音盡妙之士；沈道寬言大晟府聚合知音才人，審音製譜塡詞，周邦彥為就中巨擘，後人賡續和韻；王僧保稱周邦彥研考音律以度腔製曲，用功甚勤；譚瑩美周邦彥工於知音製腔，能以轉調、犯調度曲，亦能增衍舊曲以成新調，神解樂律可比阮咸，宜其「顧曲」名堂；華長卿賞周邦彥審音度曲，允稱詞界之伯牙、師曠；梁梅以周邦彥精於聲律而擬為詩中杜甫。

其二，借鑒古典之頌美：譚瑩稱周詞如「流蘇百寶裝」般典麗精工，巧於鑄煉唐人詩句；華長卿讚周邦彥運化詩歌入詞之功力臻於化境；汪筠謂周邦彥工於點化古句、賦予新意。

其三，內容意境之評議：汪筠稱周邦彥有〈蝶戀花〉盛讚仙界情事之曲，開拓傳統風月題材，然寫春景多以習見之鶯、花入詞，不免取材褊狹；梁梅謂周邦彥迷花殢酒之際每多題詠；高旭言周邦彥之懷古詞描摹蒼茫景致、感慨盛衰遷化，而羈旅行役詞抒發客愁旅情，詠物詞則描畫物態，工妙絕倫；宋翔鳳以周邦彥之珠璣妙語有其刺譏寄託，如〈蘭陵王・柳〉隱寓羈思宦情，由李師師深情唱出而令徽宗感悟。

〔註431〕《宋史・輿服志二》：「門戟，木爲之而無刃，門設架而列之，謂之榮戟。……臣下則諸州公門設焉，私門則府第恩賜者許之」，〔元〕脫脫等撰：《宋史》，卷一五〇，頁3514。

其四，倚聲典範之論辯：江昱謂周邦彥音律造詣卓特，實為詞壇領袖，且為南宋名家之藍本；周之琦稱周邦彥精研聲律，為格律派開山宗師，衣被南宋名家；譚瑩讚周邦彥詞廣為傳播、備受推賞；馮煦譽周邦彥中和文質，參悟「清和」之真諦，儼然一代詞宗；朱依真詆周邦彥詞背離雅正，俚俗、輕露有如纏令，鋪敘塡詞令人生厭。此外，周邦彥乃倚聲楷模，遂成論者品評其他詞人之準的，尤維熊論邵葆祺，先譽周邦彥為詞界冠冕；王僧保以史達祖過度塗飾，不及周邦彥之天成；譚瑩讚史達祖可與周邦彥相頡頏；沈道寬論吳文英審音度腔，繼軌於周邦彥；華長卿目吳文英為周邦彥之傳人；譚瑩謂趙必瓛多和周邦彥韻，而《覆瓿詞》可比附《清真詞》；潘飛聲稱趙必瓛塡詞師法周邦彥；程恩澤賞周之琦《金梁夢月詞》頗效周邦彥晦澀掩抑之手法。更有論者將周邦彥與作風相近之柳永、秦觀合稱，以之評騭詞人，如孫爾準稱顧貞觀具「周柳」家風，楊恩壽謂周之琦之豪放詞筆一掃「柳周」之婉媚，譚瑩言彭孫遹詞作近於「周秦」。

其五，本事軼聞之稱引：華長卿述及周邦彥為岳楚雲作〈點絳唇〉，無限傷感，岳氏為之感泣；符曾檃括嘉定士人以〈燭影搖紅〉諧謔參政未能引薦之軼事。

綜觀清代論詞絕句論贊周邦彥，多就歷來論者所稱述之面向加以闡釋驗證，此中不乏後出轉精之論點，如汪筠稱周邦彥借鑒古典而能語意兼新，梁梅著眼於聲律之造詣而將周邦彥許為杜甫。此外，汪筠突破傳統，關注鮮為論者述及之〈蝶戀花〉，論其誇寫仙界風月之詞史意義，可謂慧眼獨具。梁梅援詩論詞與夫馮煦以佛說詞，越界評論，頗具創意，殊值表出。而周之琦顯揚周邦彥於格律派之地位，進而針砭浙派獨尊南宋乃至摭撦成篇之失，補偏救弊，用心甚苦。至於朱依真視《清真詞》為「俳諧纏令體」，鄙薄其鋪敘技法，顯違事實，立論偏頗誠不足取。

第七章　結　論

　　論詞絕句濫觴於唐，宋、金、元、明遞相祖述，至清而極盛，而其內容涵蓋詞體論、詞人論、詞作論、詞籍論與詞派論。至於清代論詞絕句論北宋十大詞人及其作品之要點如下：

　　論柳永：一、有關生平之箋說，或鄙其人品塵雜而詞格卑下；或謂其失職不遇而隨世浮沉，所作掩抑頓挫以寄傷心懷抱，廣受歌妓、樂工與世之推崇；或指其卒葬眞州城西仙人掌。二、有關詞風之辨析，或貶爲淫哇，或賞其淺俗清新，或推爲婉約之表率。三、名篇〈雨霖鈴〉絕詣獨造，「曉風殘月」足啓人情感；〈八聲甘州〉係傾吐淒絕之羈情鄉思，〈望海潮〉則招致金兵南犯、宋室偏安。

　　論張先：一、「三影」雋句雄視古今詞壇，而「雲破月來花弄影」更見推於宋祁與歐陽脩。二、爲人風流逸樂，至老不衰，詞作則多哀愁傷感。三、張先雖與柳永齊名，二人仍有高下之分；或以張勝於柳，或謂柳優於張。

　　論晏殊：一、賦性剛方、宦位通顯而具靈心銳感，所作多情而類婦人語。二、上承南唐馮延巳，下啓晏幾道、歐陽脩與范仲淹。三、詞風饒富清華逸韻、富貴氣象，〈浣溪沙〉之「無可奈何花落去，似曾相識燕歸來」本色佳妙，卓然詞家正宗。

　　論歐陽脩：一、文章、功業傳世不朽，偶作小詞，多情風流，癡心綺思至老未歇。二、有關詞作眞偽之辨析，或謂歐公詞風高古、

詞意纏綿，集中俗豔詞篇當為偽作；或稱〈望江南〉之綺語豔詞無損歐公高節，或主〈望江南〉別有遠思寄意；或指〈生查子〉為朱淑真作而疑其不修婦道，或考〈生查子〉出自歐集故為歐作，或究〈生查子〉不符朱淑真情思而當為歐詞；或辨〈蝶戀花〉為馮延巳詞而竄入歐集。

論蘇軾：一、豪放詞風突破穠華綺靡之傳統藩籬，豪邁奔放而高曠清雄，內蘊厚實，絕去粗豪叫囂，遠祖李白，津逮辛棄疾、陳維崧等豪放詞人。二、另有〈蝶戀花〉、〈水龍吟〉等深契婉約本色之作，麗語柔情，殊堪玩味。三、有關蘇詞是否協律，或謂蘇軾天才超逸而不受曲度束縛，或謂蘇詞聲調高逸難歌而非不協音律。四、有關蘇軾〈洞仙歌〉與孟昶〈玉樓春〉孰先孰後之爭，固有論者謂蘇詞括自孟詞，然多數論者斷定孟詞括自蘇詞。

論秦觀：一、詞作充溢無憀愁思、斷腸哀感，淒絕詞情令人銷魂。二、文思斐然，風格清婉，辭情兼勝，詞篇廣為傳唱且備受推崇，洵為詞林典範。三、有關名篇佳製之評賞，論〈滿庭芳〉者，或謂「斜陽外，寒鴉萬點，流水繞孤村」為秦觀野望所得之天生好語，或讚此數句工巧佳妙；論〈踏莎行〉者，或誚黃庭堅誤以「斜陽暮」為重出，或指蘇軾過譽末結二句。四、有關秦、柳二家之品騭，或以秦觀人品、詞風均勝柳永，或謂秦觀較柳永更得婉約妙諦。

論黃庭堅：一、詞風多元，豔冶俚俗、老健蒼勁、清麗芊綿兼具。二、有關秦觀與黃庭堅之評比，或倡黃詞俗豔而非秦詞婉約之匹；或謂黃詞謔浪、瘦健、尚故實而有瑕，故難肩差秦觀；或主黃詞詭俊、秦詞輕圓，二家各擅勝場。

論晏幾道：一、紹述晏殊倚聲家學，繼軌李煜，或可追逼《花間集》。二、詞風清華超逸，引人託喻之想，且較香奩詩體韶雅。三、詞情深切癡頑、哀怨悽傷，令人動容銷魂。四、有關名作之評賞，或引程頤愛賞〈鷓鴣天〉（小令尊前見玉簫），藉以推尊詞體；或謂〈鷓鴣天〉（碧藕花開水殿涼）工於歌詠太平，殊值稱述。

論賀鑄：一、善於鎔裁、安排前人語句故實，精工新穎。二、兼該盛麗、妖冶、幽潔、悲壯之風，能得屈、宋遺意而寄興深微。三、名作〈橫塘路〉為評論之焦點，論者或細味煙雨斷腸之詞情，或闡發黃庭堅「解作江南斷腸句，只今唯有賀方回」之讚語，或探究「梅子黃時雨」一句之獨創與因革，或較論〈橫塘路〉與惠洪〈青玉案〉、毛滂〈臨江仙〉、章粢〈水龍吟〉、秦觀〈滿庭芳〉、柳永〈破陣樂〉之異同優劣。

論周邦彥：一、妙解音律，提舉大晟府，審音度曲填詞，後人依律賡和。二、雅擅鎔鑄前人語句，臻於語工意新之化境。三、賞花飲酒每多題詠，工於描摹物態，另有懷古、行旅之作，更有〈蝶戀花〉誇寫仙界風月，部分詞作且有刺譏寄託。四、有關倚聲楷模之論辯，或崇其律度精審、風格清和、傳唱廣遠而堪為宗師，或厭其俳諧、鋪敘而難登大雅之堂。五、〈點絳脣〉與〈燭影搖紅〉之相關本事軼聞，頗為論者所樂道而運化入詩。

由宋迄清，諸多北宋詞壇大家、名篇、雋句歷經時代之甄別，典範地位更形確立，遂成清代論詞絕句評騭其他詞人之矩矱，如鄭方坤與譚瑩奉秦觀為詞宗，以之評斷呂濱老、張綖與王隼之成就；尤維熊、沈道寬、程恩澤、王僧保、譚瑩、華長卿與潘飛聲尊周邦彥為巨擘，進而界定史達祖、吳文英、趙必琭、邵葆祺與周之琦之造詣；孫爾準、汪孟鋗與厲鶚藉賀鑄及其〈橫塘路〉，詮論嚴繩孫、顧貞觀與王士禎其人其詞；譚瑩與潘飛聲以柳永〈雨霖鈴〉品藻李昴英〈蘭陵王〉；譚瑩援張先賦「影」佳語揚舉徐伸〈轉調二郎神〉之「又攪破、一簾花影」。

綜觀清代論詞絕句論北宋詞人及其作品之論點，包括詞人之作為、仕歷、軼事、葬地、賦性、操守等議題，與夫作品之內容、題材、情感、寄意、技法、謀篇、構句、聲律、風格、真偽、本事、軼聞、傳播、傳承、影響、地位等議題，可謂極具理論價值與思辨色彩。此中風格議題最受論者關注，此或因風格之表述大抵可以極少之字數呈

現，與論詞絕句簡短之體製正相宜也。

　　而論者雖不免各引一端以崇其所善，然本文統整相近論點，進而縷析較論，不僅可見詞人及其作品之多元面向，亦能對比、顯揚各家持論之準據、意圖、得失與承啓。如論柳永之行徑與詞風、張先與柳永之優劣、蘇軾詞之協律與否、蘇軾〈洞仙歌〉與孟昶〈玉樓春〉之原創或檃括、黃庭堅之多樣詞風、晏幾道能否凌駕《花間集》、賀鑄〈橫塘路〉「梅子黃時雨」之沿襲或創變等，皆是其中顯例。

　　再者，論者於論證之中亦常援引詞人、詞作之本事、軼聞。如歌妓、世人於清明上柳永墓行「弔柳會」，宋祁、張先各以「雲破月來花弄影」、「紅杏枝頭春意鬧」之好句交稱，晏殊因張先〈碧牡丹〉而贖回侍兒，朝雲因蘇軾〈蝶戀花〉「枝上柳綿吹又少。天涯何處無芳草」而感泣不已，張建封廟鬼魂解歌蘇軾〈永遇樂〉，長沙義倡崇愛秦觀而終以身相殉，宋徽宗聞李師師唱周邦彥〈蘭陵王〉而回心垂憐等，均爲論者檃括入詩，可見此等論詞絕句非惟闡述論者之詞學主張，兼有記事以爲談資之性質。

　　而經由本文之探析，亦可略見清代論詞絕句之論證模式具有如下特色：一曰精簡：清代論詞絕句多屬七言之體製，而一首七言絕句僅二十八字而已。雖有論者以二首合論一位詞人，如宋翔鳳〈論詞絕句二十首〉之七、八皆論秦觀，譚瑩〈論詞絕句一百首〉各以二首論柳永、蘇軾、秦觀與周邦彥，厲鶚〈論詞絕句十二首〉有二首論及賀鑄，然多數論者率以一首專論一位詞人，甚至並論數位詞人。如此有限之篇幅自難面面俱到，亦難暢所欲言，是故論者每就詞人某些議題加以提點、品騭，力求精簡扼要，時有語焉不詳之弊，實有待讀者董理爬梳、發明申論。而論者其他形式之詞論資料，厥爲箋證論詞絕句之重要依據，如宋翔鳳〈論詞絕句二十首〉之論點，於其詞話《樂府餘論》多有詳細之申說，而其〈香草詞序〉亦可資參佐。次如馮煦之〈論詞絕句〉與其《蒿庵論詞》、〈東坡樂府序〉可相印證；而潘飛聲之〈論嶺南詞絕句〉與其《粵詞雅》亦有相通之觀點與評論。循此途徑，多

能探得清代論詞絕句之微言大義。

　　二曰鎔裁：清代論詞絕句常將所論詞人之詞作融化入詩，此中固有直接襲用成句者，然絕大多數均將詞句巧妙鎔鑄、精心調度，或截取字詞，或更動語序，或改易字詞，或概括篇旨，以適應絕句格律、營造雋永韻味，並承載更多論點。許多清代論詞絕句並未標註所論之對象，而此等業經鎔裁之詞句遂成讀者解讀之重要線索。再者，清代論詞絕句較爲晚出，前此已有可觀之詞學批評史料，故清代論詞絕句作者常運化詞話、序跋、評點之論述，乃至傳記、筆記、詩話、方志之資料。雖然，清代論詞絕句絕非一成不變蹈襲成說，而是善於揀擇淬練從而抑揚闡發，或標舉不刊之定評，或批判舛訛之舊論，或增補未臻周延之前賢觀點。而從事清代論詞絕句之研究亦宜沿波而討源，細繹論點之所自，深究論者之因革，進而詳察後繼批評史料之紹述與褒貶，以充分彰顯清代論詞絕句之承傳意義與創發價值。

　　三曰類比：清代論詞絕句作者常藉某人某事之「已然」特質，表述詞人及其作品之「亦然」，類比以見義，言簡而義賅。如王僧保因官職、稟性、文情之同質性，而將晏殊類比宋璟。鄭方坤、譚瑩與華長卿將周邦彥附麗周瑜、阮咸、伯牙與師曠，以稱揚其妙解音律。程恩澤論周之琦而以晏殊與范仲淹爲比，以明周氏之顯達仕歷、卓絕才調與敏銳情思；又以賀鑄爲比，以見周氏工於鎔鑄、組織前人語句。而藉詩人、詩作與詩論以評詞之「援詩論詞」，亦爲類比技巧之運用。如沈初援嚴羽《滄浪詩話》之準據，而尊二晏、歐陽脩如開元、天寶之盛唐詩壇名家。梁梅引歐陽脩學詩之取徑，比況自身學詞之師法，更著眼於聲律之精審而將周邦彥比附杜甫。更有論者「以佛說詞」，亦即藉佛禪教義以闡發詞論，如沈世良引《華嚴經》、「劫」與「夜半傳衣」等經典故實，評解蘇軾之豪放詞風與後起仿作；馮煦以佛教名詞「宗風」、「聖諦」詮釋周邦彥開宗立派，悟得填詞眞義。誠然漪歟繁盛，殊值深究。

參考書目

一、經、史、子部著作

1. 《毛詩正義》，〔漢〕毛公傳，鄭玄箋，〔唐〕孔穎達等正義，《十三經注疏》，臺北：藝文印書館，1985年。

2. 《孟子注疏》，〔漢〕趙岐注，〔宋〕孫奭疏，《十三經注疏》，臺北：藝文印書館，1985年。

3. 《大廣益會玉篇》，〔梁〕顧野王撰，〔唐〕孫強加字，〔宋〕陳彭年等重修，臺北：新興書局，1968年。

4. 《三國志》，〔晉〕陳壽，臺北：鼎文書局，1977年。

5. 《後漢書》，〔南朝宋〕范曄，臺北：鼎文書局，1981年。

6. 《宋書》，〔梁〕沈約，臺北：鼎文書局，1987年。

7. 《晉書》，〔唐〕房玄齡等撰，臺北：鼎文書局，1992年。

8. 《南史》，〔唐〕李延壽，臺北：鼎文書局，1985年。

9. 《舊唐書》，〔後晉〕劉昫等撰，臺北：鼎文書局，1985年。

10. 《新唐書》，〔宋〕歐陽脩、宋祁，臺北：鼎文書局，1985年。

11. 《南唐書》，〔宋〕馬令，《叢書集成初編》，北京：中華書局，1985年。

12. 《宋史》，〔元〕脫脫等撰，北京：中華書局，1990年。

13. 《金史》，〔元〕脫脫等撰，臺北：鼎文書局，1976年。

14. 《十國春秋》，〔清〕吳任臣，北京：中華書局，1983年。

15. 《清史稿》，趙爾巽等撰，北京：中華書局，1977年。

16. 《清史列傳》，清國史館原編，王鍾翰點校，北京：中華書局，1987年。

17. 《史記會注考證》，〔日〕瀧川龜太郎，臺北：洪氏出版社，1986年。

18. 《三朝名臣言行錄》，〔宋〕朱熹，《四部叢刊初編》，臺北：臺灣商務印書館，1967年。

19. 《五朝名臣言行錄》，〔宋〕朱熹，《四部叢刊初編》，臺北：臺灣商務印書館，1967年。

20. 《宋會要輯稿》，〔清〕徐松纂輯，臺北：新文豐出版股份有限公司，1976年。

21. 《國朝耆獻類徵初編》，〔清〕李桓，周駿富輯《清代傳記叢刊》，臺北：明文書局，1985年。

22. 〈清真先生遺事〉，王國維，《王國維先生全集·續編》，臺北：大通書局，1976年。

23. 《清真居士年譜》，陳思，《叢書集成續編》，臺北：新文豐出版公司，1989年。

24. 《唐宋詞人年譜》，夏承燾，《夏承燾集》，杭州：浙江古籍出版社、浙江教育出版社，出版年不詳。

25. 《蘇軾年譜》，孔凡禮，北京：中華書局，1998年。

26. 《秦少游年譜長編》，徐培均，北京：中華書局，2002年。

27. 《歐陽修紀年錄》，劉德清，上海：上海古籍出版社，2006年。

28. 《宋本方輿勝覽》，〔宋〕祝穆編，祝洙補訂，上海：上海古籍出版社，1991年。

29. 《吳興志》，〔宋〕談鑰，《叢書集成續編》，臺北：新文豐出版公司，1989年。

30. 《至大金陵新志》，〔元〕張鉉，《景印文淵閣四庫全書》，臺北：臺灣商務印書館，1984年。

31. 《〔弘治〕八閩通志》，〔明〕黃仲昭纂修，《北京圖書館古籍珍本叢刊》，北京：書目文獻出版社，1988年。

32. 《儀真縣志》，〔明〕申嘉瑞修，《天一閣藏明代方志選刊》，臺北：新文豐出版公司，1985年。

33. 《姑蘇志》，〔明〕吳寬、王鏊，《天一閣藏明代方志選刊續編》，上海：上海書店，1990年。

34. 《浙江通志》，〔清〕沈翼機等編纂，《景印文淵閣四庫全書》，臺北：臺灣商務印書館，1984年。

35. 《〔乾隆〕番禺縣志》，〔清〕任果等修，檀萃等纂，《故宮珍本叢刊》，海口：海南出版社，2001年。

36. 《〔道光〕廣東通志》，〔清〕阮元修，陳昌齊等纂，《續修四庫全書》，上海：上海古籍出版社，2002 年。

37. 《道光重修儀徵縣志》，〔清〕王檢心修，《中國地方志集成》之《江蘇府縣志輯》，南京：江蘇古籍出版社，1991 年。

38. 《同治番禺縣志》，〔清〕李福泰修，史澄等纂，《中國地方志集成》之《廣東府縣志輯》，上海：上海書店，2003 年。

39. 《光緒廣州府志》，〔清〕戴肇辰等修，史澄等纂，《中國地方志集成》之《廣東府縣志輯》，上海：上海書店，2003 年。

40. 《〔廣東省〕順德縣志》，〔清〕郭汝誠修，馮奉初等纂，《中國方志叢書》華南地方，臺北：成文出版社，1974 年。

41. 《讀史方輿紀要》，〔清〕顧祖禹，《續修四庫全書》，上海：上海古籍出版社，2002 年。

42. 《直齋書錄解題》，〔宋〕陳振孫著，徐小蠻、顧美華點校，上海：上海古籍出版社，1987 年。

43. 《四庫全書總目提要》，〔清〕永瑢等撰，《合印四庫全書總目提要及四庫未收書目禁燬書目》，臺北：臺灣商務印書館，1985 年。

44. 《四庫全書簡明目錄》，〔清〕永瑢等撰，《景印文淵閣四庫全書》，臺北：臺灣商務印書館，1983 年。

45. 《墨子》，〔周〕墨翟，《四部叢刊初編》，臺北：臺灣商務印書館，1967 年。

46. 《呂氏春秋》，〔周〕呂不韋，《四部叢刊初編》，臺北：臺灣商務印書館，1967 年。

47. 《韓非子》，〔周〕韓非，《四部叢刊初編》，臺北：臺灣商務印書館，1967 年。

48. 《景德傳燈錄》，〔宋〕釋道原，《四部叢刊三編》，臺北：臺灣商務印書館，1966 年。

49. 《二程全書·遺書》，〔宋〕程顥、程頤，《四部備要》，臺北：中華書局，1981 年。

50. 《莊子集釋》，〔清〕郭慶藩輯，臺北：華正書局，1987 年。

51. 《荀子集解》，〔清〕王先謙，臺北：藝文印書館，1988 年。

二、詞　集

（一）叢　編

1. 《百家詞》，〔明〕吳訥原編，林大椿重編，天津：天津市古籍書

店，1992 年。

2. 《宋六十名家詞》，〔明〕毛晉輯，上海：上海古籍出版社，1989
   年。

3. 《詩詞雜俎》，〔明〕毛晉輯，《百部叢書集成》，臺北：藝文印書
   館，1965 年。

4. 《四印齋所刻詞》，〔清〕王鵬運輯，上海：上海古籍出版社，1989
   年。

5. 《彊村叢書》，朱孝臧輯校，上海：上海書店、江蘇廣陵古籍刻印
   社，1989 年。

（二）總　集

1. 《花間集》，〔五代〕趙崇祚集，〔明〕湯顯祖評，劉崇德點校，
   保定：河北大學出版社，2006 年。

2. 《樂府雅詞》，〔宋〕曾慥選，曹元忠原校，葛渭君補校，上海古籍
   出版社編《唐宋人選唐宋詞》，上海：上海古籍出版社，2004 年。

3. 《唐宋諸賢絕妙詞選》，〔宋〕黃昇選編，鄧子勉校點，上海古籍出
   版社編《唐宋人選唐宋詞》，上海：上海古籍出版社，2004 年。

4. 《中興以來絕妙詞選》，〔宋〕黃昇選編，鄧子勉校點，上海古籍出
   版社編《唐宋人選唐宋詞》，上海：上海古籍出版社，2004 年。

5. 《陽春白雪》，〔宋〕趙聞編選編，葛渭君校點，上海：上海古籍
   出版社，1993 年。

6. 《天機餘錦》，〔明〕程敏政編，王兆鵬、黃文吉、童向飛校點，
   瀋陽：遼寧教育出版社，2000 年。

7. 《花草粹編》，〔明〕陳耀文輯，龍建國、楊有山點校，保定：河
   北大學出版社，2007 年。

8. 《唐詞紀》，〔明〕董逢元，《四庫全書存目叢書》，臺南：莊嚴文
   化事業有限公司，1997 年。

9. 《詞的》，〔明〕茅暎，《四庫未收書輯刊》，北京：北京出版社，
   2000 年。

10. 《精選古今詩餘醉》，〔明〕潘游龍輯，梁穎校點，瀋陽：遼寧教
    育出版社，2003 年。

11. 《古今詞統》，〔明〕卓人月、徐士俊輯，《續修四庫全書》，上海：
    上海古籍出版社，2002 年。

12. 《草堂詩餘四集》，〔明〕沈際飛，明崇禎間刊本，臺北：國家圖
    書館藏。

13. 《明刊草堂詩餘二種》，劉崇德、徐文武點校，保定：河北大學出版社，2006 年。

14. 《詞綜》，〔清〕朱彝尊、汪森編，李慶甲校點，上海：上海古籍出版社，2005 年。

15. 《古今詞選》，〔清〕沈時棟選，朱彝尊、尤侗參訂，臺北：東方書店，1956 年。

16. 《林下詞選》，〔清〕周銘輯，《續修四庫全書》，上海：上海古籍出版社，2002 年。

17. 《詞潔》，〔清〕先著、程洪輯，劉崇德、徐文武點校，保定：河北大學出版社，2007 年。

18. 《御選歷代詩餘》，〔清〕沈辰垣、王奕清等編，《景印文淵閣四庫全書》，臺北：臺灣商務印書館，1986 年。

19. 《歷朝名人詞選》（又名《清綺軒詞選》），〔清〕夏秉衡，《中華古籍叢刊》，臺北：大西洋圖書公司，1968 年。

20. 《詞選》，〔清〕張惠言錄，劉崇德、徐文武點校，保定：河北大學出版社，2006 年。

21. 《粵東詞鈔》，〔清〕許玉彬、沈世良編，清道光二十九年刻本，臺北：國家圖書館臺灣分館藏。

22. 《詞則》，〔清〕陳廷焯，上海：上海古籍出版社，1984 年。

23. 《粵西詞見》，〔清〕況周頤，《叢書集成續編》，臺北：新文豐出版公司，1989 年。

24. 《宋詞三百首箋注》，朱祖謀編，唐圭璋箋注，臺北：書林出版有限公司，1990 年。

25. 《藝蘅館詞選》，梁令嫻，臺北：臺灣中華書局，1970 年。

26. 《唐五代兩宋詞選釋》，俞陛雲，臺北：文史哲出版社，1988 年。

27. 《宋詞舉（外三種）》，陳匪石編著，鍾振振校點，南京：江蘇古籍出版社，2002 年。

28. 《唐五代兩宋詞簡析》，劉永濟，北京：中華書局，2007 年。

29. 《胡適選註的詞選》，胡適，臺北：遠流出版事業股份有限公司，1986 年。

30. 《唐宋詞選釋》，俞平伯，北京：人民文學出版社，2005 年。

31. 《唐宋詞簡釋》，唐圭璋，上海：上海古籍出版社，1981 年。

32. 《唐宋名家詞選》，龍榆生，上海：上海古籍出版社，1980 年。

33. 《胡雲翼選詞》（含《詞選》、《宋詞選》），胡雲翼，上海：華東師

範大學出版社，2004 年。

34. 《詞選註》，盧元駿，臺北：正中書局，1970 年。

35. 《詞選》，鄭騫，臺北：中國文化大學出版部，1988 年。

36. 《宋詞賞析》，沈祖棻，北京：中華書局，2008 年。

37. 《唐宋詞選》，中國社會科學院文學研究所，北京：人民文學出版社，1981 年。

38. 《全唐五代詞》，曾昭岷、曹濟平、王兆鵬、劉尊明編，北京：中華書局，1999 年。

39. 《全宋詞》，唐圭璋編，臺北：文光出版社，1983 年。

40. 《全宋詞補輯》，孔凡禮編，臺北：源流文化事業有限公司，1982 年。

41. 《全金元詞》，唐圭璋編，北京：中華書局，1979 年。

42. 《全明詞》，饒宗頤初纂，張璋總纂，北京：中華書局，2004 年。

43. 《全明詞補編》，周明初、葉曄編，杭州：浙江大學出版社，2007 年。

44. 《全清詞·順康卷》，南京大學中國語言文學系全清詞編纂研究室編，北京：中華書局，2002 年。

45. 《全清詞·順康卷補編》，張宏生主編，南京：南京大學出版社，2008 年。

（三）別　集

1. 《溫韋馮詞新校》，〔唐〕溫庭筠、〔唐〕韋莊、〔南唐〕馮延巳著，曾昭岷校訂，上海：上海古籍出版社，1988 年。

2. 《韋莊集箋注》，〔五代〕韋莊著，聶安福箋注，上海：上海古籍出版社，2002 年。

3. 《南唐二主詞新釋輯評》，楊敏如，北京：中國書店，2003 年。

4. 《樂章集校註》，〔宋〕柳永著，薛瑞生校註，北京：中華書局，1994 年。

5. 《張先集編年校注》，〔宋〕張先著，吳熊和、沈松勤校注，杭州：浙江古籍出版社，1996 年。

6. 《二晏詞箋注》，〔宋〕晏殊、晏幾道著，張草紉箋注，上海：上海古籍出版社，2008 年。

7. 《六一詞校注》，蔡茂雄，臺北：文津出版社，1978 年。

8. 《歐陽脩詞研究及其校注》，李栖，臺北：文史哲出版社，1982 年。

9. 《歐陽修詞箋注》，黃畬，臺北：文史哲出版社，1988 年。

10. 《歐陽修詞新釋輯評》，邱少華，北京：中國書店，2001 年。

11. 《傅幹注坡詞》，〔宋〕傅幹注，劉尚榮校證，成都：巴蜀書社，1993 年。

12. 《東坡樂府箋》，龍榆生，臺北：華正書局，1990 年。

13. 《東坡詞編年箋證》，〔宋〕蘇軾撰，薛瑞生箋證，西安：三秦出版社，1998 年。

14. 《蘇軾詞編年校註》，鄒同慶、王宗堂，北京：中華書局，2002 年。

15. 《小山詞校箋注》，李明娜，臺北：文津出版社，1981 年。

16. 《晏幾道詞新釋輯評》，王雙啟，北京：中國書店，2007 年。

17. 《山谷詞校注》，譚錦家，臺北：學海出版社，1984 年。

18. 《山谷詞》，〔宋〕黃庭堅著，馬興榮、祝振玉校注，上海：上海古籍出版社，2001 年。

19. 《淮海居士長短句箋注》，〔宋〕秦觀著，徐培均箋注，上海：上海古籍出版社，2008 年。

20. 《秦觀詞集》，張璋、黃畬校訂，鄭州：中州古籍出版社，1988 年。

21. 《秦張兩先生詩餘合璧》，〔明〕王象晉編，〔明〕張綖《詩餘圖譜》附，《四庫全書存目叢書》，臺南：莊嚴文化事業有限公司，1997 年。

22. 《東山詞箋注》，黃啓方，臺北：嘉新水泥公司文化基金會，1968 年。

23. 《東山詞》，〔宋〕賀鑄著，鍾振振校注，上海：上海古籍出版社，1989 年。

24. 《清眞集校注》，〔宋〕周邦彥著，孫虹校注，薛瑞生訂補，北京：中華書局，2002 年。

25. 《清眞集箋注》，〔宋〕周邦彥著，羅忼烈箋注，上海：上海古籍出版社，2008 年。

26. 《李清照集箋注》，〔宋〕李清照著，徐培均箋注，上海：上海古籍出版社，2002 年。

27. 《稼軒詞編年箋注》，〔宋〕辛棄疾撰，鄧廣銘箋注，上海：上海古籍出版社，1993 年。

28. 《古山樂府》，〔元〕張野，《續修四庫全書》，上海：上海古籍出版社，2002 年。

29. 《靜惕堂詞》，〔清〕曹溶，《清詞別集百三十四種》，臺北：鼎文

書局，1976 年。

30. 《百末詞》，〔清〕尤侗，張宏生編《清詞珍本叢刊》，南京：鳳凰出版社，2007 年。

31. 《棠村詞》，〔清〕梁清標，張宏生編《清詞珍本叢刊》，南京：鳳凰出版社，2007 年。

32. 《錦瑟詞》，〔清〕汪懋麟，《續修四庫全書》，上海：上海古籍出版社，2002 年。

33. 《史承謙詞新釋輯評》，馬大勇編著，北京：中國書店，2007 年。

34. 《小謨觴館詩餘》，〔清〕彭兆蓀，《清詞別集百三十四種》，臺北：鼎文書局，1976 年。

35. 《香草詞》，〔清〕宋翔鳳，《叢書集成續編》，臺北：新文豐出版公司，1989 年。

36. 《拜石山房詞鈔》，〔清〕顧翰，《續修四庫全書》，上海：上海古籍出版社，2002 年。

37. 《心日齋詞集》，〔清〕周之琦，《續修四庫全書》，上海：上海古籍出版社，2002 年。

38. 《荔香詞鈔》，〔清〕陳良玉，張宏生編《清詞珍本叢刊》，南京：鳳凰出版社，2007 年。

三、詩集、文集、全集

（一）總　集

1. 《文選》，〔梁〕蕭統編，〔唐〕李善注，臺北：華正書局，1991 年。

2. 《樂府詩集》，〔宋〕郭茂倩，臺北：里仁書局，1999 年。

3. 《兩宋名賢小集》，〔宋〕陳思編，〔元〕陳世隆補，《景印文淵閣四庫全書》，臺北：臺灣商務印書館，1986 年。

4. 《宋詩拾遺》，〔元〕陳世隆輯，《續修四庫全書》，上海：上海古籍出版社，2002 年。

5. 《瀛奎律髓》，〔元〕方回，《景印文淵閣四庫全書》，臺北：臺灣商務印書館，1986 年。

6. 《檇李詩繫》，〔清〕沈季友編，《景印文淵閣四庫全書》，臺北：臺灣商務印書館，1986 年。

7. 《南宋雜事詩》，〔清〕沈嘉轍等撰，臺北：文海出版社，1981 年。

8. 《宋詩紀事》，〔清〕厲鶚輯撰，上海：上海古籍出版社，2008 年。

9. 《湖海詩傳》，〔清〕王昶輯，《續修四庫全書》，上海：上海古籍出版社，2002 年。

10. 《兩浙輶軒續錄》，〔清〕潘衍桐輯，《續修四庫全書》，上海：上海古籍出版社，2002 年。

11. 《翠樓集》，〔清〕劉云份編，《四庫全書存目叢書》，臺南：莊嚴文化事業有限公司，1997 年。

12. 《學海堂三集》，〔清〕張維屏選，趙所生、薛正興編《中國歷代書院志》，南京：江蘇教育出版社，1995 年。

13. 《先秦漢魏晉南北朝詩》，逯欽立輯校，北京：中華書局，1983 年。

14. 《全唐詩》，〔清〕彭定求等編，北京：中華書局，2003 年。

15. 《全唐文新編》，周紹良主編，長春：吉林文史出版社，2000 年。

16. 《全宋詩》，北京大學古文獻研究所編，北京：北京大學出版社，1991 年。

（二）別　集

1. 《曹植集校注》，〔魏〕曹植著，趙幼文校注，北京：人民文學出版社，1984 年。

2. 《江文通集彙註》，〔南朝〕江淹著，〔明〕胡之驥註，李長路、趙威點校，北京：中華書局，1984 年。

3. 《王右丞集箋注》，〔唐〕王維撰，〔清〕趙殿成箋注，臺北：河洛圖書出版社，1975 年。

4. 《白氏長慶集》，〔唐〕白居易，《四部叢刊初編》，臺北：臺灣商務印書館，1967 年。

5. 《元氏長慶集》，〔唐〕元稹，《四部叢刊初編》，臺北：臺灣商務印書館，1967 年。

6. 《皮子文藪》，〔唐〕皮日休，《四部叢刊初編》，臺北：臺灣商務印書館，1967 年。

7. 《玉山樵人集附香奩集》，〔唐〕韓偓，《四部叢刊初編》，臺北：臺灣商務印書館，1967 年。

8. 《景文集》，〔宋〕宋祁，《叢書集成初編》，北京：中華書局，1985 年。

9. 《歐陽修全集》，〔宋〕歐陽脩，北京：中國書店，1986 年。

10. 《蘇軾詩集》，〔清〕王文誥輯註，孔凡禮點校，北京：中華書局，1982 年。

11. 《蘇文忠公詩編註集成》，〔清〕王文誥，臺北：臺灣學生書局，

1987 年。

12. 《蘇軾文集》，〔宋〕蘇軾撰，孔凡禮點校，北京：中華書局，1996 年。

13. 《蘇轍集》，〔宋〕蘇轍著，陳宏天、高秀芳校點，北京：中華書局，1990 年。

14. 《演山集》，〔宋〕黃裳，《景印文淵閣四庫全書》，臺北：臺灣商務印書館，1985 年。

15. 《黃庭堅詩集注》，〔宋〕黃庭堅撰，〔宋〕任淵、史容、史季溫注，劉尚榮校點，北京：中華書局，2003 年。

16. 《豫章黃先生文集》，〔宋〕黃庭堅，《四部叢刊初編》，臺北：臺灣商務印書館，1967 年。

17. 《山谷題跋》，〔宋〕黃庭堅，《叢書集成初編》，北京：中華書局，1985 年。

18. 《姑溪居士全集》，〔宋〕李之儀，《叢書集成初編》，北京：中華書局，1985 年。

19. 《淮海集箋注》，〔宋〕秦觀撰，徐培均箋注，上海：上海古籍出版社，1994 年。

20. 《慶湖遺老詩集》，〔宋〕賀鑄，《景印文淵閣四庫全書》，臺北：臺灣商務印書館，1985 年。

21. 《慶湖遺老詩集校注》，〔宋〕賀鑄著，王夢隱、張家順校注，開封：河南大學出版社，2008 年。

22. 《後山居士文集》，〔宋〕陳師道，《北京圖書館古籍珍本叢刊》，北京：書目文獻出版社，1988 年。

23. 《張耒集》，〔宋〕張耒撰，李逸安、孫通海、傅信點校，北京：中華書局，1990 年。

24. 《嵩山文集》，〔宋〕晁說之，《四部叢刊續編》，臺北：臺灣商務印書館，1966 年。

25. 《石門文字禪》，〔宋〕惠洪，《四部叢刊初編》，臺北：臺灣商務印書館，1967 年。

26. 《石林居士建康集》，〔宋〕葉夢得，《宋集珍本叢刊》，北京：線裝書局，2004 年。

27. 《北山小集》，〔宋〕程俱，《四部叢刊續編》，臺北：臺灣商務印書館，1966 年。

28. 《龜山集》，〔宋〕楊時，《景印文淵閣四庫全書》，臺北：臺灣商務印書館，1985 年。

29. 《楚辭補注》，〔宋〕洪興祖補注，卞岐整理，南京：鳳凰出版社，2007年。

30. 《雙溪集》，〔宋〕蘇籀，《叢書集成初編》，北京：中華書局，1985年。

31. 《新注朱淑眞斷腸詩集》，〔宋〕朱淑眞撰，〔宋〕鄭元佐註，《宋集珍本叢刊》，北京：線裝書局，2004年。

32. 《梅溪王先生文集》，〔宋〕王十朋，《四部叢刊初編》，臺北：臺灣商務印書館，1967年。

33. 《陸放翁全集》，〔宋〕陸游，北京：中國書店，1986年。

34. 《渭南文集》，〔宋〕陸游，《四部叢刊初編》，臺北：臺灣商務印書館，1967年。

35. 《石湖居士詩集》，〔宋〕范成大，《四部叢刊初編》，臺北：臺灣商務印書館，1967年。

36. 《益公題跋》，〔宋〕周必大，《叢書集成初編》，北京：中華書局，1985年。

37. 《誠齋集》，〔宋〕楊萬里，《四部叢刊初編》，臺北：臺灣商務印書館，1967年。

38. 《于湖居士文集》，〔宋〕張孝祥著，徐鵬校點，上海：上海古籍出版社，2009年。

39. 《攻媿集》，〔宋〕樓鑰，《四部叢刊初編》，臺北：臺灣商務印書館，1967年。

40. 《白石道人詩集》，〔宋〕姜夔，《四部叢刊初編》，臺北：臺灣商務印書館，1967年。

41. 《金陵百詠》，〔宋〕曾極，《景印文淵閣四庫全書》，臺北：臺灣商務印書館，1985年。

42. 《友林乙稿》，〔宋〕史彌寧，《宋集珍本叢刊》，北京：線裝書局，2004年。

43. 《後村先生大全集》，〔宋〕劉克莊，《四部叢刊初編》，臺北：臺灣商務印書館，1967年。

44. 《文溪存稿》，〔宋〕李昴英，《文津閣四庫全書》，北京：商務印書館，2005年。

45. 《霽山集》，〔宋〕林景熙，《叢書集成初編》，北京：中華書局，1985年。

46. 《遺山先生文集》，〔金〕元好問，《四部叢刊初編》，臺北：臺灣商務印書館，1967年。

47. 《金囷集》，〔元〕元淮，《景印涵芬樓秘笈》，臺北：臺灣商務印書館，1967 年。

48. 《養吾齋集》，〔元〕劉將孫，《景印文淵閣四庫全書》，臺北：臺灣商務印書館，1985 年。

49. 《道園學古錄》，〔元〕虞集，《四部叢刊初編》，臺北：臺灣商務印書館，1967 年。

50. 《瞿佑全集校註》，〔明〕瞿佑著，喬光輝校註，杭州：浙江古籍出版社，2010 年。

51. 《茅鹿門先生文集》，〔明〕茅坤，《續修四庫全書》，上海：上海古籍出版社，2002 年。

52. 《張南湖先生詩集》，〔明〕張綖，《四庫全書存目叢書》，臺南：莊嚴文化事業有限公司，1997 年。

53. 《錢牧齋全集》，〔清〕錢謙益著，〔清〕錢曾箋注，錢仲聯標校，上海：上海古籍出版社，2003 年。

54. 《靜惕堂詩集》，〔清〕曹溶，《四庫全書存目叢書》，臺南：莊嚴文化事業有限公司，1997 年。

55. 《峇爐山人詩集》，〔清〕謝乃實，《四庫全書存目叢書補編》，濟南：齊魯書社，2001 年。

56. 《魏伯子文集》，〔清〕魏際瑞，〔清〕林時益輯《寧都三魏全集》，《四庫禁燬書叢刊》，北京：北京出版社，2000 年。

57. 《陳迦陵文集》，〔清〕陳維崧，《四部叢刊初編》，臺北：臺灣商務印書館，1967 年。

58. 《曝書亭集》，〔清〕朱彝尊，《四部叢刊初編》，臺北：臺灣商務印書館，1967 年。

59. 《翁山文外》，〔清〕屈大均，《續修四庫全書》，上海：上海古籍出版社，2002 年。

60. 《松桂堂全集》，〔清〕彭孫遹，《景印文淵閣四庫全書》，臺北：臺灣商務印書館，1985 年。

61. 《在陸草堂文集》，〔清〕儲欣，《四庫全書存目叢書》，臺南：莊嚴文化事業有限公司，1997 年。

62. 《漁洋精華錄集釋》，〔清〕王士禛著，李毓芙、牟通、李茂肅整理，上海：上海古籍出版社，1999 年。

63. 《漁洋山人精華錄訓纂》，〔清〕王士禛撰，惠棟注，《四部備要》，臺北：中華書局，1981 年。

64. 《宋氏全集‧西陂類稿》，〔清〕宋犖，《華東師範大學圖書館藏稀

見叢書匯刊》，北京：北京圖書館出版社，2006 年。

65. 《古歡堂集》，〔清〕田雯，《景印文淵閣四庫全書》，臺北：臺灣商務印書館，1985 年。

66. 《叢碧山房詩初集》，〔清〕龐塏，《四庫全書存目叢書補編》，濟南：齊魯書社，2001 年。

67. 《百尺梧桐閣集》，〔清〕汪懋麟，臺北：文海出版社，1988 年。

68. 《大樗堂初集》，〔清〕王隼，《四庫禁燬書叢刊》，北京：北京出版社，2000 年。

69. 《蓮洋詩鈔》，〔清〕吳雯，《景印文淵閣四庫全書》，臺北：臺灣商務印書館，1985 年。

70. 《趙執信全集》，〔清〕趙執信著，趙蔚芝、劉聿鑫校點，濟南：齊魯書社，1993 年。

71. 《陸堂詩集》，〔清〕陸奎勳，《四庫全書存目叢書》，臺南：莊嚴文化事業有限公司，1997 年。

72. 《雷溪草堂詩集》，〔清〕馬長海撰，楊開麗校注，李澍田主編《長白叢書》五集冊八《白山詩詞》，長春：吉林文史出版社，1991 年。

73. 《小山詩文全稿》，〔清〕王時翔，《四庫全書存目叢書》，臺南：莊嚴文化事業有限公司，1997 年。

74. 《香樹齋續集》，〔清〕錢陳群，《四庫未收書輯刊》，北京：北京出版社，2000 年。

75. 《樊榭山房集》，〔清〕厲鶚，《四部叢刊初編》，臺北：臺灣商務印書館，1967 年。

76. 《樊榭山房集》，〔清〕厲鶚著，〔清〕董兆熊注，陳九思標校，上海：上海古籍出版社，1992 年。

77. 《吾友于齋詩鈔》，〔清〕張錫爵，北京：中國國家圖書館藏。

78. 《蔗尾詩集》，〔清〕鄭方坤，《四庫全書存目叢書補編》，濟南：齊魯書社，2001 年。

79. 《松泉詩集》，〔清〕江昱，《四庫全書存目叢書》，臺南：莊嚴文化事業有限公司，1997 年。

80. 《謙谷集》，〔清〕汪筠，《四庫未收書輯刊》，北京：北京出版社，2000 年。

81. 《紫峴山人全集》，〔清〕張九鉞，《續修四庫全書》，上海：上海古籍出版社，2002 年。

82. 《春融堂集》，〔清〕王昶，《續修四庫全書》，上海：上海古籍出版社，2002 年。

83. 《趙翼詩編年全集》，〔清〕趙翼著，華夫主編，天津：天津古籍出版社，1996 年。

84. 《竹葉庵文集》，〔清〕張塤，《續修四庫全書》，上海：上海古籍出版社，2002 年。

85. 《篁村集》，〔清〕陸錫熊，《續修四庫全書》，上海：上海古籍出版社，2002 年。

86. 《蘭韻堂詩集》，〔清〕沈初，《四庫未收書輯刊》，北京：北京出版社，2000 年。

87. 《容齋詩集》，〔清〕茹綸常，《續修四庫全書》，上海：上海古籍出版社，2002 年。

88. 《樹經堂詩初集》、《樹經堂詩續集》，〔清〕謝啟昆，《續修四庫全書》，上海：上海古籍出版社，2002 年。

89. 《小峴山人詩文集》，〔清〕秦瀛，《續修四庫全書》，上海：上海古籍出版社，2002 年。

90. 《洪亮吉集》，〔清〕洪亮吉撰，劉德權點校，北京：中華書局，2001 年。

91. 《小信天巢詩鈔》，〔清〕陳石麟，清嘉慶十四年刊本，臺北：臺灣大學圖書館藏。

92. 《獨學廬‧三稿》，〔清〕石韞玉，《續修四庫全書》，上海：上海古籍出版社，2002 年。

93. 《多歲堂詩集》，〔清〕成書，《續修四庫全書》，上海：上海古籍出版社，2002 年。

94. 《清芬堂集》，〔清〕潘際雲，清嘉慶二十年刊本，臺北：臺灣大學圖書館藏。

95. 《餅水齋詩集》，〔清〕舒位，《續修四庫全書》，上海：上海古籍出版社，2002 年。

96. 《泰雲堂集》，〔清〕孫爾準，《續修四庫全書》，上海：上海古籍出版社，2002 年。

97. 《篔谷文鈔》，〔清〕查揆，《續修四庫全書》，上海：上海古籍出版社，2002 年。

98. 《夢陔堂詩集》，〔清〕黃承吉，清咸豐元年江都黃氏家刊本，臺北：臺灣大學圖書館藏。

99. 《頤道堂詩外集》，〔清〕陳文述，《續修四庫全書》，上海：上海古籍出版社，2002 年。

100. 《話山草堂詩鈔》，〔清〕沈道寬，清光緒三年潤州榷廨刊本，臺

北：臺灣大學圖書館藏。

101. 《洞簫樓詩紀》，〔清〕宋翔鳳，宋翔鳳輯著《浮谿精舍叢書》，桃園：聖環圖書股份有限公司，1998 年。

102. 《齊物論齋文集》，〔清〕董士錫，《續修四庫全書》，上海：上海古籍出版社，2002 年。

103. 《程侍郎遺集》，〔清〕程恩澤，《續修四庫全書》，上海：上海古籍出版社，2002 年。

104. 《養一齋集》，〔清〕潘德輿，《續修四庫全書》，上海：上海古籍出版社，2002 年。

105. 《後湘詩集》、《後湘續集》，〔清〕姚瑩，《續修四庫全書》，上海：上海古籍出版社，2002 年。

106. 《小重山房詩詞全集》，〔清〕張祥河，《續修四庫全書》，上海：上海古籍出版社，2002 年。

107. 《志隱齋詩鈔》，〔清〕王文瑋，清咸豐六年刊本，臺北：臺灣大學圖書館藏。

108. 《邃懷堂全集》，〔清〕袁翼，《續修四庫全書》，上海：上海古籍出版社，2002 年。

109. 《東洲草堂詩鈔》，〔清〕何紹基，《續修四庫全書》，上海：上海古籍出版社，2002 年。

110. 《樂志堂詩集》，〔清〕譚瑩，《續修四庫全書》，上海：上海古籍出版社，2002 年。

111. 《悔翁詩鈔》，〔清〕汪士鐸，《續修四庫全書》，上海：上海古籍出版社，2002 年。

112. 《衣讔山房詩集》，〔清〕林昌彝，《續修四庫全書》，上海：上海古籍出版社，2002 年。

113. 《梅莊詩鈔》，〔清〕華長卿，《續修四庫全書》，上海：上海古籍出版社，2002 年。

114. 《復莊詩問》，〔清〕姚燮，《續修四庫全書》，上海：上海古籍出版社，2002 年。

115. 《陳東塾先生遺詩》，〔清〕陳澧撰，汪兆鏞輯，民國二十年李齋刊本，臺北：故宮博物院圖書文獻館善本室藏。

116. 《荻華堂詩存》，〔清〕蔡琳，《叢書集成續編》，臺北：新文豐出版公司，1989 年。

117. 《賭棋山莊全集‧詩集》，〔清〕謝章鋌，沈雲龍主編《近代中國史料叢刊續編》，臺北：文海出版社，1975 年。

118. 《小匏庵詩存》，〔清〕吳仰賢，《續修四庫全書》，上海：上海古籍出版社，2002 年。

119. 《纖簾書屋詩鈔》，〔清〕沈兆澐，《續修四庫全書》，上海：上海古籍出版社，2002 年。

120. 《坦園詩錄》，〔清〕楊恩壽，清光緒間長沙楊氏坦園刊本，臺北：國家圖書館藏。

121. 《穆清堂詩鈔》，〔清〕朱庭珍，《叢書集成續編》，臺北：新文豐出版公司，1989 年。

122. 《蒿盦類稿》，〔清〕馮煦，沈雲龍主編《近代中國史料叢刊》，臺北：文海出版社，1969 年。

123. 《雪虛聲堂詩鈔》，〔清〕楊深秀，《續修四庫全書》，上海：上海古籍出版社，2002 年。

124. 《文道希先生遺詩》，〔清〕文廷式，《續修四庫全書》，上海：上海古籍出版社，2002 年。

125. 《石遺室詩集》，〔清〕陳衍，《續修四庫全書》，上海：上海古籍出版社，2002 年。

126. 《雁影齋詩》，〔清〕李希聖，《叢書集成續編》，臺北：新文豐出版公司，1989 年。

127. 《薛紹徽集》，〔清〕薛紹徽，北京：方志出版社，2003 年。

128. 《高旭集》，〔清〕高旭著，郭長海、金菊貞編，北京：社會科學文獻出版社，2003 年。

129. 《小黛軒論詩詩》，〔清〕陳芸，王英志編《清代閨秀詩話叢刊》，南京：鳳凰出版社，2010 年。

四、詞話、詞譜

1. 《古今詞話》，〔宋〕楊湜，唐圭璋編《詞話叢編》，臺北：新文豐出版公司，1988 年。

2. 《復雅歌詞》，〔宋〕鮦陽居士，唐圭璋編《詞話叢編》，臺北：新文豐出版公司，1988 年。

3. 《碧雞漫志》，〔宋〕王灼，唐圭璋編《詞話叢編》，臺北：新文豐出版公司，1988 年。

4. 《拙軒詞話》，〔宋〕張侃，唐圭璋編《詞話叢編》，臺北：新文豐出版公司，1988 年。

5. 《詞源》，〔宋〕張炎，唐圭璋編《詞話叢編》，臺北：新文豐出版公司，1988 年。

6. 《詞源疏證》，〔宋〕張炎撰，蔡楨疏證，臺北：學海出版社，1988年。

7. 《樂府指迷》，〔宋〕沈義父，唐圭璋編《詞話叢編》，臺北：新文豐出版公司，1988年。

8. 《詞旨》，〔元〕陸行直，唐圭璋編《詞話叢編》，臺北：新文豐出版公司，1988年。

9. 《詞品》，〔明〕楊慎，唐圭璋編《詞話叢編》，臺北：新文豐出版公司，1988年。

10. 《詩餘圖譜》，〔明〕張綖，《續修四庫全書》，上海：上海古籍出版社，2002年。

11. 《渚山堂詞話》，〔明〕陳霆，唐圭璋編《詞話叢編》，臺北：新文豐出版公司，1988年。

12. 《藝苑卮言》，〔明〕王世貞，唐圭璋編《詞話叢編》，臺北：新文豐出版公司，1988年。

13. 《爰園詞話》，〔明〕俞彥，唐圭璋編《詞話叢編》，臺北：新文豐出版公司，1988年。

14. 《嘯餘譜》，〔明〕程明善，《續修四庫全書》，上海：上海古籍出版社，2002年。

15. 《皺水軒詞筌》，〔清〕賀裳，唐圭璋編《詞話叢編》，臺北：新文豐出版公司，1988年。

16. 《遠志齋詞衷》，〔清〕鄒祗謨，唐圭璋編《詞話叢編》，臺北：新文豐出版公司，1988年。

17. 《七頌堂詞繹》，〔清〕劉體仁，唐圭璋編《詞話叢編》，臺北：新文豐出版公司，1988年。

18. 《填詞雜說》，〔清〕沈謙，唐圭璋編《詞話叢編》，臺北：新文豐出版公司，1988年。

19. 《索引本詞律》，〔清〕萬樹原撰，懶散道人索引，臺北：廣文書局，1989年。

20. 《金粟詞話》，〔清〕彭孫遹，唐圭璋編《詞話叢編》，臺北：新文豐出版公司，1988年。

21. 《花草蒙拾》，〔清〕王士禛，唐圭璋編《詞話叢編》，臺北：新文豐出版公司，1988年。

22. 《詞苑叢談校箋》，〔清〕徐釚編著，王百里校箋，臺北：文史哲出版社，1989年。

23. 《古今詞論》，〔清〕王又華，唐圭璋編《詞話叢編》，臺北：新文

豐出版公司，1988 年。

24. 《詞譜》，清聖祖編，臺北：洪氏出版社，1980 年。

25. 《古今詞話》，〔清〕沈雄，唐圭璋編《詞話叢編》，臺北：新文豐出版公司，1988 年。

26. 《歷代詞話》，〔清〕王弈清等撰，唐圭璋編《詞話叢編》，臺北：新文豐出版公司，1988 年。

27. 《詞綜偶評》，〔清〕許昂霄，唐圭璋編《詞話叢編》，臺北：新文豐出版公司，1988 年。

28. 《西圃詞說》，〔清〕田同之，唐圭璋編《詞話叢編》，臺北：新文豐出版公司，1988 年。

29. 《雨村詞話》，〔清〕李調元，唐圭璋編《詞話叢編》，臺北：新文豐出版公司，1988 年。

30. 《詞林紀事、詞林紀事補正合編》，〔清〕張宗橚編，楊寶霖補正，上海：上海古籍出版社，1998 年。

31. 《蓼園詞評》，〔清〕黃蘇，唐圭璋編《詞話叢編》，臺北：新文豐出版公司，1988 年。

32. 《靈芬館詞話》，〔清〕郭麐，唐圭璋編《詞話叢編》，臺北：新文豐出版公司，1988 年。

33. 《蓮子居詞話》，〔清〕吳衡照，唐圭璋編《詞話叢編》，臺北：新文豐出版公司，1988 年。

34. 《雙硯齋詞話》，〔清〕鄧廷楨，唐圭璋編《詞話叢編》，臺北：新文豐出版公司，1988 年。

35. 《詞苑萃編》，〔清〕馮金伯輯，唐圭璋編《詞話叢編》，臺北：新文豐出版公司，1988 年。

36. 《樂府餘論》，〔清〕宋翔鳳，唐圭璋編《詞話叢編》，臺北：新文豐出版公司，1988 年。

37. 《本事詞》，〔清〕葉申薌，唐圭璋編《詞話叢編》，臺北：新文豐出版公司，1988 年。

38. 〈宋四家詞選目錄序論〉，《宋四家詞選眉批》，〔清〕周濟，唐圭璋編《詞話叢編》，臺北：新文豐出版公司，1988 年。

39. 《芬陀利室詞話》，〔清〕蔣敦復，唐圭璋編《詞話叢編》，臺北：新文豐出版公司，1988 年。

40. 《藝概·詞概》，〔清〕劉熙載，唐圭璋編《詞話叢編》，臺北：新文豐出版公司，1988 年。

41. 《憩園詞話》，〔清〕杜文瀾，唐圭璋編《詞話叢編》，臺北：新文

豐出版公司，1988 年。

42. 《賭棋山莊詞話》，〔清〕謝章鋌，唐圭璋編《詞話叢編》，臺北：新文豐出版公司，1988 年。

43. 《雨華盦詞話》，〔清〕錢裴仲，唐圭璋編《詞話叢編》，臺北：新文豐出版公司，1988 年。

44. 《復堂詞話》，〔清〕譚獻，唐圭璋編《詞話叢編》，臺北：新文豐出版公司，1988 年。

45. 《聽秋聲館詞話》，〔清〕丁紹儀，唐圭璋編《詞話叢編》，臺北：新文豐出版公司，1988 年。

46. 《蒿庵論詞》，〔清〕馮煦，唐圭璋編《詞話叢編》，臺北：新文豐出版公司，1988 年。

47. 《白雨齋詞話》，〔清〕陳廷焯，唐圭璋編《詞話叢編》，臺北：新文豐出版公司，1988 年。

48. 《詞壇叢話》，〔清〕陳廷焯，唐圭璋編《詞話叢編》，臺北：新文豐出版公司，1988 年。

49. 《大鶴山人詞話》，〔清〕鄭文焯撰，龍沐勛輯，唐圭璋編《詞話叢編》，臺北：新文豐出版公司，1988 年。

50. 《大鶴山人詞話》，〔清〕鄭文焯著，孫克強、楊傳慶輯校，天津：南開大學出版社，2009 年。

51. 《粵詞雅》，〔清〕潘飛聲，唐圭璋編《詞話叢編》，臺北：新文豐出版公司，1988 年。

52. 《蕙風詞話》，〔清〕況周頤，唐圭璋編《詞話叢編》，臺北：新文豐出版公司，1988 年。

53. 《餐櫻廡詞話》，〔清〕況周頤，張璋、職承讓、張驊、張伯寧編《歷代詞話續編》，鄭州：大象出版社，2005 年。

54. 《詞徵》，〔清〕張德瀛，唐圭璋編《詞話叢編》，臺北：新文豐出版公司，1988 年。

55. 《論詞隨筆》，〔清〕沈祥龍，唐圭璋編《詞話叢編》，臺北：新文豐出版公司，1988 年。

56. 《左庵詞話》，〔清〕李佳，唐圭璋編《詞話叢編》，臺北：新文豐出版公司，1988 年。

57. 《歷代詞人考略》，劉承幹，北京：全國圖書館文獻縮微復製中心，2003 年。

58. 《海綃說詞》，陳洵，唐圭璋編《詞話叢編》，臺北：新文豐出版公司，1988 年。

59. 《映庵詞評》，夏敬觀，《詞學》五輯，上海：華東師範大學出版社，1986 年

60. 《人間詞話》，王國維，唐圭璋編《詞話叢編》，臺北：新文豐出版公司，1988 年。

61. 《曼殊室隨筆·詞論》，梁啓勳，《民國叢書》，上海：上海書店，1991 年。

62. 《聲執》，陳匪石，唐圭璋編《詞話叢編》，臺北：新文豐出版公司，1988 年。

63. 《臥廬詞話》，周曾錦，唐圭璋編《詞話叢編》，臺北：新文豐出版公司，1988 年。

64. 《填詞叢話》，趙尊嶽，《詞學》三、四、五輯，上海：華東師範大學出版社，1985、1986 年。

65. 《叢碧詞話》，張伯駒，張璋、職承讓、張驊、張伯寧編《歷代詞話續編》，鄭州：大象出版社，2005 年。

66. 《宋元詞話》，施蟄存、陳如江輯錄，上海：上海書店，1999 年。

67. 《唐宋人詞話》，孫克強編，鄭州：河南文藝出版社，1999 年。

68. 《宋金元詞話全編》，鄧子勉編，南京：鳳凰出版社，2008 年。

五、詩文評

1. 《文心雕龍讀本》，〔梁〕劉勰著，王更生注譯，臺北：文史哲出版社，1985 年。

2. 《詩品》，〔梁〕鍾嶸，〔清〕何文煥輯《歷代詩話》，臺北：漢京文化事業有限公司，1983 年。

3. 《本事詩》，〔唐〕孟棨，丁福保輯《歷代詩話續編》，臺北：木鐸出版社，1988 年。

4. 《二十四詩品》，〔唐〕司空圖，〔清〕何文煥輯《歷代詩話》，臺北：漢京文化事業有限公司，1983 年。

5. 《六一詩話》，〔宋〕歐陽脩，〔清〕何文煥輯《歷代詩話》，臺北：漢京文化事業有限公司，1983 年。

6. 《中山詩話》，〔宋〕劉攽，〔清〕何文煥輯《歷代詩話》，臺北：漢京文化事業有限公司，1983 年。

7. 《後山詩話》，〔宋〕陳師道，〔清〕何文煥輯《歷代詩話》，臺北：漢京文化事業有限公司，1983 年。

8. 《詩話總龜》，〔宋〕阮閱編，周本淳校點，北京：人民文學出版

社，1987 年。

9. 《西清詩話》，〔宋〕蔡絛，吳文治主編《宋詩話全編・蔡絛詩話》，南京：鳳凰出版社，1998 年。

10. 《優古堂詩話》，〔宋〕吳开，丁福保輯《歷代詩話續編》，臺北：木鐸出版社，1988 年。

11. 《王直方詩話》，〔宋〕王直方，吳文治主編《宋詩話全編》，南京：鳳凰出版社，1998 年。

12. 《冷齋夜話》，〔宋〕惠洪，吳文治主編《宋詩話全編・惠洪詩話》，南京：鳳凰出版社，1998 年。

13. 《石林詩話》，〔宋〕葉夢得，〔清〕何文煥輯《歷代詩話》，臺北：漢京文化事業有限公司，1983 年。

14. 《竹坡詩話》，〔宋〕周紫芝，〔清〕何文煥輯《歷代詩話》，臺北：漢京文化事業有限公司，1983 年。

15. 《韻語陽秋》，〔宋〕葛立方，〔清〕何文煥輯《歷代詩話》，臺北：漢京文化事業有限公司，1983 年。

16. 《苕溪漁隱叢話》，〔宋〕胡仔，吳文治主編《宋詩話全編・胡仔詩話》，南京：鳳凰出版社，1998 年。

17. 《艇齋詩話》，〔宋〕曾季貍，丁福保輯《歷代詩話續編》，臺北：木鐸出版社，1988 年。

18. 《彥周詩話》，〔宋〕許顗，〔清〕何文煥輯《歷代詩話》，臺北：漢京文化事業有限公司，1983 年。

19. 《後村詩話》，〔宋〕劉克莊，吳文治主編《宋詩話全編・劉克莊詩話》，南京：鳳凰出版社，1998 年。

20. 《滄浪詩話》，〔宋〕嚴羽，〔清〕何文煥輯《歷代詩話》，臺北：漢京文化事業有限公司，1983 年。

21. 《懷古錄校注》，〔宋〕陳模撰，鄭必俊校注，北京：中華書局，1993 年。

22. 《詩人玉屑》，〔宋〕魏慶之，臺北：臺灣商務印書館，1983 年。

23. 《竹莊詩話》，〔宋〕何谿汶，吳文治主編《宋詩話全編・何谿汶詩話》，南京：鳳凰出版社，1998 年。

24. 《滹南詩話》，〔金〕王若虛，吳文治主編《遼金元詩話全編・王若虛詩話》，南京：鳳凰出版社，2006 年。

25. 《吳禮部詩話》，〔元〕吳師道，丁福保輯《歷代詩話續編》，臺北：木鐸出版社，1988 年。

26. 《菊坡叢話》，〔明〕單宇，《續修四庫全書》，上海：上海古籍出

版社，2002 年。

27. 《藝苑卮言》，〔明〕王世貞，吳文治主編《明詩話全編・王世貞詩話》，南京：鳳凰出版社，1997 年。

28. 《詩藪》，〔明〕胡應麟，周維德集校《全明詩話》，濟南：齊魯書社，2005 年。

29. 《詩筏》，〔清〕賀貽孫，郭紹虞編選，富壽蓀校點《清詩話續編》，臺北：木鐸出版社，1983 年。

30. 《靜志居詩話》，〔清〕朱彝尊著，〔清〕姚祖恩編，黃君坦校點，北京：人民文學出版社，1990 年。

31. 《漁洋詩話》，〔清〕王士禛，丁福保編《清詩話》，臺北：木鐸出版社，1988 年。

32. 《五代詩話》，〔清〕王士禛原編，鄭方坤刪補，〔美〕李珍華點校，北京：書目文獻出版社，1989 年。

33. 《本事詩》，〔清〕徐釚，《續修四庫全書》，上海：上海古籍出版社，2002 年。

34. 《足本隨園詩話及補遺》，〔清〕袁枚，臺北：長安出版社，1978 年。

35. 《拜經樓詩話》，〔清〕吳騫，丁福保編《清詩話》，臺北：木鐸出版社，1988 年。

36. 《靈芬館詩話》，〔清〕郭麐，《續修四庫全書》，上海：上海古籍出版社，2002 年。

37. 《晚晴簃詩話》，徐世昌著，傅卜棠編校，上海：華東師範大學出版社，2009 年。

38. 《雪橋詩話》，楊鍾羲，瀋陽：遼瀋書社，1991 年。

六、筆記、小說、雜著

1. 《琴操》，〔漢〕蔡邕撰，〔清〕孫星衍校輯，《續修四庫全書》，上海：上海古籍出版社，2002 年。

2. 《三輔黃圖》，撰人未詳，〔清〕畢沅校正，《叢書集成初編》，北京：中華書局，1985 年。

3. 《搜神後記》，〔晉〕陶潛，《叢書集成初編》，北京：中華書局，1985 年。

4. 《世說新語校箋》，〔南朝宋〕劉義慶撰，徐震堮校箋，北京：中華書局，1984 年

5. 《顏氏家訓》，〔北齊〕顏之推，臺北：臺灣商務印書館，1986

年。

6. 《唐國史補》，〔唐〕李肇，《叢書集成初編》，北京：中華書局，
   1991 年。

7. 《雲溪友議》，〔唐〕范攄，《叢書集成初編》，北京：中華書局，
   1985 年。

8. 《樂府雜錄》，〔唐〕段安節，上海：上海古籍出版社，1988 年。

9. 《集異記》，〔唐〕薛用弱，《叢書集成初編》，北京：中華書局，
   1985 年。

10. 《江鄰幾雜志》，〔宋〕江休復，《叢書集成初編》，北京：中華書
    局，1991 年。

11. 《歸田錄》，〔宋〕歐陽脩撰，李偉國點校，北京：中華書局，1981
    年。

12. 《青箱雜記》，〔宋〕吳處厚撰，李裕民點校，北京：中華書局，
    1985 年。

13. 《夢溪筆談》，〔宋〕沈括，《叢書集成初編》，北京：中華書局，
    1985 年。

14. 《畫墁錄》，〔宋〕張舜民，《叢書集成初編》，北京：中華書局，
    1991 年。

15. 《澠水燕談錄》，〔宋〕王闢之撰，呂友仁點校，北京：中華書局，
    1981 年。

16. 《師友談記》，〔宋〕李廌撰，孔凡禮點校，北京：中華書局，2002
    年。

17. 《侯鯖錄》，〔宋〕趙令畤撰，孔凡禮點校，北京：中華書局，2002
    年。

18. 《錢氏私誌》，〔宋〕錢世昭，《叢書集成初編》，北京：中華書局，
    1991 年。

19. 《鐵圍山叢談》，〔宋〕蔡絛撰，馮惠民、沈錫麟點校，北京：中
    華書局，1983 年。

20. 《避暑錄話》，〔宋〕葉夢得撰，徐時儀校點，上海古籍出版社編
    《宋元筆記小說大觀》，上海：上海古籍出版社，2001 年。

21. 《石林燕語》，〔宋〕葉夢得撰，穆公校點，上海古籍出版社編《宋
    元筆記小說大觀》，上海：上海古籍出版社，2001 年。

22. 《曲洧舊聞》，〔宋〕朱弁撰，王根林校點，上海古籍出版社編《宋
    元筆記小說大觀》，上海：上海古籍出版社，2001 年。

23. 《中吳紀聞》，〔宋〕龔明之撰，孫菊園校點，上海古籍出版社編

《宋元筆記小說大觀》，上海：上海古籍出版社，2001 年。

24. 《邵氏聞見後錄》，〔宋〕邵博撰，劉德權、李劍雄點校，北京：中華書局，1983 年。

25. 《過庭錄》，〔宋〕范公偁撰，孔凡禮點校，北京：中華書局，2002年。

26. 《墨莊漫錄》，〔宋〕張邦基撰，孔凡禮點校，北京：中華書局，2002 年。

27. 《卻掃編》，〔宋〕徐度，《叢書集成初編》，北京：中華書局，1985年。

28. 《默記》，〔宋〕王銍撰，朱杰人點校，北京：中華書局，1981年。

29. 《西溪叢語》，〔宋〕姚寬撰，孔凡禮點校，北京：中華書局，1993年。

30. 《能改齋漫錄》，〔宋〕吳曾，臺北：木鐸出版社，1982 年。

31. 《捫蝨新話》，〔宋〕陳善，《叢書集成初編》，北京：中華書局，1985 年。

32. 《獨醒雜志》，〔宋〕曾敏行撰，朱杰人校點，上海古籍出版社編《宋元筆記小說大觀》，上海：上海古籍出版社，2001 年。

33. 《夷堅志》，〔宋〕洪邁撰，王公偉點注，史仲文主編《中國文言小說百部經典》，北京：北京出版社，2000 年。

34. 《夷堅志補》，〔宋〕洪邁，《筆記小說大觀》，臺北：新興書局，1975 年。

35. 《容齋隨筆》，〔宋〕洪邁，《筆記小說大觀》，臺北：新興書局，1962 年。

36. 《西塘集耆舊續聞》，〔宋〕陳鵠撰，孔凡禮點校，北京：中華書局，2002 年。

37. 《老學庵筆記》，〔宋〕陸游撰，李劍雄、劉德權點校，北京：中華書局，1979 年。

38. 《老學庵筆記》，〔宋〕陸游，《叢書集成初編》，北京：中華書局，1985 年。

39. 《入蜀記》，〔宋〕陸游，《叢書集成初編》，北京：中華書局，1985年。

40. 《野客叢書》，〔宋〕王楙，《叢書集成初編》，北京：中華書局，1985 年。

41. 《揮塵錄》，〔宋〕王明清，上海：上海書店，2009 年。

42. 《玉照新志》，〔宋〕王明清，《叢書集成初編》，北京：中華書局，1985 年。

43. 《賓退錄》，〔宋〕趙與時，《叢書集成初編》，北京：中華書局，1985 年。

44. 《貴耳集》，〔宋〕張端義撰，梁玉瑋校點，鄭州：中州古籍出版社，2005 年。

45. 《寶眞齋法書贊》，〔宋〕岳珂，《叢書集成初編》，北京：中華書局，1985 年。

46. 《藏一話諛》，〔宋〕陳郁，《文津閣四庫全書》，北京：商務印書館，2005 年。

47. 《鶴林玉露》，〔宋〕羅大經撰，王瑞來點校，北京：中華書局，1983 年。

48. 《吹劍錄全編》，〔宋〕俞文豹，《宋人筆記八種》，臺北：世界書局，1963 年。

49. 《齊東野語》，〔宋〕周密撰，張茂鵬點校，北京：中華書局，1983 年。

50. 《浩然齋雅談》，〔宋〕周密撰，孔凡禮點校，北京：中華書局，2010 年。

51. 《武林舊事》，〔宋〕周密撰，周百鳴標點，王國平主編《西湖文獻集成》，杭州：杭州出版社，2004 年。

52. 《夢粱錄》，〔宋〕吳自牧撰，周百鳴標點，王國平主編《西湖文獻集成》，杭州：杭州出版社，2004 年。

53. 《都城紀勝》，〔宋〕灌圃耐得翁撰，周百鳴標點，王國平主編《西湖文獻集成》，杭州：杭州出版社，2004 年。

54. 《道山清話》，〔宋〕佚名撰，孔一校點，上海古籍出版社編《宋元筆記小說大觀》，上海：上海古籍出版社，2001 年。

55. 《宣和遺事》，〔宋〕無名氏原著，曹濟平校點，《中國話本大系》，南京：江蘇古籍出版社，1993 年。

56. 《醉翁談錄》，〔宋〕羅燁，《中國筆記小說名著》，臺北：世界書局，1975 年。

57. 《歲時廣記》，〔宋〕陳元靚，《叢書集成初編》，北京：中華書局，1985 年。

58. 《新編纂圖增類群書類要事林廣記》，〔宋〕陳元靚等編，《續修四庫全書》，上海：上海古籍出版社，2002 年。

59. 《古今合璧事類備要》，〔宋〕謝維新編，《景印文淵閣四庫全書》，

臺北：臺灣商務印書館，1985 年。

60. 《日損齋筆記》，〔元〕黃溍，《叢書集成初編》，北京：中華書局，1985 年。

61. 《研北雜志》，〔元〕陸友仁，《叢書集成初編》，北京：中華書局，1991 年。

62. 《南村輟耕錄》，〔元〕陶宗儀，北京：中華書局，1959 年。

63. 《說郛一百卷》、《說郛一百二十卷》，〔元〕陶宗儀編，《說郛三種》，上海：上海古籍出版社，1988 年。

64. 《七修類稿》，〔明〕郎瑛，上海：上海書店，2001 年。

65. 《留青日札》，〔明〕田藝衡撰，朱碧蓮點校，上海：上海古籍出版社，1992 年。

66. 《堯山堂外紀》，〔明〕蔣一葵，《四庫全書存目叢書》，臺南：莊嚴文化事業有限公司，1997 年。

67. 《南音三籟》，〔明〕凌濛初輯，《續修四庫全書》，上海：上海古籍出版社，2002 年。

68. 《名義考》，〔明〕周祈，《叢書集成續編》，上海：上海書店，1994 年。

69. 《池北偶談》，〔清〕王士禛撰，靳斯仁點校，北京：中華書局，1982 年。

70. 《分甘餘話》，〔清〕王士禛撰，張世林點校，北京：中華書局，1989 年。

71. 《香祖筆記》，〔清〕王士禛，《景印文淵閣四庫全書》，臺北：臺灣商務印書館，1985 年。

72. 《今世說》，〔清〕王晫，《叢書集成初編》，北京：中華書局，1985 年。

73. 《義門讀書記》，〔清〕何焯著，崔高維點校，北京：中華書局，1987 年。

74. 《茶餘客話》，〔清〕阮葵生，《續修四庫全書》，上海：上海古籍出版社，2002 年。

75. 《十駕齋養新錄》，〔清〕錢大昕，《續修四庫全書》，上海：上海古籍出版社，2002 年。

76. 《東皋雜鈔》，〔清〕董潮，《叢書集成初編》，北京：中華書局，1985 年。

77. 《陔餘叢考》，〔清〕趙翼，《續修四庫全書》，上海：上海古籍出版社，2002 年。

78. 《鷗陂漁話》，〔清〕葉廷琯，《續修四庫全書》，上海：上海古籍出版社，2002 年。

79. 《兩般秋雨盦隨筆》，〔清〕梁紹壬，臺北：臺灣商務印書館，1976 年。

80. 《阮盦筆記五種‧選巷叢譚》，〔清〕況周頤，《叢書集成續編》，臺北：新文豐出版公司，1989 年。

81. 《荷香館瑣言》，丁國鈞，《叢書集成續編》，上海：上海書店，1994 年。

82. 《古今文藝叢書》，何藻輯，揚州：江蘇廣陵古籍刻印社，1995 年。

七、當代研究論著

1. 《詞學通論》，吳梅，上海：復旦大學出版社，2005 年。

2. 《詞曲史》，王易，臺北：廣文書局，1988 年。

3. 《唐宋詞論叢》，夏承燾，《夏承燾集》，杭州：浙江古籍出版社、浙江教育出版社，出版年不詳。

4. 《宋詞四考》，唐圭璋，南京：江蘇古籍出版社，1985 年。

5. 《詞學論叢》，唐圭璋，上海：上海古籍出版社，1986 年。

6. 《唐宋詞鑒賞辭典》，唐圭璋等撰，上海：上海辭書出版社，1988 年。

7. 《龍榆生詞學論文集》，龍榆生，上海：上海古籍出版社，1997 年。

8. 《詩詞散論》，繆鉞，臺北：臺灣開明書店，1982 年。

9. 《靈谿詞說》，繆鉞、葉嘉瑩，臺北：國文天地雜誌社，1989 年。

10. 《詞學古今談》，繆鉞、葉嘉瑩，臺北：萬卷樓圖書有限公司，1992 年。

11. 《景午叢編》，鄭騫，臺北：臺灣中華書局，1972 年。

12. 《羅音室學術論著》第二卷《詞學論叢》，吳世昌，北京：中國文聯出版公司，1991 年。

13. 《萬首論詩絕句》，郭紹虞、錢仲聯、王遽常編，北京：人民文學出版社，1991 年。

14. 《詞集考》，饒宗頤，北京：中華書局，1992 年。

15. 《選堂序跋集》，饒宗頤著，鄭會欣編，北京：中華書局，2006 年。

16. 《迦陵論詞叢稿》，葉嘉瑩，臺北：明文書局，1987 年。

17. 《唐宋詞十七講》，葉嘉瑩，臺北：桂冠圖書股份有限公司，1992年。

18. 《詞學名詞釋義》，施蟄存，北京：中華書局，1988 年。

19. 《詞籍序跋萃編》，施蟄存編，北京：中國社會科學出版社，1994年。

20. 《唐宋詞集序跋匯編》，金啓華、張惠民、王恆展、張宇聲、王增學編，臺北：臺灣商務印書館，1993 年。

21. 《詞人之舟》，琦君，臺北：純文學出版社，1981 年。

22. 《清詞史》，嚴迪昌，南京：江蘇古籍出版社，2001 年。

23. 《詞曲論稿》，羅忼烈，臺北：木鐸出版社，1982 年。

24. 《兩小山齋論文集》，羅忼烈，北京：中華書局，1982 年。

25. 《羅忼烈雜著集》，羅忼烈，上海：上海古籍出版社，2010 年。

26. 《蘇軾論稿》，王水照，臺北：萬卷樓圖書有限公司，1994 年。

27. 《中國詞學大辭典》，馬興榮、吳熊和、曹濟平主編，杭州：浙江教育出版社，1996 年。

28. 《唐宋詞通論》，吳熊和，北京：商務印書館，2003 年。

29. 《吳熊和詞學論集》，吳熊和，杭州：杭州大學出版社，1999 年。

30. 《唐宋詞匯評（兩宋卷）》，吳熊和主編，杭州：浙江教育出版社，2004 年。

31. 《唐宋詞論稿》，楊海明，杭州：浙江古籍出版社，1988 年。

32. 《唐宋詞史》，楊海明，高雄：麗文文化事業股份有限公司，1996年。

33. 《唐宋詞流派史》，劉揚忠，福州：福建人民出版社，1999 年。

34. 《中國詞史》，黃拔荊，福州：福建人民出版社，2003 年。

35. 《清代詞學四論》，吳宏一，臺北：聯經出版事業公司，1990 年。

36. 《清代文學批評論集》，吳宏一，臺北：聯經出版事業公司，1998年。

37. 《東坡的心靈世界》，黃啓方，臺北：臺灣學生書局，2002 年。

38. 《蘇辛詞比較研究》，陳滿銘，臺北：文津出版社，1989 年。

39. 《詩詞新論（增修版）》，陳滿銘，臺北：萬卷樓圖書有限公司，1999年。

40. 《蘇辛詞論稿》，陳滿銘，臺北：文津出版社，2003 年。

41. 《東坡詞研究》，王保珍，臺北：長安出版社，1987 年。

42. 《東坡樂府研究》，唐玲玲，成都：巴蜀書社，1993 年。

43. 《中國詩學史（詞學卷)》，蔣哲倫、傅蓉蓉，廈門：鷺江出版社，2002 年。

44. 《夢窗詞研究》，錢鴻瑛，上海：上海古籍出版社，2005 年。

45. 《中國詞學史》，謝桃坊，成都：巴蜀書社，2002 年。

46. 《詞學辨》，謝桃坊，上海：上海古籍出版社，2007 年。

47. 《清代詞學的建構》，張宏生，南京：江蘇古籍出版社，1999 年。

48. 《清詞探微》，張宏生，上海：上海古籍出版社，2008 年。

49. 《北宋詞人賀鑄研究》，鍾振振，臺北：文津出版社，1994 年。

50. 《詞學二十論》，鄧喬彬，上海：上海古籍出版社，2005 年。

51. 《歐陽修的治學與從政》，劉子健，臺北：新文豐出版公司，1984 年。

52. 《宋詩史》，許總，重慶：重慶出版社，1992 年。

53. 《中國文學縱橫論》，黃維樑，臺北：東大圖書股份有限公司，2005 年。

54. 《晚唐迄北宋詞體演進與詞人風格》，孫康宜著，李奭學譯，臺北：聯經出版事業公司，1994 年。

55. 《詞學考詮》，林玫儀，臺北：聯經出版事業公司，1987 年。

56. 《詞學論著總目（1901～1992)》，林玫儀主編，臺北：中央研究院中國文哲研究所籌備處，1995 年。

57. 《厲鶚及其詞學之研究》，徐照華，高雄：高雄復文圖書出版社，1998 年。

58. 《宋南渡詞人》，黃文吉，臺北：臺灣學生書局，1985 年。

59. 《詞學研究書目（1912～1992)》，黃文吉主編，臺北：文津出版社，1993 年。

60. 《北宋十大詞家研究》，黃文吉，臺北：文史哲出版社，1996 年。

61. 《黃文吉詞學論集》，黃文吉，臺北：臺灣學生書局，2003 年。

62. 《南宋詞研究》，王偉勇，臺北：文史哲出版社，1987 年。

63. 《詞學專題研究》，王偉勇，臺北：文史哲出版社，2003 年。

64. 《宋詞與唐詩之對應研究》，王偉勇，臺北：文史哲出版社，2004 年。

65. 《詩詞越界研究》，王偉勇，臺北：里仁書局，2009 年。

66. 《清代論詞絕句初編》，王偉勇，臺北：里仁書局，2010 年。

67. 《論詩絕句》，杜甫等原作，周益忠撰述，臺北：金楓出版有限公司，1987 年。

68. 《唐宋詞史論》，王兆鵬，北京：人民文學出版社，2000 年。

69. 《詞學史料學》，王兆鵬，北京：中華書局，2004 年。

70. 《唐宋詞匯評（唐五代卷）》，王兆鵬主編，杭州：浙江教育出版社，2004 年。

71. 《唐宋詞史的還原與建構》，王兆鵬，武漢：湖北人民出版社，2005 年。

72. 《宋詞大辭典》，王兆鵬、劉尊明主編，南京：鳳凰出版社，2003 年。

73. 《金元詞史》，黃兆漢，臺北：臺灣學生書局，1992 年。

74. 《杜詩唐宋接受史》，蔡振念，臺北：五南圖書出版股份有限公司，2002 年。

75. 《清代詞學》，孫克強，北京：中國社會科學出版社，2004 年。

76. 《清代詞學批評史論》，孫克強，上海：上海古籍出版社，2008 年。

77. 《蘇軾詞研究》，劉石，臺北：文津出版社，1982 年。

78. 《會通與適變——東坡以詩為詞論題新詮》，劉少雄，臺北：里仁書局，2006 年。

79. 《徽宗詞壇研究》，諸葛憶兵，北京：北京出版社，2001 年。

80. 《北宋詞史》，陶爾夫、諸葛憶兵，哈爾濱：黑龍江人民出版社，2005 年。

81. 《南宋詞史》，陶爾夫、劉敬圻，哈爾濱：黑龍江人民出版社，2005 年。

82. 《明詞史》，張仲謀，北京：人民文學出版社，2002 年。

83. 《元祐詞壇研究》，彭國忠，上海：華東師範大學出版社，2002 年。

84. 《唐宋詞學闡微——文本還原與文化觀照》，彭國忠，合肥：安徽大學出版社，2008 年。

85. 《近代詞人考錄》，朱德慈，北京：中國社會科學出版社，2004 年。

86. 《常州詞派通論》，朱德慈，北京：中華書局，2006 年。

87. 《嘉道年間的常州詞派》，徐楓，臺北：雲龍出版社，2002 年。

88. 《清代前中期詞學思想研究》，陳水雲，武漢：武漢大學出版社，

1999 年。

89. 《清代詞學發展史論》，陳水雲，北京：學苑出版社，2005 年。

90. 《明清詞研究史》，陳水雲，武漢：武漢大學出版社，2006 年。

91. 《徘徊於七寶樓臺——吳文英詞研究》，田玉琪，北京：中華書局，2004 年。

92. 《湖海樓詞研究》，蘇淑芬，臺北：里仁書局，2005 年。

93. 《辛派三家詞研究》，蘇淑芬，臺北：文史哲出版社，2006 年。

94. 《朱彝尊《詞綜》研究》，于翠玲，北京：中華書局，2005 年。

95. 《映夢窗零亂碧——吳文英及其詞研究》，周茜，廣州：廣東教育出版社，2006 年。

96. 《「花間集」接受史論稿》，李冬紅，濟南：齊魯書社，2006 年。

97. 《二十世紀中國古代文學研究史·詞學卷》，曹辛華，上海：東方出版中心，2006 年。

98. 《張先與北宋中前期詞壇關係探論》，孫維城，合肥：安徽大學出版社，2007 年。

99. 《嶺南詩歌研究》，陳永正，廣州：中山大學出版社，2008 年。

100. 《周邦彥別傳——周邦彥生平事迹新證》，薛瑞生，西安：三秦出版社，2008 年。

101. 《柳永別傳——柳永生平事迹新證》，薛瑞生，西安：三秦出版社，2008 年。

102. 《常州詞派研究》，黃志浩，北京：中國社會科學出版社，2008 年。

103. 《清詞的傳承與開拓》，沙先一、張暉，上海：上海古籍出版社，2008 年。

104. 《廣東近世詞壇研究》，謝永芳，上海：上海古籍出版社，2008 年。

105. 《唐宋詞傳播方式研究》，錢錫生，上海：復旦大學出版社，2009 年。

106. 《中國文學流派學初論——以常州詞派為例》，侯雅文，臺北：大安出版社，2009 年。

107. 《蘇詞接受史研究》，張璟，北京：光明日報出版社，2009 年。

108. 《廣西古代詩詞史》，王德明，桂林：廣西師範大學出版社，2009 年。

109. 《東坡詞研究》，鄭園，北京：北京大學出版社，2010 年。

110. 《二晏研究》，唐紅衛，天津：南開大學出版社，2010 年。

111. 《唐五代詞紀事會評》，史雙元，合肥：黃山書社，1995 年。

112. 《金元詞紀事會評》，鍾陵，合肥：黃山書社，1995 年。

113. 《明詞紀事會評》，尤振中、尤以丁，合肥：黃山書社，1995 年。

114. 《清詞紀事會評》，尤振中、尤以丁，合肥：黃山書社，1995 年。

115. 《近現代詞紀事會評》，嚴迪昌，合肥：黃山書社，1995 年。

116. 《中國文學家大辭典・唐五代卷》，周祖譔主編，北京：中華書局，1992 年。

117. 《中國文學家大辭典・宋代卷》，曾棗莊主編，北京：中華書局，2004 年。

118. 《中國文學家大辭典・遼金元卷》，鄧紹基、楊鐮主編，北京：中華書局，2006 年。

119. 《中國文學家大辭典・清代卷》，錢仲聯主編，北京：中華書局，1996 年。

120. 《中國文學家大辭典・近代卷》，梁淑安主編，北京：中華書局，1997 年。

121. 《清人別集總目》，李靈年、楊忠編，合肥：安徽教育出版社，2000 年。

122. 《李清照資料彙編》，褚斌傑、孫崇恩、榮憲賓編，北京：中華書局，1984 年。

123. 《秦觀資料彙編》，周義敢、周雷編，北京：中華書局，2001 年。

124. 《日本填詞史話》，〔日〕神田喜一郎著，程郁綴、高野雪譯，北京：北京大學出版社，2000 年。

125. 《論中國詩》，〔日〕小川環樹著，譚汝謙、陳志誠、梁國豪譯，貴陽：貴州人民出版社，2009 年。

八、期刊、會議、學位、論文集論文

1. 李文郁，〈大晟府攷略〉，《詞學季刊》二卷二號（1935 年 1 月）。

2. 龍沐勛，〈清真詞敘論〉，《詞學季刊》二卷四號（1935 年 7 月）。

3. 邵瑞彭，〈周詞訂律序〉，《詞學季刊》三卷一號（1936 年 3 月）。

4. 范寧，〈風流釋義〉，顧頡剛主編《文史雜誌》四卷三、四期合刊，重慶：中華書局，1944 年 8 月出版；香港：龍門書店，1969 年 10 月再版。

5. 萬雲駿，〈清真詞的藝術特徵〉，《詞學》一輯，上海：華東師範大

學出版社，1981 年。

6. 周益忠，《論詩絕句發展之研究》，臺北：臺灣師範大學國文研究所碩士論文，1982 年；收入《國立臺灣師範大學國文研究所集刊》二十七號（1983 年 6 月）。

7. 周益忠，〈「論詩絕句」興起之原因〉，《中華文化復興月刊》十五卷九期（1982 年 9 月）。

8. 萬雲駿，〈清眞詞的比興與寄托〉，《詞學》二輯，上海：華東師範大學出版社，1983 年。

9. 〔日〕神田喜一郎著，彭黎明譯，洪明校，〈槐南詞話與竹隱論詞絕句〉，《河北大學學報》，1986 年一期。

10. 羅忼烈，〈清眞詞與少陵詩〉，《詞學》四輯，上海：華東師範大學出版社，1986 年。

11. 顧偉列，〈論清眞詞的抒情結構〉，《文學遺產》，1987 年一期。

12. 葉嘉瑩，〈論周邦彥詞之政治託喻——兼說〈渡江雲〉（晴嵐低楚句）〉，《河北大學學報（哲學社會科學版）》，1987 年三期。

13. 林玫儀，〈論清眞詞中之寄託〉，臺灣大學中文研究所編《宋代文學與思想》，臺北：臺灣學生書局，1989 年。

14. 周益忠，《宋代論詩詩研究》，臺北：臺灣師範大學國文研究所博士論文，1989 年。

15. 宋邦珍，〈厲鶚〈論詞絕句〉的傳承與創新〉，《輔英學報》十一期（1991 年 12 月）。

16. 宋德熹，〈參透風流二字禪——「風流」詞義在中國社會文化史上的遞變〉，《淡江大學中文學報》創刊號（1992 年 3 月）。

17. 殷光熹，〈悲怨深婉、沉鬱頓挫的小山詞〉，《雲南師範大學哲學社會科學學報》二十五卷二期（1993 年 4 月）。

18. 鄧紅梅，〈朱淑眞事迹新考〉，《文學遺產》，1994 年二期。

19. 范道濟，〈從〈論詞絕句〉看厲鶚論詞「雅正」說〉，《黃岡師專學報》十四卷二期（1994 年 4 月）。

20. 范三畏，〈試談厲鶚論詞絕句〉，《社科縱橫》，1995 年一期。

21. 陶然，〈論清代孫爾準、周之琦兩家論詞絕句〉，《文學遺產》，1996 年一期。

22. 顧易生、〔韓〕金昌娥，〈宋代江西詞人晏殊、晏幾道、歐陽修、黃庭堅的詞論〉，《陰山學刊》，1996 年二期。

23. 劉永翔，〈周邦彥家世發覆〉，《華東師範大學學報（哲學社會科學版）》，1996 年三期。

24. 諸葛憶兵，〈周邦彥提舉大晟府考〉，《文學遺產》，1997 年五期。

25. 龍建國，〈大晟府與大晟府詞派〉，《文學遺產》，1998 年六期。

26. 楊明潔，〈興寄題外，出神入化——簡論蘇軾〈水龍吟〉楊花詞之寄托及其他〉，《內蒙古民族師院學報（哲社、漢文版）》二十六卷二期（2000 年 5 月）。

27. 諸葛憶兵，〈《詞綜》編纂意圖及其價值〉，《江海學刊》，2001 年二期。

28. 王水照，〈《醉翁琴趣外篇》的真偽與歐詞的歷史定位〉，《詞學》十三輯，上海：華東師範大學出版社，2001 年。

29. 葉幫義，〈清壯頓挫——小山詞與蘇門詞主體性創作的表徵〉，《山東師範大學學報》四十七卷一期（2002 年）。

30. 吳洪澤，〈〈洞仙歌〉（冰肌玉骨）公案考索〉，《四川大學學報（哲學社會科學版）》，2002 年二期。

31. 閆小芬，〈蘇軾〈洞仙歌〉雜考〉，《商丘師範學院學報》十九卷六期（2003 年 12 月）。

32. 陶然、劉琦，〈清人七家論詞絕句述評〉，《廈門教育學院學報》七卷一期（2005 年 3 月）。

33. 鍾陵，〈清壯頓挫小山詞〉，《南京廣播電視大學學報》，2005 年三期。

34. 王偉勇，〈馮煦〈論詞絕句〉論南宋詞探析〉，中國宋代文學學會主辦，浙江工業大學承辦「第四屆宋代文學國際研討會」會議論文，杭州，2005 年 9 月；收入沈松勤編，《第四屆宋代文學國際研討會論文集》，杭州：浙江大學出版社，2006 年。

35. 王偉勇、王曉雯，〈馮煦〈論詞絕句〉十六首探析〉，成功大學文學院主辦「中國近世文學國際學術研討會」會議論文，臺南，2005 年 10 月；收入張高評編，《清代文學與學術——近世文學國際學術研討會論文集之三》，臺北：新文豐出版股份有限公司，2007 年。

36. 王偉勇，〈清代「論詞絕句」論溫庭筠詞探析〉，江西財經大學藝術與傳播學院主辦「詞學國際學術研討會」會議論文，南昌，2006 年 8 月；收入王兆鵬、龍建國編，《2006 詞學國際學術研討會論文集（二）》，南昌：百花洲文藝出版社，2007 年；又載《文與哲》九期（2006 年 12 月）。

37. 趙福勇，〈清代「論詞絕句」論賀鑄〈橫塘路〉詞探析〉，江西財經大學藝術與傳播學院主辦「詞學國際學術研討會」會議論文，南昌，2006 年 8 月；收入王兆鵬、龍建國編，《2006 詞學國際學術研討會論文集（二）》，南昌：百花洲文藝出版社，2007 年；又載《臺北大

學中文學報》四期（2008 年 3 月）。

38. 王偉勇、鄭琇文，〈清・江昱〈論詞十八首〉探析〉，北京大學中國
古文獻研究中心主辦「中國古文獻學與文學國際學術研討會」會議
論文，北京，2006 年 11 月；收入北京大學中國古文獻研究中心編，
《北京大學中國古文獻研究中心集刊第七輯——中國古文獻學與
文學國際學術研討會論文集》，北京：北京大學出版社，2008 年；
又載《國文學報》五期（2006 年 12 月）。

39. 王偉勇，〈清代「論詞絕句」論李白詞探析〉，國科會人文及社會
科學發展處主辦，彰化師範大學文學院國文系、臺灣文學研究所承
辦「國科會中文學門 90～94 研究成果發表會」會議論文，彰化，
2006 年 11 月；收入林明德、黃文吉總策劃，《臺灣學術新視野——
中國文學之部（二）》，臺北：五南圖書出版股份有限公司，2007
年。

40. 陶子珍，〈清代張祥河〈論詞絕句〉十首探析〉，《成大中文學報》
十五期（2006 年 12 月）。

41. 曹明升，〈清人論宋詞絕句脞說〉，《貴州社會科學》，2007 年二期。

42. 王士祥，〈歐陽修〈朝中措〉之「文章太守」當指劉敞〉，《語文知
識》，2007 年三期。

43. 王偉勇、林淑華，〈陳澧〈論詞絕句〉六首探析〉，《政大中文學報》
七期（2007 年 6 月）。

44. 陶子珍，〈清詩論宋代女性詞人探析——以汪芭、方熊、潘際雲之
作品為例〉，《花大中文學報》二期（2007 年 12 月）。

45. 王曉雯，〈宋翔鳳〈論詞絕句二十首〉論宋詞探析〉，中國宋代文學
學會主辦，暨南大學承辦「第五屆宋代文學國際研討會」會議論文，
廣州，2007 年 12 月；收入鄧喬彬編，《第五屆宋代文學國際研討會
論文集》，廣州：暨南大學出版社，2009 年。

46. 趙福勇，〈汪筠〈讀詞綜書後〉論北宋詞人探析〉，中國宋代文學學
會主辦，暨南大學承辦「第五屆宋代文學國際研討會」會議論文，
廣州，2007 年 12 月；收入鄧喬彬編，《第五屆宋代文學國際研討會
論文集》，廣州：暨南大學出版社，2009 年。

47. 孫克強，〈詞學理論的重要載體——簡論清代論詞詩詞的價值〉，
《廣州大學學報（社會科學版）》七卷一期（2008 年 1 月）。

48. 唐紅衛，〈「清壯頓挫，能動搖人心」——小山詞藝術特色新解〉，
《華北電力大學學報》三期（2008 年 6 月）。

49. 王兆鵬、郁玉英，〈宋詞經典名篇的定量考察〉，《文學評論》，2008
年六期。

50. 王偉勇、鄭琇文，〈高旭論〈十大家詞〉絕句探析〉，中山大學中文系主辦「第四屆國際暨第九屆全國清代學術研討會」會議論文，高雄，2008 年 6 月。

51. 王曉雯，《清代譚瑩「論詞絕句」研究》，臺北：東吳大學中文系博士論文，2008 年。

52. 邱美瓊、胡建次，〈論詞絕句在清代的運用與發展〉，《重慶社會科學》，2008 年七期。

53. 陳尤欣、朱小桂，〈馮煦〈論詞絕句十六首之三〉略論〉，《作家雜誌》，2008 年八期。

54. 卓清芬，〈晏幾道《小山詞》「清壯頓挫」之意義探析〉，《成大中文學報》二十二期（2008 年 10 月）。

55. 王偉勇，〈論賀鑄、周邦彥借鑒唐詩之異同〉，陳維德、韋金滿、薛雅文主編，《唐宋詩詞研究論集》，彰化：明道大學中國文學學系、國學研究所，2008 年。

56. 胡建次，〈清代論詞絕句的運用類型〉，《廣西社會科學》，2009 年二期。

57. 翁婷婷，〈論「風流」的用法及其詞義演變〉，《南方論刊》，2009 年增刊二期。

58. 謝永芳，〈譚瑩的〈論詞絕句〉及其學術價值〉，《圖書館論壇》二十九卷二期（2009 年 4 月）。

59. 陸有富，〈從文廷式一首論詞詩看其對常州詞派的批評〉，《語文學刊》，2009 年四期。

60. 王偉勇，〈清代論詞絕句之整理、研究及價值〉，世新大學中文系主辦「第二屆兩岸韻文學學術研討會」會議論文，臺北，2009 年 5 月；收入郭鶴鳴總編輯，《第二屆兩岸韻文學學術研討會論文集——韻文的欣賞與研究》，臺北：世新大學，2010 年。

61. 王偉勇、林宏達，〈清代「論詞絕句」論李煜及其作品探析〉，中山大學中文系主辦「第五屆國際暨第十屆全國清代學術研討會」會議論文，高雄，2009 年 6 月。

62. 趙福勇，〈清代「論詞絕句」論晏殊詞探析〉，《成大中文學報》二十五期（2009 年 7 月）。

63. 王偉勇，〈清代論詞絕句之價值——以論唐、五代、兩宋詞為例〉，中國宋代文學學會主辦，四川大學承辦「第六屆宋代文學國際研討會」會議論文，成都，2009 年 10 月。

64. 孫克強、楊傳慶，〈清代論詞絕句的詞史觀念及價值〉，《學術研究》，

2009 年十一期。

65. 王偉勇，〈搜輯清代論詞絕句應有之認知〉，澳門大學社會科學及人
    文學院主辦「第二屆中華詞學國際學術研討會」會議論文，澳門，
    2009 年 12 月。

66. 詹杭倫，〈潘飛聲〈論粵東詞絕句〉說略〉，澳門大學社會科學及人
    文學院主辦「第二屆中華詞學國際學術研討會」會議論文，澳門，
    2009 年 12 月；又載《西南師範大學學報（哲學社會科學版）》，2010
    年一期。

67. 王淑蕙，〈清代「論詞絕句」論張炎詞舉隅探析〉，《雲漢學刊》二
    十期（2009 年 12 月）。

68. 陳輝，〈「風流」語義速覽〉，《語文天地》，2009 年十二期。

69. 徐照華，〈詠物詞的解讀：以蘇軾〈水龍吟〉楊花詞為例〉，文化大
    學中文系主辦「發皇華語，涵詠文學──中國文學暨華語文學術研
    討會」會議論文，臺北，2010 年 10 月。

70. 陳水雲，〈論詞絕句的歷史發展〉，《國文天地》二十六卷六期（2010
    年 11 月）。